CISNE

Biblioteca

ELIZABETH THORNTON

ELIZABETH THORNTON

La trampa de la seducción

Traducción de

Santiago Nudelman

Título original: *The Bachelor Trap*
Diseño de la portada: Departamento de diseño de Random House Mondadori/Judith Sendra
Ilustración de la portada: © Vittorio Dangelico/via Agentur Schlück GmbH

Primera edición: octubre, 2007

Printed in Spain – Impreso en España

ISBN: 978-84-8346-451-9 (vol. 61/5)
Depósito legal: B. 40.036-2007

Fotocomposición: Revertext, S. L.

Impreso en Liberdúplex, S. L. U.
Sant Llorenç d'Hortons (Barcelona)

M 864519

Para mi primo, Lois Hobbs,
en conmemoración de las memorables
aventuras que compartimos de niños

PRÓLOGO

Longbury, octubre de 1815

Edwina Gunn entró por la puerta trasera de su casa de campo y rápidamente cerró con llave, golpeando con fuerza la tranca de la puerta. El corazón le latía a toda velocidad, y respiraba agitada. Había estado haciendo demasiadas preguntas, metiendo sus narices donde no la llamaban. Todo lo que había conseguido era despertar a un tigre dormido.

«¡Contrólate, Edwina!», se dijo con severidad. «Tienes sesenta años. ¡A este paso te ganarás una apoplejía! ¡No eres una amenaza! Y no puedes probar nada; después de todo este tiempo, sin duda se sentirá a salvo.»

Una vez que pudo controlar el ritmo de su respiración, Edwina se acercó a la ventana, y manteniéndose a una distancia suficiente como para no ser vista, miró hacia el exterior. Su casa estaba justo en los límites de la propiedad, y todo lo que podía ver más allá de su pequeño jardín y las dependencias era una extensión de tejos, espinos y robles cuyos restos de hojas invernales estaban humedecidas por el repentino aguacero. No había nada más que ver.

También Edwin estaba empapada. Se desabrochó el abrigo y lo colgó de un gancho junto a la puerta. La señora Ludlow, que la ayudaba a diario, había apagado el fuego de la chimenea. Ella también tenía su propia familia, y siempre partía a tiempo de prepararles la cena.

Al día siguiente la señora Ludlow no podría entrar en la casa con la puerta trancada, pero Edwina no podía evitarlo. Se levantaría temprano para desatrancarla; de lo contrario la señora Ludlow podría usar la aldaba y eso despertaría a Edwina.

Estaba sola en la casa, y sus vecinos más cercanos se encontraban en el Priorato.

La conciencia de su aislamiento le hizo asegurarse de que la puerta principal y las ventanas de la planta baja estuvieran bien cerradas. Tenía la costumbre de hacerlo todas las noches aunque, como la mayor parte de la gente del campo, dejaba las puertas abiertas durante el día. Pero a partir de hoy mismo las mantendría cerradas también durante el día.

«Estúpida anciana», se reprendió. Seguramente estaba huyendo de un perro callejero o uno de los guardabosques de la zona.

Recobrando la calma, comenzó a subir la escalera. Era una lucha para ella, y cada vez debía ayudarse aferrándose a la balaustrada. En ese instante decidió mudar su dormitorio a la habitación vacía de la criada, junto a la cocina. Era algo pequeña, pero perfecta para alguien que ya no podía subir la escalera. La sola idea le hacía sentir todo el peso de su vejez.

Una vez en su habitación, se envolvió en una bata, se calzó sus chinelas de lana y azuzó el fuego hasta obtener una llama danzante. Mientras observaba el fuego lamer los pequeños trozos de carbón, volvió a perderse en sus pensamientos.

Pensaba en Hannah, que sería siempre joven en sus recuerdos, que había amado la vida y la vivía sin miedos; que era la causa de sus penas.

Veinte años antes, Hannah había abandonado aquella casa jurando no volver nunca, y esa fue la última vez que alguien la vio.

«¿Dónde estás, Hannah? ¿Qué ha sucedido durante todos estos años?»

Si Edwina hubiera sido más joven y no estuviera delicada de salud, habría ido a Londres para que Brand le aconsejara. Era como un hijo para ella, y lo que debía decirle era mejor decirlo cara a cara. Pero no se había sentido bien para viajar, así que había hecho lo máximo que podía: le había enviado una carta a su oficina en la calle Firth, anticipándole algo de lo que había descubierto. Eso había sido hacía más de dos semanas, y no había recibido respuesta. No estaba buscando culpables, simplemente significaba que él no había recibido su carta. Era un hombre ocupado y viajaba con frecuencia. Tarde o temprano la recibiría.

Había otra carta que ella había comenzado varias veces, pero que nunca había enviado a la única persona capaz de resolver el misterio en un santiamén: Marion, su sobrina. La idea la hizo sentarse frente a su escritorio y preparar su material de escritura. Hizo una pausa tras mojar la pluma en el frasco de tinta. No era una carta fácil de escribir, pues llevaba casi veinte años sin ver a Marion. Su correspondencia había sido esporádica, principalmente a causa de que Edwina y su hermana Diana, la madre de Marion, se habían distanciado. La trágica muerte de Diana, a causa de un tumor tres años atrás, seguida de cerca por la muerte del padre de Marion habían vuelto a acercar a Edwina y su sobrina.

Tragó saliva con dificultad. Todo su remordimiento y sus lamentos no lograrían compensar tantos años perdidos. ¿Cómo habían podido ella y su hermana ser tan estúpidas?

No cometería el mismo error con Marion. Pero no sabía por dónde comenzar. Después de todo, no se conocían tan bien. Si empezaba a esgrimir acusaciones infundadas, Marion pensaría que estaba loca.

Por un momento jugó con la idea de invitar a Marion a ir a Longbury a visitarla, pero rápidamente la descartó. Primero, porque Marion vivía a tres largos días de viaje de Longbury. En segundo lugar, estaba demasiado ocupada cuidando a sus hermanas menores. Finalmente, a Edwina no le gustaba la idea de meter a Marion en una situación cargada de peligros.

Si al menos Brand estuviera a su lado, él podría aconsejarla.

De todos modos, no le haría ningún daño escribirle a su sobrina. Podrían recordar la única vez que Marion había ido de visita. Marion debería saber lo que sucedió aquella noche. Había estado allí. Alguien la había visto. Quizá los recuerdos estuviesen alojados en algún rincón de su mente, y un pequeño empujoncillo podría liberarlos.

Comenzó a escribir. Poco después, escuchó crujir una madera del suelo. Se le secó la boca mientras se ponía de pie. Cuando el suelo volvió a crujir, se acercó a la chimenea y cogió el atizador de su base. Se detuvo en el pasillo. Todo lo que podía oír era su corazón latiéndote con fuerza en el pecho. No parecía faltar nada, todo estaba en su lugar.

Avanzó lentamente hacia la escalera y miró hacia abajo. Nada. Bajó el atizador, y al darse media vuelta pudo distinguir el rostro de su asaltante antes de recibir el primer golpe.

«Es la persona equivocada», fue lo último que pensó antes de que la envolviesen las tinieblas.

La mañana siguiente, la señora Ludlow llegó a la hora de siempre y entró en la casa. Llevaba un paquete bajo el brazo, una espléndida pierna de cordero que había recogido de la carnicería aquella mañana. Había suficiente para hacer una gran olla de sopa con carne, y quizá sobraría para su propia familia. La señorita Gunn era un alma generosa.

Tras quitarse el abrigo y ponerse el delantal, encendió el fuego. El hervidor para el té de la mañana de la señorita Gunn pronto estuvo silbando sobre el quemador. Cuando todo estuvo listo, preparó la bandeja y la llevó al salón. Tras dar unos pasos, se detuvo. La señorita Gunn yacía al pie de la escalera, con los ojos abiertos dirigidos hacia el techo.

Una hora más tarde, un policía llegó a la casa. Nadie tenía ninguna duda de que la anciana se había caído por la escalera. Sin embargo algo no encajaba: sus dedos estaban manchados de tinta, pero no se encontró ninguna carta, nada que justificase esos dedos manchados.

Desde el punto de vista del agente, era el tipo de detalle en el que no merecía la pena detenerse.

1

Londres, mayo de 1816

Era tan solo una pequeñez, o eso le había parecido en su momento, pero tiempo después Brand reiría y le explicaría que, a partir de aquel instante, su vida había cambiado para siempre. La noche en la que lady Marion Dane se golpeó los dedos del pie.

Las había invitado a ella y su hermana a compartir su palco en el teatro. Se conocían desde hacía poco, tan solo un mes, pero Brand sabía mucho más acerca de Marion de lo que ella creía. Él y su tía, Edwina Gunn, habían sido amigos, y de vez en cuando Edwina solía mencionar a la familia de su hermana que vivía cerca de Keswick, en Lake District. En las últimas semanas, había intentado averiguar todo lo posible sobre lady Marion Dane.

Era hija de un conde, pero nunca había estado en Londres, nunca había sido presentada en la corte o disfrutado de las fiestas y recepciones comunes a las jóvenes muchachas de su clase. Si su padre no hubiera muerto aún seguiría en Lake District, libre de riesgos, y él no tendría necesidad de protegerla.

Pero aunque Brand se había hecho una idea de quién

era ella, no lograba comprenderla del todo. Era reservada en extremo, y raramente mostraba sus sentimientos. Sin embargo en el teatro, cuando las luces se apagaron y ella se creyó a salvo de las miradas ajenas, se había dejado llevar por todas las emociones representadas sobre el escenario.

La obra era *Mucho ruido y pocas nueces*, y Brand podía distinguir en el rostro de Marion los personajes que le agradaban y los que no. No parecía apreciar a Claudio, o a su supuesto padre, en su rol de héroes. Toleraba a Benedick, pero brillaba de admiración ante la arpía Beatrice.

Era más entretenido observar el rostro de Marion que la obra en el escenario.

Finalmente cayó el telón, los aplausos cesaron y hubo movimiento de sillas mientras la gente se ponía de pie. Lady Marion continuaba sentada, como si no desease salir de allí. Lady Emily, su hermana —una muchachita de dieciocho años extremadamente coqueta—, hacía ojitos al joven Henry Cavendish. Ash Denison, el mejor amigo de Brand, disimulaba un bostezo con la mano. Finalmente, la escena no estaría completa, en cuestiones de pudor, sin un par de carabinas: en el puesto de honor se encontraban la abuela de Ash, la condesa viuda, y su amiga, lady Bethune. La noche no había terminado aún. Habían acordado una cena tardía en el hotel Clarendone, donde se les unirían Fanny, la prima de Marion, y Reggie Wright.

Todo el mundo estaba de acuerdo en alabar la obra, pero Brand solo quería escuchar las palabras de Marion. Ella lo miró de reojo mientras le apartaba la silla, y su rostro se iluminó de placer. Entonces suspiró y le dijo:

—Gracias por habernos invitado, señor Hamilton. —Su tono de voz era formal, y Brand lo encontró algo irritante—. En el futuro, cuando recuerde esta obra, recordaré a la actriz que representaba a Beatrice. Era realmente memorable.

Se puso de pie; era una mujer delicada con un vestido de seda color lavanda, una sonrisa serena que igualaba la tranquilidad de su mirada y unos espléndidos cabellos rubios delicadamente peinados hacia atrás.

—En el futuro, cuando usted recuerde esta obra, espero que me recuerde a mí —le impulsó a decir a Brand un demonio interior.

El destello de incomodidad en los ojos grises de Marion complació enormemente a Brand. Desde que se habían conocido, ella lo trataba con el mismo respeto que ofrecería a alguien de ochenta años. No es que fuera un hombre vanidoso, pero era un hombre al fin. Y cada vez le resultaba más difícil resistirse a la tentación de hacérselo notar.

En cuanto recuperó la compostura, Marion sonrió levemente y se alejó en busca de su hermana. Tenía que reconocer la calidad de las tácticas de Marion: distrajo la atención del joven Cavendish hacia alguien en otro palco, rodeó el brazo de Emily con el suyo y la arrastró con ella hacia la puerta. Fue poco menos que transparente, pero muy eficaz.

Emily era una muchachita extremadamente atractiva, con grandes ojos negros y cabellos rizados de seda. A entender de Brand, su sonrisa era demasiado encantadora para su edad. Siempre tenía a su alrededor un grupo de jóvenes mancebos suplicando su atención. Marion había vigilado a su hermana aquella noche, pero eso no sucedía con frecuencia.

Había también una tercera hermana, Phoebe, una niñita de diez años con la que se entendía de maravilla. Además, era una fuente inagotable de información para él respecto de las idas y venidas de Marion.

Brand notó que ya la llamaba Marion en la privacidad de sus pensamientos. Si no tenía cuidado, terminaría haciéndolo en público. ¿Qué pensaría de ello lady Marion Dane, la distante y serena hija de un conde?

—Es una excelente carabina, ¿no crees? —le susurró Ash Denison, su mejor amigo desde que se conocieron en la escuela de Eton—. Solo le falta el sombrero para completar el cuadro. Así todo el mundo sabrá que es una solterona y que lo mejor es guardar las distancias.

La idea de Marion con un sombrero como el que usaban las viudas o las ancianas solteras amargó el ánimo de Brand. Sin embargo, podía imaginarse que ese día llegaría. A pesar de solo tener veintisiete años, parecía resignada a permanecer soltera. No, lo justo era decir que era una decisión de ella. Todo lo que quería de un hombre, y lo único que permitiría, era una relación platónica.

¿Acaso ella sabía el desafío en el que se estaba metiendo? Brand dejó que la idea revolotease en su mente.

—Ten cuidado, Brand —dijo Ash—. Otra vez estás sonriendo. Si no tienes cuidado, terminará por convertirse en un hábito.

Brand se volvió para mirar a su amigo e hizo una mueca frente a los ojos inquisidores de Ash. Nadie que mirase a Ash diría que había pasado la mayor parte de su vida peleando por su rey y su país en España. Brand sabía que habían sido unos años violentos, aunque Ash siempre los minimizaba. Ahora que la guerra había terminado, Ash parecía determinado a divertirse: era un dandi, y uno de los preferidos de la sociedad.

Brand, por el contrario, no tenía la paciencia ni la intención de convertirse en un favorito de la sociedad. Conocía lo voluble que esta podía ser. En tanto que hijo ilegítimo de un duque ya había tenido que enfrentarse con los prejuicios en su momento, pero todo aquello fue antes de ser propietario de cientos de periódicos distribuidos de Londres a todas las grandes ciudades del sur de Inglaterra. Ahora era respetado, y su amistad era un bien preciado desde que era capaz de hacer caer a los poderosos con la fuerza de su pluma.

Sabía lo que la gente decía, que había tenido que probarse a sí mismo. Era cierto. Pero nunca olvidaba a un amigo, o a alguien que hubiese sido amable con él cuando él no podía ofrecer nada a cambio. Edwina Gunn era una de esas personas. Si Brand había protegido a Marion y a su hermana bajo su ala, era para pagar su deuda con Edwina.

Ash seguía esperando que él dijese algo.

—La vista de cosas hermosas siempre me hace sonreír.

—¿Debo suponer que estás hablando de lady Marion? No le has quitado los ojos de encima en toda la noche.

La amistosa provocación de Ash solo recibió el silencio como respuesta.

—¿Es hermosa? —Ash intentó estimularlo.

—No de la manera habitual, pero tiene estilo.

—Mmm —meditó Ash—. Si me dejara ocuparme de su vestimenta, haría de ella el centro de toda la atención. Comenzaría por cortarle un poco el cabello para darle forma. Por supuesto, habría que bajar un poco el corsé de su vestido, y subir el dobladillo de la falda. Creo que lo que mejor le iría es la gasa transparente. ¿A ti qué te parece?

Ash tenía fama de tener ojo para la moda, y eran muchas las damas de alta alcurnia que solicitaban su opinión. A los ojos de Brand, el encanto que recuperaban no siempre era para mejor.

—Ya sabes lo que dicen —dijo Brand, y se dirigió hacia donde estaba el resto del grupo, mientras Ash aceleraba el paso para seguir junto a él.

—¿Qué es lo que dicen?

Había demasiada gente en lo alto de la escalera, y Brand sintió un momento de ansiedad, pero se relajó al ver los dorados cabellos de Marion brillar bajo la luz de los candelabros. También vio los rizos oscuros de Emily que brillaban como la seda, para luego perder a ambas de vista entre la multitud.

—¿Qué es lo que dicen? —volvió a preguntar Ash.

—Que sobre gustos...

La frase quedó suspendida, interrumpida por el grito de una mujer. Algunos de los presentes pidieron ayuda. Casi inmediatamente, Brand corría por la escalera.

Apartó a la gente de su camino a medida que subía la escalera de mármol. La encontró al final, sentada en el suelo, con la cabeza apoyada sobre las rodillas. Emily estaba con ella.

—¡Atrás! —gritó al grupo de personas que se había congregado alrededor de ellas. Todos retrocedieron sin protestar.

Se arrodilló y puso una mano temblorosa sobre su hombro.

—¿Marion? —dijo preocupado—. ¿Qué ha sucedido? ¡Dígame algo!

Ella lo miró con los ojos llenos de lágrimas de dolor.

—Me he golpeado los dedos del pie —dijo enfadada—. No hay por qué alarmarse.

Luego se desmayó.

Marion salió poco a poco de la neblina que la envolvía.

—Alguien me dio un codazo en la espalda —se quejó.

—¿Quién querría hacerle daño? —preguntó una voz de hombre.

—David.

Con solo mencionar ese nombre se aclaró su mente. Alzó las pestañas y parpadeó para quitar la bruma de sus ojos. Emily la observaba ansiosa. Luego distinguió la presencia de Hamilton, y finalmente, el dolor punzante de sus dedos del pie.

Hizo un esfuerzo por sentarse. Avanzaban dentro del carruaje de Hamilton por la calle que desembocaba en Hannover Square, donde se encontraba la casa de la prima Fanny.

—¿Me estáis llevando a casa?

Hamilton asintió con la cabeza.

—Además del resto, se ha dado un fuerte golpe en la cabeza. Cuando lleguemos a la casa, llamaré al doctor. Ya he enviado una nota a su prima en Clarendon.

—¡No es necesario! Fanny y Reggie solo se preocuparán si no aparezco. Ya se lo he dicho, únicamente fue un golpe en los dedos del pie.

—Usted dijo que David la empujó.

En su interior se encendió una alarma.

—Yo no he dicho nada semejante. —Y de inmediato, con una agilidad mental que a ella misma sorprendió, agregó—: ¿Quién es David?

Cuando Hamilton miró a Emily, esta negó con la cabeza. El tema de David había sido descartado para alivio de Marion, pero Hamilton no se daba por vencido.

—¿Pudo ver a la persona que la empujó?

—No. Todo sucedió demasiado rápido. Y nadie me empujó, me dieron un codazo. —Los dedos le dolían terriblemente, por lo que apenas pudo esbozar una débil sonrisa—. Ese es el problema de Londres. Es una amenaza, todo el mundo está siempre apurado. Intentaré evitar las multitudes desenfrenadas, o los carruajes que se dirigen hacia destinos desconocidos como si fuese una cuestión de vida o muerte. Es igual que en el teatro. ¿Sabía que los peores son los viejos? La abuela de lord Denison utiliza su bastón como si estuviera arreando ganado.

Su intento de broma hizo reír entre dientes a Emily, pero el señor Hamilton mantuvo su rostro de piedra.

—En eso tienes razón —dijo Emily—. La he visto hacerlo. Pero te equivocas sobre tu caída. No digo que te hayan empujado a propósito, pero alguien cayó pesadamente contra ti. Estábamos cogidas del brazo, Marion, y alguien tiró de ti con fuerza. Por suerte, había un gran hombre frente a ti para amortiguar tu caída.

—No lo recuerdo —dijo, y era la verdad. En ese momento, todo lo que Marion quería era llegar a casa, para que el ama de llaves de Fanny pudiera darle uno de sus polvos mágicos para aliviar el dolor de sus dedos—. No comprendo cómo puede doler tanto un golpe en los dedos del pie —exclamó.

—Tiene suerte de no haberse roto el cuello —le dijo Hamilton.

—Como la pobre tía Edwina —dijo Emily. Y de repente, al darse cuenta de lo que había dicho, añadió—: Lo siento. No ha sido un comentario muy oportuno en una situación como esta.

Un incómodo silencio se instaló entre ellos. Marion se debatía para evitar mostrar en qué medida la habían afectado las palabras de Emily. La culpa la asediaba constantemente. Apenas conocía a su tía, pero esta le había dejado todo lo que tenía: la casa de campo rodeada de tejos en Longbury, todas sus pertenencias y el poco dinero que había ahorrado. Y todo lo que ella hizo por su tía fue escribirle una carta de vez en cuando. Igual que su madre, a pesar de que esta y Edwina eran hermanas. Se habían peleado cuando Edwina y su hermana menor Hannah habían ido a Lake District a pasar unas vacaciones, y la disputa nunca había sido zanjada correctamente. Solo había sido maquillada.

Si no fuera por la herencia de tía Edwina, hoy estarían en graves problemas. Al morir su padre, su título y su propiedad habían pasado a manos del primo Morley, y ella y sus hermanas se habían mudado a la casa de campo. Pero no pasó mucho tiempo antes de que el primo Morley también se apropiara de la casa de campo. La quería para su suegra, que llevaba demasiado tiempo en la mansión, pero se preocupó en aclarar que tanto ella como Emily percibían una pequeña suma anual por la propiedad de su padre. Eso debería ser suficiente.

Algo no le parecía bien respecto de que el infortunio de alguien fuese la salvación para ellas.

—Entonces, cuando termine la temporada, ¿volverán a Longbury a comenzar una nueva vida? —la provocó Hamilton.

—Ese es el plan —respondió Marion.

—¿Qué tenía de malo la antigua vida?

Marion se apuró a responder antes de que Emily pudiese abrir la boca. Debían tener cuidado respecto de lo que decían a Brand Hamilton. Era un periodista, y tenía el poder de hacer decir a la gente más de lo que muchos estaban dispuestos.

—Ya sabe cómo es —dijo Marion—. Esa vida desapareció al morir mi padre. El primo Morley y su esposa se apropiaron de nuestra casa. Ha hecho las cosas... difíciles.

—Aun así —respondió Brand—, extrañarán a sus amigos. Lake District es un área vasta, podrían vender la casa de Edwina y con el dinero instalarse cómodamente en uno de los pueblecitos pintorescos cerca de Keswick. De esa manera, podrían evitar al primo Morley sin tener que renunciar a sus amigos.

—Longbury tiene sus propios encantos —replicó Marion—, y estoy segura de que haremos nuevos amigos allí. —Su respuesta sonó como si Brand no quisiera que se instalasen en Longbury.

—Recuerda el pueblo, ¿no? ¿Los árboles y las pendientes?

Ya habían tenido esta conversación antes, y sus intentos por refrescar su memoria la confundían.

—Por supuesto, aunque solo vagamente. Como le he dicho, era tan solo una niña cuando mi madre me llevó a Longbury. —Marion suponía que las vacaciones habían sido un intento de reconciliación entre Edwina y su madre que no había funcionado—. Pero podemos escuchar su opinión sobre si no nos conviene, o si debemos comenzar a pensar en Lake District...

—¡Marion, no! —la interrumpió Emily—. Keswick está demasiado aislado. Longbury está más cerca de Londres. —Y luego, moderando su tono de voz, como si de pronto recordase quién era la hermana mayor, añadió—: Hay tanto que hacer en Londres... Tú misma lo dijiste. ¿Y qué pasa con la prima Fanny? Le prometimos que estaríamos para Navidad.

Marion sonrió con afecto a su hermana menor. Era comprensible que una muchachita de dieciocho años desease el encanto de la vida en una ciudad llena de fiestas y bailes, sobre todo si no había tenido mucho para celebrar en los últimos años. Apenas se habían quitado las ropas de luto, volvían a tener que ponérselas. No había habido fiestas, ni salidas de ningún tipo, ni alegría. La invitación de la prima Fanny de pasar la temporada con ella antes de partir a Longbury había sido irresistible. Sus hermanas necesitaban un poco de emoción en sus vidas, algo que desear.

Marion era consciente de que Hamilton pensaba que estaba malcriando a Emily, pero no le importaba. Él no podía imaginar lo difíciles que habían sido los últimos años, y tampoco quería que lo supiese. En primer lugar, ella no se lo había contado, y en segundo, opinaba que la gente que se regodea demasiado en la autocompasión termina por quedarse sin amigos. Sus hermanas habían aprendido a sonreír de nuevo. Eso era todo lo que importaba.

Se obligó a olvidar el persistente dolor de sus dedos y encontró una explicación convincente para su deseo de comenzar de nuevo.

—La familia es algo importante para nosotras, señor Hamilton, y la prima Fanny es la única familia que nos queda. Queremos estar cerca de ella. Lake District está tan lejos que solo nos hemos visto una vez en los últimos diez años.

Brand inclinó la cabeza como si comprendiera. Un instante después, comentó despreocupadamente:

—Recuerdo que Edwina solía decir lo mismo. Ustedes eran la única familia que le quedaba, pero el viaje era demasiado esfuerzo para una anciana.

Percibiendo un reproche en sus palabras, Marion le lanzó una mirada penetrante. Los ojos de Brand no mostraban nada más que un educado interés.

A veces Marion no sabía qué hacer con aquel hombre. Había aparecido en la puerta de la casa de Fanny al día siguiente de que llegaran a Londres. Aparentemente él y Reggie, el esposo de Fanny, eran buenos amigos: iban a los mismos clubes y compartían un interés por la política. Reggie había sido miembro del Parlamento durante un tiempo en el norte de Londres y, de hecho, estaba intentando convencer a Hamilton para presentarse en las próximas elecciones. Según él, el señor Hamilton había escalado posiciones desde sus orígenes humildes para ser, a los treinta y tres años, el dueño de varios periódicos distribuidos de Londres a todas las ciudades importantes del sur de Inglaterra. Fanny era más clara: decía que el señor Hamilton era hijo de un duque, pero que había nacido en la cama equivocada. Tanto ella como Reggie coincidían en que, con su ambición y sus influencias, el señor Hamilton llegaría lejos en política.

Pero había sin embargo algo más en las visitas del señor Hamilton que su amistad con los parientes de Marion. Él los había llamado, según decía, porque había vivido en Longbury antes, y había conocido muy bien a su tía. Marion suponía que en efecto debió de haberla conocido muy bien, puesto que nunca se refería a ella como la señorita Gunn, sino por su nombre de pila, Edwina.

En todo caso, se interesaba por las sobrinas de Edwina como si fueran suyas, y había hecho todo lo posible por que ella y sus hermanas disfrutaran su primera temporada en Londres. Pero no debía olvidar que se trataba de un hombre de la prensa. Era curioso por naturaleza, y eso hacía que Marion se comportase con cautela.

Cuando el carruaje se detuvo frente a la casa, Hamilton descendió en primer lugar y se volvió con los brazos extendidos.

—Yo la llevo —dijo.

Marion no podía soportar la idea de él rodeándola con sus brazos, no porque fuese una mojigata, sino porque era independiente en extremo y perfectamente capaz de cuidar de sí misma. Pero luego recordó que se había desmayado, y que él debía de haberla llevado hasta el carruaje. Demasiado tarde para ser orgullosa.

—Marion —dijo Brand con gravedad y paciencia—, no lleva puestos los zapatos. Tuvimos que quitárselos para que yo pudiera examinar los dedos de su pie.

—Aquí los tengo —reaccionó Emily.

—¿Quiere caminar hasta la casa con los dedos lastimados?

La sonrisa de Marion era algo forzada, pero la ofreció con gracia. Mientras Brand la llevaba en brazos contra su pecho, Emily corrió hacia la puerta para hacer sonar la campana. Aprovechando que el señor Hamilton miraba hacia la puerta, Marion se tomó un instante para estudiarlo. Sus facciones estaban demasiado marcadas para ser clásicas, y sus brillantes ojos azules a veces eran excesivamente intensos para ella. Sus abundantes cabellos le llegaban hasta los hombros, y la delgada cicatriz plateada que tenía sobre una ceja le daba un aire temerario.

La cicatriz la fascinaba. Sabía que la tenía de resultas de haber desafiado a duelo a un célebre espadachín francés. Hamilton era un astuto hombre de negocios, inspiraba en todos respeto y admiración. ¿Por qué un hombre así arriesgaría todo en un duelo?

—Espero que le guste lo que ve.

La había descubierto observándolo. Ante el sonido de su voz, Marion apartó la mirada de su cicatriz. Incapaz de quedarse sin palabras, dijo con frialdad:

—Tuvo usted suerte de no perder el ojo.

Los dientes blancos de Brand brillaron bajo la luz de las lámparas.

—Es cierto, pero no es eso en lo que usted pensaba, Marion.

El mayordomo les abrió la puerta, y Marion fue salvada de la vergüenza de quedarse sin palabras mientras Hamilton subía la escalera.

2

Brand Hamilton estaba exagerando. Eso era lo que pensaba Marion mientras calculaba la distancia entre su cama y el tocador. Sobre aquella se encontraba su bolso de noche, el mismo que llevaba en el teatro. No recordaba haberlo soltado, aunque suponía que lo había hecho al caer. Una criada lo llevó cuando llegó el doctor, y desde entonces no podía quitarle los ojos de encima. Ahora el accidente del teatro ya no le parecía tan fortuito, y no lograba entender por qué no había sospechado algo antes.

Si le hubieran permitido tomar uno de los polvos de la señora Dyce, sería capaz de atravesar la habitación. Fanny incluso le había conseguido un bastón, que ahora descansaba junto a la cama. Pero el señor Hamilton había pronunciado la temida palabra «conmoción», y aquello había bastado para convencer al doctor Mendes. La conmoción y los opiáceos no se mezclaban.

—Simplemente se ha golpeado los dedos del pie, mujer. No necesita láudano para calmar el dolor. —El doctor Mendes era un tipo muy jovial—. Pronto estará tan saludable como la lluvia de la mañana.

Era fácil para él decirlo, pero el dolor le aguijoneaba los dedos y estaba decidida a llegar hasta el tocador cuando todos estuvieran abajo, en el salón de Fanny, tomando un refresco. La fiesta de Clarendon simplemente se había movido a Hannover Square a petición de Fanny, una vez que se supo que el accidente de Marion no pasaba de un golpe en los dedos del pie.

Durante un largo rato pensó en su caída en el teatro, visualizando su primer tropiezo. No había duda de que alguien la había empujado, pero era difícil creer que fuese algo deliberado.

Inverosímil o no, ella sí lo creía. No era el primer contratiempo que le ocurría. La semana anterior, mientras observaba el espectáculo de fuegos artificiales en los jardines de Vauxhall, alguien surgió de entre los matorrales, la empujó y salió corriendo con su bolso de red. El bolso le fue devuelto al día siguiente, intacto. El caballero que lo había entregado no dejó su nombre.

Igual que esta vez.

De momento, no pensaba que alguien quisiera matarla. Los incidentes eran demasiado insignificantes. Pero alguien intentaba asustarla. Si tan solo pudiera alcanzar su bolso, sabría si tenía razón o si estaba dejando volar su imaginación.

Apretando los dientes, Marion apartó los cobertores y deslizó sus piernas por el borde de la cama. Ahora también sentía los otros golpes y rasguños que se había hecho en la caída: arañazos en las rodillas, contracturas musculares a la altura de los riñones y un dolor incipiente detrás de los ojos. Intentaba alcanzar su bastón cuando alguien abrió la puerta de la habitación. Era Phoebe, que dudaba en el umbral de la puerta, pero al ver a Marion de pie se dibujó una inmensa sonrisa en su rostro.

—He oído que te caíste por la escalera del teatro.

—No fue nada, solo me golpeé los dedos del pie. Ya no me duele.

Marion le habló con ligereza; Phoebe tenía pánico a

los accidentes. Tres años atrás, cuando tenía siete, se había caído del caballo y roto una pierna. El hueso no se había soldado bien, así que ahora cojeaba torpemente al caminar. Marion intentaba no estar demasiado encima de su hermana, porque Phoebe detestaba ser tratada como una inválida. Aunque a veces, cuando creía que no la observaban, Marion miraba a Phoebe y se preocupaba de lo pálidas que estaban sus mejillas y de cuánto había adelgazado.

Ya era tarde. Tendría que haber enviado a Phoebe a su habitación con un ligero reproche. En cambio, se dejó caer sobre la cama y palmeó el colchón a su lado, invitando a Phoebe a unírsele.

—Estás fría —le dijo mientras Phoebe se deslizaba junto a ella dentro de los cobertores.

Lanzó una mirada a aquel rostro que debía de ser como el suyo a los diez años: ojos grises, rasgos decididos y una piel pálida acorde con sus cabellos dorados. Las dos se parecían a su madre, mientras que Emily había heredado la belleza castaña de su padre. La diferencia entre ella y Phoebe, pensaba, era que a los diez años ella tenía la nariz y los pómulos bañados de pecas, mientras que Phoebe pasaba demasiado tiempo dentro de la casa, con la nariz metida en sus libros.

Marion esperaba que todo eso cambiaría cuando se instalasen en Longbury. En Lake District, con sus espectaculares colinas y valles, era difícil ver gente. Y llovía sin parar.

Marion resistió a la tentación de besar y abrazar a su hermana, se conformó con frotarle los miembros para que entrase en calor.

—Ya sé por qué estás fría —dijo Marion—. No vienes directamente de tu cama. Has estado haciendo de las tuyas otra vez, escuchando las conversaciones ajenas.

Una de las actividades favoritas de Phoebe era esconderse detrás de la balaustrada de la galería y observar el ir y venir de los invitados de Fanny.

—Quería saber qué te había sucedido —protestó Phoebe—, y cuando escuché al señor Hamilton pronunciar tu nombre, dejé de prestar atención.

Marion iba a darle un sermón, pero lo pensó mejor.

—¿El señor Hamilton pronunció mi nombre? —preguntó inocentemente.

Phoebe asintió.

—Dijo que probablemente te hayas roto un dedo del pie con la caída.

—¿Eso es lo que piensa? —Aquello explicaba por qué el dolor era persistente.

—Sí, pero el doctor dijo que no había nada que se pudiera hacer, y que terminaría por curarse solo.

—¡Nada que hacer! —Marion estaba escandalizada—. ¡Podrían haberme dejado tomar los polvos de la señora Dyce!

—Pero ¿no dijiste que no te dolía?

Marion cruzó los brazos sobre su pecho. Phoebe tenía la facultad de poner en evidencia las mentiras de los adultos.

—Me dolió al principio —aceptó—, cuando llegué a la casa. Ahora ya no me duele tanto.

Phoebe miró a Marion, y ella también cruzó los brazos sobre su pecho. Al ver su gesto, Marion tuvo que contener una sonrisa. El deseo de su hermana por parecerse a ella era algo pasajero, o al menos eso es lo que esperaba. Los ídolos siempre resultaban ser decepcionantes.

—¿Hubo alguna otra cosa...? —Marion carraspeó—. ¿Hubo alguna otra que dijera sobre mí?

—No. No llamándote por tu nombre. Pero escuché que la prima Fanny decía que sería bueno que el señor Hamilton encontrase una esposa.

—¿Fanny dijo eso al señor Hamilton? —Marion estaba anonadada.

—No, claro que no. Se lo dijo al primo Reggie, después de que él le dijese que no le sorprendería que el señor Hamilton termine siendo algún día primer ministro. ¿Crees que estaba pensando en ti, Marion?

—¡No creo! —Marion dejó escapar una risa breve—. ¿Qué te hace pensar eso?

—Pero ¿no te gusta? Yo sé que tú le gustas. ¿Acaso no sería genial si te casaras con un primer ministro? Podría escribirlo en mi historia de la familia, y todo el mundo querría leerla.

Marion se dijo que aquello era lo que sucedía cuando no respetaba sus propias reglas de conducta. Todo el mundo tenía derecho a su privacidad. Ella no era mejor que Phoebe, pero al menos Phoebe tenía la excusa de ser aún una niña.

Marion había abierto la caja de Pandora, y mejor que la cerrara antes de que la muerte y el escándalo se liberasen por el mundo.

—¿Cómo marcha tu historia de la familia?

Compilar la historia de la familia era el último pasatiempo de Phoebe. Siempre había una nueva cosa que ocupaba su mente, y en cuanto su interés comenzaba a decaer, sus hermanas pensaban en algo nuevo en lo que mantenerla ocupada. Si se tratase de una niña activa, las cosas serían muy diferentes, pero Phoebe se cansaba fácilmente y pasaba la mayor parte del tiempo en la casa. Leía mucho más que las niñas de su edad, cosía, tejía, tocaba el piano, dibujaba y llevaba un diario. Escribir una historia de la familia había sido idea de Emily, y Marion había aceptado a regañadientes, sabiendo que prohibirlo habría generado preguntas que no estaba dispuesta a responder.

Phoebe bostezó.

—No hay demasiadas cosas en las cartas de la tía Edwina, y no escribía muy seguido, ¿no es así?

Marion no había mencionado el distanciamiento entre su madre y la tía Edwina.

—Quizá mamá no guardaba todas las cartas de Edwina, sino solo las más interesantes.

—Puede ser, pero eso no me ayuda. Todo lo que sé es que el abuelo y la abuela Gunn cambiaron Brighton por Longbury después de casarse, y allí fue donde nacieron sus hijas.

—El abuelo Gunn era socio en el bufete del abogado de la región. La casa de campo que heredó Edwina, y ahora nosotras, era suya.

—Eso ya lo sé —dijo Phoebe—. Sé todo sobre mamá y sobre la tía Edwina, pero no mucho sobre Hannah.

—Hannah murió hace muchos años, antes de que tú nacieras. —Marion pensó por un instante—. Recuerdo que era muy amable conmigo.

—¿La conociste?

—Yo tenía siete años cuando visitamos Longbury, y Hannah debía de tener unos veinte. —Marion sonrió—. Era muchos años más joven que sus hermanas. Jugaba conmigo, me leía historias y me llevaba con ella a dar largos paseos en el bosque con su perro. —De repente sintió un ligero estremecimiento—. Me había olvidado del perro. Se llamaba Scruff, y adoraba a Hannah.

—Nunca me habías contado eso —se quejó Phoebe.

—Sucedió hace mucho tiempo. Es todo lo que recuerdo.

—¿Y mamá? Nunca habló de Hannah. ¿No le agradaba?

Marion rodeó los hombros de Phoebe con un brazo.

—No hablaba de ella —dijo— porque la entristecía. Papá era igual tras la muerte de mamá, ¿lo recuerdas?

—¡Pues yo pienso que es una tontería! —Phoebe

parecía enfadada—. Si yo muero, quiero que hables todo el tiempo de mí. No quiero que nadie me olvide.

—Prometo hablar tanto de ti que la gente se llevará las manos a los oídos al verme llegar —dijo solemnemente Marion.

—¡Lo digo en serio!

—Yo también. Probablemente me vaya deteriorando hasta convertirme en una sombra de mí misma. ¡Pero ya basta! —Alzó una mano para callar a Phoebe—. Debo de estar mal de la cabeza para permitirte estar despierta a estas horas de la noche. Y no creas que no sé que me has hecho hablar a propósito, para que olvide lo tarde que es.

Marion apartó los cobertores y señaló hacia la puerta.

—¡A la cama!

Phoebe lanzó una mirada de esperanza a su hermana, pero al darse cuenta de que el juego había terminado se deslizó fuera de la cama.

—¿No tengo derecho a mi abrazo de buenas noches? —preguntó Marion.

Phoebe pasaba de un pie al otro.

—Claro. Pero nada de besos. Ya soy demasiado mayor.

Marion se obligó a sonreír. No podía insultar a Phoebe burlándose de su creencia de ser demasiado mayor para besos, y todo lo que obtuvo fue un abrazo rápido. Luego Phoebe corrió hacia la puerta.

—¡Y nada de merodear por la galería! —gritó Marion.

Cuando la puerta se cerró, Marion se hundió en las almohadas. No estaba convencida de que Hannah hubiese muerto hacía tantos años. A partir de fragmentos de conversaciones de sus padres que había escuchado, sospechaba que Hannah se había fugado. Y si era cierto, se trataba de un secreto que sus padres no habían querido compartir con ellas, un secreto que era parte del pasado, y Marion era feliz dejándolo allí. No creía que Phoebe descubriese la verdad, pero si lo hacía, difícilmente sería problemática.

La idea llevó inexorablemente sus ojos hacia el tocador y su bolso. Suspirando, descendió de la cama y puso a prueba sus dedos magullados. No sentía ninguna tumefacción, pero la más pequeña presión le provocaba muecas de dolor.

Cogió su bastón y, utilizándolo para mantener el equilibrio, saltó sobre su pie bueno hasta llegar al tocador. En el interior del bolso, doblada dentro de su pañuelo, encontró una nota: «El silencio es oro. Has sido advertida».

Estrujó la nota en su puño, mientras pensaba que nunca nadie había juzgado tan mal a un hombre como ella había hecho con David.

—En serio, Brand, no sé cómo puedes vivir así. —Ash Denison encontró la botella de brandy en el aparador y se sirvió una generosa cantidad en su vaso—. No es como si fueras pobre. Podrías vivir como un rey si quisieras. ¿Por qué eliges vivir en esta habitación lúgubre en St. James si podrías instalarte sin problemas en Albany o en Bond Street?

—Demasiado a la moda para mi gusto. —Brand lanzó una mirada a los escasos muebles—. Esto es suficiente para mis propósitos, y no planeo hacer pública mi dirección. El que quiera encontrarme no tiene más que acudir a mi oficina en la calle Frith. Te sorprendería saber cuántos lectores quieren encontrarme, aunque solo sea para escupirme en la cara.

—¿Y la belleza, y la elegancia? —Ash se sentó en la silla de cuero al otro lado de la habitación y observó con evidente desagrado el vaso en su mano—. ¿Dónde están las copas de cristal fino y los decantadores? ¿La platería fina dispuesta sobre el aparador? ¿Las cortinas de terciopelo?

Las palabras de Ash evocaron en la mente de Brand el recuerdo del Priorato, la espléndida residencia de su padre, repleta de lujo y grandeza. Había vivido allí por un tiempo, pero nunca la había llamado «casa». «Casa» era el lugar en el que lo había criado el padre de su madre. Y después de que su abuelo muriese, «casa» era algo en lo que había dejado de pensar.

Tomó un trago de brandy y dijo:

—No necesito esas cosas supuestamente finas en mi vida para ser feliz. Un buen fuego en la chimenea y unas cuantas sillas confortables son suficientes para mis necesidades. No te preocupes, Ash, no traigo mujeres aquí, si eso es lo que piensas.

—¿Mujeres? —Ash dejó escapar una carcajada—. ¿Qué mujeres? No tienes tiempo para ellas, estás demasiado ocupado con tus periódicos. Y ahora que estás pensando presentarte al Parlamento, tendrás aún menos tiempo que antes. ¿Y qué fue de Julia? ¿Dónde ha estado estos días?

—Julia me ha dejado —respondió Brand indiferente.

Ash se atragantó con el brandy, dejando caer algunas gotas al inclinar el brazo. Ninguna cayó sobre su inmaculada chaqueta ni sus pantalones hechos a medida. Era algo que Brand siempre le había envidiado desde los tiempos de la escuela. En el campo de juego, Ash siempre salía de las refriegas completamente inmaculado. Le hacía preguntarse cómo se las había arreglado Ash como soldado.

Ash carraspeó para aclararse la garganta.

—Pues bien, así son las cosas —dijo finalmente—. Has perdido tu interés en Julia, y como caballero que eres, le permites que sea ella la que te deje. No tendrá esto algo que ver con lady Marion, ¿verdad? —Ignorando el ceño fruncido de Brand, Ash continuó sin piedad—: He visto tu expresión esta noche cuando lady Marion se cayó en la escalera. Pensé que serías tú el que se desmayaría, no ella.

—Deja ya de exagerar. Estaba preocupado, eso es todo. En todo caso, me alegra que saques el tema, porque te he invitado aquí para hablar de Marion.

Mientras Brand hacía una pausa para poner en orden sus pensamientos, Ash cogió la botella de brandy del aparador y llenó el vaso de su amigo. Luego volvió a su silla y esperó pacientemente a que Brand comenzase.

—Supongo que conoces la estrecha relación de amistad que teníamos la tía de Marion y yo —dijo Brand finalmente.

—¿Edwina Gunn? Sé que fue tu institutriz hasta que tu abuelo murió. Y que te has mantenido en contacto con ella a lo largo de estos años.

Había mucho más que eso, pero Brand siempre pasaba por alto aquellos años turbulentos, así que se limitó a decir:

—Me escribió una carta dos semanas antes de morir. Lamentablemente la envió a mi oficina de la calle Frith, donde quedó sepultada bajo la pila de las cartas de los lectores. La cuestión es que no pude leerla hasta después de su muerte, con lo que no tuve la oportunidad de hablar con ella o de aclarar algunas de las cosas que había mencionado. Finalmente, no vi ninguna razón para seguir pensando en ello y arrojé la carta al fuego.

»Era una carta bastante incoherente sobre su hermana más joven, Hannah. Hasta donde se sabe, Hannah se fugó hace casi veinte años con alguien que solo Dios conoce. Eso es lo que todo el mundo pensaba en Longbury, aunque Edwina nunca lo haya negado ni confirmado. Jamás la he oído hablar de Hannah, y nunca le pregunté por ella. Yo era demasiado joven y respetuoso para inmiscuirme en las penas de otros.

—¿Conociste a Hannah? —preguntó Ash.

—No. Era institutriz en Brighton y solo iba a casa durante las vacaciones, una o dos semanas máximo, cuando yo no iba a la escuela. Quizá la viera alguna vez, pero no lo recuerdo.

Brand se quedó un instante en silencio mientras sus pensamientos retrocedían en el tiempo.

—Esencialmente, Edwina escribió que sospechaba que alguien había asesinado a Hannah, y que Marion, su sobrina, podía identificar al asesino. Hay una cosa que sí sé: Hannah estaba de visita en casa de Edwina cuando Marion y su madre estuvieron allí, y fue en ese momento cuando Hannah supuestamente desapareció —dijo finalmente.

—¿Podrías repetir eso? —pidió Ash despacio, completamente pasmado.

Brand amplió su explicación:

—En su carta, Edwina escribió que Hannah se peleó con sus hermanas una noche y abandonó la casa jurando no volver nunca más. Y no, Edwina no mencionó sobre qué fue la disputa. —Bebió de su vaso mientras reflexionaba—. Por lo que yo sé, Edwina nunca denunció la desaparición de su hermana, lo que me lleva a pensar que creía que esta había escapado, quizá con un hombre. En todo caso, los años fueron pasando, y no fue sino hace poco que alguien mencionó a Edwina que Marion estaba merodeando la noche que Hannah desapareció. No me dijo quién se lo mencionó.

—¿Y cómo pueden estar seguros de que se trata de la misma noche?

—Edwina no me lo dijo. Sea como fuere, esta persona la convenció de que Hannah había sido asesinada y que Marion era testigo de ello. Tienes que entender que la casa de Edwina está rodeada de bosques y se encuentra cerca del Priorato y de sus construcciones y terrenos. Si Hannah fue asesinada, existen muchos lugares en los que esconder su cuerpo.

—¿No te parece todo un poco repentino, Brand? ¿Pasar veinte años creyendo que tu hermana se fugó, y decidir finalmente que quizá fue asesinada? A mí me suena a una broma de mal gusto, y si no, ¿por qué no dijo nada cuando Hannah desapareció?

—No estás diciendo nada que no me haya dicho ya a mí mismo cuando leí la carta. Sin embargo, tengo conocimiento de otro factor que aumentó mi escepticismo. —Brand tomó un trago de brandy y continuó—. Cuando estuve en Longbury para el funeral, escuché ciertos rumores. Aparentemente, Edwina estaba muy cambiada las últimas semanas. Se había vuelto olvidadiza y se sumía en el pasado, comportándose cada vez más como una niña. ¿Comprendes lo que pensé?

—Que se estaba volviendo senil. —Ash suspiró—. ¿Qué te pedía que hicieras?

—Que fuera a visitarla para que pudiera contarme todo cara a cara —dijo, con un dejo de amargura en la voz—. Como dije, para cuando descubrí su carta, ya era demasiado tarde. En todo caso, no la recibí hasta bastante tiempo después de haber escuchado los rumores sobre Edwina, así que no la tomé en serio, ni me puse a intentar resolver un misterio de hacía veinte años. Sabía que Marion vivía en Lake District, y pensé en escribirle, pero me resistía a revelarle que su tía no estaba bien de la cabeza. Así que no hice nada.

—¿Hasta que lady Marion y sus hermanas aparecieron frente a tu puerta?

Brand asintió, estiró sus largas piernas frente al fuego que ahora crepitaba alegremente y se recostó de manera confortable en su silla.

—No quise molestar a Marion o preocuparla hablándole de la carta de Edwina. ¿Qué sentido tenía si se trataba del producto de la imaginación de una anciana? Entonces cultivé su amistad e intenté hacerla hablar. —Apartó la mirada de los carbones ardientes de la chimenea y la dirigió directamente a Ash—. No sabe nada. De hecho, apenas se acuerda de Longbury. Recuerda a sus tías Edwina y Hannah, pero no que Hannah hubiera desaparecido cuando ella estuvo allí. Cuando le pregunté dónde estaba Hannah ahora, todo lo que pudo decirme fue que Hannah había muerto joven.

—¿Tratas de decir que las hermanas de Hannah intentaron ocultar su vergüenza inventándole una muerte temprana? —se burló Ash—. Apostaría a que se fugó con un hombre casado y su familia nunca la perdonó por ello. ¡Típico!

Brand se encogió de hombros.

—Pensé que había honrado mi obligación para con Edwina y podría dejarlo allí, pero eso fue antes de que alguien empujara a Marion por la escalera esta noche. Y hace una semana, un ladronzuelo la atacó y le robó su bolso en los jardines de Vauxhall. No fue Marion la que me lo dijo, sino Phoebe.

—Pura coincidencia —opinó Ash—. Podría haberle pasado a cualquiera.

—Muchos estarían de acuerdo contigo —respondió Brand—, pero soy periodista y tengo un instinto especial para estas cosas. Creo que Marion está en apuros de alguna forma. Lo que aún no sé es si ello guarda relación con Longbury o con Lake District.

Brand casi podía escuchar cómo Ash cavilaba añadiendo detalles y llenando los espacios en blanco.

Finalmente, Ash rió entre dientes.

—Diría que no me lo estás contando todo. O lady Marion se ha confiado a ti, o ha habido un tercer incidente que por alguna razón no quieres mencionar.

—Te equivocas en ambos casos. —Brand vació su copa y la dejó a un lado—. Lo repito: confío en mi instinto.

Brand recordaba la mirada de horror en los ojos de Marion cuando se inclinó sobre ella al pie de la escalera, y luego, su respuesta involuntaria a la pregunta de él cuando volvió en sí en el carruaje: David.

Brand esperaba que los problemas tuvieran su origen en Lake District, porque si se trataba de Longbury, entonces significaba que tendría que haber considerado seriamente la carta de Edwina. Significaba que no tendría que haber asumido tan fácilmente que la muerte de Edwina fue un accidente. Significaba que si Marion volvía a Longbury estaría poniendo su vida en peligro.

Todo parecía tan poco probable que incluso en ese momento le costaba creerlo.

—En todo caso —dijo Brand finalmente—, he decidido hacer lo que Edwina me solicitó, y eso es resolver el misterio de lo que sucedió a Hannah años atrás.

—¿Crees que es una decisión sabia? Podrías estar golpeando un nido de avispas.

—Soy perfectamente consciente, pero pretendo mantener a Marion vigilada.

Brand alzó la mirada para encontrarse con los ojos de Ash, que lo miraban llenos de dudas.

—¡Tenía razón! —dijo Ash—. ¡Marion te gusta! Tendría que haberlo sabido cuando te referías constantemente a ella como Marion y no como lady Marion. ¿Es así como la llamas cuando estáis solos?

Ante la mirada vacía de Brand, Ash sonrió:

—Estás jugando un juego peligroso, amigo mío.

—Me siento responsable de ella —respondió, intentando sin éxito imponer seriedad ante la mirada divertida de Ash.

—Sí, así es como comienza, y antes de que te des cuenta, caerás en una trampa para solteros. Piensa en Jack —continuó Ash, mitad en broma, mitad en serio.

Jack era un amigo de ambos, y tiempo atrás, al igual que ellos, un soltero empedernido. Ahora estaba felizmente casado con el amor de su vida.

Ash se puso de pie.

—¿Quieres un consejo? Ten cuidado con la señora Milford. Quizá Julia tenga la cara de un ángel, pero tiene el carácter de un demonio. No aceptará amablemente que otra mujer le robe sus propiedades.

—Ya te lo he dicho —respondió Brand—, fue ella la que terminó con lo nuestro.

—¿Y no creerás que eso es importante para una mujer como Julia? Me sorprende que aún no haya venido a ti mostrando los colmillos.

—Está en París.

—Eso lo explica todo. Volverá en cuanto alguien le comente que otra mujer ha ocupado su lugar en tus afectos.

—¿Por qué no te sientas? —gruñó Brand—. ¡Termina de una vez con tus provocaciones! No te he invitado para jugar contigo, sino porque eres mi amigo y necesito tu ayuda.

Aquello atrajo la atención de Ash. Lentamente se arrellanó en su silla.

—¿Por qué necesitas mi ayuda?

—¿Acaso no he sido claro? No me sorprendería que hubiese un tercer incidente, otra de esas «coincidencias» que podrían sucederle a cualquiera. Pero no puedo estar en todos lados al mismo tiempo. He aceptado presentarme en representación del partido en las próximas elecciones. Prácticamente no tendré tiempo con todos los asuntos de las elecciones. Y además están los periódicos a tener en cuenta. Tengo que dar instrucciones a mi segundo sobre lo que deberá hacerse en mi ausencia.

—Me parece que tienes demasiadas cosas de las que ocuparte —dijo Ash.

—Por eso necesito tu ayuda.

—Te escucho.

Brand exhaló lentamente, y dijo en voz baja:

—Necesito que alguien vigile de cerca a Marion, al menos hasta que se instale en Longbury. ¿Podrías hacerlo?

—Será un placer, viejo amigo, un placer —dijo Ash, y sonrió.

Tras acompañar a Ash a la puerta, Brand regresó al salón, donde su criado estaba poniendo las cosas en orden. Manley era un hombre fornido y algo gris, en los inicios de la cincuentena, un antiguo soldado de caballería que había pasado por momentos oscuros. Era un genio con los caballos, pero había sido despedido por su último patrón por insubordinación. De hecho, varios de sus patrones lo habían despedido por insubordinación. No cabía ninguna duda de que Manley no era consciente de su posición social, pero había tenido la fortuna de encontrar el único patrón que lo admiraba por ello.

Desafortunadamente, su talento resultaba inútil, ya que Brand no tenía caballerizas. No veía la necesidad, y alquilaba lo que necesitaba en la caballeriza de Pall Mall. Pero todo aquello estaba a punto de cambiar.

—Manley —dijo—, la semana que viene o la otra iremos a Longbury. Allí tengo una cuadra vacía, así que mañana iremos juntos a Tattersall para mirar caballos y hacer algunas adquisiciones. Necesitaré también los servicios de un adiestrador y de un mozo de cuadra. Te agradecería que pudieras ocuparte de todo en mi lugar. Y Manley: solo lo mejor.

Manley no mostró ninguna expresión, más allá de un ligero movimiento de la mandíbula.

—Creo que puedo ocuparme de todo, señor Hamilton —dijo.

—Perfecto. Ah, también necesitaré sirvientes para la casa.

—Déjemelo a mí, señor.

El tono de aquel «señor» dijo a Brand lo contento que Manley estaba de preparar las caballerizas de Longbury.

Brand se volvió con una sonrisa, pero la perdió de inmediato al descubrir que el relleno de uno de los sillones salía por las costuras. Aquellos sillones habían pertenecido a su abuelo. Ash le diría que era momento de deshacerse de ellos, que ya habían durado bastante.

Brand volvió a girarse.

—Manley, querría que encontrases también un tapicero, o un decorador, o como se llame. Este lugar se cae a pedazos. Quiero todo amueblado, pero que no te deshagas de nada.

—Sí, señor —respondió Manley.

—Y ten cuidado con los vasos —añadió Brand. Los vasos también habían pertenecido a su abuelo.

—Sí, señor.

Y con un cortés «buenas noches», Brand abandonó la habitación.

3

Tres días después, Marion se encontraba en el deslumbrante salón de baile de la prima Fanny, sentada junto a sus carabinas mientras los músicos afinaban sus instrumentos para el siguiente baile. Sus ojos, independientes de su voluntad, no paraban de posarse en la figura alta y de anchos hombros de Brand Hamilton. Estaba conversando con el primo Reggie, y Marion estaba segura de que discutían respecto de los detalles de la última ley aprobada en el Parlamento. Marion había estado investigando un poco por su cuenta en los últimos días, y hasta donde ella sabía, la posición política del señor Hamilton podía definirse como antimonárquica, antisistema y, en general, contra todo lo que alguna vez su padre defendió.

Sin embargo, todo el mundo estaba de acuerdo en que llegaría lejos en política si lo intentaba. Curioso.

Las reflexiones de Marion fueron interrumpidas por la carabina de lady Anne Boscobel:

—La orquesta se prepara para un vals —susurró, inclinándose hacia ella—. No sería apropiado que una joven muchacha como Emily bailase el vals.

—Gracias por la advertencia, señorita Barnes. —La respuesta de Marion fue cordial, pero por dentro estaba profundamente aburrida. La señorita Barnes se había nombrado a sí misma como árbitro de los buenos modales, y siempre estaba buscando un fallo en el comportamiento de alguna de las muchachas. Y lo peor de todo era que la señorita Barnes siempre tenía razón.

Marion se puso de pie y casi dio un paso antes de recordar que necesitaba su bastón. Se sentía ridícula al tener que utilizar un bastón por algo tan poco importante como unos dedos lastimados. Mientras mantuviera el pie alzado, no sentía ningún dolor, pero la más pequeña presión le hacía doblar la rodilla. Por eso necesitaba un bastón.

El primer paso le arrancó una mueca de dolor. A ese ritmo, le costaría una semana llegar hasta Emily. Dio otro pequeño paso y se detuvo al ver a Brand Hamilton abrirse camino entre las parejas que bailaban para llegar hasta Emily y su acompañante. Brand hizo una señal con la cabeza en dirección a Marion, indicándole que entendía lo que quería y que se ocuparía de ello. Luego acompañó a Emily a través del salón, mientras ella reía y coqueteaba, disfrutando evidentemente de la atención masculina. Satisfecha, Marion iba a sentarse de nuevo cuando Fanny se acercó a ella.

—Veo que ambas hemos tenido la misma idea —dijo Fanny—. Afortunadamente, Brand sabe, a diferencia de Emily, que las muchachas jóvenes y solteras son consideradas fáciles si bailan el vals antes de ser presentadas en la corte. Esas estúpidas reglas están hechas para ponernos a prueba.

Lo que la prima Fanny parecía olvidar era que Emily no iba a ser presentada en la corte. No podían permitírselo.

Marion sonrió a su prima, sabiendo que no estaba intentando encontrarle defectos, sino solidarizándose con las pruebas a las que se veían sometidos progenitores y guardianes. Fanny era en realidad la prima de su padre, y le llevaba muchos años. Ella y Reggie tenían dos hijos de la edad de Emily que estaban en la universidad, así que ellos esperaban que la gente joven pusiera a prueba las leyes escritas por sus mayores. Pero lo más entrañable era, a los ojos de Marion, el cariño inagotable que tenía por las tres huérfanas; un cariño que Marion no había visto desde el nacimiento de Phoebe.

—Un apuesto demonio, ¿no crees? —dijo Fanny. Estaba mirando a Brand Hamilton.

Marion no intentó hacerse la desentendida.

—Supongo que puede decirse eso...

—¡Curiosa alabanza! —Fanny rió—. Estoy segura de que muchas de las mujeres aquí presentes piensan igual que yo. Si yo tuviese diez años menos competiría encantada con ellas.

—Si te vieras un poco más joven —le contestó secamente Marion—, estarías compitiendo con chicas de la edad de Emily.

Estaba exagerando, pero había algo de verdad en sus palabras. El cuerpo de Fanny era firme y esbelto, su piel era brillante y saludable, y no había ni rastro de gris en sus rizos oscuros.

—Mira —susurró Fanny—. Elliot Coyne acaba de entrar.

Marion obedeció. Y lo que vio fue un hombre en la treintena, apuesto aunque no demasiado, y aparentemente muy pagado de sí mismo.

—¿Quién es Elliot Coyne? —preguntó Marion.

—Es el rival de Brand por la nominación al asiento vacante en el Parlamento.

En ese instante se unió a Elliot Coyne una mujer alta y de cabellos oscuros de poco más de veinte años, vestida con una muselina ligera. Hacían una bonita pareja.

—Y aquella es su prometida, lady Veronica, heredera del marqués de Hove. Elliot tiene de qué sentirse orgulloso: lady Veronica sería una esposa excelente para un miembro del Parlamento —continuó Fanny.

—¿En serio? —Marion estaba realmente interesada—. ¿Cómo lo sabes?

Fanny rió entre dientes.

—Porque es de buena estirpe, y tiene buenos contactos. Será una gran ventaja para él. —Hizo chasquear la lengua—. Brand no debería dormirse en los laureles.

—¿Entonces ya está decidido? ¿Va a presentarse para el Parlamento?

—Reggie cuenta con ello. No es que no nos agrade Elliot, pero no tiene el carisma de Brand. Tengo que ir a saludarle.

Con un aire despreocupado, Fanny se alejó rodeando el salón de baile. Al llegar a donde estaba la pareja, se le unió su esposo. Reggie Wright tenía los cabellos tan claros como Fanny los tenía oscuros, y solo viéndolos de cerca uno podía notar que estaban salpicados de plata. Marion lo apreciaba enormemente. Al igual que su esposa, era alguien de gran corazón y se preocupaba mucho por sus tres primas políticas.

La expresión de Marion se suavizó al verlos juntos. No podía evitar sentir algo de envidia de tan felices como se los veía juntos. No creía que Reggie hubiera escogido a Fanny para ser su esposa a causa de su estirpe, o de sus contactos, o porque podría ayudarlo en su carrera. Entre ellos había un tipo de amor en el que la mayor parte de las parejas solo podía soñar.

¿Donde la dejaba a ella todo eso?

Justo donde quería estar, pensó desafiante. En su casa rural de Longbury, con la gente que más le importaba en el mundo, y no querría que las cosas fuesen de ninguna otra manera.

Aunque Marion se quedó cerca de donde se congrebaban las ancianas, lejos de la pista de baile, era todo menos tímida. Lord Denison nunca estaba demasiado lejos, y la presentó a varias personas cuyos nombres olvidó casi en el instante en que los escuchó. Le agradaba Ash Denison, y había disfrutado de un ligero coqueteo con él, pero no se engañaba: sabía que él no buscaba su compañía por su voluntad, y sospechaba que el primo Reggie se lo había solicitado.

El señor Hamilton también se había ocupado de ella, pero raramente dejaba de bailar. Marion suponía que un hombre que pretendiese llegar al Parlamento no podía perderse la oportunidad de hacer nuevos amigos y ganar votos.

Marion no podía desplazarse hasta el salón para cenar, pero Emily le había prometido que le llevaría algo de comer. Ash Denison estaba junto a ella cuando una hermosa pelirroja con un vestido ajustado color escarlata cayó sobre ellos como un halcón. La gargantilla de diamantes que llevaba era magnífica, pero no disminuía la sensación de encontrarse frente a un ave de presa de ojos penetrantes.

—¡Julia! ¡Qué sorpresa! —Lord Denison dio un brinco, sorprendido.

Parecía más asustado que sorprendido, y Marion sintió un poco de lástima por él, pensando que no querría estar en su lugar. Podía sentir la disputa de amantes, y eso la divertía enormemente. Luego notó que los ojos penetrantes se dirigían hacia ella, y automáticamente cogió su bastón.

—Lady Marion... Déjeme presentarle a la señorita Milford, Julia Milford —dijo Denison.

Marion no intentó ni siquiera ponerse de pie. Respondió a la presentación con una ligera inclinación de la cabeza.

—¿Cómo está usted, señorita Milford? —dijo—. Como podrá ver, me encuentro algo indispuesta, si no, la saludaría como corresponde.

—Por favor, no se disculpe —dijo Julia Milford con extrema delicadeza—. He oído hablar de su accidente. —Su expresión denotaba una moderada simpatía—. ¿Fue el pie derecho?

—No. El izquierdo.

Marion bajó la mirada a sus pies. Llevaba puestas unas zapatillas de satén de Fanny, porque eran el único calzado que podía usar sin sentir que sus dedos fuesen a estallarle.

Alzó el bajo de su vestido para mirar mejor su pie, y en ese momento la señorita Milford hizo lo impensable: deliberadamente, dio un pisotón sobre los dedos de Marion. Si hubiera encontrado el aliento para hacerlo, Marion habría gritado, pero el dolor era tan insoportable que apenas si lanzó un grito sofocado. Las lágrimas cayeron de sus ojos y resbalaron por sus mejillas.

La presión disminuyó cuando Ash atrapó al ave predadora de ojos penetrantes y tiró de ella.

—Compórtate, Julia —protestó, sacudiéndola con dureza.

Lo que sea que la señorita Milford le iba a responder fue ahogado por las palabras de enojo de Ash. La sostenía firmemente del codo y la llevó hacia la puerta. Si Marion hubiera tenido la fuerza suficiente, los habría perseguido con su bastón para golpear a esa estúpida miserable. No podía recordar haber estado tan enojada.

Por supuesto, sabía lo que había provocado a la señorita Milford. Esa mujer era terriblemente celosa, y todo por nada: Ash Denison se sentía tan atraído por Marion como ella por él. E incluso si no fuese así, ¿cuál era el problema? No se puede ir por la vida atacando a la gente. Aquella arpía merecía estar enjaulada.

Comenzaba a recuperar el aliento cuando Brand Hamilton se le acercó portando dos platos de comida. La escena que siguió hizo que Marion se olvidase de sus dedos magullados. Julia Milford se liberó de Ash y se dirigió hacia Brand. Él tuvo la presencia de espíritu suficiente para pasarle los platos a Ash antes de que la arpía le cruzase la cara de una bofetada. El sonido del golpe provocó una mueca de dolor en Marion. Miró al salón de baile. Todos los ojos apuntaban al trío que ocupaba el centro de la pista de baile.

Con la cabeza bien alta, la señorita Milford salió del salón de baile. Brand Hamilton recuperó los platos de las manos de su amigo y se dirigió hacia donde estaba Marion.

Ahora entendía. La causa de los celos de Julia Milford no era Ash Denison, sino Brand Hamilton. Evidentemente, la señorita Milford era una amante despechada. Y por supuesto, consideraba que Marion era su rival.

Otros pensamientos atravesaron su mente: lady Veronica, cuya estirpe era intachable, cuyos contactos eran importantes y que sería de gran ayuda en la carrera de su esposo. Un hombre con la ambición de Brand Hamilton no podía atarse a una arpía como Julia Milford, casados o no. Elegiría como esposa alguien que representase una ventaja para él, alguien aceptado por la flor y nata de la sociedad, alguien como lady Veronica... ¡Alguien como Marion!

—Otra vez tiene esa mirada en su rostro... —le dijo Brand cuando se le acercó.

—¿Qué mirada? —preguntó Marion, fría como el hielo.

—Una que oculta lo que realmente está pensando. Tome, esto es para usted. —Le ofreció un plato—. Le dije a Emily que se lo traería. Habría sido una lástima alejarla de sus amigos.

Cuando Brand se sentó junto a ella, Marion bajó la mirada hacia su plato: tarta de langosta, milhojas de patatas, una mezcla de vegetales a la parrilla y unas finas lonchas de jamón y de carne asada. Por un momento estuvo tentada de arrojarle a la cabeza todo aquello.

—Lamento mucho la escena con la señorita Milford —se disculpó él—. ¿Qué fue lo que le dijo?

Sus despreocupadas excusas la irritaban.

—Me pisó con fuerza los dedos del pie —respondió, imitando su indiferencia, y cogió un trozo de tarta de langosta, casi ronroneando de placer. Emily había elegido su comida preferida.

—¡Ay! —dijo Brand con una sonrisa.

«¿Ay?» ¿Eso era todo lo que tenía para decirle? «¿Ay?»

—Si hubiera sabido que ella estaba aquí —continuó Brand— la habría mantenido alejada de usted. Creía que se encontraba en París.

—Ya veo. —Marion le dirigió una tibia sonrisa—. Con la señorita Milford fuera de escena, usted tiene mejores oportunidades de encontrar apoyos para su candidatura. —Marion se metió el resto de la tarta de langosta en la boca y masticó sin muchas ganas.

Pudo distinguir un destello en los ojos de Brand, algo como molestia o enojo, pero aquel brillo desapareció al instante, y afloró una mirada serena.

—¿Qué quiere decir con ello?

—Por favor, señor Hamilton, no soy tan inocente. Me costaría creer que una mujer con el temperamento de la señorita Milford pueda ayudarle en su carrera. —Su propio temperamento comenzó a caldearse al recordar sus dedos lastimados—. Por otra parte, ser visto junto a alguien como yo podría beneficiarle.

Brand estaba concentrado en su plato, decidiendo qué comer.

—Recuerde que fue Julia la que le dio un pisotón, no yo. Y en cuanto a lo de beneficiarme... ¿En qué modo podría ser?

—Piense en lady Veronica y el señor Coyne —le dijo, intentando sonar maliciosa—. Su posición es mejor desde que se comprometieron, o al menos eso es lo que me han hecho entender. ¿Por qué no debería ser así? Ella proviene de una familia excelente y tiene muchos contactos. Lamentablemente para usted, lady Veronica ya está comprometida.

Brand se giró hacia ella y la miró con curiosidad.

—Marion, ¿me está usted diciendo que está disponible? ¿Esto es acaso una propuesta de matrimonio?

Marion inspiró profundamente y luego suspiró poco a poco.

—Eso es... Bueno, me alegro de que al menos uno de los dos se esté divirtiendo.

—No, no. Su propuesta es interesante. Efectivamente sería una ventaja para mí si busco la nominación. Usted es de buena cuna, una verdadera dama de pies a cabeza, y la gente le tiene toda la simpatía que no sienten hacia mí. Aunque del otro lado de la balanza, soy un hombre rico y para nada tacaño. Usted y sus hermanas tendrían todo para ganar sin dar nada a cambio. Debo suponer que ya habrá pensado en ello.

—No me estoy proponiendo, y usted lo sabe perfectamente —dijo Marion con los dientes apretados.

—Tendría que pensarlo muy seriamente —dijo Brand, ignorándola.

Marion se había quemado con su propio fuego. Eso ganaba por batirse con un experimentado duelista.

La diversión en los ojos de Brand se desvaneció, y le dijo seriamente:

—Pero antes, querría saber quién es David.

Marion se estremeció. Solo había una forma de satisfacer la curiosidad de un hombre así, y era diciéndole la verdad, al menos hasta donde ella osaba.

—David —comenzó a decir con calma— era el hombre con quien estaba comprometida cuando tenía la edad de Emily. Él decía que yo era el amor de su vida, pero me abandonó en el altar. Encontró un nuevo amor, y no podía vivir sin ella.

—Lo siento.

—No lo lamente. No se me rompió el corazón ni perdí la razón. Lo superé.

—Sin embargo, fue su nombre el que usted mencionó al recuperarse de su desmayo —dijo Brand tras un largo silencio.

El corazón de Marion se detuvo por un instante. ¿Por qué no dejaba aquel asunto de una vez?

—Sí —le respondió—, he estado preguntándome al respecto. —Marion esperaba sonar convincente—. Quizá, en el fondo de mi corazón, aún sigo amándolo un poco.

Brand se inclinó hacia ella.

—Es usted una mentirosa, Marion Dane. Usted no está suspirando por un amor perdido.

—¿Cómo lo sabe? —Marion apretó los dientes.

—¡Por esto!

Ante sus ojos, Brand cogió el plato de su regazo y lo puso sobre la mesa junto al suyo, le rodeó la cintura con un brazo y la besó. Allí, frente a todos, la besó. Tendría que haber esperado un gesto tan osado viendo la cicatriz de su ceja.

Marion era demasiado discreta para luchar, y luego se sintió demasiado cautivada para hacer otra cosa que aferrarse a las solapas de la chaqueta de Brand intentando sostenerse. No era el tipo de beso que ella habría esperado. Él no intentó someterla, sino que se la ganó haciéndole sentir el delicado roce de sus labios.

Cuando se separó de ella, Marion parpadeó. Los ojos de Brand le sonreían.

—Ambos nos preguntábamos al respecto, ¿no es así? Bien, ahora ya lo sabemos.

Le devolvió su plato y comenzó a conversar con la mayor naturalidad sobre preparar la caballeriza y de sus nuevas adquisiciones. Poco a poco, Marion pudo aportar un par de frases coherentes sin sentirse demasiado avergonzada. Al mismo tiempo, era perfectamente consciente de las miradas disimuladas que muchos les dirigían.

Para cuando Marion se fue a la cama, eran la comidilla de todos: los rumores circulaban con rapidez respecto de la escena de Julia Milford y del beso de Brand a Marion, que, para entonces, ya se había convertido en un tórrido abrazo.

Marion acababa de acostarse cuando Emily entró en su habitación.

—¿Es verdad, Marion? —Sus ojos oscuros se movían nerviosos—. ¿Te has comprometido con el señor Hamilton? Es lo que todo el mundo dice...

—¡Pues entonces todo el mundo necesita que le examinen la cabeza! —exclamó Marion. Se negaba a decir nada respecto de Brand Hamilton.

Se quedó acostada en la oscuridad, con los ojos abiertos y con los pensamientos bailando en su mente. Ese beso no debería haber tenido lugar. No podía permitir que Brand Hamilton se interesase por ella. Él creía saber quién y qué era ella, pero en realidad no la conocía en absoluto.

Marion había conocido la traición y el sufrimiento, pero había aprendido a dejarlos atrás. Ya no era una jovencita; era una mujer, una mujer fuerte y capaz con dos hermanas a su cargo. No había lugar para un hombre en su vida, y mucho menos para alguien como Brand Hamilton. Haría lo que siempre había hecho: perseverar.

Borró de su mente todos los pensamientos sobre Brand Hamilton y se concentró en la desagradable aunque necesaria cita que había arreglado para la mañana siguiente. Su mensajero la llevaría a la librería Hatchard's, en Piccadilly. Y una vez que saliese de Hatchard's, David estaría fuera de su vida para siempre.

Con ese pensamiento reconfortante, Marion se entregó al sueño.

El observador apostado bajo el pórtico de la iglesia de St. George, en Hanover Square, se ocultó entre las sombras cuando el último carruaje cruzó la puerta de la casa de Reginald Wright. El baile había terminado. Todos los invitados iban camino de sus casas, y los sirvientes ya estaban cerrando puertas y ventanas antes de ir a acostarse. Lady Marion Dane estaba segura por esa noche, fuera de su alcance.

Se dijo a sí mismo que ya habría otras oportunidades de llegar hasta ella, si no en Londres, en Longbury, o camino a Longbury. Las costumbres de la ciudad no eran como las del campo. No estaría tan protegida en el campo.

No la odiaba, ni le desagradaba. Pero sí la temía, a ella y al daño que podía hacerle. Si ella mantenía la boca cerrada, todo iría bien. Pero sería mejor para todos si nunca volvía a Longbury.

Siguió meditando al respecto mientras se dirigía hacia la calle Brook y al coche que lo esperaba.

4

Marion entró en el salón y se detuvo de golpe. Habían pasado varios días desde aquel beso infame en el salón de baile, y era la primera vez desde entonces que se encontraba frente a frente con el hombre osado que se había tomado tales libertades con ella. El señor Hamilton estaba sentado a la mesa con la cabeza inclinada sobre los cuadernos de Phoebe. Él aún no la había visto, y Marion estuvo tentada de escaparse de puntillas. Era un impulso infantil que descartó de inmediato. Después de todo, se trataba de un amigo de Reggie, no podría evitarlo para siempre.

Sin alzar la mirada ni volverse hacia ella, Brand le dijo:

—Demasiado tarde para escaparse, Marion. Sé que está aquí. —Se puso de pie, y sus ojos brillaban divertidos.

Su tono desenfadado la irritó. Brand tenía los ojos más expresivos que ella hubiese visto jamás en un hombre. Con una sola mirada era capaz de hacerla sonrojarse, o de dejarla sin habla, o de hacerle rechinar los dientes. Sabía cómo jugar con Marion, pero ella estaba determinada a no permitírselo.

—Señor Hamilton —le dijo, haciendo una reverencia con la cabeza—. ¿Dónde están los demás?

El programa era ir hasta el parque Richmond y hacer un picnic. Aquello era en beneficio de Phoebe, con la intención de dar un poco de color a sus pálidas mejillas. Nadie había dicho que Hamilton iría con ellos.

—Los demás se han adelantado —dijo Brand—. Usted y Phoebe irán conmigo. Ella nos avisará cuando esté listo el carruaje.

—¿Y Fanny no pensó en mencionármelo? —preguntó Marion con un hilo de voz.

Era un largo camino hasta Richmond, y la idea de estar con él durante tanto tiempo la llenó de consternación.

Además, solo colaboraría a aumentar los rumores sobre ellos. Fanny debería saberlo. ¿Acaso era la forma en la que su prima pretendía juntarlos? No le daría ese placer.

—Fanny está siendo diplomática —dijo Brand—. Sabe que le debo una disculpa. ¿Estaría dispuesta a escucharme?

Al verla dudar, Brand puso las manos sobre el respaldo de la silla contigua a la suya.

—¿Por qué no se sienta, Marion?

Era más una orden que una sugerencia. Marion se sentía otra vez intimidada por la cicatriz de su ceja izquierda. Le recordaba la faceta temeraria del carácter de Brand, y que tenía que andarse con cuidado tratándose de él. Se tomaba demasiadas libertades respecto de las reglas de conducta entre los sexos que a ella le habían enseñado a seguir, y que la dejaban en desventaja.

Marion se sentó en la silla que le ofrecía y lo observó mientras Brand caminaba hacia la ventana. Pensó que se movía como un espadachín, con gracia y eficiencia. Se preguntó si él era consciente de lo apuesto y elegante que estaba con su chaqueta negra ajustada y sus pantalones beis.

Brand se volvió hacia ella.

—¿Cómo están los dedos?

Marion bajó la mirada hacia las botas de Brand, pero luego comprendió que se refería a los suyos.

—Mejor, gracias.

—Es lo que pensé cuando Fanny me dijo que usted fue a Hatchard's el día después del baile —dijo Brand y se sentó en la silla a su lado.

—Fui en el carruaje —respondió Marion rápidamente. ¿Por qué había mencionado Hatchard's?

—¿Encontró algo interesante?

—No. No me quedé mucho tiempo; mis dedos volvieron a hacerse sentir.

Brand asintió y sonrió.

—¿Ningún otro efecto desagradable de su caída en el teatro?

Estaba mencionando todas las cosas de las que Marion no quería hablar. ¿Qué era lo que sabía? ¿Por qué era tan curioso?

—Ninguno. —Su voz era tensa—. Señor Hamilton, ¿he escuchado bien? ¿No dijo algo sobre una disculpa?

—Estoy llegando a ello. —Brand se encogió de hombros, negligente—. Lo último que querría es incomodarla. Lamento haberla besado frente a toda aquella gente.

No era exactamente una disculpa, pero había dicho la palabra mágica y Marion estaba feliz de dejarlo así.

Ella estaba a punto de ponerse de pie cuando Brand preguntó:

—¿Por qué no me abofeteó?

Marion se hundió en su silla. La razón era que la había seducido. Había pensado en aquel beso en los momentos más extraños del día, cada día y cada noche. Todavía sentía en los labios el gusto de su boca, sus dedos aún podían sentir la dureza de sus músculos de acero. Su dulzura, su pasión, su...

—Pues porque me cogió por sorpresa —dijo, tragando saliva—. Nunca se me habría ocurrido que un hombre cuyo objetivo era llegar al Parlamento pudiese actuar de forma tan imprudente. ¿Qué habrán pensado sus colegas?

—Ellos aplaudieron. —Brand sonrió maliciosamente—. A su entender, yo estaba reclamando posesión sobre la hija de un conde antes de que otro me la robase en mis propias narices. En fin, que estaba intentando mejorar mis posibilidades de ganar la nominación de mi partido. Otros, sin embargo, pensaron que tuve suerte. La mayoría de las mujeres habrían exigido que las solicitase en matrimonio tras una exhibición pública como esa.

Se estaba burlando de ella. Tan fríamente como pudo, Marion dijo:

—Iré a ver a Phoebe para verificar que esté bien abrigada.

Brand la cogió por la muñeca y la retuvo sin esfuerzo. Todo rastro de diversión se había borrado de su rostro.

—Nadie la culpa por ese beso, Marion. Todo el mundo cree que usted es muy inocente y que me aproveché fácilmente de usted. La culpa es mía.

—Y como es usted un hombre, todo el mundo lo alaba. —La voz de Marion era seca como la yesca—. De hecho, esperan que se divierta conmigo.

Brand lanzó una carcajada.

—Marion, un beso inocente frente a testigos difícilmente pueda ser calificado como divertirse con usted.

—No parecerá tan inocente si nos ven en su carruaje con Phoebe como única compañía.

Antes de que Brand pudiese responderle, Phoebe entró en el salón.

—¡El carruaje de lady Bethune ya está aquí! —gritó—. Marion, es un carruaje abierto. Date prisa, quizá podamos alcanzar a los demás.

Marion miró interrogativamente a Brand.

—¿Lady Bethune?

Lady Bethune era una de las mujeres que la había vigilado en el teatro.

—La abuela de Ash —agregó Brand, ofreciéndole su brazo—. Un caballero siempre debe velar por su reputación. —Y con una amplia sonrisa, la acompañó fuera de la habitación.

Como era de esperar, Marion limitó su conversación a las mujeres del carruaje, mientras Brand se acomodaba para disfrutar del espectáculo de Marion esforzándose por evitar sus ojos.

No podía dejar de mirarla.

Había aprendido mucho sobre Marion en la última semana. Sintiendo que se vislumbraba en el horizonte una propuesta de matrimonio, Fanny había sido muy sincera cuando él la había hecho hablar de Marion. Le contó que Emily había sido la hija preferida, y que cuando Diana murió, Marion ocupó el lugar de su madre. No era que Diana hubiera sido una mala madre, pero antes de casarse había trabajado como dama de compañía, y Marion había pagado las consecuencias de su inseguridad. Después de que el padre de Marion heredase el título y se mudasen a Keswick, Diana educó a Marion según los más estrictos cánones de comportamiento, para que nadie pudiese señalarla y decir «te lo advertí». Nueve años después, cuando Emily nació, Diana ya no tenía nada que probar, y permitió a sus hijas menores libertades que Marion no había conocido.

Tal y como Brand veía las cosas, ese era el problema con Marion: a sus veintisiete años ya se veía como una vieja solterona, y todas sus ambiciones y esperanzas estaban centradas en sus hermanas. Pero él no la veía así. Todavía tenía que acabar de conocerla, pero de alguna manera se sentía similar a ella: había mucho más en ambos que lo que permitían que la gente supiese de ellos.

No estaba seguro de que besarla fuese la cosa más sabia que podría haber hecho. Pero ya estaba hecho, y al atravesar su caparazón descubrió una fragilidad en ella que lo había sorprendido tanto como lo había atraído. Ella tenía tanto para dar, tanto deseo contenido, tanta inocencia, tanta pasión...

¿Qué hacía tan especial a aquella mujer? ¿Qué provocaba que fuese tan temerario cuando estaba con ella? Los duelos con espadas ya no eran tan interesantes para él. Marion era un desafío mucho mayor.

Poco a poco Brand se acostumbraba a sus estados de ánimo, a la forma en la que su respiración se alteraba y bajaba las pestañas cuando se sentía incómoda. Con solo mirarla a los ojos, podía saber lo que ella sentía.

Estaban yendo a Richmond por sugerencia de Brand. Fanny le había dicho que Marion se había quedado en la casa desde la noche del baile, poniendo como excusa su incapacidad de utilizar el bastón. Pero eso no le había impedido ir a Hatchard's. Había pasado allí solo unos minutos. ¿Qué había sucedido en esa salida tan inocente para ponerla tan nerviosa?

¿Acaso las malas lenguas la habían empujado de vuelta a casa? No le importaba lo que los rumores dijeran sobre él, siempre y cuando la dejasen a ella tranquila. Lo último que ella debería hacer era esconderse, como si fuera culpable de algo. Tenía que aprender a ignorar a sus detractores. De ahí el viaje a Richmond.

Pensar en Hatchard's y en libros había llevado otra idea a su cabeza, y en cuanto hubo una pausa en la conversación se dirigió a Phoebe:

—Mientras esperábamos a que llegara el carruaje eché una mirada a uno de tus cuadernos. Llevaba escrito «Historia de la familia» en la tapa, pero no había mucho en el interior salvo un árbol genealógico.

—Es porque no hay mucho que decir sobre mi familia. Somos todos muy aburridos —dijo Phoebe.

Lady Bethune rió.

—Considérate afortunada. Mi familia está repleta de piratas y aventureros, y evitamos mencionarlos en compañía de gente educada.

—¿De verdad? —se interesó Phoebe—. ¡Es fantástico! Papá era el único hombre de nuestra familia, y aunque lo quise muchísimo, nunca pude escribir una historia sobre él.

—Querría poder decir lo mismo de mi nieto —respondió la abuela de Ash Denison, y todos rieron—. Si estuviera en tu lugar, tendría mucho cuidado al hurgar en la historia familiar. Nunca sabes con qué cadáver puedes encontrarte. Todas las familias tienen algo que esconder.

Brand pensó que lady Bethune había puesto en palabras sus sentimientos, pero él no creía que sus comentarios disuadieran a Phoebe, sino todo lo contrario.

—Estoy segura de que Longbury tiene una historia muy interesante, Phoebe —dijo Marion—. Quizá puedas escribir sobre eso.

Brand estaba pensativo. Después de reflexionar un momento, descartó la idea de que Phoebe pudiese ponerse en peligro por escribir la historia de su familia. No sabría qué preguntas hacer, y él estaba seguro de que Marion no permitiría que su hermanita corriese ningún riesgo.

La que corría un riesgo al volver a Longbury era Marion, si es que había riesgo alguno. Brand todavía no se había decidido al respecto.

El sol se alzaba sobre ellos, la brisa era suave y traía consigo el aroma de pasto y árboles, y las risas llenaban el aire. Marion estaba divirtiéndose a lo grande. Nadie la observaba con desaprobación y Brand se comportaba como un perfecto caballero, dividiendo su tiempo equitativamente entre todos los presentes. Ash Denison había llevado su carruaje de paseo y paseaba en él a todas las damas, solas o por pares. Phoebe estaba en su elemento, y aunque nada podía convencerla de volver a subir a un caballo, disfrutaba acariciándolos y casi se vuelve loca de alegría cuando fue su turno de pasear en el carro de lord Denison, compartiendo los honores con Emily.

Emily también se encontraba en su medio. Ash Denison, el niño mimado de la sociedad, la había convertido en el objeto de su interés, una experiencia embriagadora para una muchacha de dieciocho años. Marion no les prestaba atención. Su visita a la prima Fanny estaba llegando a su fin. En unos días estarían instalándose en Longbury. Emily tenía derecho a divertirse antes de abandonar la excitación de Londres por la tranquila vida del campo. Sin Ash Denison y sin Brand Hamilton.

Observó a Brand con los ojos entrecerrados. Un ligero remordimiento se instaló en su pecho. Le había permitido acercarse demasiado a ella, o mejor dicho, él se había abierto camino a través de sus defensas. Él no tenía ni idea de que ella era la última mujer con la que debería pensar en casarse.

De repente, sus miradas se cruzaron, y Brand dejó a Fanny para dirigirse hacia ella. Se maldijo a sí misma por su falta de cuidado. Estaba sentada sola en un banco, perdida en sus pensamientos, cuando tendría que haberse quedado cerca de sus dos carabinas, desaparecidas quién sabía dónde.

—He venido a despedirme —dijo Brand sentándose junto a ella—. Eso debería acallar los rumores, sobre todo teniendo en cuenta que no nos hemos dirigido la palabra en toda la tarde. Cuando la gente me vea partir, creerán que soy un amante despechado.

—¿Va a volver a Londres?

Brand hizo un gesto señalando un criado que llevaba dos caballos.

—Iré a caballo. Ya me he despedido de los demás. Y mañana parto hacia Brighton, así que probablemente no nos veamos por un tiempo.

Marion sabía que el viaje a Brighton estaba relacionado con las elecciones, pero no se había dado cuenta de que fuese tan pronto.

Brand se puso de pie e hizo una reverencia tras tomar la mano de Marion.

—Marion —dijo en un tono grave—, si sigue usted mirándome así, estaré tentado de volver a besarla.

Ella apartó la mano. Mirándolo con agresividad, le dijo:

—Que tenga usted un buen viaje, señor Hamilton.

Él rió y le dio la espalda. Marion lo observó hasta que él y su criado desaparecieron tras la espcsura de los árboles.

El día de la partida parecía no querer despuntar. La feroz tormenta que se había desatado durante la noche no se hacía notar a través del cielo cubierto. Nuevas lluvias amenazaban en el horizonte, y habían tenido que encender los candelabros para evitar las penumbras.

No era un día para viajar por el camino real, o al menos esa era la opinión de la prima Fanny.

—Solo piensa qué sucedería si los ríos se desbordasen —dijo a Marion—. Longbury podría quedar aislado y tendríais que parar en un albergue de mala muerte con gente peligrosa y desconocida. Me gustaría que os quedaseis aquí, al menos hasta que el tiempo mejore.

Estaban en el dormitorio de Marion, haciendo el equipaje. Los dedos de su pie ya no eran un problema, y mientras hablaba se movía rápidamente por la habitación, recogiendo libros y pequeños objetos personales para guardarlos en la última de las cajas.

—Vengo de Lake District, ¿recuerdas? Si permitiera que una pequeña lluvia me detuviese, no saldría nunca de mi casa. Y cuando estemos instaladas irás a visitarnos, Longbury no queda tan lejos.

Su despreocupada respuesta no satisfizo a Fanny, y Marion buscó en su mente las palabras adecuadas para explicar lo que sentía sin ofenderla.

Marion ajustó la última correa en el momento en que los porteadores llegaban para cargar sus cajas escalera abajo. Cogiendo a Fanny por el brazo, siguieron a los hombres por el pasillo.

—Quiero darte las gracias por haber hecho tan agradable nuestra visita. Longbury parecerá un poco insulso al lado de Londres.

—¿Entonces por qué tanta prisa por partir? La temporada aún no ha terminado. Solo tienes que ser paciente y te sorprenderás del resultado.

Se encontraban en la galería que había sobre el vestíbulo. Fanny se detuvo y miró a Marion a los ojos.

—Deberías saber que he pensado en ti y el señor Hamilton. No, no intentes detenerme. He reunido valor para hablarte, y pienso hacerlo como si fueras mi hija. —Fanny dejó escapar un gran suspiro; luego continuó—: ¿No estarás escapándote de Julia Milford? Reggie me ha dicho que su relación está terminada. ¿Acaso no sabes, Marion, que no existe un hombre en este mundo que no tenga algo de lo que arrepentirse respecto de su pasado?

Los ojos de Marion brillaron divertidos.

—Cualquier hombre que se arrepienta de Julia Milford debe de estar loco. Escúchame, Fanny. Sé lo que piensas, y te equivocas. El señor Hamilton no quiere casarse conmigo. Se ha comportado amigablemente conmigo y mis hermanas porque fue un buen amigo de mi tía.

—¡Pero te ha besado!

—Eso no cambia nada. Va a presentarse como candidato al Parlamento, en caso de que gane la nominación. Será un hombre público, y tú me conoces, Fanny. Me gusta la vida tranquila, en círculos como esos me sentiría como pez fuera del agua.

—¡No seas tan modesta! Serías muy ventajosa para él.

La conversación fue interrumpida por los gritos de Emily, que la llamaba desde el vestíbulo:

—Marion, date prisa. La carroza nos está esperando, y los porteadores se impacientan.

—Ya voy —respondió Marion, y se apresuró.

Reggie las esperaba al pie de la escalera, y miró a su esposa interrogativamente.

Fanny negó con la cabeza.

—No he podido convencerla de quedarsc. Están acostumbradas a este tipo de clima en Lake District.

—¿Quedarnos? —exclamó Phoebe, consternada—. Prometiste que partiríamos hoy hacia Longbury, Marion.

Marion lanzó una mirada de desaprobación a la más joven de sus hermanas. No se había cubierto tanto como Marion habría querido, pero se limitó a responder:

—No he cambiado de idea, pero ¿dónde está tu manta de viaje?

—La he puesto dentro del carruaje —intervino Emily—, y el primo Reggie se aseguró de que la silla de ruedas estuviese bien guardada.

Al oír hablar de la silla de ruedas, Phoebe frunció el ceño.

—Recuerda que hay varios buenos albergues en el camino —dijo Reggie—. No dudéis en deteneros si el clima empeora; Longbury seguirá estando en el mismo lugar mañana.

Tras las despedidas y las promesas de Fanny y Reggie de ir a visitarlas en cuanto el Parlamento entrase en receso, finalmente partieron.

—¿Por qué esa cara larga? —preguntó Reggie a Fanny mientras entraban en la casa.

—Estaba pensando en Brand —respondió abatida—. Espero que... oh, tú sabes que él y Marion terminarían por entenderse. Pero con él en Londres y Marion en Longbury, será difícil que suceda.

Reggie pasó su brazo sobre los hombros de su esposa mientras avanzaban por el vestíbulo hacia el salón.

—Brand no irá a Londres, al menos no por el momento. Está instalando su cuartel general en Longbury, en la casa que le dejó su abuelo. Después de todo, es parte de la disputa.

Fanny se detuvo en seco, sorprendida.

—No creo que Marion esté al tanto de eso.

—Pronto lo estará —replicó su esposo, y sonrió.

Marion pasó la mano por la ventanilla empañada para poder mirar fuera. La lluvia no paraba, estaban aún lejos de Longbury, y aunque todavía era de día, todas las posadas que habían visto estaban repletas de gente esperando encontrar una cama donde pasar la noche. La última hospedería las había rechazado, y si no conseguían lugar en la próxima, quizá se verían forzadas a rogar por una cama en la casa de algún granjero amable.

La idea daba vueltas en su cabeza. Su madre había

pronunciado aquellas palabras la última vez que habían hecho ese viaje.

«Si la próxima hospedería no nos acepta, Penn, nos veremos forzados a rogar por una cama en la casa de algún granjero amable.»

Penn era el nombre de su padre, una abreviatura de su apellido, Penrith. Su nombre de pila era George, pero nadie lo llamaba así, ni siquiera la madre de Marion.

Negó con la cabeza. La memoria debía de estar fallándole. En el viaje a Longbury solo habían estado ella y su madre. No recordaba dónde había estado su padre, pero sabía que él y la tía Edwina no se llevaban bien. No habría podido quedar confinado en una casa de campo con la hermana de su madre. Pero entonces ¿de dónde procedía aquel recuerdo?

No era fruto de su imaginación; lo recordaba claramente. Estaban en el carruaje, y su padre la llevaba en brazos, como ahora ella hacía con Phoebe. Podía sentir la tensión entre sus padres, y se daba cuenta de que nadie quería visitar a la tía Edwina.

—¿Marion?

Marion alzó la vista para descubrir a Emily escrutándola con la mirada.

—¿Qué sucede?

—Acabo de recordar quién es David. En su momento estuvisteis comprometidos, ¿no es así?

—Lo estuvimos, hasta que él descubrió que mi dote no era lo suficientemente importante para la vida de lujos a la que aspiraba —respondió Marion con calma.

Emily dudó un instante, y luego preguntó con determinación:

—¿Es por él que nunca te casaste? ¿Sigues enamorada de él?

—¿De dónde sacas esas ideas? —Marion parecía asustada.

—Pronunciaste su nombre al recuperarte de tu desmayo —respondió Emily, alzando los hombros.

—¡No me desmayé! Simplemente estaba un poco mareada, eso es todo.

—No has respondido a mi pregunta.

Marion chasqueó la lengua.

—La respuesta es no. No estoy enamorada de David Kerr.

—¿Y del señor Hamilton? Te besó, ¿no es así?

Marion estaba a punto de estallar.

—Fue un beso como el que pudo darme el primo Reggie. Nada más. Juro que no estoy enamorada de nadie.

—Te creo, pero dudo que los rumores se detengan. —Una ligera sonrisa se dibujó en los labios de Emily—. La gente dice que dejó a la señorita Milford porque era una vergüenza para él, pero tú, ya que eres hija de un conde, serías como apuntarse un tanto.

—No puedes culpar al señor Hamilton de lo que la gente diga.

Phoebe se despertó.

—A mí me agrada el señor Hamilton —dijo.

Sus hermanas rieron. Luego hablaron de banalidades, hasta que a Emily comenzaron a pesarle los párpados y terminó por quedarse dormida. Marion miró por la ventana, dejando vagar sus pensamientos.

«La hija de un conde sería como apuntarse un tanto.» Pues bien, ella era una hija de conde que no estaba interesada.

Cuando la carroza dobló por el camino hacia Brighton, Marion se sintió aliviada.

5

Marion fue arrancada del sueño cuando la carroza se sacudió violentamente de golpe, tambaleándose hacia un lado. Libros, periódicos y objetos diversos cayeron al suelo. Emily gritaba, y Marion logró sujetar a Phoebe antes de que cayese del asiento. Phoebe se resistió mientras despertaba, pero se calmó al ver quién la sostenía.

Fuera, los caballos relinchaban y se encabritaban mientras los porteadores intentaban desatarlos. El corazón de Marion latía rápido y con fuerza.

—¡Fuera! —gritó a Emily—. Tú ve primero y yo te pasaré a Phoebe.

—Pero está lloviendo a cántaros —protestó Emily.

—¿Prefieres ahogarte? ¡Fuera, he dicho!

Los ojos de Emily se abrieron de par en par al ver cómo el agua entraba a borbotones en el carruaje, y se apresuró a obedecer las órdenes de su hermana. No era tarea fácil. La única puerta que podía abrirse estaba en un ángulo que la obligaba a empujar con su hombro antes de poder trepar a la salida.

Phoebe no aparentaba tener miedo, apenas apretó los dientes cuando debió apoyarse sobre su pierna débil, y mientras Emily tiraba de ella y Marion empujaba, finalmente salió por la puerta.

—¡Rápido! —gritó Emily—. El carruaje no es seguro. Tiene una rueda rota y está a punto de volcar.

El interior estaba cada vez más inundado y se llenaba con rapidez. Marion podía sentir cómo sus faldas pesaban más y más a medida que iban absorbiendo el agua.

—Puedo arreglármelas sola —gritó—. ¡Cuida de Phoebe, llévala a un lugar seguro!

Cuando Emily retiró la mano, Marion se subió sobre uno de los asientos. Escuchó cómo se acercaban unas voces masculinas, y respiró aliviada. A pesar de lo que había dicho, no pensaba que pudiese trepar a través de la puerta sin la ayuda de los porteadores.

—¡Retroceda! —ordenó un hombre.

Reconoció aquella voz. El carruaje se balanceó de manera preocupante mientras trepaba en él. Un instante después, el rostro de Ash Denison apareció sobre su cabeza. Marion estaba tan sorprendida al verlo que no podía dejar de mirarlo.

—¡Deme la mano! —ordenó.

Marion extendió la mano automáticamente, pero la retiró de golpe.

—¿Qué hace usted aquí?

—He estado controlando todas las posadas del camino, esperando encontrarlas secas y a salvo. En la última, las perdí por tan solo unos minutos. Me dijeron que las habían rechazado.

—Pero... ¿Ha estado siguiendo nuestro carruaje?

—¿Qué le parece si dejamos las explicaciones para después? Deme su mano, lady Marion.

No se iría a ningún lado sin su bolso de red. Esta vez no habría ninguna nota de amenaza en su interior. A pesar de que estaba oscuro dentro del carruaje, sabía perfectamente dónde lo había dejado. Estaba allí, sobre el asiento.

—¡Ahora! —ordenó Ash—. ¡Antes de que caigamos los dos!

Marion cogió su bolso, lanzó un grito ahogado cuando el carruaje se balanceó aún más y alcanzó la mano de Ash. Poco a poco él la izó a través de la puerta y la rodeó con sus brazos.

Estaban sobre un costado del carruaje, y el agua parecía subir segundo a segundo. Era eso, o que el carruaje se estaba hundiendo. Aterrorizada, Marion se aferró a su bolso.

—¡Tenga cuidado! —gritó.

Riendo temerariamente, Ash saltó al agua turbia, provocando que Marion apretase los dientes. Ahora ella podía ver cómo había sucedido el accidente. Estaban a mitad de camino de un vado que la lluvia había transformado en un torrente. Las ruedas del carruaje debían de haber golpeado una roca sumergida, haciendo que volcase.

Ash ya estaba dando órdenes a los hombres que se encontraban allí incluso antes de llegar a la orilla. Entre ellos estaban los porteadores que intentaban calmar a los caballos que tiraban del carruaje. Había otro carruaje, probablemente el de Ash, y Marion pudo reconocer a Manley, el criado de Brand Hamilton. Éste ayudó a Phoebe a subir a su carruaje y luego hizo lo mismo con Emily.

Marion habría dado las gracias más sinceras a lord Denison una vez que estuviese tranquila, pero no tuvo tiempo de hacerlo.

—Venga, lady Marion —dijo él—. Está usted temblando de frío. Vamos a conseguirle una cena caliente y un buen fuego. Luego responderé a todas sus preguntas.

Ella esperaba que sus preguntas fuesen respondidas en el carruaje, pero lord Denison prefirió ir junto a

Manley, conduciendo. «Qué raro», pensó Marion. ¿Por qué Manley no estaba con Brand Hamilton?

¿Y por qué siempre tenía que sospechar cuando lo que debería estar haciendo era agradecer a su buena estrella por la aparición de Denison en el momento oportuno?

Lord Denison utilizó el nombre de Brand Hamilton en la siguiente posada, y funcionó como una palabra mágica. Según lord Denison, Brand era un personaje popular en la zona porque había hecho campaña para un candidato local en las últimas elecciones. A pesar de que solo les dieron una pequeña habitación en la buhardilla, Marion se sentía afortunada de haber conseguido algo. La gente se acomodaba para pasar la noche en la taberna o en cualquier banco libre que pudiesen encontrar.

Lord Denison conversó brevemente con ella antes de que subiera junto con sus hermanas a la buhardilla. No había aparecido por casualidad.

—Sabía que hoy partirían hacia Longbury —dijo—, y puesto que pensaba ir hacia allí yo también, pensé que lo mejor sería que fuésemos juntos. No nos encontramos por pocos minutos en Hannover Square, y comencé a preocuparme cuando el clima se volvió amenazador. Pero lo que bien empieza bien acaba, y finalmente aquí estamos.

—¿Usted se dirige a Longbury? —preguntó Marion.

—Tengo que ayudar a preparar la casa de Brand. Él llegará en un día o dos, y Longbury será su cuartel general, al menos hasta el momento de las elecciones.

Marion ocultó su sorpresa lo mejor que pudo. No le desagradaba Brand Hamilton. Simplemente habría querido que la elección a la que se presentaba fuese en el otro extremo de Inglaterra.

Denison las dejó en la recepción, al cuidado de Manley.

—Tengo que volver por los demás y a recoger sus cosas —dijo—, pero todo está listo, y Manley cuidará de ustedes.

Y Manley cuidó de ellas, pensó Marion, como un perro pastor cuidaría de un pequeño grupo de ovejas perdidas. Ella conocía todo respecto de los perros pastores, porque el suelo rocoso de Lake District solo era útil para que pastaran en él las ovejas. Avanzaban lejos, sobre acantilados en los que ninguna persona podría seguirlas, tan solo los perros pastores. Los perros pastores no eran agradables, como solían serlo las mascotas, pero garantizaban un trabajo bien hecho. Igual que Manley.

Él las rodeó, al pequeño y lastimoso grupo que formaban, las condujo con paciencia por la escalera, cuidando de la oveja lastimada —Phoebe—, y las guió hasta la habitación. Finalmente, les advirtió bruscamente que se quedasen donde estaban, que él se encargaría de que les subiesen la cena.

—Simpático, el señor Manley, ¿no os parece? —exclamó Phoebe en cuanto la puerta se cerró.

Sus hermanas rieron.

Más tranquilas, echaron un vistazo a su habitación. Era pequeña, de techos bajos, con una ventanita abuhardillada y una gran cama con colchón de plumas que ocupaba casi todo el espacio. Lo mejor de todo era que resultaba cálida, con un fuego alegre resplandeciendo en la chimenea. De hecho, era tan cálida que se quitaron la ropa y se sentaron frente a la chimenea para secar sus enaguas mojadas. Era lo mejor que podían hacer hasta que les llevasen sus cosas.

Poco tiempo después, una sirvienta entró con la cena: un pastel de cordero caliente con bolas de masa guisadas, patatas nuevas y zanahorias. Quizá debido a lo excelente de la comida, o porque estaban cómodas y secas, a medida que avanzaban en la cena el humor de Marion mejoraba sensiblemente. Emily opinó que lord Denison las había tratado como un caballero, y Marion estuvo de acuerdo.

La sirvienta regresó para recoger los restos de la cena y preparar el catre para Phoebe. Emily la ayudó mientras Marion buscaba su bolso de red para poder dar a la sirvienta una merecida propina.

El bolso no estaba sobre la cama, entre sus abrigos y chales. Tampoco en el tocador. Se quedó de pie, intentando hacer memoria, hurgando en su mente en busca de la última vez que recordaba haberlo visto. Lo llevaba en el carruaje cuando lord Denison las había llevado hasta el albergue, y luego lo había olvidado por completo.

Volviéndose de golpe hacia la sirvienta, preguntó con sequedad:

—¿Ya ha vuelto lord Denison?

—No estoy segura, su excelencia. —La repentina pregunta pareció confundir a la sirvienta—. Pero el propietario, el señor Poole, quizá lo sepa.

Marion sabía que no estaba comportándose de manera racional, que debería haber pedido a la sirvienta que buscase al señor Manley, pero se sentía oprimida por una sensación de urgencia. Nadie más que ella debía tocar su bolso de red.

Marion cogió su abrigo, que estaba en la cama.

—Dejé mi bolso en el carruaje —dijo—. Voy a buscarlo.

Ordenó a sus hermanas que se quedasen donde estaban, y cerró la puerta violentamente tras de sí.

No había señales de Manley, y entre tantos carruajes aparcados en el patio, Marion no sabía cuál era el suyo.

Entonces se dirigió hacia la recepción y preguntó si lord Denison ya había llegado. El propietario la orientó hacia las habitaciones de los mozos de cuadra y los porteadores, sobre las caballerizas.

—Tuve que desplazar a dos de los mozos de cuadra de lord Lennox para hacerle un lugar —dijo—. Pero no es un sitio para una dama. ¿Por qué no regresa a su habitación y yo envío a alguien a buscarlo cuando tenga un momento?

Marion no tenía paciencia para eso, y menos sabiendo que había una enorme cantidad de personas peleándose por la atención del propietario. Los nervios de la gente comenzaban a crisparse tras escuchar que no había habitaciones y saber que tendrían que pasar la noche en sus carruajes.

A esa hora, el patio estaba iluminado por lámparas que colgaban de las paredes. Escuchando fragmentos de conversaciones, Marion supo que el camino que conducía a Brighton estaba completamente inundado, obligando a los viajeros a desviarse varios kilómetros para encontrar un lugar donde dormir. Pero nada lograba impresionarla. Marion solo quería recuperar su bolso de red.

Uno de los mozos de las caballerizas le indicó la puerta de la habitación de lord Denison. Por su expresión, Marion podía adivinar que el chico estaba sorprendido de encontrar a una dama en ese lugar de hombres. Le dio las gracias, bajó la cabeza y subió por la escalera de piedra hacia la angosta galería que dominaba el patio.

Marion estaba casi frente a la puerta cuando alguien dentro de la habitación mencionó su nombre. No era lord Denison, se trataba de otra persona: Brand Hamilton. Sin pensarlo demasiado, pegó su cuerpo contra la pared. La pequeña ventana de bisagras estaba entreabierta, y pudo ver a lord Denison de pie junto a ella lanzando una bocanada de humo de tabaco hacia fuera.

—Estoy sorprendido de que considerases necesario dejar a tus socios políticos para venir aquí, cuando mi mensajero debe de haberte dicho que yo lo tenía todo bajo control —decía Denison.

—Encontré a tu hombre cuando llegué al cruce de caminos. Afortunadamente me reconoció, o no habría podido dar con nosotros.

Otra nube de humo salió por la ventana abierta.

—Fue un accidente, Brand. Nada más.

Marion escuchó el sonido del agua salpicando, y pudo imaginar a Hamilton frente al lavabo, limpiándose la suciedad del viaje de la cara y las manos.

—Quizá tengas razón —respondió Hamilton—. Pero sé que ella tiene miedo de alguien o de algo.

Hubo un momento de silencio, hasta que lord Denison habló de nuevo.

—No puede ser con relación a Longbury, o no estaría dirigiéndose allí.

—Es cierto. Creo que está huyendo de un antiguo pretendiente, pero no estoy seguro. Pásame la toalla.

¡Maldito sea! ¿Cómo podía saberlo?, se preguntó Marion.

—¿Cómo lo sabes? No me refiero a lo del pretendiente, sino a que esté asustada por ello. —Evidentemente, Denison había pensado lo mismo—. No te molestes en contestarme, ya sé lo que vas a responder. Te lo dice tu instinto de periodista. Y supongo que tus instintos no te permitirán descansar hasta llegar al fondo de todo esto.

Ninguna amenaza de ser descubierta habría hecho a Marion moverse de su puesto. Aguzando el oído, se acercó un poco más a la ventana abierta.

—Quizá sea así, pero yo preferiría que fuese ella quien viniese a contarme lo que la preocupa.

—¿Y por qué haría eso?

—Porque está aprendiendo a confiar en mí. —La voz de Hamilton denotaba que sonreía.

Marion apretó fuerte los dientes. De haber sido un hombre, en ese momento lo tendría cogido por el cuello.

—¿Te das cuenta de que a los ojos del mundo estás prácticamente comprometido con ella? —preguntó Denison—. ¿Tengo que recordarte la escena con Julia Milford en el salón de baile de Fanny, sin mencionar el beso que la siguió? Si continúas interesándote tan abiertamente por lady Marion, todo el mundo comenzará a preguntarse cuándo tendrá lugar la boda.

—Déjalos que lo hagan —fue la breve respuesta de Brand.

—¿Y lady Marion? —replicó Ash—. ¿Acaso no merece saber lo que estás planeando?

«Y ahora, el momento de la verdad», pensó Marion, y cerró los puños con fuerza.

—Ash, ¿te molestaría fumar tu maldito cigarro fuera? —dijo Brand—. El humo aquí dentro está asfixiándome.

Marion maldijo para sus adentros. No había obtenido su respuesta, pero no podía quedarse más. Se recogió la falda y se alejó, manteniéndose en las sombras. Tenía el pulso acelerado, y su resentimiento estaba teñido de preocupación. Él era un hombre de la prensa, y pensaba que eso le otorgaba el derecho de hurgar en los secretos ajenos. O quizá quería asegurarse de que la mujer que había elegido para casarse no tuviese secretos en su pasado que pudieran avergonzarle cuando fuese primer ministro. ¿Primer ministro? ¡Ja! Empezaba a sonar como Phoebe. Lo único que la tranquilizaba era que David no le contaría nada, puesto que ella le había pagado generosamente por su silencio.

Se encontró cara a cara con Manley en la recepción de la posada, y no se sorprendió cuando este le mostró los dientes.

—La he estado buscando por todas partes —dijo.

—Y yo he estado buscando mi bolso de red. —Marion reconoció sus cajas mientras los porteadores las subían a su habitación.

Manley hurgó en su bolsillo.

—Lo dejó en el coche —dijo, y se lo dio.

Marion se lo arrancó prácticamente de las manos. Todo estaba como debía. No había ninguna nota de amenaza dentro.

—Ahora ya puede morderme todo lo que desee, señor Manley —dijo con una brillante sonrisa. Luego dio media vuelta y subió corriendo la escalera.

Brand se levantó en silencio, procurando no molestar a Ash, se puso su abrigo y salió a la galería en busca de aire fresco. Aunque las luces todavía brillaban a través de las ventanas de la posada, las caballerizas estaban bastante tranquilas. Tan solo unos pocos mozos de cuadra estaban de guardia, y hacía rato que no entraban nuevos carruajes. Los porteadores habían llevado noticias de que no solo Brighton estaba aislada por la crecida de las aguas, sino que también estaba inundado el camino a Longbury.

No podía dormir. La cabeza le bullía de preguntas. Estaba desesperado por hacer algo, lo que fuera, y en cambio se encontraba atrapado allí, en medio de la nada.

Había examinado la rueda del carruaje de Marion, y en lo que a él respectaba, no había sido forzada. Una piedra sumergida había torcido la rueda izquierda. Su teoría respecto a que alguien intentaba hacer daño a Marion comenzaba a parecerle ridícula. ¿O acaso era eso lo que intentaban que creyese?

David Kerr. Había obtenido el nombre por mediación de Fanny, pero ella no sabía nada sobre él. ¿Por qué Marion no le tenía confianza?

Al menos sabía dónde se encontraba Marion, y que se encontraba a salvo. Pero no podía abandonarlo todo y recorrer de arriba abajo la campiña inglesa buscándola, como acababa de hacer, simplemente porque ella podía encontrarse en apuros en algún lugar dejado de la mano de Dios. ¿Y de quién era la culpa? Ninguna mujer en su sano juicio habría emprendido el camino con semejante clima. Por suerte para ella, Ash la estaba vigilando.

¿Qué iba a hacer con Marion?

Su boca se curvó en una sonrisa tan irónica como humorística. ¿Brand Hamilton, el hijo ilegítimo de un duque, y lady Marion Dane, la hija privilegiada de un conde? Brand era perfectamente consciente de que su atracción mutua la horrorizaba a ella tanto como a él. Marion creía que él quería casarse con ella para satisfacer sus ambiciones políticas, que el matrimonio con alguien de sangre azul le daría un empujón definitivo. Pero sucedía exactamente lo contrario: con muy pocas excepciones, Brand sentía desprecio por los aristócratas y por su idea de que la vida de privilegios que llevaban les correspondía por derecho divino.

Marion era una excepción. Cierto, podía actuar como una gran dama cuando le convenía, lanzando frías miradas desde sus ojos grises. Pero era una forma de defenderse para mantenerlo a distancia. Cuando se sentía segura, Marion era cualquier cosa menos distante. Llegar a conocerla era como deshojar un capullo de rosa: de pétalo en pétalo. Pero había que cuidarse de las espinas.

Su sonrisa se esfumó. Aquello no era un juego, debía asegurarse de que Marion no corría peligro. Tenía cosas que hacer, lugares que visitar. Conocía el terreno como la palma de su mano. Con inundaciones o no, él podía estar en Longbury antes del amanecer.

Marion no iría a ninguna parte. Entre Ash y Manley podían cuidar de ella.

Tras tomar aquella decisión regresó a su habitación y despertó a Ash.

El observador maldijo en voz baja. Lady Marion tenía tantos guardaespaldas cuidando de ella como cualquier princesa del reino. Ahora nunca podría llegar hasta ella. La nota que debía haber dejado en el bolso de red le quemaba en el bolsillo.

Él sabía que el carruaje se volcaría en un momento u otro porque se había asegurado de que la rueda se saldría. Lo que no había anticipado era cuándo sucedería, o que lord Denison llegaría antes que él.

Le parecía evidente que Brand Hamilton estaba personalmente interesado en lady Marion y que había pedido a su amigo Denison que la acompañase. La pregunta que no paraba de hacerse era si Hamilton sospechaba algo, o si simplemente actuaba como lo habría hecho cualquier pretendiente ansioso.

Estaba demasiado cerca para sentirse cómodo. Lo que tenía que hacer era calmarse y permanecer oculto.

Un sudor frío perló su frente. Se sentía helado hasta los huesos. No a causa de lady Marion y lo que podría contar, sino a causa de Brand Hamilton.

Lo último que deseaba era encontrarse cara a cara con aquel caballero. Había aprovechado una oportunidad en el teatro, pero era un riesgo que no estaba dispuesto a volver a correr.

En la caballeriza lo esperaba un caballo fresco y ensillado. Lo montó, bajó el ala del sombrero sobre su rostro y salió al galope, volviendo por donde había llegado.

6

Longbury era un pequeño pueblo cómodamente instalado en la costa sur de Inglaterra y que debía su prosperidad al comercio, en especial el de la lana. Siglos atrás también había sido la sede de un monasterio benedictino, pero todo lo que quedaba de la presencia de los monjes era el Priorato, ahora propiedad de los FitzAlan, la familia más poderosa de la región. La familia de Brand.

El lugar se alzaba en la cumbre de una colina, y aunque Brand había cabalgado durante horas bajo una persistente llovizna y le pesaban los ojos debido al cansancio, su mirada se dirigía sin cesar al tejado del Priorato, que se recortaba en el horizonte. La casa de su abuelo, la Hacienda, se encontraba en el lado opuesto del camino, en dirección al río. En su tiempo la Hacienda había servido como granero, casa de labranza y vicaría, antes de que un próspero comerciante de lana la reconstruyese para uso de su familia. Cuando la fortuna familiar se extinguió, la mayor parte de las tierras fue vendida, y la casa principal y los edificios externos pasaron de una mano a otra hasta que los Hamilton adquirieron la propiedad. La Hacienda era una construcción de ladrillo de dos plantas, sin pretensiones, rodeada de tierras; un lugar perfecto, aunque algo espartano, para que residiese allí su puritano abuelo.

Cerca de la casa había un pequeño grupo de caballerizas poco utilizadas por su abuelo, salvo para cobijo de su caballo y su pequeño carro. Aunque apenas estaba amaneciendo, los mozos de cuadra contratados por Manley ya estaban trabajando duro, y Brand estuvo encantado de dejarles el caballo en sus manos. Luego entró en la casa, dejó caer su abrigo empapado y subió la escalera hasta su dormitorio.

Cuando Brand despertó, la luz del sol entraba por la ventana de su habitación. Lo primero que pensó fue que la lluvia había cesado. Lo segundo, que debía haber recordado que no había camas mullidas en la casa de su abuelo, tan solo colchones que parecía que estuviesen rellenos de ladrillos. De hecho, estaban rellenos de crin de caballo.

Bostezando y gruñendo, rodó fuera de la cama y se tomó un momento para estirar los músculos. Había dormido vestido, y no estaba seguro de si el olor fétido que notaba venía de su caballo, del colchón o de él mismo. Por fortuna, siempre guardaba mucha ropa de recambio en los tocadores y armarios, ropas del campo que nunca pasaban de moda.

Notó que el fuego estaba encendido, y eso le dio esperanzas. Dio un fuerte tirón a la campana, y sus esperanzas se hicieron realidad cuando un muchacho rubio de unos doce años entró en su habitación.

—¿Y tu nombre es...? —inquirió Brand.

—Sam —respondió el muchacho—. Sam Ludlow.

Brand recordaba perfectamente a la madre de Sam. Había sido la cocinera y sirvienta de Edwina. Y sobre todas las cosas, era una de las personas por las que había hecho aquel viaje, para interrogarla. Había sido ella quien encontró el cadáver de Edwina. Quizá sabía más de lo que ella misma creía, si es que había algo que saber.

—¿Será posible tomar un baño esta mañana? —preguntó al muchacho.

Sam sonrió.

—Mi madre dijo que usted diría eso, así que lo primero que hizo cuando llegamos fue alumbrar el fuego para calentar el agua.

—Espléndido —dijo Brand, frotándose las manos.

Menos de una hora después, ya bañado y vestido, Brand entró en la cocina sintiéndose más cómodo. La señora Ludlow era como la mayoría de las mujeres del campo: en el momento en que oían que el hombre cruzaba la puerta, inmediatamente ponían la comida sobre la mesa.

—Tendrá que comer en la cocina, señor —dijo, sosteniendo un plato con huevos revueltos—. Todavía no he encendido los fuegos de las otras habitaciones.

—En la cocina está bien —la tranquilizó Brand—. Y no se moleste en encender los fuegos. Estaré saliendo y entrando todo el tiempo.

Apenas había tomado asiento, la señora Ludlow puso un plato delante de él: cordero frío, riñones y huevos revueltos. Luego le llevó pan tostado con un tarro de mermelada. Brand esperó a que le sirviera el café antes de pedirle que se sentase con él.

—Para hablar de sus deberes aquí —dijo.

Ella le sonrió moviendo la cabeza.

—Tan solo estoy ayudando hasta que llegue su gente. Usted verá, ya tengo un trabajo. Voy a trabajar para lady Marion, en la casa de campo.

—Debí haberlo sabido. Pero aun así, siéntese y hágame compañía un momento.

La señora Ludlow lo miró como si hubiera perdido

la razón. Los sirvientes no hacían compañía a sus patrones.

Brand le ofreció su sonrisa más encantadora.

—No es necesario que le diga todo lo que Edwina apreciaba lo que usted hacía por ella. Siempre estaba alabándola. —Lo que Brand decía era verdad.

La señora Ludlow se detuvo y luego se sentó en la silla que Brand le indicaba, apoyando sus manos enrojecidas sobre su regazo. Sus orígenes celtas se veían en su piel oscura y sus huesos fuertes. Brand suponía que tendría poco más de cuarenta años. Evidentemente, el muchacho se parecía a su padre.

Entonces recordó que era viuda. Tenía otros hijos además de Sam, más jóvenes, que quedaban al cuidado de su abuela mientras la señora Ludlow trabajaba para alimentarlos a todos. Aquello no hizo más que incrementar el respeto que sentía por ella.

La señora Ludlow lo observaba, expectante.

—¿Durante cuánto tiempo trabajó para la señorita Gunn? —preguntó Brand con gentileza.

—No mucho. Cinco años, después de enviudar y de que mi madre viniese a vivir con nosotros. —La sombra de una sonrisa se dibujó en sus labios—. La señorita Gunn siempre recordaba los cumpleaños de mis niños.

—Esa es la Edwina que conocí.

Ella asintió.

—Siempre era tan amable, tan generosa...

Brand dejó pasar un momento en silencio mientras masticaba un trozo de cordero.

—He oído decir que no era fácil de llevar en los últimos tiempos —dijo con cuidado—. Quiero decir, que se estaba volviendo olvidadiza y desconfiaba de sus amigos. —Se detuvo al ver que ella se estaba enfadando.

Cuando la señora Ludlow habló, no había signos de suavidad o de respeto en su voz.

—¿Acaso usted nunca ha olvidado dónde deja sus anteojos o sus llaves, señor Hamilton? ¿Siempre recuerda el nombre de todo el mundo? No era más olvidadiza que otros, pero... —Se mordió el labio como si de golpe recordase con quién estaba hablando.

—¿Pero? —la animó Brand con el mismo tono gentil.

La señora Ludlow suspiró.

—Estaba preocupada por el pasado, por su hermana Hannah. Quería saber lo que le había sucedido.

—Todo el mundo cree que se fugó.

—La señorita Gunn decía que era una mentira, y que iba a probarlo.

—¿Quién le dijo a ella que era una mentira?

—No me lo dijo, y yo no quise presionarla. No es asunto mío, ¿no cree? Ella era mi patrona.

—¿Qué creía la señorita Gunn que había sucedido a Hannah?

La señora Ludlow miró en dirección a la puerta, como esperando que alguien entrase y detuviese la conversación.

—No me lo dijo —respondió finalmente.

Brand no quería preocuparla acribillándola con preguntas, pero no había descubierto nada que no supiera ya, salvo que la señora Ludlow no creía que Edwina se estuviese volviendo olvidadiza o senil. Quizá estuviese intentando proteger a una patrona que siempre la había tratado bien, pero él no lo sentía así. Su indignación respecto a los comentarios sobre Edwina parecía genuina.

Tomó un gran trago de café antes de continuar con cuidado.

—Usted no ha traicionado ningún secreto, señora Ludlow. Edwina me comentó todo esto en una de sus cartas. Y debo decir que parecía tan sana como usted o yo.

—¿Ella le escribió una carta?

Brand asintió.

—¿Cuándo?

—Unas semanas antes del accidente. Yo estaba fuera de la ciudad, y no recibí su carta hasta después del funeral. ¿Por qué lo pregunta?

El interés se apagó en sus ojos.

—Cuando la encontré al pie de la escalera, tenía los dedos manchados de tinta, pero ni la policía ni yo encontramos una carta o algo que pudiera estar escribiendo.

Aquello sí era un dato nuevo, y el primer signo de algo fuera de lo común.

—Solo una pregunta más —dijo Brand, pero cuando la señora Ludlow lo miró con ansiedad, dudó. No quería asustarla. Quería ganarse su confianza para que le contase lo que sabía. Ya tendría otras oportunidades de hablar con ella—. ¿Cómo logra que los huevos queden tan esponjosos? —preguntó, dando un giro repentino a la conversación.

Mientras subía con dificultad la empinada cuesta que llevaba a la casa, Brand no pudo evitar pensar en lo irónico de la situación. Cuando había tenido la edad suficiente para trazar su propio camino, había abandonado el Priorato jurando no volver nunca más. Pero las cosas no habían funcionado de esa manera. Incluso después de muerto, su padre había conseguido tener la última palabra. Según estipulaba el testamento del duque, él era designado como único fideicomisario para su medio hermano y su media hermana. Todo el mundo esperaba que rechazase el fideicomiso o que lo cediera a lord Robert, su tío. Pero él no haría eso. A diferencia de él, Robert no tenía ni el interés ni el talento para manejar los asuntos de Andrew, y Brand estaba decidido a hacer que su medio hermano mereciese aquella excelente propiedad.

Cuando el mayordomo abrió la puerta principal y lo hizo pasar al salón principal, Brand sintió como si hubiera retrocedido en el tiempo. Cuando era niño, creía que Hartley tenía al menos ochenta años. No había cambiado nada, y tampoco el salón principal: los mismos valiosísimos tapices adornando las paredes, la misma armadura de caballero a horcajadas sobre su corcel disecado.

—Tiene usted buen aspecto, señor —observó Hartley con una sonrisa fingida, y luego le comunicó que las damas estaban tomando el desayuno en el comedor.

—¿Solo las damas? —preguntó Brand.

Hartley asintió.

—Creo que lord Robert y lady Theodora se encuentran en Windsor visitando a unos amigos. Hay allí una potranca a la que su excelencia le ha echado el ojo.

Esa era la Theodora que conocía. Los caballos y la caza eran los amores de su vida. No tenía hijos con los que compartir su interés por los caballos, ni marido. Aunque lord Robert acompañaba a su esposa a Windsor, una vez allí iban por caminos separados.

—¿Y su ilustrísima? —preguntó, refiriéndose a Andrew.

La sonrisa de Hartley hinchó sus delgadas mejillas.

—El joven duque está con el administrador, en la finca.

Eso era exactamente lo que Brand quería oír. El bienestar de los FitzAlan dependía de la tierra y sus establos. Era imprescindible que el joven duque estuviese familiarizado con todos los aspectos de la gerencia de sus propiedades. Era la temporada del esquileo, y el comercio de la lana era importante para la fortuna de la propiedad. Con la ayuda del señor Terrance, el administrador contratado por Brand, la educación de Andrew no hacía sino comenzar.

—No es necesario que me anuncie —dijo, y avanzó a través de las baldosas del salón principal hacia el ala oeste.

Cuando entró en el comedor, hizo una pausa para observar rápidamente la escena. La viuda del duque, su abuela, estaba sentada a la cabecera de la mesa, con el aire majestuoso de siempre y vestida con sus ropas de otro tiempo. Las cinturas altas y las gasas transparentes de las mujeres modernas no eran para ella. A su derecha estaba sentada su amiga de siempre, la señorita Cutter, a quien Brand había bautizado como la señora Flutter* por su costumbre de saltar de un tema de conversación a otro sembrando la confusión a su paso. Junto al aparador estaba su media hermana, Clarice, próxima a la treintena, hermosa, con los rasgos fuertes de los FitzAlan y unas cejas oscuras e intimidantes que sabía utilizar a la perfección.

Esa voluntad formidable era compartida por todos los FitzAlan, incluido él mismo, por lo que cuando los FitzAlan tenían un altercado, quienes eran sabios corrían en busca de refugio.

Su abuela fue la primera en verlo.

—Vaya, no te quedes allí como un sirviente —le dijo—. Entra, entra.

Brand se acercó obediente a la viuda y besó la arrugada mejilla que le ofrecía.

—Su ilustrísima —murmuró con un respeto teñido de ironía. Ambos sabían que Brand era un republicano de alma.

—Cada día te pareces más a tu padre —dijo la viuda.

Sus miradas se cruzaron. No dejaba de sorprenderlo el que quisiera realmente a aquella agresiva mujer que le

* En inglés, «revolotear». (*N. del T.*)

había hecho la vida difícil en su juventud. Evidentemente, los años la habían ablandado.

—*Touché* —dijo, acusando el golpe, y la viuda emitió una risita ahogada.

—Entonces, el hijo pródigo ha vuelto —dijo Clarice, sentándose—. ¿Y a qué debemos el honor?

—Buenos días a ti también, Clarice —respondió Brand tranquilamente, y luego saludó a la señorita Cutter.

La señorita Cutter, agitada por el tono irrespetuoso de Clarice, intervino de inmediato.

—Difícilmente pródigo, lady Clarice. Brand dejó el Priorato e hizo fortuna él solo, como aquel simpático señor Lewis que ha comprado la residencia Sayer. No es de por aquí, pero ha estado muy bien con todo aquello. Se dice que...

La viuda tomó las riendas de la conversación.

—Lotty —dijo decidida—, ¿podrías hacer sonar la campana para llamar a Hartley y pedirle que traiga una nueva tetera?

—Pero todavía queda té en la tetera —argumentó la señorita Cutter.

—Con eso será suficiente —dijo Brand.

La viuda asintió, y dirigió su mirada a Brand.

—¿Y qué es eso que hemos escuchado sobre tu ingreso en política? Siéntate y cuéntame sobre ello.

Su ilustrísima, Brand lo sabía perfectamente, tenía sus propios medios para descubrir las cosas, así que le contó de la manera mas breve posible cuáles eran sus planes. Eso generó un tibio interés hasta que mencionó que había abierto la casa de su abuelo y que residiría allí hasta que las elecciones hubieran pasado.

Su abuela ya había oído decir que la casa había sido abierta, pero no que él pensase residir allí durante un tiempo.

—¿Qué tiene de malo el Priorato? —preguntó con una de sus miradas penetrantes.

Brand tenía la taza en la mano, y se tomó un tiempo para poner en orden sus pensamientos mientras removía su té. No quería quedarse en el Priorato porque le gustaba ser el amo de su casa, y allí ya había demasiados amos.

—No quiero provocarle ningún inconveniente, señora —respondió—. Quizá vengan a verme varios caballeros, tomando sus comidas a cualquier hora. No estoy promoviendo una fiesta, sino ofreciendo mi casa a mis colegas. Tenemos unas elecciones que ganar.

—Por favor —le interrumpió Clarice secamente—, evítanos tus excusas. Nunca has considerado el Priorato como tu casa, ni a nosotros como tu familia. El porqué nuestro padre te eligió como fideicomisario de nuestras propiedades es algo cuya comprensión me escapa.

—Es suficiente, Clarice —dijo la viuda del duque en un áspero tono de voz.

Brand miró a su media hermana y sintió una punzada de disgusto; no contra ella, sino contra su padre. El duque había protegido su fortuna en un fideicomiso. Tanto ella como sus dependientes podían vivir de los ingresos, pero el capital estaba guardado para la siguiente generación. Clarice no podía despotricar contra el viejo duque, pero sí contra su fideicomisario.

Su cuñado era más fácil de llevar. Oswald era un arqueólogo autodidacta, lo que significaba que adoraba excavar ruinas y antiguos túmulos en busca de artefactos de otros tiempos. El dinero no era importante para él, y habría sido igual de feliz viviendo en una tienda de campaña que en la casa palaciega de su esposa. Brand apreciaba mucho a Oswald.

—Yo no pedí ser nombrado fideicomisario, pero puesto que es así, solo tienes que pedirlo y seguramente podré encontrar los fondos necesarios para cubrir cualquier demanda razonable —dijo Brand.

—¿Y quién eres tú para juzgar qué es razonable? —preguntó Clarice con los ojos echando chispas. Se puso de pie, y con el pecho tembloroso declaró—: Esto es un insulto a Oswald. Ya sé lo que pensáis sobre él, pero estáis completamente equivocados. —Su voz se elevó en un tono triunfal—. Quizá os interese saber que él está en este momento en Londres, negociando la venta de uno de sus manuscritos. Espera conseguir mucho dinero con esa venta.

—No sabía que la poesía se pagase tan bien —dijo la viuda.

—¡Es un escrito de historia, sobre la vida de Aníbal! —respondió rápidamente su nieta.

—Muy bueno, seguramente.

La señorita Cutter, siempre intentando apaciguar los ánimos, irrumpió en la conversación.

—Estoy segura de que no es el dinero lo importante, sino conseguir lo que uno se propone. ¿Cuánta gente puede escribir un libro? —dijo con una sonrisa hinchándole las mejillas.

Brand removió con cuidado su té, y luego dejó la taza sobre la mesa.

—Yo pienso que... —dijo Clarice, sin aliento. Negó con la cabeza—. ¡Insufrible! —gritó finalmente, y salió de la habitación hecha una furia.

Hubo un intervalo de silencio, hasta que la viuda habló.

—Extraña a Oswald. Querría que él volviese pronto. Esto es muy agotador para todos nosotros. Pero sin embargo, en algo tiene razón: Andrew tomará el mando cuando tenga veintiún años. Clarice ya tiene veintisiete, y durante toda su vida deberá pedir.

La paciencia de Brand se estaba agotando.

—Clarice no es pobre —dijo—. Tiene más dinero del que podría gastar. El escollo es Oswald: no quiere vivir del dinero de su esposa.

—Admiro a los hombres de principios —dijo con calidez la señorita Cutter—. Y con amor...

Cuando la duquesa alzó la mano, la señorita Cutter se calló, obediente.

—Si tuviera principios —dijo la viuda en un tono mandón—, no se habría casado con Clarice. Y no me hables de amor. El amor ha sido la ruina de esta familia. —Sus ojos de halcón estaban fijos en Brand—. Lo que me recuerda a lady Marion Dane. ¿Es cierto lo que se dice? ¿Estáis comprometidos?

La pregunta no lo sorprendió. Su abuela tenía espías por todos lados.

—No —respondió sin rodeos—. No es cierto. Nos encontramos en Londres mientras ella pasaba un tiempo en casa de amigos comunes. Y puesto que ella y sus hermanas son sobrinas de Edwina, lo mínimo que podía hacer era mostrarles la ciudad, sobre todo teniendo en cuenta que se están instalando en la casa de Los Tejos y que seremos vecinos.

—¡Edwina Gunn! —exclamó con aspereza la viuda.

Su abuela nunca había aprobado ni comprendido sus estrechos lazos con su antigua maestra, y él nunca se había molestado en explicárselos. Edwina había sido como una madre para él, y ese concepto era desconocido para la viuda. Ella no creía en los niños malcriados.

—Edwina tenía otra hermana, ¿no es así? —preguntó Brand en un tono desinteresado, antes de que la conversación cambiase de rumbo—. ¿Hannah? Marion me peguntó sobre ella, pero no la recuerdo. —Una mentira piadosa—. ¿Usted conoció a Hannah, abuela?

—No muy bien —respondió la anciana—. Creo que era una institutriz.

—Yo sí la recuerdo —dijo la señorita Cutter—. Solía sacar a pasear a su perrito por nuestro parque. —Frunció el ceño—. He oído que era bastante testaruda, y un desafío constante para la señorita Gunn.

—¿En qué sentido?

La señorita Cutter lo miró inexpresiva.

—No recuerdo.

Brand contuvo un suspiro. No tenía sentido presionar a la señorita Cutter.

—¿Qué fue lo que le sucedió? —preguntó con amabilidad—. ¿Dónde está ahora?

—Supongo que se habrá instalado en otra parte —dijo la viuda—. Seguramente está felizmente casada y con una prole de niños.

—No —dijo la señorita Cutter—. Se fugó. Estoy segura de haber oído decir que se fugó. Oh, Dios... —La señorita Cutter arrugó el rostro—. ¿O era Mary Streatham? Sucedió hace tanto tiempo... ¿No me habré embrollado de nuevo?

—No —exclamó con firmeza la viuda—. Lo que sucede es que a medida que envejecemos, tenemos más cosas que olvidar, eso es todo. Ahora, ¿dónde estábamos antes de que llegase Brand? Ah, sí. Ibas a hablar con Cook y decirle que solo seríamos tres para el almuerzo, a menos que... —Miró a Brand interrogativamente.

—Gracias, pero tengo cosas que hacer en la casa —dijo—. Sin embargo acepto la invitación para otro día.

—No necesitas invitación —respondió la viuda, y agregó con una sonrisa complaciente—: Pero puedes invitar a lady Marion y sus hermanas. Me gustaría conocerlas. Puedes proceder, Lotty. Recuerda, solo tres para el almuerzo.

La señorita Cutter se excusó y se retiró de la habitación.

En el momento en que se cerró la puerta, la sonrisa

de la viuda desapareció. Se mantuvo en silencio por un instante, y luego dijo pesadamente:

—No existe eso de envejecer con elegancia, y no dejes que nadie te convenza de lo contrario. Todo degenera: la belleza, la salud, el apetito... Pero lo que más tememos es la pérdida de nuestras facultades mentales.

Su pequeño discurso cogió a Brand por sorpresa. Nunca antes había visto a su abuela tan vulnerable. Cuando eran pequeños, él y Clarice solían llamarla la Dama de Acero. Todo el mundo se aterrorizaba en su presencia, salvo su fiel y devota amiga.

—Me han dicho que la mente de Edwina también había comenzado a divagar —dijo su abuela finalmente. Todos los signos de vulnerabilidad desaparecieron de su rostro, y su expresión era tan decidida e inteligente como siempre—. Puras tonterías. Cuando hablé con ella después de la iglesia, estaba tan discutidora como siempre. Si yo decía que algo era negro, ella afirmaba con certeza que era blanco. Esta no es la primera vez que me preguntas sobre la salud mental de la señorita Gunn. Ya te lo dije en el funeral, y te lo repito ahora: tenía la lengua tan afilada y era tan excéntrica como siempre lo fue. ¿Qué sucede, Brand?

—Nada —respondió este con moderación—. Nada en absoluto.

La viuda lo señaló con el dedo.

—Y no acoses a Lotty con preguntas que no puede responder. Tan solo logras confundirla aún más.

—De acuerdo.

Cuando la señorita Cutter regresó al comedor, descubrió que Brand había dejado sola a la viuda. Cuando esta alzó la vista, las mejillas de la señorita Cutter se sonrojaron.

—Ven a sentarte, Lotty —dijo con amabilidad la viuda—, y veamos qué podemos hacer de todo esto.

La señorita Cutter se sentó a la mesa.

—No me he hecho líos esta vez —dijo seriamente—. He pensado en ello, y verdaderamente recuerdo que Hannah Gunn se fugó.

—Es de eso que quería hablarte. —La viuda dejó pasar un momento de silencio—. Por supuesto, si alguien te pregunta por Hannah, debes decir que la recuerdas, pero no es necesario ampliar tus recuerdos. Ese es el problema cuando se llega a nuestra edad. Cuando olvidamos algo, nuestra imaginación se encarga de llenar los espacios en blanco.

La señorita Cutter se sentía como si hubiese recibido una reprimenda.

—Tú no —le respondió—. Tu mente es tan afilada como un cuchillo. Todo el mundo lo dice. Y no creo estar inventando cosas, pero... Ya sé que a veces me confundo.

—No pasa nada, Lotty. —La viuda sonrió, condescendiente—. No te preocupes por ello, solo ten cuidado. Piensa antes de hablar. Creo que lady Marion está intentando encontrar a Hannah, y no queremos alimentar falsas esperanzas, ¿no es así?

—Pero yo no sé nada —argumentó la señorita Cutter. Ahora sí que parecía preocupada.

—Claro que no. Y yo tampoco.

Se quedaron en silencio mientras un criado entraba a limpiar la mesa. La viuda observó a su amiga con una mezcla de piedad y afecto. Estaban juntas desde que eran adolescentes: primero cuando Lotty fue a vivir con los padres de la viuda, y después, cuando la viuda se casó. En aquella época tenían poco en común, salvo la misma sangre. Lotty había sido una muchacha tímida, temerosa de su propia sombra, mientras que la viuda era un poco demasiado testaruda para sus padres. Ahora avanzaban juntas, devotas la una a la otra en silencio, en una vida en cierta forma plácida y sin complicaciones.

Su ilustrísima suspiró. Esperaba que el pasado no las alcanzase e hiciese tambalear su pequeño mundo.

Brand pasó una tarde agradable en la taberna. Al final del día, la mayor parte de la gente de la zona se reunía allí para intercambiar noticias y ver a sus vecinos antes de volver a casa con sus esposas y familias. Tanto el juez como el policía se hablaban allí, pero no habían encontrado nada extraño en la tinta de los dedos de Edwina. Quizá había escrito una carta y la había lanzado al fuego por alguna razón. Habían oído decir que Edwina llevaba un tiempo actuando de manera extraña, semanas antes del accidente, pero ninguno de ellos lo había comprobado por sí mismo. El nombre de Hannah tampoco había provocado sino respuestas sin interés. Aparentemente, nadie tenía un recuerdo claro de ella.

Mientras se preparaba para meterse en la cama, los pensamientos de Brand volvieron a la carta de Edwina, y al escepticismo que le provocó cuando la leyó por primera vez: un escepticismo fundamentado en los rumores que había oído sobre la pérdida de facultades mentales de Edwina.

La recepción que siguió al funeral había tenido lugar en la vicaría. Allí fue donde Brand oyó decir por primera vez que Edwina ya no era la misma. Se había encerrado en su casa, y desconfiaba de sus vecinos. Aún iba a la iglesia, pero no se quedaba a conversar con sus amigos o conocidos después del servicio.

Todo eso se lo había dicho el vicario, por lo que naturalmente le había creído, pero otros también habían apoyado la historia cuando le ofrecían sus condolencias, como las mujeres del pueblo con las que se cruzaba en los comercios de la zona. La impresión que le habían dejado era que Edwina se había tornado más y más senil.

En aquel momento debió haber abordado el asunto con la señora Ludlow, pero ella estaba muy abatida y no había ninguna prisa. Y todo eso fue semanas antes de que le llegase la carta de Edwina. Había comentado los rumores con su abuela, y su respuesta no había sido muy diferente de la de ese día: Edwina Gunn estaba igual de malhumorada que siempre.

Si alguien podía saber si Edwina se había vuelto senil, esa era la señora Ludlow. Aceptaría lo que ella le dijese. No era que pensase que el vicario mentía; lo que él le había descrito era una mente turbada, y no había duda alguna de que Edwina estaba turbada al escuchar que quizá Hannah hubiese sido asesinada.

Pero entonces ¿quién había iniciado los rumores, y por qué? ¿Acaso se trataba de un intento deliberado por desacreditar a Edwina y todo lo que tuviese que decir sobre la noche en la que Hannah desapareció? Sin duda, los rumores habían provocado ese efecto en él.

Esa idea le trajo nuevamente a la cabeza a su abuela. Brand tenía la impresión de que, si ella lo hubiera querido, podría haberle dicho más respecto a Hannah Gunn. ¿Qué le estaba ocultando?

La imagen de Hannah que se estaba formando en su mente estaba repleta de contradicciones: era la más joven de tres hermanas, una institutriz, testaruda, un constante desafío para Edwina y una fuente de admiración para Marion. En Longbury todo el mundo parecía aceptar que se había fugado, pero... ¿y si se trataba de otro rumor para alejar a todos de la verdad?

En tal caso, ¿dónde estaba ella?

Cuando sopló la vela y se metió en la cama, sus pensamientos volvieron a Edwina y todo lo que le debía. Volvieron al pequeño niño que había sido, atrapado en un tira y afloja entre dos personas omnipotentes, su abuelo y su padre, y al refugio que había significado la casa de Edwina para él. Todo lo que ella le había pedido a cambio era que resolviese el misterio que rodeaba la desaparición de Hannah.

—La encontraré por ti, Edwina. Lo juro —dijo Brand, en medio del silencio.

7

La lluvia se calmó tras un par de días, y Marion y sus hermanas retomaron la ruta hacia Longbury escoltadas por lord Denison. Marion no podía rechazar su compañía: no solo se dirigían al mismo destino, sino que él tenía un carruaje perfectamente equipado a su disposición. Como supo después, el carruaje pertenecía a Brand Hamilton. Ash le había mencionado la visita nocturna de Brand y su partida antes del alba como algo sin importancia, vagamente relacionado con las elecciones, y Marion no se atrevió a discutir al respecto. Difícilmente podría explicarle que los había estado espiando.

Llegaron al pueblo a media mañana. No pudieron apreciar demasiado Longbury porque la casa de Edwina se encontraba en las afueras, saliendo de la ruta principal. El sol brillaba, en el aire flotaba la fragancia de los manzanos en flor, y el silencio llenaba el carruaje mientras todos miraban por las ventanillas, esperando expectantes distinguir la casa a la que se dirigían. De repente, al doblar en una esquina hacia un pequeño patio, la vieron.

—¡La casa de Los Tejos! —exclamó Phoebe—. Es hermosa, y mucho más grande de lo que la imaginaba.

Sus hermanas estuvieron de acuerdo. Era una casa de ladrillos blanqueada con cal, de dos plantas y con ventanas en logia en las alas anexas. Las paredes estaban cubiertas por un entramado de plantas trepadoras. La memoria de Marion comenzó a agitarse: una de esas ventanas panorámicas pertenecía al salón principal, la otra al comedor. La habitación de Hannah había estado en la planta baja, detrás del salón. La llamaban la «habitación de la sirvienta», aunque llevaba mucho, mucho tiempo sin ser ocupada por una criada. No desde que sus abuelos vivieron allí. Cuando ellos murieron, las hermanas Gunn habían aprendido a economizar el dinero, igual que ella y sus hermanas habían hecho tras la muerte de sus padres.

Según Marion recordaba, había una aldaba sobre la puerta principal: un león rampante, supuestamente de origen normando. De niña aquella aldaba la fascinaba, y la tocaba con reverencia, imaginando cuánta gente la había tocado antes que ella.

Mientras Emily y Phoebe avanzaban hacia la puerta principal, Marion se volvió para hablar con lord Denison. Su agradecimiento era sincero, no solo por su compañía, sino por haberle prestado el carruaje del señor Hamilton.

—Ya tendrá la oportunidad de agradecérselo en persona —dijo Denison—. Estoy seguro de que está por aquí, en la Hacienda. En todo caso, ese era el plan. Cuando él sepa que usted ha llegado, no me cabe ninguna duda de que se pondrá en contacto con usted en cuanto pueda.

Con un alegre saludo, Ash entró en el carruaje y dio la orden de partir.

Marion no tenía tiempo de pensar en la última réplica de Ash Denison. Una mujer de cabellos oscuros abrió la puerta y se presentó como la señora Ludlow, haciéndolas pasar al interior. A Marion no le tomó mucho tiempo decidir que la señora Ludlow le agradaba. Era una mujer amigable aunque silenciosa, perfectamente aseada, y mantenía la casa tan pulcra como a ella misma. Pero lo que marcó positivamente a Marion fue el aroma a pan recién horneado. Hacía que se sintiese ya como en su casa.

Mientras recorrían las habitaciones, Marion se sorprendió de todo lo que recordaba: la chimenea de piedra en el salón, los sólidos muebles de roble, las cortinas de terciopelo... Toda la disposición de la casa le volvía a la memoria. Podía recordar la vista de los jardines y el huerto desde las ventanas del primer piso; sabía dónde estaban las construcciones exteriores, dónde habían estado las ruinas del púlpito del refectorio, y más allá, el Priorato donde solían vivir los monjes. Pero sus recuerdos se detuvieron en seco cuando llegaron a la escalera de paneles de algarrobo.

—¿Fue aquí que...? —comenzó a decir Emily.

La señora Ludlow asintió.

—Sí, aquí fue donde la encontré —dijo, conteniendo las lágrimas.

Cuando Emily hizo lo mismo, Marion dijo con determinación:

—Hablaremos de la tía Edwina más tarde, después de deshacer el equipaje. Ella nos legó su casa, y quería que fuésemos felices en ella. Recordad eso.

Marion no quería ser insensible, pero tampoco quería que sus hermanas sufriesen por algo que no podía cambiar. Ya había demasiada muerte en sus jóvenes vidas.

Sus palabras surtieron el efecto deseado. Asintiendo y entre sonrisas, subieron la escalera.

Más tarde, mientras sus hermanas deshacían el equipaje, Marion se escabulló escalera abajo hacia la habitación de Hannah. Tenía una larga ventana de guillotina que daba al jardín de plantas aromáticas, y dejaba entrar mucha luz. Era una habitación bonita y femenina, toda en muselina y estampados florales.

Marion sintió una persistente incomodidad mientras tocaba las pertenencias de Hannah: un frasco vacío de agua de colonia sobre el tocador, un pequeño cojín con un ligero aroma a lavanda, papel y lápices dispuestos ordenadamente sobre el escritorio.

De repente recordó una escena del pasado: discutían allí, en la habitación de Hannah, y a ella no le gustaba. Hannah gritaba, y luego salió corriendo de la casa. Después solo hubo silencio.

¿Por qué habían discutido?

Emily llamó a Marion desde la escalera, y los recuerdos se esfumaron mientras salía a responder a su hermana.

A media tarde, se tomaron un descanso en deshacer las maletas y disfrutaron del té en el salón principal. Estaban muy contentas con la casa, y podían hablar de la tía Edwina sin morbo ni deprimirse. De hecho, reían y hacían bromas cuando la señora Ludlow entró a anunciar que tenían visitas.

Cuando Marion se puso de pie, sus hermanas la imitaron. Intercambiaron miradas intrigadas, preguntándose quién podría visitarlas el día de su llegada.

—Lady Clarice Brigden y la señorita Flora —anunció la señora Ludlow, y dio un paso al costado para dejarlas entrar.

Marion pudo ver a una joven y elegante muchacha de pelo oscuro, de su misma edad, más alta de lo habitual y cuyos fuertes rasgos eran suavizados por su sonrisa y sus ojos azules brillando con malicia. Fue la malicia la que desató los recuerdos de Marion. Había visto antes a lady Clarice.

Fragmentos de recuerdos asaltaron su cabeza. Signos y cánticos secretos. Cacería de fantasmas y juegos de medianoche.

Marion estaba sobresaltada. ¿Acaso se trataba de recuerdos reales?

Su mirada pasó a la pequeña niña. La señorita Flora era una muchachita de piernas largas, de unos diez años, con los cabellos rizados de un rojo encendido, ojos verdes de largas pestañas y una sonrisa sospechosamente recatada.

Intercambiaron las cortesías de rigor y Marion las invitó a tomar asiento.

Lady Clarice ignoró la propuesta. Con los brazos extendidos y riendo, avanzó hacia Marion.

—¿No me recuerdas, Marion? ¿Has olvidado todas las aventuras salvajes que compartimos cuando visitaste a la señorita Gunn?

—He olvidado nuestras aventuras salvajes, pero no a ti. —Marion rió—. Eres Clarice FitzAlan, ¿verdad?

—Eso era antes de casarme. Ahora soy Clarice Brigden. Y esta es Flora, la sobrina de Theodora. Flora ha venido a pasar unas pequeñas vacaciones. —Hizo una pausa, asimilando la expresión de Marion—. ¿Recuerdas a Theodora? ¿La que está casada con mi tío Robert? Recuerdas a Robert, ¿no es así?

Marion no lo recordaba, pero le pareció más fácil asentir vagamente. De inmediato presentó a sus hermanas. Pidieron unos refrescos, y Clarice volvió a dirigir la conversación.

—¡Todos vendrán a llamar a tu puerta! Los FitzAlan, quiero decir, especialmente la abuela. Desde que oyó decir que tu nombre estaba relacionado con Brand, la devora la curiosidad, pero Brand no quiere decir una palabra al respecto. En fin, todos nos morimos de curiosidad. ¿Es cierto, Marion? ¿Tú y Brand estáis secretamente comprometidos?

—¿Te refieres a Brand Hamilton? —preguntó Marion, más confundida que molesta.

—¿A quién más podría referirme sino a mi medio hermano? —Clarice parecía tan confundida como Marion—. Tenemos el mismo padre, el duque de Shelbourne. Y ya que estamos, su nombre es Brand FitzAlan Hamilton, aunque no le agrada reconocer esa conexión. —Clarice apretó los labios—. Supongo que está avergonzado de nosotros. Nos considera zánganos y parásitos, no como él, que se mata a trabajar. A mi marido, el pobre Oswald, le avergüenza vivir de mi dinero. Por cierto, él es escritor, y es una actividad que no se paga muy bien. ¿Pero para qué sirve tener dinero si no puedo gastármelo?

Frente a la mirada vacía de Marion, Clarice continuó:

—Estoy haciéndolo de nuevo, ¿no es así? Eso es lo que pasa cuando vives con la señorita Cutter. Basta con decir que es Brand quien maneja los gastos. Nuestro padre, en su inmensa sabiduría, lo nombró único fideicomisario de su fortuna.

Marion estaba dividida entre la sorpresa ante la franqueza de Clarice con alguien que era prácticamente una extraña, y la desconfianza. Nadie le había dicho que la propiedad del padre de Brand estaba en Longbury. Nadie le había dicho que Brand pertenecía a la familia FitzAlan, o que su padre fuese el duque de Shelbourne.

Nunca se libraría de él.

Mientras miraba a Clarice afloraron en su mente más recuerdos. Le parecía imposible haber podido olvidar a una compañera de juegos tan impetuosa. Pero no la había olvidado. Lo correcto sería decir que había confundido a Clarice en una maraña de recuerdos de diferentes vacaciones en diferentes lugares. Lo que sí recordaba era que, cuando niñas, Clarice FitzAlan las había metido en un problema detrás de otro. Era una muchacha curiosa, aventurera y, por supuesto, muy divertida, sobre todo para alguien como Marion, educada para obedecer las reglas. Clarice había sido para ella como una bocanada de éter. Una inhalación, y estabas lista para lo que fuera. Marion no recordaba exactamente lo que habían hecho, pero no había olvidado las reprimendas y sermones de su madre. Clarice siempre se salvaba.

—Marion, no has respondido a mi pregunta —dijo Clarice amablemente.

—Ni tengo intención de hacerlo. —Su respuesta fue rápida y afilada.

Los ojos de Clarice no perdieron ni un ápice de su brillo.

—Supongo que esperas a que gane su nominación antes de hacer el anuncio. No veo por qué. La abuela dice que Brand tendría más posibilidades de ganar si estuviese comprometido con la mujer adecuada. De esta manera a la gente no le molestaría que fuera un hijo ilegítimo.

Ese era el problema de ser hija de un duque. Podía decir lo que quisiera, y nadie de rango inferior se atrevería a contradecirla o decirle que se ocupara de sus propios asuntos. Nadie, salvo quizá la hija de un conde.

—¿Qué es exactamente lo que te dijo tu hermano sobre mí? —preguntó, lo más tranquila que pudo.

—Vamos, Marion, no te hagas la inocente —dijo Clarice, y luego, mirando a Emily, añadió—: Cuando éramos niñas era igual. Ya sabes, muy recatada. Y es por ello que ni mi madre ni tu tía Edwina sospechaban la mitad de las cosas en las que nos metíamos cuando ellas no estaban cerca.

—¿Qué era lo que hacíais? —preguntó Phoebe.

—No me atrevería a decírtelo —respondió Clarice de forma irresistible, ganándose una sonrisa de parte de Phoebe—. Veamos, ¿dónde estaba? Ah, sí. Brand. No nos ha dicho nada. De hecho, es tan discreto como solo él es capaz de serlo. Esta no es la primera vez que se lo relaciona con una dama. —Soltó una risilla—. En absoluto, pero las otras fueron descartadas con dureza. Lo que lleva a la abuela a pensar que su interés por ti es sincero.

Marion quedó por un momento sin palabras.

Emily no. Había escuchado la conversación con indignación creciente. En su opinión, los modales de Clarice eran demasiado ligeros para ser tolerados, sobre todo en presencia de niñas inocentes, niñas con oídos atentos.

—Phoebe —dijo, mirando severamente a su hermana—, ¿por qué no muestras a Flora la historia en la que has estado trabajando? —Y agregó en dirección a Clarice—: Phoebe está escribiendo la historia de la familia Gunn.

—¿En serio? —preguntó Clarice con un interés que parecía genuino. Luego de reflexionar un momento, dijo riendo—: Espero que nadie decida escribir la historia de los FitzAlan. Las páginas podrían prenderse fuego.

—¡Phoebe! —repitió Emily, y su voz sonaba más severa que antes.

—Apenas he comenzado —protestó Phoebe—. No hay nada que mostrar, salvo un par de cartas y fechas...

La expresión de Emily no parecía tomar aquello en consideración.

—Ven, Flora —dijo finalmente, resignada.

Flora siguió obediente a Phoebe hacia su habitación.

—¿Eres una lisiada? —preguntó Flora, una vez en la habitación.

A Phoebe se le cortó el aliento. Miró a la otra niña, casi diez centímetros más alta que ella.

—¡No, no lo soy! Cojeo de una pierna, eso no me convierte en una lisiada.

—Muy bien —dijo Flora—. Entonces no estamos obligadas a quedarnos dentro de la casa, ¿no? Podemos salir a explorar y tener aventuras.

¿Explorar? ¿Aventuras? Esas eran palabras embriagadoras para Phoebe, pero tenía miedo de desilusionar a la otra niña.

—No tengo permiso para alejarme de la casa —dijo sin convicción.

—Entonces no iremos lejos, solo hasta el estanque de piedras. Si eres lo suficientemente rápida, puedes atrapar una rana. Está repleto de ranas.

—¿Y tu madre? ¿No deberías pedirle permiso?

—Yo no tengo madre —respondió Flora—. Murió cuando yo era pequeña. He venido a visitar a mi tía Theodora, y ella nunca se opone a nada de lo que yo hago.

—Querría que Marion fuera como tu tía —dijo sentidamente Phoebe—. Mis hermanas pueden ser terriblemente estrictas cuando quieren.

Flora rió.

—Bueno, ¿vamos?

La idea era demasiado buena para rechazarla.

—Nunca he atrapado una rana antes.

—Yo te enseñaré cómo.

—Tendría que decir a Marion que voy a salir.

—No es lejos. Podrá verte desde la casa.

Eso era suficiente para convencer a Phoebe.

—¿Qué es una historia de familia? —preguntó Flora mientras caminaban hacia la puerta.

Era algo aburrido, pero Phoebe quería impresionar a la otra niña, así que lo hizo parecer interesante.

En el salón, Clarice recordaba los viejos tiempos.

—Supongo que recordarás al fantasma del Priorato —dijo a Marion.

Marion negó con la cabeza.

—¿No recuerdas la noche que nos escondimos en el púlpito del refectorio esperando a que nuestro fantasma apareciese?

—No, me temo que no.

En ese momento, la señora Ludlow entró para anunciar nuevas visitas: lady Theodora FitzAlan y el señor Hamilton.

—Te lo dije —susurró Clarice en voz baja—. Todos querrán venir a visitarte.

Intercambiaron los saludos de rigor, y cuando estuvieron sentados, Marion pidió a la señora Ludlow más refrescos. Consciente de que todos los ojos estaban posados en ella, Marion se forzó a parecer indiferente a la presencia de Brand, y él parecía hacer lo mismo con ella. Marion le dio las gracias por el carruaje; Brand respondió que no había sido nada. Una vez salvado el primer escollo, Marion pudo concentrar su atención en la dama que no conocía.

Lady Theodora era lo que el padre de Marion habría definido como una mujer hermosa. Calculó que se encontraba en la cuarentena; era alta y atlética, con los cabellos oscuros peinados hacia atrás y sus pómulos altos dorados por el sol. Si su vestido no era un traje para cabalgar, había sido diseñado para parecerse a uno. Se veía como alguien que se siente más en casa en el campo que en la ciudad.

—No voy a fingir recordarte, Marion —dijo lady

Theodora—. La última vez que estuviste aquí eras una niñita en enaguas, y yo debía de parecerte una vieja.

—No te disculpes, Theo —la interrumpió Clarice—. No creo que Marion te recuerde tampoco. —Tomó aliento y continuó—: ¿Robert no está contigo?

—No, ya conoces a Robert. Encontró unos amigos en Windsor y decidió quedarse allí. —Y agregó, dirigiéndose a Marion—: Lord Robert FitzAlan, mi marido errante.

Marion sintió una tensión en el aire, y buscó en su mente una réplica neutral.

Brand la sacó del apuro cambiando abruptamente de tema.

—La potranca que has traído es realmente excepcional, Theo. ¿Es árabe?

—Medio árabe —respondió Theodora, y se puso a describir los puntos fuertes de su última adquisición para su caballeriza, sin dejar de mirar a Marion como si, pensaba ella, también estuviese juzgando sus puntos fuertes. Luego Theodora pregunto a Marion si ella y sus hermanas solían montar a caballo.

Clarice intervino.

—Ten cuidado con lo que vas a responder, Marion. Te encuentras frente a una devota de todo lo que tenga que ver con los caballos. Nadie puede competir con Theo.

Marion comenzaba a aburrirse seriamente. Desde que lady Theodora y Brand habían llegado, ni ella ni Emily habían podido decir una sola palabra. Los FitzAlan, Brand entre ellos, estaban demasiado orgullosos de sí mismos. Interrumpiendo la última observación de Clarice, dijo:

—No hemos cabalgado mucho últimamente, salvo en Hyde Park, y difícilmente eso cuenta.

—Pobrecita —dijo Theo con conmiseración.

—Nuestro padre nos enseñó a montar cuando éramos niñas —dijo Emily como si su hermana hubiese sido desairada—. Todas nos sentimos cómodas con los caballos, pero Marion... es completamente intrépida.

—En ese caso, quizá quieras probar a mi nueva potranca —dijo Theodora—. La he llamado Centella. Con ella darás el paseo de tu vida.

Decir que Marion estaba consternada no reflejaría fielmente sus sentimientos. Estaba horrorizada. Era fácil ser una jinete intrépida cuando su papá elegía los caballos más dóciles para sus queridas hijitas. Y no se sentían todas cómodas con los caballos. Desde su caída, Phoebe no había vuelto a montar. ¿En qué estaba pensando Emily para exagerar sus aptitudes?

Brand era consciente de su dilema, y no dudó en dar un paso en su rescate. Rescatar a Marion se estaba volviendo una costumbre que disfrutaba bastante.

—Centella daría al mismo diablo el paseo de su vida —dijo con humor—. Deberías domarla, Theo, antes de que haga daño a alguien.

Su reproche no fue mal recibido.

—Sabes que no permitiría que nadie montase a Centella antes de que John la entrene —dijo Theodora, y luego, dirigiéndose a Marion añadió—: John Forrest es mi entrenador y hombre de negocios. Todo lo que sé de caballos lo aprendí de él.

—Estará bastante ocupado con Centella —dijo Brand—. La estuve observando antes de venir, y diría que tiene un fuerte carácter.

—Si John dice que puede entrenarla, entonces le creo. —Theodora sonrió satisfecha—. Ha sacado lo mejor de todos los sementales de los FitzAlan. Y cuando llegue el momento de preñarla, no permitiré que ninguno se le acerque.

La imagen que se formó en la mente de Marion no era de sementales, sino de los hombres de la familia Fitz-

Alan. Una mirada de soslayo a Theodora la convenció de que se había tratado de una broma velada que todos habían comprendido pero que nadie, y menos aún Theodora, la encontraba divertida.

Finalmente llegó el té, y una vez que todo el mundo se hubo servido, Brand preguntó:

—¿He escuchado bien, Clarice? Cuando entré, creo que decías algo sobre un fantasma del Priorato.

—Es la primera vez que oigo algo por el estilo —aseguró Theodora.

—Era nuestro secreto —dijo Clarice—, de Marion y mío. Una travesura infantil que en su momento nos aterrorizaba, pero que visto en perspectiva es divertida.

Brand miró a Marion.

—Me gustaría escuchar lo que sucedió.

—No lo recuerdo —dijo Marion, encogiéndose de hombros—. Clarice iba a contarlo cuando vosotros llegasteis.

—¿Clarice? —preguntó Brand.

—No hay mucho que contar —dijo su hermana mientras miraba a Marion, como pidiéndole ayuda. Cuando vio que no la obtendría, comenzó—: Estábamos casi convencidas de que el fantasma de uno de los monjes vagaba por las noches en el Priorato, o quizá se trataba del fantasma del abad. Yo lo había visto por un instante desde la ventana de mi habitación, llevando una lámpara en la mano. Para aclarar la historia, Marion y yo nos pusimos de acuerdo a fin de vigilar una noche mientras todos dormían. Entonces nos escondimos en el púlpito del refectorio y...

—¿Refectorio? —preguntó Emily.

—El lugar donde los monjes solían comer. Lo único que queda de él es el púlpito, que fue reubicado cuando construyeron el invernadero. Está a mitad de camino bajando la colina, entre el Priorato y la casa de Los Tejos. Pero el púlpito se conserva intacto, y era un escondite perfecto para dos niñas pequeñas. Imaginadnos allí, riendo tontamente y temblando a la vez, cuando de pronto el monje salió de entre los árboles, o así lo creímos. —Comenzó a reír mientras recordaba la escena—. Estábamos paralizadas, aterrorizadas, y cuando un animal aulló, salimos disparadas como caballos desbocados, yo hacia el Priorato y Marion hacia aquí. Por supuesto, no había ningún fantasma. —Miró a Marion—. Tendríamos que haberlo sabido. Nuestro fantasma tenía un farol, ¿recuerdas? ¿Qué fantasma que se respete necesita una luz para poder ver?

—Sí, ahora lo recuerdo —asintió Marion.

—Tuvisteis suerte de que un contrabandista o un guardabosques no os viera. Os podría haber disparado.

—No tan cerca de la casa, Theo —dijo Brand, calmando el juego—. Los guardabosques tienen la suficiente experiencia para no utilizar sus armas cerca del Priorato. Tampoco creo que fuese un contrabandista; no si llevaba un farol. Se estaría delatando a sí mismo.

—Los contrabandistas son tan osados como los piratas, de este lado del bosque —dijo Theodora riendo cínicamente—. No temen a nadie. ¿Y por qué deberían? Nadie quiere detener su comercio, y mucho menos el juez. ¿Dónde obtendríamos el buen coñac francés si no fuese por los contrabandistas?

—Lo que quieres decir es que nadie quiere pagar el impuesto sobre consumos —dijo Brand, y una ligera sonrisa se insinuó en sus labios.

—Exacto.

Emily no dejaba de mirar a su hermana.

—¿Cuántos años teníais Clarice y tú? —preguntó.

—Siete, creo —respondió Marion—. Quizá ocho.

—¿Y fuisteis cuando todo el mundo estaba en la cama?

Esta vez fue Clarice la que respondió.

—Tu tía Edwina solía acostarse temprano, y mi familia no lo habría notado ni aunque me fuese por una semana. Simplemente esperamos a que se hiciera de noche, y lo hicimos una sola vez.

—Estoy sorprendida —dijo Emily, todavía mirando a Marion—. No puedo imaginarte escabulléndote de la casa para ir a la caza de fantasmas, mientras todo el mundo duerme. Tú no eres así.

—Bueno, tiene sus momentos —dijo Brand.

Marion sonrió con calma.

—¿Alguien quiere más té?

En cuanto volvió al Priorato, Theodora pasó por las caballerizas para controlar a Centella. El caballo castrado de su marido estaba también allí; uno de los mozos de cuadra estaba almohazándolo. Hizo un signo con la cabeza al mozo de cuadra mientras cruzaba la caballeriza en dirección al hombre que gozaba de su plena confianza en el manejo de sus asuntos.

John Forrest alzó la mirada y sonrió cuando ella se acercó a él. Tenía sesenta años pero parecía más joven. Era un hombre enjuto y atlético, y su piel bronceada le daba un brillo saludable.

—Entonces, Robert ha llegado —dijo Theodora.

—Hace media hora —respondió Forrest—. Ha ido a la casa.

Theodora asintió, aunque por dentro estaba irritada. Su esposo era tan descuidado con su hacienda como un pájaro cucú con sus crías. Siempre habría otra persona para ocuparse de todo. Según ella, un verdadero caballero anteponía sus caballos a todo. Y dudaba seriamente que Robert supiera qué hacer con una almohaza aunque le estuviesen apuntando con una pistola. Pero era completamente diferente cuando se encontraba en una habitación repleta de bellas mujeres. Robert no necesitaba lecciones de cómo coquetear con nadie. Sin duda, en ese momento estaría sentado en su silla favorita, con un brandy en la mano y leyendo a Ovidio, su poeta favorito. No culpaba al caballo castrado de llamarse él también Ovidio.

Ovidio alzó el hocico hacia ella cuando se acercó. Forrest chasqueó los dedos y uno de los mozos de cuadra corrió a buscar un trozo de manzana, que Theodora ofreció al caballo mientras le murmuraba palabras cariñosas.

Centella asomó su hermosa cabeza negra sobre la puerta del establo y relinchó para atraer la atención de Theodora. Riendo, esta se acercó a acariciar a su yegua.

—Parecías muy a gusto con el conde de Brechin mientras mirábamos sus caballos —dijo a Forrest—. ¿No estarás pensando en dejarme, John?

Forrest alzó las cejas.

—Usted me conoce lo suficiente para saber que no, Milady. El conde es un hombre interesante con quien conversar. Conoce, vive y respira entre caballos. Si fuese un hombre sin alcurnia como yo, le ofrecería un trabajo.

Theodora rió, complacida de su respuesta.

—Además —continuó Forrest—, ya soy demasiado viejo para cambiar mis costumbres. No encajaría con un nuevo amo.

Su respuesta hizo brillar los ojos de Theodora. Miró a Forrest y pensó, no por la primera vez, que se estaba haciendo viejo, y que no podría contar con él para siempre.

La idea era demasiado dolorosa, así que la desterró a un rincón de su mente.

8

Las tres hermanas estaban agotadas tras su primer día en Longbury, por lo que nadie se sorprendió cuando Phoebe se fue a la cama sin protestar. Marion pensó que se trataba de una dulce fatiga. Sentían la casa como su hogar. Ya conocían a sus vecinos, y Phoebe había encontrado una amiga.

Flora era huérfana, al igual que Phoebe. La mitad del año vivía con Theodora en el Priorato, y la otra mitad la pasaba con otra tía en las afueras de Londres. Según Clarice, Theodora permitía que la niña hiciera lo que quisiese mientras estaba en el Priorato.

En opinión de Marion, no era un acuerdo muy conveniente, pero la niña parecía no abusar de ello. Flora se comportaba como un niño, y era exactamente lo que Phoebe necesitaba para sacar un poco las narices de sus libros.

Marion y Emily pasaron un rato silencioso de lectura frente a la chimenea del salón. Emily estaba leyendo las aventuras de una de las heroínas de la señora Radcliffe, mientras que Marion intentaba interesarse por las maquinaciones de *Emma*, de Jane Austen, aunque no podía dejar de pensar en otras cosas: Clarice, el fantasma del Priorato y, por alguna razón, Hannah. Más allá de su amistad con Clarice, los recuerdos de Marion permanecían deslavazados.

¿Era posible que Hannah se hubiese fugado? Eso era lo que Marion había escuchado en fragmentos de conversaciones de sus padres. Era del todo posible. Seguramente el hombre en cuestión era inadecuado, y no estaba a la altura de las expectativas de su madre o de Edwina. ¿De qué se había tratado la disputa que recordaba? Pobre Hannah, pensó. Debía de haber estado desesperada para partir así, abandonándolo todo: su familia, su casa, su lugar en la sociedad...

Quizá creía que valía la pena. Quizá estuviera completamente enamorada.

Antes de que pudiese evitarlo, la imagen de Brand se formó en su mente. No era el tipo de hombre que asumía riesgos y se fugaba con la mujer amada. Él pensaría que esa era la elección del cobarde, prefiriendo quedarse a defender lo que le correspondía. Y mejor que la mujer que eligiese estuviese dispuesta a resistir junto a él. Marion no lo conocía desde hacía mucho, pero lo comprendía bastante bien.

Inquieta, dejó de lado su libro.

—¿Lista para ir a la cama? —preguntó a Emily.

—Más que lista. Ha sido un día intenso.

Mientras Emily subía la escalera, Marion fue de habitación en habitación con un candelabro en la mano, asegurándose de que todas las puertas y ventanas estuviesen bien cerradas. Justo cuando estaba a punto de apagar la lámpara de la mesa de la cocina, escuchó que alguien llamaba a la puerta trasera. El corazón le latió con fuerza.

—Sé que está ahí, Marion —dijo la voz de Brand—. He visto pasar tu sombra frente a la ventana.

Marion abrió la puerta con la intención de darle un sermón por haberla asustado, pero al verlo de pie, con su alta figura en el marco de la puerta, sus cabellos oscuros brillando por las gotas de lluvia y una sonrisa torcida dibujada en sus labios, todos los pensamientos racionales partieron de su mente salvo uno. Con él las cosas podrían ser de otra manera, si tan solo...

La sonrisa abandonó el rostro de Brand.

—¿Qué sucede, Marion? ¿Por qué me miras así?

—¿Cómo podía usted saber que se trataba de mi sombra? —le dijo con calma, volviendo en sí—. Pudo perfectamente haberse tratado de Emily.

—Es su perfil. Lo reconocería donde fuera.

Su halago desinteresado entibió el corazón de Marion, aunque solo por un instante. Debía tener cuidado con aquel hombre. Si no se cuidaba, terminaría contándole todos sus secretos.

Ya se estaba cansando de escuchar siempre la misma retahíla. Pero al mismo tiempo, valía la pena.

—¿Qué le trae aquí en medio de la noche? —Marion intentaba sonar indiferente.

—Solo son las diez, y puede abandonar esa pose. He visto en su expresión que algo le molestaba, y quería saber de qué se trataba.

—Estoy cansada, eso es todo. Ha sido un largo día, y estaba a punto de acostarme —dijo escuetamente, sabiendo que Brand no se detendría hasta obtener una respuesta.

Cuando Marion miró por encima de su hombro en dirección a la puerta que conducía a la escalera, Brand aprovechó la oportunidad para deslizarse al interior, obligándola a retroceder unos pasos.

—Está lloviendo fuera —le dijo con pesar—. Podemos hablar más cómodamente aquí dentro. ¿Le molesta si me siento? —preguntó, señalando la mesa.

—¿Acaso importa lo que yo diga?

—No, porque no siempre dice lo que piensa. —Marion se puso tensa, pero Brand no le dio tiempo a responderle—. Edwina solía ofrecerme un brandy cuando venía a visitarla por las noches, para conversar un poco y asegurarme de que estuviese bien.

Las palabras de Brand aplacaron su ira. Él tenía todas las razones para asumir que las sobrinas de Edwina lo tratarían con la mayor consideración. Había sido un buen amigo de su tía. Afortunada Edwina, pensó Marion sentidamente.

—Lo lamento —dijo Marion—. No tenemos brandy.

—Encontrará una botella en la despensa, en una vasija etiquetada «Barley». Por supuesto, es de contrabando, pero eso no molestaba a Edwina. Consideraba que era un deber patriótico proteger el contrabando, aunque solo fuera para que las familias de los contrabandistas pudieran vivir decentemente.

Marion sonrió contra su voluntad.

—Y supongo que usted considera como un deber patriótico beberse el brandy de mi tía.

—No esté tan segura. El patriotismo de Edwina venía en pequeñas dosis. Una pequeña medida, para ser precisos. Espero que usted pueda hacer más que eso.

Marion estuvo a punto de echarse a reír, pero mantuvo los labios apretados mientras atravesaba la cocina y entraba en la despensa. Al volver, dejó la botella de brandy frente a él con un golpe seco, junto con un vaso que tenía el aspecto de un pequeño florero.

—Me agradan las mujeres con sentido del humor —dijo Brand.

Marion contuvo una nueva sonrisa mientras se sentaba en la silla junto a él.

—¿Sabe que esto es muy inadecuado? Aquí no hay ningún sirviente, nadie que pueda vigilarnos.

—Está Emily, y no nos olvidemos de Phoebe.

—Pero están en la cama.

—¿Y quién puede saberlo? Le propongo algo, Marion: no diré nada si usted tampoco lo hace.

Su obstinación comenzaba a molestarla.

—Estaba a punto de decirme qué le trajo aquí a estas horas tan poco apropiadas.

Brand le cogió la mano en un movimiento tan inesperado que no pensó en resistirse. Con sus ojos clavados en los de ella, le acarició los dedos con su pulgar, y luego la muñeca.

—Puedo sentir su pulso —dijo—. Está acelerado. Y eso me dice mucho más que su ceño fruncido y sus palabras hirientes.

Marion retiró la mano rápidamente.

—Última oportunidad, señor Hamilton, o le mostraré el camino de salida —dijo, intentando que sus palabras sonasen frías e impersonales—. ¿Qué lo trae aquí?

Brand se tomó su tiempo antes de responderle, sirviéndose una pequeña medida de brandy y bebiendo un trago mientras la miraba con un brillo en los ojos.

—Dos razones —dijo finalmente—. La primera, disculparme por el comportamiento de las mujeres esta tarde. Son groseramente francas. Me sorprendió que no las estrangulase.

—¡No crea que no estuve tentada de hacerlo! Por otra parte, Clarice es espontánea como una niña. Es imposible no apreciarla.

Brand alzó una ceja.

—Ella no confía en mí. ¿Qué es lo que le dijo?

Marion dudó, y luego habló con cuidado.

—Que su padre tenía muy en cuenta lo que usted opinaba.

—Ya veo. ¿Le dijo que me nombró fideicomisario de su fortuna?

Marion agachó la cabeza.

—No intente descubrir demasiado en ello. La verdad es que no tenía alternativa. Era mi tío o yo, y Robert es tan generoso que Clarice y Andrew habrían llevado la propiedad a la bancarrota en un respiro.

Marion lo miraba con curiosidad.

—¿Qué? —preguntó Brand.

—Debía usted de haber sido muy joven para asumir una responsabilidad tan grande —dijo encogiéndose de hombros.

—Yo tenía veintiséis años cuando mi padre murió. Clarice tenía veinte y mi hermano Andrew once, o algo así.

Marion comenzaba a entender un poco la tensión de Clarice. No debía de ser fácil tener un hermano, apenas mayor que ella, controlando los gastos de la familia.

—Me sorprende que su padre no haya nombrado un abogado, o un amigo cercano —dijo.

—Habría podido, pero habría significado que yo quedaba finalmente librado de él —dijo Brand, y su voz se había vuelto áspera—. El brazo de mi padre es muy largo...

—Eso parece. Pero en su caso...

—¿Sí?

Marion lamentaba haber dicho tanto. Encogiéndose de hombros, continuó:

—Usted lo conoce mejor que yo. ¿No habrá intentado compensarlo?

Brand tomó un largo trago de brandy.

—Algunas cosas están más allá de la compensación. Él dio la espalda a mi madre antes de que yo naciese. Ella no era una cazafortunas. Era una muchacha respetable y decente, pero no poseía ni el dinero ni la alcurnia para tentarlo. No la aburriré con los detalles. Es una historia de familia. Basta con decir que solo cuando me quedé huérfano, tras la muerte de mi abuelo, mi padre se interesó por mí. Y eso se debió principalmente a mi abuela. —Comprendiendo de repente que sus dedos se habían tensado contra el vaso, los relajó deliberadamente. Su sonrisa brilló por un instante—. El viejo halcón sabía que yo no me negaría a pagar mi deuda con él.

—¿Su deuda con él?

Brand, incómodo, se encogió de hombros.

—Él pagó mi educación, y se aseguró de que la casa de mi abuelo no fuese vendida cuando era niño. Siempre supe que tenía una casa a la que podía ir. Andrew solo tenía once años, y yo no quería que creciera para convertirse en un típico aristócrata, creyendo que tenía un derecho natural sobre su riqueza y sus propiedades. Andrew era un huérfano, como yo. Me pareció que lo mejor que podía hacer era llenar el vacío. Después de todo es mi hermano.

—Sí —dijo Marion—. Clarice también lo mencionó. Usted es un FitzAlan. Su nombre completo es Brand FitzAlan Hamilton. ¿De quién fue la idea?

Brand enrojeció.

—Es una larga historia, pero créame, yo no tuve nada que ver en ello.

Marion pensó que había ido demasiado lejos, y sus mejillas también enrojecieron.

Brand se pasó la mano por el rostro.

—Podría decir que mi padre dejó su marca en mí —dijo—. Él tenía los medios y la voluntad de apartarme de mi madre el día que nací. Mi abuelo no tuvo otra alternativa que dejarle salirse con la suya. Nunca utilicé el nombre FitzAlan hasta que vine a vivir al Priorato. —Una sonrisa asomó en su rostro para desaparecer casi en el acto—. En todo caso, mi abuela nunca me permite olvidar que soy un FitzAlan.

Marion se apoyó contra el respaldo de su silla, embargada por una emoción que no podía controlar. Por primera vez, no lo vio como alguien tan capaz y ambicioso, seguro de adónde se dirigía. Parecía como una figura solitaria que raras veces bajaba la guardia, incluso consigo mismo.

Mientras estaba sentada allí, observando las facciones severas de su rostro, algo en el interior de Marion se ablandó. Había escuchado la historia de la vida de Brand por boca de otros, pero no la había impresionado. En ese momento sentía como si le hubiesen retirado una venda de los ojos. Ese hombre verdaderamente excepcional cargaba en su interior con los fantasmas de su pasado.

Y deseaba ser aquella que los aplacase definitivamente.

Tuvo que resistir el impulso de cogerle las manos y reconfortarlo. De todas formas, no creía que él se lo permitiese. Podía imaginarlo de niño, recomponiéndose tras una pelea, observando, plantando cara, desafiando al mundo a dar su mejor golpe. No aceptaría ninguna conmiseración.

Estaban poniéndose demasiado cómodos, demasiado íntimos. Marion tenía el suficiente sentido común para llevar la conversación hacia aguas más calmas.

—Usted dijo que tenía dos razones para venir aquí. ¿Cuál es la segunda?

Brand consideró la pregunta por un momento, dudó, y luego asintió, tan ansioso como ella por cambiar de tema.

—El próximo jueves por la tarde mi abuela organizará una recepción al aire libre en el Priorato, algo informal —dijo—. Usted y sus hermanas están invitados.

—¿Una recepción al aire libre? —preguntó Marion con cuidado.

—Ella la llama una *fête*. Pero es más como una feria... —Una sonrisa maliciosa se dibujó en sus labios—.

No puedo negar que mi abuela aprovechará la oportunidad para estudiarla, pero ese no es el objetivo del evento. Es una de las tradiciones de Longbury, y se hace cada año. Habrá bastante gente, así que lo más probable es que apenas nos crucemos.

Una recepción al aire libre le parecía inofensiva, y si había la suficiente gente, podría perderse entre la multitud sin provocar comentarios ni especulaciones. Quizá hasta podría evitar a la viuda.

Y a Brand.

—Gracias —dijo—. Allí estaremos.

Él la estudió por un instante por encima el borde de su vaso, vació el brandy y lo dejó sobre la mesa.

—Sonría, Marion, quizá incluso se divierta —dijo con voz cortante.

Cuando Brand se puso de pie y se dirigió a la puerta, Marion fue tras de él.

—Brand, ¿qué demonios está pasando por tu cabeza? —gritó.

Brand abrió la puerta y dio un paso hacia el porche. Ella lo siguió.

—¿Qué sucede, Brand?

Él se volvió con expresión pétrea.

—¿Es a mí o a mi familia a quien quiere evitar?

Marion negó con la cabeza.

—Simplemente no quiero que la gente se haga una idea equivocada respecto a nosotros.

—¿Y qué idea es esa? —preguntó Brand sin modificar su expresión.

—Que hay algo entre nosotros. —Marion alzó los hombros en un gesto de desamparo.

—Santo Dios, mujer, ¿acaso cree que cada hombre que le dedica un poco de atención tiene planes con usted?

Marion lanzó un suspiro malhumorado.

—¡Yo no pienso eso!

—¿Piensa que porque la besé una vez, quiero casarme con usted? Marion, he besado a cientos de mujeres a lo largo de mi vida, y nunca estuve tentado de pedirles matrimonio.

La idea de Brand besando a cientos de mujeres le hizo apretar los dientes. «¡No me casaría contigo ni aunque fueras el último hombre sobre la tierra!», gruñó para sus adentros. Seguramente podría encontrar algo mejor que decir que ese lugar. Antes de que Brand pudiese reírse de ella, dijo rápidamente:

—Esa no es la cuestión. Todo el mundo le vio besarme. No quiero ser el centro de los rumores. —Marion estaba confundida—. Tengo que pensar en mi reputación.

Sus palabras parecieron enfurecerlo. Se acercó a ella, la cogió del mentón y mantuvo su rostro alzado hacia la lámpara del porche.

—¿Cree que no soy lo suficientemente bueno para usted, para la hija de un conde? —La sacudió ligeramente—. ¿Es eso, Marion? A pesar de todo lo que ha dicho, ¿es demasiado orgullosa para rebajarse al nivel del hijo ilegítimo de un duque?

Marion podía sentir la furia de Brand en cada movimiento de su cuerpo. No era cierto, claro que no era cierto. No quería que pensase mal de ella, pero le había ofrecido una escapatoria. Tenía que tomarla.

—Lo siento. No sé qué decir —balbuceó Marion intentando resistir, en un tono de voz que apenas pudo reconocer como propio.

Brand retiró la mano de su barbilla.

—Buenas noches, lady Marion.

«Lady Marion.» Hizo una mueca de dolor ante la formalidad. En sus labios, esas palabras eran un insulto. No había esperanzas. No podía dejarle pensar que lo consideraba inferior a ella. Se sentía acorralada, pero no lo suficientemente desesperada para herirlo. De eso sí estaba segura.

Marion tocó su brazo, pero Brand sacudió la mano. Enseguida, ya estaba alejándose por el camino. Marion se quedó de pie en el porche, abrazándose a sí misma en medio de la fría noche hasta ver cómo su figura desaparecía entre las sombras.

9

La fiesta de la viuda estaba abierta a todo el mundo. Solo los invitados especiales fueron convidados al Priorato a una cena tardía con champán, pero nadie se sintió excluido ni dejado de lado. Se ofrecieron todo tipo de entretenimientos para la diversión de los concurrentes: danzas populares y de cintas, trovadores, malabaristas, acróbatas, un espectáculo con caballos en la pradera sur y un concurso de pasteles bajo un toldo instalado en la pradera este. Fuera del granero de los monjes, que había sobrevivido casi intacto al paso de los siglos, los sirvientes asaban cerdos y corderos enteros, y en el interior, otros sirvientes y voluntarios disponían abundantes cantidades de comida para satisfacer los apetitos de la gente del campo.

Aunque Marion y sus hermanas llevaban viviendo en Longbury poco más de una semana, era sorprendente a cuánta gente conocían. Habían conocido a la mayoría a la salida de la iglesia. Incluso tuvieron el honor de ser presentadas a la viuda del duque, una dama excepcional que, si lo que Clarice decía era cierto, tenía ojos y oídos por todos lados.

Marion se había arreglado con especial cuidado para la ocasión: un bonito vestido de muselina con parras bordadas en el bajo y la cinturilla, un sombrero de paja con listas verdes y, como concesión al clima impredecible de Inglaterra, unos zapatos resistentes y un paraguas colgando del brazo. La apoteosis llegaría con el crepúsculo: la recreación de una olvidada batalla entre Caballeros y Cabezas Redondas.* El clima podría cambiar a lo largo del día, y Marion quería estar preparada para la eventualidad.

De tanto en tanto, su mirada buscaba la de Brand. Después de haberla saludado de lejos con una ligera inclinación de la cabeza, no le dedicó una sola mirada, a pesar de que llevaban varios días sin verse. Según la señora Ludlow, Brand había estado trabajando duro durante la fiesta buscando apoyos entre los votantes de los pequeños pueblos de alrededor de Longbury. Entretanto lord Denison, que consideraba la política como un sinsentido, había partido hacia Brighton para presentar sus respetos al príncipe regente. En esa época del año, Brighton era un imán para los amantes del placer, y el más decidido de los amantes del placer era sin duda el príncipe regente. Marion se preguntaba si Brand iría a encontrarse con Ash una vez que la fiesta hubiese terminado.

Brand le había sugerido que sonriera y que intentase divertirse, y Marion estaba determinada a hacerle caso. Sus hermanas, por su parte, no necesitaban esa sugerencia: Emily reía a sus anchas con un grupo de jóvenes de su edad, mientras que Flora y Phoebe, los opuestos inseparables, intentaban aprender de los gitanos con el objetivo de saber leer la fortuna. Marion no estaba sola. La señorita Cutter, la compañera de la viuda, se había prendado de ella, o al menos se había liberado de su co-

* Dos facciones del Parlamento durante la guerra civil de 1641 en Inglaterra. (*N. del T.*)

rrea para disfrutar de un momento sin restricciones. Tenía una gran inclinación al parloteo, y a Marion le estaba costando seguirle el ritmo hasta que Brand apareció cerca de ellas. Entonces la señorita Cutter se concentró en informar a Marion sobre las bellas muchachas que lo saludaban.

—Esa es la señora Chandos —le dijo la señorita Cutter al oído—. Le ha echado el ojo desde hace un tiempo.

Estaban en la pradera sur, donde se desarrollaba el espectáculo de los caballos. Se habían dispuesto una serie de obstáculos, y cuando un jinete completaba el circuito con éxito, la multitud estallaba en una salva de aplausos.

—Una viuda, supongo. —Los ojos de Marion siguieron a Brand y la esbelta rubia.

La señorita Cutter rió tontamente.

—Una viuda muy rica —dijo—. Ha heredado dos fortunas, de su padre y su marido. Como podrás imaginarte, no le faltan pretendientes, pero no perderá las esperanzas hasta asegurarse de que Brand está fuera de su alcance. ¿Sabes, querida?, realmente deberíais anunciar vuestro compromiso y liberar a esa mujer de su sufrimiento.

La única respuesta de Marion a la mirada cómplice de la señorita Cutter fue una sonrisa neutra.

La señora Chandos no duró demasiado. Se la llevó un alto y voluble caballero que no aceptaría un no por respuesta. Su lugar fue ocupado por la señorita Lacey, una pelirroja voluptuosa con una sonrisa adorable. Marion se preguntó si tendría pecas. La señorita Byrd, otra rubia, era delgada y frágil. La señorita Stead era absolutamente hermosa. Y la lista continuaba...

El último de los jinetes esperó la señal de partida. Era Andrew, el duque de Shelbourne. Era un hombre joven, casi un niño, pero se sentaba erguido sobre su montura con la confianza de un avezado jinete. Hombre y caballo formaban una bella estampa. Los dos tenían el cabello oscuro; los dos eran purasangres.

Desde donde estaba, Andrew movió ligeramente la cabeza. Marion siguió su mirada: estaba observando a Brand. Cuando Brand respondió a su mirada con una ligera inclinación de la cabeza, el muchacho desvió rápidamente la mirada. No sonreía.

—Un apuesto demonio, ¿no crees? —dijo la señorita Cutter—. En un año o dos será un rompecorazones. Pero de momento, Brand lo controla de cerca. —Suspiró—. Supongo que no quiere que el muchacho se vuelva como su padre. El viejo duque era un salvaje, pero bueno, en aquellos tiempos todos los jóvenes lo eran.

Marion estaba pensativa. El cruce de miradas entre el joven duque y Brand decía muchas cosas. Allí había un conflicto, aunque parecía ser sobre todo un problema de Andrew. Y al mismo tiempo, el muchacho buscaba la aprobación de Brand. Marion suspiró, pensando en ella y sus hermanas. La vida de un guardián no siempre era fácil.

Bajaron la bandera y Andrew cabalgó en dirección a la primera barrera. La superó sin problemas, al igual que la segunda, y luego impulsó su caballo hacia el obstáculo del agua, cobró velocidad y avanzó sin esfuerzo por encima de la barrera más alta. Para cuando terminó el circuito, los espectadores estaban de pie.

Los aplausos por fin se acallaron y su ilustrísima, la duquesa, se acercó hacia él, sosteniéndose pesadamente sobre su bastón para entregar las medallas. Lady Theodora estaba junto a ella, al igual que un caballero de pelo oscuro que avanzaba con gracia y confianza. No sorprendió a nadie que el primer puesto fuese para Andrew.

—¿Quién es el caballero de pelo oscuro que está junto a Theodora? —preguntó Marion.

—Es su esposo, lord Robert. Cada año viene a la *fête*, pero por lo general no lo vemos mucho por aquí. Longbury no tiene demasiadas cosas que ofrecer para retenerlo.

—Está su esposa... —señaló Marion. Había empleado un tono de voz más severo de lo que a ella le habría gustado.

La señorita Cutter se limitó a negar con la cabeza. Theodora alzó la mano llamando a alguien. Marion reconoció al hombre: era John Forrest, el encargado de las caballerizas del Priorato. Parecía estar avanzado en la cincuentena, su figura era delicada para un hombre y no se le veía muy a gusto al ser señalado. Pero todo cambió cuando Theodora le habló. Él asintió, sonrió y aceptó los aplausos de los espectadores con una pequeña reverencia.

—Ha estado con Theodora desde que era una niña —dijo la señorita Cutter—. Él le enseñó todo lo que ella sabe de caballos.

Marion buscó a Brand con la mirada. Seguía en el mismo lugar, sin avanzar hacia donde se encontraban los demás. Pero al mismo tiempo, Marion podía notar que estaba complacido con el éxito de Andrew.

De repente se sintió irritada con él. Tendría que haber sido el primero en ir a felicitar a Andrew. Para Marion era evidente que lo que Andrew necesitaba era la aprobación de Brand, y no la de Theodora o la de su apreciado entrenador.

—Oh-oh —eclamó, nerviosa, la señorita Cutter—. Veo que su ilustrísima se está retirando. Seguramente quiere que esté a su lado. Pero ¿qué es lo que había comenzado a decir? Ah, sí, ya lo recuerdo. —La bruma de sus ojos se despejó, revelando una viva curiosidad—.

Nunca dejes que el sol se ponga sin apagar tu ira. Ese es el consejo que tengo para darte, Marion.

—Disculpe, pero...

—Tú y Brand... Todo el mundo sabe que habéis tenido una disputa. Phoebe me ha dicho que...

—¡Phoebe! —Marion estaba desconcertada.

—Oh, lo siento, querida, he hablado de más.

—¡Desde luego que no! ¡Creo que es Phoebe quien ha hablado de más!

Marion hizo un esfuerzo por contenerse. La señorita Cutter parecía un poco alarmada, y en realidad se trataba de una vieja inofensiva que había hablado sin pensar. No era correcto perder la paciencia con ella.

—Créame, señorita Cutter —dijo Marion con una sonrisa—, no hay nada entre el señor Hamilton y yo.

La señorita Cutter asintió y le sonrió a su vez.

—¿Nos veremos entonces en el Priorato para la cena de champán de su ilustrísima?

—No faltaría a la cita por nada del mundo.

Marion esperó a que la señorita Cutter se perdiese en la fiesta de la viuda y salió corriendo en busca de Phoebe.

Phoebe estaba en el gran toldo, descansando sobre uno de los bancos dispuestos para los visitantes fatigados. Se había divertido a lo grande. Flora era la mejor amiga que jamás hubiera conocido. Pero tenía un pequeño problema que apagaba el fulgor de su felicidad: Flora no podía quedarse quieta más de dos minutos, y Phoebe necesitaba dar descanso a su pierna débil.

Flora no era consciente de eso, porque Phoebe nunca se lo había dicho. A los ojos de Flora, ella era solo una niña común, no una inválida de la que había que ocuparse. Como resultado de aquello, Phoebe se dedicaba a encontrar actividades que hacer sentadas, aunque no duraban mucho, por supuesto, ya que a ella también le gustaba estar de pie y en movimiento, pero duraban lo suficiente para que pudiese recobrar el aliento y descansar su pierna.

Espiar a los gitanos había sido idea suya, y resultó ser tremendamente aburrido, ya que Madame Zelda, la adivina, había dicho lo mismo a todos los clientes: un extranjero apuesto y oscuro aparecería en sus vidas. Sabían esto porque después de que les adivinara su propio futuro —¡a seis peniques por cabeza, nada menos!— ella y Flora se habían deslizado tras la tienda de Madame Zelda y escuchado lo que decía a hurtadillas.

¡Y pensar que ella había esperado que el apuesto y oscuro extranjero fuese un perro callejero con el que Marion le dejaría quedarse!

Después de eso habían merodeado, disfrutando de la música y los bailarines, para terminar bajo el toldo en busca de un refrescante vaso de limonada. Flora le había dicho que no se moviera, que volvería en un minuto, y Phoebe no se había opuesto. Ahora se sentía descansada y lista para lo que fuera.

Agitó el brazo en dirección a Flora cuando la vio aparecer en la entrada.

Flora llevaba puesto un gran sombrero de paja para cubrir su rostro del sol y evitar que le saliesen nuevas pecas. No parecía estar funcionando, y Phoebe no comprendía por qué Flora se molestaba tanto. A ella le gustaban las pecas.

—Mira lo que encontré, Phoebe —dijo Flora mientras se sentaba. Miró furtivamente a su alrededor para asegurarse de que nadie estuviese observándolas, abrió una gastada cartera de cuero y sacó una caja pequeña de madera que depositó en el banco entre ellas.

—¿Qué es? —preguntó Phoebe acercando sus manos a la caja.

Flora la cubrió con las suyas para evitar que Phoebe la abriese.

—Primero, debes prometerme solemnemente que no hablarás a nadie sobre esta caja y lo que voy a mostrarte.

—Lo juro por mi honor —dijo Phoebe con seriedad.

Flora apartó sus manos y Phoebe abrió la caja. Dentro había un pañuelo de caballero que tenía bordadas las iniciales R.L.F., un recibo de un sombrero de caballero a nombre de lord Robert FitzAlan, un botón y otros pequeños objetos sin interés, salvo por unas notas y cartas. Parecían viejas y tenían olor a moho, como todo en el interior de la caja, lo que le hizo fruncir la nariz al abrir una de las cartas.

—¿Qué es lo que dice? —preguntó Flora en susurros.

Phoebe alzó la vista hacia su amiga.

—¿No las has leído?

Cuando el rostro de Flora comenzó a enrojecer, Phoebe comprendió la razón no solo de la vergüenza de Flora sino de por qué le mostraba las cartas a ella.

Flora no sabía leer.

—Mucha gente no sabe leer —dijo Phoebe para consolarla—, y sobre todo las niñas. No hay que avergonzarse. Si quieres yo te enseñaré.

Flora tenía la mirada clavada en la caja.

—Conozco las letras, pero no todas las palabras suenan como se ven.

—Claro que no —respondió Phoebe—. Y no estoy segura de conocer todas las palabras escritas aquí. Algunas son muy largas.

Frunció el ceño y comenzó a leer lentamente:

Querida señorita Gunn:
Gracias por sus amables gestos de simpatía.
Siempre a su servicio,

ROBERT FITZALAN

Phoebe alzó la mirada.

—Flora, esta carta pertenece a mi tía Edwina. ¿De dónde la has sacado?

—Estaba segura de que era una carta de amor —dijo Flora.

—¿Una carta de amor? —Phoebe estaba asustada—. ¿De lord Robert para la tía Edwina? ¡No seas ridícula!

La respuesta de Flora fue señalar la tapa de la caja. Las letras estaban borrosas, pero aún eran legibles: H.G.

—Hannah —alcanzó a decir Phoebe. Miró a su amiga—. Esta carta pertenece a mi familia. Hannah también era mi tía.

Flora recogió rápidamente sus cosas, las puso dentro de la caja y guardó esta dentro de la cartera de cuero.

—Las cosas son de quien las encuentra —declaró.

—No si las has robado de nuestra casa —respondió Phoebe rápidamente.

—¡No soy una ladrona! —Las mejillas de Flora enrojecieron—. Las he cogido prestadas, eso es todo.

—Entonces dime dónde las has encontrado.

—No.

—Las cartas de lord Robert ahora pertenecen a Marion. Es ella la que debe decidir qué hacer —dijo Phoebe respirando con dificultad.

—¿Para que puedas ponerlas en tu historia de la familia? —se burló Flora.

—¡Pues quizá lo haga!

Se miraron una a la otra a cada lado de la cartera.

—Eres la peor amiga que jamás haya tenido —dijo Phoebe, visiblemente enfadada.

—¡Y tú no eres mi amiga! —respondió Flora. Luego recuperó su cartera y partió airadamente.

Phoebe se quedó sentada rumiando su enojo. No podía contarle a Marion nada de la caja porque había jurado por su honor que guardaría el secreto. No comprendía por qué tenía que ser un secreto, a menos que Flora hubiese robado la caja. Salvo las notas, no había nada que valiese la pena conservar. Y pensándolo mejor, la nota que habían leído tampoco tenía ningún valor.

Nadie en su sano juicio guardaría esa basura, y Phoebe no entendía por qué Flora había armado tal escándalo.

¡Vaya amiga!

Sus pensamientos se dispersaron al ver a Marion dirigiéndose hacia ella. ¿Y ahora qué?

Emily se estaba divirtiendo como nunca. No esperaba encontrar gente de su edad en Longbury, pero ya había hecho nuevos amigos. Era una de las ventajas de los domingos después de la misa. Incluso si el sermón había sido aburrido, la gente se quedaba conversando después, conociéndose entre ellos sin esperar a ser formalmente presentados.

Ginny Matthews estaba a su izquierda, y Peter Matthews, el hermano mayor de Ginny, a su derecha. Eran los hijos del vicario, y conocían a todo el mundo en Longbury. Acababan de observar a lord Andrew, a quien Emily también había conocido en la iglesia, ganar el primer premio por su circuito sin faltas, y estaban esperándolo para felicitarle.

Victor Malvern, el hijo de un terrateniente local, se unió a ellos, y el corazón de Emily comenzó a latir un poco más rápido. Victor era muy apuesto, y parecía más mundano que sus nuevos amigos. Era un seductor, y le recordaba a Ash Denison.

—¿Has visto a lord Andrew? —preguntó a Victor—. Parece que haya nacido sobre una silla de montar, ¿no crees?

Los labios de Victor se curvaron ligeramente.

—Todo lo que conoce el pobre lord Andy son los caballos. Caballos y ovejas. Si lo sacas del Priorato, ¿qué queda?

—¿Qué queda? —preguntó Emily. Su corazón había perdido aceleración.

—Un don nadie, eso queda. Me revuelve el estómago pensar que algún día va a tener un título nobiliario. Ya sabes, su ilustrísima, el duque de Shelbourne.

—Santo Dios —exclamó Emily—, ¿qué es lo que Andrew te ha hecho?

—Andrew ya es el duque de Shelbourne, Victor, y tenemos que dirigirnos a él como «su ilustrísima» —señaló Peter Matthew—. Y en cuanto a lo que Andrew hizo, él y Victor compitieron en una carrera en sus caballos, y Andrew ganó —dijo dirigiéndose a Emily.

El rostro de Victor enrojeció.

—No fue una carrera justa. Él tomó un atajo, con lo cual es un tramposo, además de un don nadie. Con permiso.

Se fue caminando a reunirse con dos muchachos que parecían aspirantes a seductores. Cualquier cosa que les decía despertaba en ellos sonoras risotadas. Observaron a Andrew sobre su caballo, y sin dejar de reír, le dieron la espalda.

Ginny suspiró.

—Victor es un animal —dijo—, pero Andrew es su propio peor enemigo. No se dedica precisamente a hacer amigos. Prácticamente no va a ninguna reunión, y cuando lo hace, nunca saca a ninguna chica a bailar. Todos nos sentimos intimidados por él, porque es un duque. Algunos dicen que es un engreído.

—Yo creo que es tímido —dijo Emily—. Y quizá no sabe bailar —reflexionó, aunque para sus adentros se dijo que si ella hubiese tenido que cargar con su familia también se sentiría como pez fuera del agua en sociedad—. Sé que su padre murió cuando tenía once años —continuó Emily—. ¿Qué le sucedió a su madre?

—Murió cuando Andrew era un niño —respondió Ginny.

Eso explicaba muchas cosas. El corazón de Emily se enterneció por el muchacho.

—¡Vamos! Mostremos a Andrew un poco de apoyo —les dijo.

Primero Andrew pareció sorprendido cuando los tres se le acercaron, y luego tímidamente complacido. Emily se sentía lo suficientemente confiada para mantener viva la conversación, y hubo pocos silencios incómodos. Para cuando Andrew fue a dejar su caballo en la caballeriza, Emily ya había decidido que el muchacho le gustaba mucho.

Él no le provocaba que el corazón palpitase o que se le acelerara el pulso. Tenían la misma edad, pero Emily se consideraba ya una mujer. Andrew era solo un muchacho, aunque tenía la buena pinta de los FitzAlan. Solo le faltaba pulirlo un poco.

Y tener amigos.

Andrew había tenido un buen comienzo con Ginny y Peter. Y Emily consideraba que del resto podía ocuparse ella.

10

No todo el mundo se quedó hasta el final. Igual que en cualquier feria de campo, la multitud fue dispersándose a medida que avanzaba el día. Nada le habría gustado más a Marion que descansar los pies frente a su propia chimenea aunque fuese por un momento, pero aquello era imposible. Como invitada de la viuda, se sentía obligada a quedarse hasta el final, sobre todo desde que su ilustrísima le había enviado un mensajero informándole de que uno de los carruajes de la familia las llevarían a ella y sus hermanas hasta el campo. Era un honor, sin duda, puesto que la mayoría de los invitados irían al lugar a pie o habían llevado prudentemente sus propios carruajes.

Phoebe estaba callada. En un momento de descuido había comentado inocentemente, a nadie en particular, que el señor Hamilton no había pasado por la casa en toda la semana, lo que generó un rumor que cobró vida por sí solo. Y ahora Marion no la perdería ni un segundo de vista.

Emily estaba muy alegre. Estaba ansiosa por ver la batalla entre Caballeros y Cabezas Redondas. Le parecía romántico, y escuchaba con atención la caótica descripción de Clarice sobre lo que podían esperar ver.

Al final, Clarice lanzó un suspiro.

—No soy la persona a la que hay que preguntar —dijo—. La historia me aburre. Si mi Oswald estuviera aquí, podría responder a todas tus preguntas.

—¿La historia te aburre? —pregunto Phoebe, sorprendida por la idea.

—¿Es un largo camino, Clarice? —cortó Marion con rapidez.

—No queda lejos, tan solo del otro lado del Priorato. Pero si llueve, y siempre llueve, los que tengan carruajes pueden esperar confortablemente a que amaine.

El carruaje llegó a tiempo, y era una antigüedad que parecía recién sacada del museo. Marion se preguntaba si aquello sería obra de Brand. ¿Así era como manejaba la fortuna, estirando cada penique? No le sorprendía que hubiera malestar en la familia.

Al llegar al lugar, ocuparon su sitio en un pequeño montículo que les brindaba una vista excelente. Allí se les unió el señor Lewis, un recién llegado a Longbury que Marion había conocido el domingo anterior después del servicio religioso. Lo había juzgado como alguien de no más de cuarenta años, que hablaba con confianza y que era lo suficientemente atractivo para despertar una parte de su curiosidad femenina.

Se concentró en el campo. Brand se encontraba allí, a la cabeza de todos, con un casco de acero, un jubón y una capa corta cubriendo sus hombros. Evidentemente iba a ser el comandante de los Cabezas Redondas. Las vestimentas de lord Robert, en un verdadero estilo de Caballero, eran más coloridas. Su gorro tenía más plumas que la cola de un gallo. La mayor parte de los Caballeros estaban montados en magníficos caballos. Los Cabezas Redondas, además de estar vestidos de manera burlona, iban todos a pie. A Marion eso no le parecía justo.

—¿Por qué están allí sin moverse? —preguntó Phoebe—. ¿Por qué no pelean?

—Están tomando sus posiciones —respondió el señor Lewis—. Verás, lord Robert desempeña el papel del rey Carlos, y el señor Hamilton representa a Oliver Cromwell. Cuando la hoguera se encienda, comenzará la acción.

—Los Caballeros parecen petimetres —dijo Phoebe.

Clarice asintió.

—Se ven ridículos con todas esas galas, ¿no es así? Pero no olvides que estamos de su lado, Phoebe, así que debes animarlos. —Y agregó, en dirección a Marion—: Los FitzAlan siempre hemos sido Realistas.

Si algo podía despertar la simpatía de Marion, eso era el sufrimiento de los subordinados. Sabía de qué lado estaba.

A causa de los cielos que se oscurecían (parecía que la profecía de Clarice se volvería realidad), se decidió encender la hoguera más temprano, para deleite de la multitud. Los tambores comenzaron a redoblar y la batalla se inició, aunque parecía más un ballet que una batalla. No sonaron disparos ni se esgrimieron lanzas, y solo se utilizaron las partes planas de las hojas de las espadas para que nadie resultase lastimado por accidente. Y a pesar de todo había cierto dramatismo en el espectáculo. Los tambores marcaban un ritmo militar, los Caballeros y los Cabezas Redondas lanzaban gritos de batalla que helaban la sangre, los caballos cargaban y se retiraban, y los hombres se lanzaban unos contra otros como si todo fuese en serio. Cuando el rey y su escolta escaparon del campo y los Caballeros cargaron contra los Cabezas Redondas para evitar la captura del soberano, la multitud enloqueció.

Marion tenía los ojos clavados en Brand y su tropa. Sin dudar y sin aflojar el paso, seguían avanzando.

Cuando todos comenzaron a abuchearlos, Marion hizo lo contrario. Phoebe miró a su hermana, y luego se puso a imitarla. Los que estaban a su alrededor dejaron de abuchear y se volvieron a mirarlas. Brand hizo lo mismo, y un golpe de espada que debería haber desviado con facilidad le dio con fuerza en el torso, haciéndolo caer de rodillas. Marion casi muere del miedo hasta que dos de sus camaradas ayudaron a Brand a ponerse de pie.

En ese momento el ballet se detuvo y la pelea se recrudeció. Las espadas y lanzas fueron dejadas de lado, los gorros de plumas fueron lanzados al suelo y los hombres desmontaron o fueron tirados de sus caballos. Se lanzaron unos contra otros a golpes de puño, como si se tratase de una pelea de bar.

Sus comandantes no podían hacer nada para detenerlos. Brand y lord Robert iban y venían por el campo, separando a los hombres, mientras Andrew, aún sobre su montura, guiaba a los caballos desbocados a través de la puerta de un cercado con la ayuda de los mozos de cuadra del Priorato. Mientras tanto, la multitud animaba a los combatientes.

—¡Esta no puede ser la manera en la que se resolvió aquella batalla! —exclamó Marion, volviéndose en busca de la confirmación del señor Lewis.

Él ya no estaba allí. Aparentemente, la esbelta señora Chandos lo había secuestrado mientras ella no estaba mirando.

Fue Clarice la que respondió a su pregunta. Tenía que alzar la voz para poder hacerse oír.

—¡Desde luego que no! Supuestamente los Caballeros deberían ganar la batalla, pero por aquí los sentimientos son muy profundos, y siempre termina de la misma manera.

—¿Los sentimientos son muy profundos? —repitió Emily, gritando sobre el rugir de la multitud.

—Sí —chilló Clarice—. Longbury se dividió entre Caballeros y Cabezas Redondas en la época del rey Carlos, y nada ha cambiado desde entonces. ¿Por qué crees que el abuelo de Brand odiaba a todos los Fitz-Alan?

—¡Esto es patético! —sentenció Marion.

—Es lo que dice Oswald. Afortunadamente, la vieja disputa permanece enterrada la mayor parte del tiempo. Solo en ocasiones como esta la rencilla vuelve a aflorar.

—Es de bárbaros —dijo Emily.

—¿Por qué no lo cancelan si siempre termina así? —casi gritó Phoebe.

—Lo intentamos, pero los lugareños no lo permitieron.

Sobre el campo, Brand hacía rechinar los dientes mientras separaba a los hombres entre sí. Se sentía ridículo con su atuendo de Cabeza Redonda, y no terminaba de saber por qué se había dejado persuadir por los vecinos de desempeñar el mismo papel que antes había sido de su abuelo. ¿Lealtad familiar? ¿Cargo de conciencia? ¿Una deuda más que se creía obligado a pagar? Se sentía como un niño pequeño otra vez, intentando ganarse la aprobación de su abuelo.

Tiró del aprendiz de herrero hasta ponerlo de pie, lo cogió por los hombros y lo zarandeó con fuerza.

—¡Ve a ayudar a lord Andrew a rodear los caballos o utilizaré tus entrañas como cinturón!

Había tenido que rugir para ser oído por encima de los vítores, chillidos y exclamaciones de la multitud.

El muchacho tragó saliva con dificultad, asintió y salió corriendo a cumplir la orden.

Brand negó desconsolado con la cabeza mientras observaba la carnicería. Sus hombres eran incapaces de meterse en sus duras cabezas que la idea era perder la batalla. Por eso aquel acto siempre terminaba en una pelea: nadie quería estar del lado de los que perdían, y él menos que nadie.

Evidentemente Ted Fields, el herrero, estaba ofendido por la manera en la que había tratado a su aprendiz, por lo que lanzó sus más de cien kilos de fuerza y músculo sobre Brand. Él mantuvo la posición (uno de sus talentos) hasta el último segundo, para luego moverse, dejando que uno de sus pies enviase a Fields a revolcarse sobre el barro. Cuando el hombre se incorporó, el olor acre del estiércol de caballo llenaba el aire.

—Santo Dios, ve a lavarte, hombre —dijo Brand en un tono de voz que reflejaba la repulsión en su rostro.

El herrero rió.

—¿No lo sabía, señor Hamilton? La bosta de caballo trae suerte.

—Díselo a tu esposa...

—Usted lo ha dicho —dijo Fields con una mueca—. Mejor será que vaya a limpiarme.

Una densa lluvia comenzó a caer, pero no parecía importarle a nadie. La batalla no oficial estaba en su momento culminante. Habría algunas narices rotas y un par de ojos morados, pero ningún herido de gravedad. Al final del día, todo el mundo se lavaría para disfrutar de una pinta de cerveza en la granja o una copa de champán en el Priorato.

Pensar que Brand había renunciado a Brighton por aquello... Si no hubiera cedido a la llamada del deber, él y Ash estarían sentados frente a una cena civilizada en el hotel Castle, donde habrían reservado habitaciones. Esa sería su recompensa habitual tras pasar un día penoso vagando de granja en granja solicitando el favor de los votantes y pidiendo apoyos para su partido.

Ash sabía cómo divertirse. Nunca le faltaba una mujer hermosa en sus brazos o en su cama. Tenía legiones enteras de amigos. Se divertía con facilidad...

Ese era el problema: Brand estaba harto de las mujeres bonitas. No valían nada, mientras que Marion Dane...

Marion Dane. Seguía sin poder descifrarla. Inspiraba frialdad y calidez. Cuando era cálida, era muy, muy buena. Pero cuando era fría, era horrible.

Se volvió con una sonrisa, justo contra el puño cerrado del hijo del carnicero. El golpe lo dejó sin aliento, pero no mucho más. Por su parte Billy, un joven alto de dieciséis años, dejó escapar un grito de dolor.

—¡Creo que me he roto la muñeca! —gritó.

—¡Si no sales inmediatamente del campo —gruñó Brand—, te romperé el maldito cuello!

El tiempo había cambiado tan rápida y violentamente que la gente estuvo empapada en cuestión de segundos. La lluvia caía a mares. Pero algo bueno se obtuvo de ello: detuvo la pelea en el campo. Todo el mundo corrió en busca de refugio.

—Venid —gritó Clarice—. Vamos a los carruajes, allí estaremos a salvo de la tormenta.

Marion abrió su paraguas solo para disputárselo con el viento. Una feroz ráfaga lo arrancó de sus manos y se lo llevó, aunque no muy lejos.

—Id vosotras —gritó—. Yo os alcanzaré en un minuto.

Marion corrió detrás de su paraguas, pero cada vez que estaba a punto de recuperarlo el viento volvía a ponerlo fuera de su alcance. Para cuando abandonó su cacería, furiosa, maldecía para sus adentros. Del ala de su sombrero caían gotas de lluvia sobre sus ojos. Su vestido colgaba alrededor de ella como una tela de araña pegajosa. Sentía una punzada en el costado. Los dientes le castañeteaban. Marion no estaba segura de si prefería coger una rabieta o alzar su puño contra el viento.

Un relámpago repentino y su ensordecedor estruendo casi le provocan un ataque de pánico. Se volvió y fue a toparse con los brazos de Brand. Su rostro era tan atronador como el cielo sobre sus cabezas.

—¿Buscando a alguien, lady Marion?

—¿No está herido? —preguntó.

—Por supuesto que no estoy herido. Las espadas que utilizamos no podrían cortar ni una simple hoja de papel.

Mientras le hablaba, Brand la acompañó hacia el carruaje más cercano. Marion estaba muy cansada, y demasiado agradecida para objetar su trato brusco y su mirada oscura. El interior del carruaje estaba seco, y eso era todo lo que le importaba.

Brand la siguió al interior, se quitó el gorro y lo lanzó sobre el asiento, junto a su casco. Finalmente rodeó los hombros de Marion con su capa corta. La capa estaba tibia a causa del calor del cuerpo de Brand, pero no lo suficiente para detener el castañeteo de sus dientes.

El carruaje comenzó a avanzar a paso de caracol.

—Beba un poco de esto —ordenó Brand. Tenía una petaca de plata en la mano.

—¿Qué es?

—Brandy.

Sin sonreír, Brand se inclinó hacia ella y llevó la petaca a sus labios. Marion se atragantó con el primer sorbo, pero eso no detuvo a Brand, quien mantuvo la petaca en sus labios hasta que bebió un buen trago.

Se sentó en el asiento junto a ella y puso el tapón a la petaca.

—¿Mejor?

Marion asintió. Al menos había dejado de temblar. Se sentía incómoda por su último encuentro, y no sabía si disculparse o dejar que el tiempo aplacase los ánimos. El destello en sus ojos mostraba que él no la había perdonado.

—Supongo que debo volver junto a mis amigos —dijo Marion.

—No encontrará al señor Lewis. Partió en cuanto empezó a llover.

—¿Quién? —Marion se bloqueó por un momento.

—¿Ya lo ha olvidado? Eso me sorprende, ya que usted parecía saborear cada una de sus palabras.

Unos momentos antes, lo último que ella habría querido era discutir con él. Pero ahora temblaba de indignación.

—El señor Lewis es una fuente de conocimientos —dijo—. Me estaba informando sobre la batalla y lo que pasaría luego.

—¡Tonterías! Todo lo que tenía que hacer era observar el campo. —Ahora Brand le hablaba lentamente, como dando lecciones a una niña ignorante—. Por esa razón reconstruimos la batalla, para que la gente pueda ver lo que sucedió.

—¿Llama a eso una batalla? —Marion frunció la nariz—. No era otra cosa que una pelea de bar. Han tenido suerte de que el juez o el policía no estuviesen allí. Les habrían puesto rápidamente los grilletes.

—El juez era uno de los Caballeros, y el oficial Hinchley era mi segundo al mando —respondió Brand secamente.

Marion hizo una pausa para pensar.

—Eso no lo hace algo correcto —dijo finalmente—. Sigue siendo una exposición desagradable de agresividad masculina.

Brand cruzó los brazos sobre el pecho.

—¿Qué es lo que sucede, Marion? ¿Está haciendo pucheros porque ha perdido su última conquista?

—Quién fue a hablar —respondió ella mostrándole los dientes—. Apenas me daba la vuelta y había una nueva dama colgando de su brazo. No es muy selectivo, ¿verdad? Rubias, pelirrojas... son todas iguales para usted.

—No se olvide de las morenas —dijo Brand; los labios le temblaban.

—¿Cómo podría? He contado tres de ellas.

Brand se llevó la mano al corazón.

—Marion, me deja sin habla. No sabía que le importara.

Con un resoplido de burla, Marion alcanzó la empuñadura de la puerta. Él le cogió la muñeca, evitando que se escapase. Todavía se divertía, pensó Marion, pero ya no se regodeaba. Dejó de forcejear.

—Las damas que colgaban de mi brazo tienen padres o esposos influyentes —dijo Brand—. Su voto cuenta. ¿Qué cree que he estado haciendo esta semana, sino visitando electores para convencerlos de votar a quienquiera que sea nominado por mi partido? Es un trabajo duro, no estoy engañando a nadie. Dejo perfectamente claro desde el principio que todo lo que me interesa es ganar votos.

—Y solo los hombres votan.

—Precisamente.

—La señora Chandos no tiene padre ni marido —alegó Marion, como señalando un fallo en la argumentación.

—¡Ah! —exclamó Brand, frotándose el puente de la nariz—. La barracuda. ¿No ha notado cómo mi buen amigo Tommy Ruddle se ha interpuesto y me ha rescatado de sus fauces?

Marion recordaba al caballero que no aceptaba un no como respuesta.

—¿Era tu amigo?

—Lo era cuando ha aceptado hacerme el favor. Habrá que ver si lo sigue siendo. No es fácil deshacerse de una barracuda, y las devoradoras de hombres son insaciables.

—Entonces no tiene de qué preocuparse. El señor Lewis rescató a su amigo de la barracuda.

—En ese caso, intentaré pensar bien de él.

Por un momento se hizo el silencio.

—Marion... —continuó Brand finalmente—. ¿He escuchado bien? ¿En el campo apoyaba a los Cabezas Redondas?

—No.

Su expresión se endureció.

—Me he equivocado. Lamento haber preguntado.

—Estaba animándolo a usted.

Sus miradas se petrificaron.

El nudo que tenía Marion en la garganta hizo que su voz sonase ronca.

—Brand, tengo que disculparme. Le he dejado creer que pensaba que estaba por debajo de mí, que era demasiado buena para usted. No es cierto. No pienso eso en absoluto.

Una sonrisa asomó por un instante en su rostro y luego desapareció.

—Lo sé —susurró Brand.

—¿Cómo lo sabe?

—Porque la conozco, Marion.

Brand le cogió la mano y recorrió sus líneas con la yema de su pulgar. Cuando ella tuvo un escalofrío involuntario, él la miró a los ojos.

—Eso no quiere decir que no me confunda. A veces sus palabras dicen una cosa y sus ojos otra. Yo creo lo que veo en sus ojos. —Cuando ella no respondió, Brand suspiró ligeramente y acercó sus labios a los de Marion—. Y esto es lo que me dicen sus ojos.

Su beso fue tan dulce y reconfortante como la primera vez que la había besado, pero en esta ocasión la respuesta de Marion fue muy diferente. Le rodeó los hombros con los brazos y se apretó a él con firmeza. Su corazón ardía a causa de todos los sentimientos que se había forzado a reprimir. Ella lo conocía tan bien... Lo que sentía por él no era amor romántico. Brand no era un príncipe azul y ella no era una debutante idealista. Pero le importaba. Y quería que él supiese que, presente o ausente, siempre le importaría.

Brand unió sus labios a los de Marion, sin poder creer los sentimientos que despertaba en él. No desconocía la pasión o el placer que podía dar y recibir del cuerpo de una mujer, pero esto era diferente. Se trataba de Marion. No quería echarla sobre un sofá como si se tratase de una mujerzuela recogida en los jardines de Vauxhall. No era su estilo. Marion merecía... Lo distrajo la punta de la lengua de Marion entre sus labios, así que volvió a empezar. Marion...

Santo Dios, no podía ir contra la naturaleza. Ella era receptiva, y él la deseaba desde hacía mucho, mucho tiempo, desde antes de que Fanny los presentase en la sala de dibujo, desde antes de Londres, desde antes de que ella supiese de su existencia. Parecía como si hubiera estado esperándola durante la mitad de su vida.

Cuando él acarició uno de sus pechos y lo besó a través de la fina tela de su vestido, Marion se sofocó y se sintió deseada. Estaba sorprendida por el poder de aquel beso. Le habría gustado que su corazón dejase de brincar en su pecho, pero no la obedecía. Su ligero susurro de protesta se convirtió en un quejido de desamparo.

Aquel involuntario sonido de placer casi hace perder el control a Brand. Estaba sorprendido por su respuesta, sorprendido y exaltado. La puso sobre su regazo y rodeó su cuerpo pequeño y tembloroso con los brazos. La besó hasta que ambos se quedaron sin aliento, hasta que ella estuvo tan cegada por la pasión como él. «Más», le decían sus besos. «Más», le decía el cuerpo de Marion con la presión de sus suaves pechos contra el sólido muro de su torso.

La capa lo molestaba, así que la quitó de los hombros de Marion. Su respuesta fue rodearle el cuello con los brazos y besarle los ojos, las mejillas... Brand rió en una pura muestra de excitación masculina.

—¿Cómo te sientes? —preguntó Brand.

Marion se sentía como si quisiera quedarse allí para siempre, entre sus brazos, en aquel pequeño y acogedor santuario, lejos de sus miedos y sus problemas.

—Me siento... libre —dijo, y sonrió como en un encantamiento—. Brand, no te detengas. Por favor no te detengas.

Brand no podía creer lo que escuchaban sus oídos. No podía creer que él permitiese que las cosas llegasen tan lejos. Tenía que detenerse.

Cuando llevase a lady Marion Dane a su cama, sería con toda la pompa que merecía una mujer de su clase.

Miró por la ventana. Gracias a Dios, habían llegado al Priorato.

Repentinamente, Marion se encontró siendo alzada y depositada en el asiento opuesto. Le temblaba el labio inferior.

—¿Brand?

Él se envolvió los hombros con la capa y le sonrió.

—Hemos llegado, Marion. Mejor será que te arregles antes de que veamos a los demás. —Se puso el gorro en la cabeza y le lanzó una mirada de sospecha—. Estoy seguro de que Clarice estará encantada de prestarte un vestido. —La besó suavemente—. No estés tan afligida. Fue solo un beso.

Brand abrió la portezuela del carruaje y saltó hacia

el exterior. Marion miró por la ventana. El enorme portal del Priorato estaba iluminado por el brillo de las antorchas de pared. Había gente de pie en la escalera y otras en pequeños grupos, saludándose entre ellos antes de entrar a la casa.

Marion bajó la mirada a su vestido. Era prácticamente transparente, y colgaba de su cuerpo de cualquier manera. No podía presentarse ante toda aquella gente de aquella manera.

Manley abrió la portezuela del carruaje. Cuando la ayudó a bajar, sus ojos se abrieron de par en par para luego volver a ser inexpresivos; Marion habría querido que la tierra se abriese y se la tragase.

Pudo ver a un grupo de hombres rodeando a Brand y dándole palmadas en el hombro. Santo Dios, ¿qué había hecho? ¿Qué debía hacer? ¿Qué podía hacer?

Brand la estaba llamando. No estaba en estado de conocer a sus amigos. ¡En cuanto la miraran lo sabrían!

¿Qué sabrían? Solo había sido un beso. ¿No fue eso lo que él dijo? Avergonzada, y un poquito herida, dio la espalda a Brand y sus amigos y se dirigió a Manley:

—Dígale al señor Hamilton que he ido a casa a cambiarme el vestido.

—La llevo en el carruaje, señorita.

—No. La caminata me sentará bien.

Marion no se quedó a explicar el último punto, sino que giró hacia un lado y avanzó entre los arbustos al borde del camino. En cuanto estuvo fuera de la vista de todos, corrió como una posesa.

Brand la había visto partir.

—¡Marion! —gritó. Dejó a sus amigos y se dirigió a donde estaba Manley—. ¿Qué ha ocurrido? —preguntó.

—Lady Marion ha ido a su casa a cambiarse el vestido.

—¡Maldita sea! —La ira y la preocupación enronquecieron la voz de Brand—. Ve con el coche hasta su casa. Te encontraré allí.

Corrió tras Marion, maldiciendo para sus adentros. ¿Por qué no había cogido el carruaje? Los dos eran demasiado mayores para estar jugueteando a través de los bosques. ¿Por qué ella tenía que poner las cosas siempre tan difíciles?

Mientras Marion corría a toda velocidad a través de los arbustos, pensó que aquella no era la primera vez que le sucedía lo mismo. No había dudado ni tenido que pensar adónde se dirigía. Ahí era donde ella y Clarice habían jugado cuando eran niñas. La casa de la tía Edwina estaba a mitad de camino por la colina.

Llegó a un claro en el bosque y se detuvo de golpe. La luz se iba debilitando con rapidez mientras Marion intentaba orientarse. Era el lugar donde ella y Clarice habían esperado a que apareciese su fantasma. No había nada más que muros en ruinas y, dominándolas, el púlpito de piedra. Esos restos de muros eran, si lo recordaba bien, todo lo que quedaba de la casa del abad.

Siguió corriendo. Algo era diferente, aquello no era como ella lo recordaba. Faltaba algo.

¿Qué importancia tenía? Había cosas más urgentes de las que preocuparse. ¿Qué haría con respecto a Brand? ¿Qué podía decirle después de haberse comportado de aquel modo en el carruaje?

Cuando surgió de entre los árboles y vio la casa protegida por su seto de tejos, Marion dejó escapar un sonido a mitad de camino entre un sollozo y una risa. Ahí estaba mejor. Ese era el lugar al que pertenecía.

Cogió la llave bajo la maceta que había junto a la puerta trasera, entró en la casa y pensó en lo que haría a continuación. Casi podía escuchar la voz de su madre recordándole que nunca debía olvidar que ella era la hija de un conde, y que tenía que actuar como tal.

Se cambiaría de ropa, fingiría una sonrisa e iría a la recepción de la viuda como si nada hubiese sucedido. Y si Brand osaba mencionar lo que había ocurrido en el carruaje, lo negaría, lo negaría, lo negaría...

Tenía el pie sobre el primer escalón cuando creyó escuchar a alguien en lo que ahora era el salón donde tomaban el desayuno y donde Phoebe hacía sus tareas.

—¿Phoebe? —llamó—. ¿Emily?

Nadie respondió.

—¿Quién anda ahí?

A Marion casi la embarga el pánico, pero logró controlarse. Estaba alterada. Si no se calmaba terminaría en un manicomio.

Dudó todavía un instante y luego, con los dientes apretados, avanzó hacia la puerta y la abrió de par en par. Alguien había corrido las cortinas y la habitación estaba en penumbras. Sabía que la ventana estaba abierta, porque podía sentir una corriente de aire.

Estaba desconcertada. Marion había cerrado todas las ventanas antes de partir, por lo tanto alguien había entrado en su casa. El ladrón había elegido cuidadosamente la ocasión, cuando sabía que todo el mundo estaría en la recepción de la viuda. Se preguntó en cuántas otras casas habría entrado mientras todos estaban en la fiesta. No sería mucho lo que podría llevarse de su casa.

Ahora, totalmente indignada, se apresuró a cerrar la ventana. Ni siquiera había dado dos pasos dentro de la habitación cuando fue sorprendida por detrás. No tuvo tiempo de gritar. Un brazo le rodeó el cuello, cortándole el aliento, y sintió el frío cañón de una pistola contra su sien.

—¿Dónde están las cartas de Hannah? —preguntó una voz grave, masculina.

El aire pasaba por su garganta, pero Marion no lograba que las palabras le saliesen de la boca. El brazo le rodeaba con tanta fuerza el cuello que tenía miedo de ahogarse. Comenzó a forcejear.

El desconocido aflojó la presión del brazo en su cuello para zarandearla al cabo de un momento.

—¡Respóndeme! —gruñó.

Marion respiraba con grandes bocanadas de aire.

—No hay ninguna carta —dijo, atragantándose. El corazón le latía tan fuerte que pensó que moriría de miedo.

Más que verla, sintió cómo una mano se alzaba para golpearla, y por puro instinto animal se lanzó contra él, intentando coger el arma. Pero sus fuerzas no eran suficientes para vencer a aquel hombre: con un poderoso empujón, la lanzó contra el suelo. En ese momento Brand entró como una saeta. Hizo una pausa en el umbral, y su cuerpo se vio perfectamente delineado por la única luz que entraba en la habitación.

—¡Tiene un arma! —gritó Marion.

Sonó un disparo en el momento en que Brand se arrojó al suelo.

—Ponte detrás de mí —exclamó él. Llevaba una pistola en la mano—. Déjame que pueda apuntarle.

Eso fue suficiente para el intruso. Saltó a través de la ventana abierta y huyó.

Marion corrió rápidamente hacia donde estaba Brand y se arrodilló frente a él.

—¡Te ha dado! —gritó.

—En el muslo —dijo con un gruñido.

Marion no perdió el tiempo con palabras. Desató el pañuelo que llevaba al cuello, lo dobló y le dijo que presionara sobre la herida para detener la hemorragia.

—Apenas puedo ver con esta oscuridad —dijo Marion—. Voy a buscar una vela.

Con el corazón saliéndosele del pecho por el susto, Marion avanzó a tientas hasta la repisa de la chimenea, cogió una vela y la encendió con una yesca. Las manos le temblaban tanto que la pequeña llama se apagó y tuvo que comenzar de nuevo. Cuando volvió junto a Brand, él estaba sentado con la espalda apoyada contra el aparador; en una mano tenía la pistola y con la otra presionaba el pañuelo contra su muslo. Estaba muy pálido, pero no parecía gravemente herido. La presión que Marion sentía en su pecho pareció aflojarse un poco.

Dejó la vela encima del aparador y se arrodilló junto a él.

—Iré por el brandy —dijo con la voz temblándole tanto como las manos—. Creo que los dos podremos aprovechar para recobrar el aliento.

—Tú no vas a alejarte de mi vista —dijo Brand cogiéndola por la muñeca—. Manley debe de haber escuchado el disparo, y estará aquí de un momento a otro. Hasta que llegue, nos quedamos juntos.

—Pero el ladrón se ha ido.

—¡No puedes saberlo! De hecho, el maldito debe de estar recargando su pistola en este instante. ¿Lo has visto, Marion? ¿Lo reconocerías si lo vieras otra vez?

Ella negó con la cabeza.

—Estaba oscuro, y yo me sentía demasiado asustada para notar otra cosa que no fuese la pistola en su mano. Su voz era ronca y extraña, pero creo que lo hacía a propósito para que no pudiera reconocerla si la escuchaba de nuevo.

—¿Qué te dijo? —La voz de Brand era cortante.

—Me pidió las cartas de Hannah, pero no hay ninguna. ¿Por qué alguien llegaría a tanto por las cartas de una muchacha?

—Porque piensa que quizá en ellas haya algo que pueda incriminarle.

Marion se agachó.

—¿Qué sucede, Brand?

—Es una larga historia. —Brand se movió ligeramente y dejó escapar un gruñido—. Te lo explicaré todo después, una vez que me hayan curado esta herida. Mientras tanto, tú y tus hermanas os iréis de aquí. Manley nos llevará al Priorato, y allí os quedaréis hasta que me haya encargado de esto.

Marion estiró el brazo por encima de él y recogió un objeto pequeño y redondo del suelo.

—¿Qué es? —preguntó Brand.

—Un botón —dijo, y se lo pasó—. ¿Has perdido un botón?

Brand negó con la cabeza.

—Debe de provenir del abrigo del hombre con el que te enfrentaste.

Lo sostuvo sobre su palma mientras ambos lo estudiaban. No tenía nada de particular: era un simple botón cubierto de una tela de color gris que podía pertenecer perfectamente a cualquier chaqueta o abrigo de hombre.

—Entonces, estamos buscando un abrigo de hombre al que le falta un botón —dijo Brand.

Cuando oyeron a Manley que los llamaba desde fuera de la casa, Brand se guardó el botón en el bolsillo.

—Esperemos tener suerte —dijo.

Manley apareció en la puerta.

—Escuché un disparo —dijo sin aliento.

—¿Has visto a alguien?

—No. ¿Qué ha sucedido?

—Le han disparado al señor Hamilton, Manley. Llevémoslo al Priorato para llamar a un doctor. Le explicaré todo después —dijo Marion.

Antes de terminar de instalar a Brand en el coche él ya estaba dando órdenes, diciéndoles lo que debía hacerse. «Ha sido un intento fallido de robo», fueron sus palabras a Marion. Era todo lo que ella tenía que decir al juez. Mientras tanto, ella y sus hermanas se quedarían en el Priorato, y él se lo explicaría todo una vez que el doctor se hubiese ocupado de su herida.

11

Brand suspiró de alivio cuando el doctor Hardcastle llegó y se ocupó de él. Lo primero que hizo el doctor fue echar a todo el mundo de la habitación excepto a Manley y a un criado con el físico de un luchador. Mientras disponía sus instrumentos y se preparaba para extraer la bala del muslo de Brand, hizo un par de preguntas inconexas sobre el ataque, acompañadas de una suerte de chasquidos con la lengua, pero Brand sabía que el objetivo era distraer su atención de lo que venía a continuación.

Gruñó cuando Hardcastle presionó cuidadosamente alrededor de la herida. No podía moverse mucho porque estaba recostado en una tabla sobre la cama. La tabla era idea del doctor.

—¿Quiere tomar un poco de láudano?

Brand aceptó el vaso que le ofrecía el doctor, dio un pequeño trago y se lo devolvió. Quería tener la mente despejada cuando hablase con Marion.

Mientras le examinaba la herida, Hardcastle le hizo obsequio de diversas historias de soldados a los que les había amputado sus miembros destrozados al tiempo que las balas de cañón silbaban sobre su cabeza.

—Bravos muchachos, todos ellos —dijo Hardcastle.

Tenía unos sesenta años y llevaba viviendo en Longbury desde que Brand podía recordarlo, pero hablaba de sus años como médico militar como si hubiesen sucedido el día anterior.

—No teníamos nada para darles, ni brandy ni opio, pero siempre soportaban nuestras intervenciones con una sonrisa. Recuerdo uno en particular...

Brand había oído las mismas historias desde que era un niño, y ya podía recitarlas de memoria. Casi estaba convencido de que el doctor lo hacía a propósito para que sus pacientes se considerasen afortunados de salir tan bien parados y actuasen en consecuencia.

Mientras el viejo doctor continuaba su perorata, Brand pensó que si había alguien que conociese a las hermanas Gunn, ese sería un doctor que a la postre era uno de los residentes más antiguos de Longbury. Esperó la primera pausa en el monólogo de Hardcastle para preguntar sobre ellas.

—Doctor Hardcastle, ¿recuerda a Edwina Gunn y sus hermanas?

—Claro que las recuerdo. Conocí a todos los Gunn, y me complace saber que la casa de Edwina ha pasado a manos de sus sobrinas. —Cogió una pinza de puntas afiladas y la examinó de cerca—. Prepárese, muchacho.

A la señal del doctor, Manley apoyó sus enormes manos sobre los hombros de Brand mientras el criado le sostenía los tobillos.

—¡Espere! —Brand no había terminado—. ¿Dónde está Hannah ahora? ¿Lo sabe?

Hardcastle parecía sorprendido.

—Se fugó, ¿no es así? Es lo que siempre creí. —Sonrió ante la mirada de Brand—. Ahora, sea un soldado valiente. Me temo que esto va a dolerle.

Dolor no era la palabra para definir lo que sintió. Era insoportable, tanto que Brand no pudo hacer otra cosa que llevar grandes bocanadas de aire a sus pulmones, poniéndose tan rígido como la tabla bajo su cuerpo. Manley sostenía sus hombros, mientras que el luchador parecía determinado a romperle los huesos de los tobillos y un hierro al rojo vivo le perforaba el muslo.

—Muy bien, muchacho —dijo Hardcastle con una sonrisa—. No ha sido tan malo, ¿verdad?

Las gotas de sudor resbalaban por las mejillas de Brand hasta sus oídos, y las lágrimas de dolor hacían que le escociesen los ojos. Pero lo peor había pasado, y poco a poco Brand se permitió relajarse.

—No —dijo débilmente—. Nada malo.

—Y aquí está el desalmado objeto que ha causado el daño —dijo Hardcastle. Mostró una pinza, en la que había una bala. La estudió un instante y frunció el ceño—. Falta una parte. Manley, traiga el láudano. Me temo que tendré que volver a escarbar hasta encontrarla.

Esta vez, Brand se bebió hasta la última gota del vaso. Marion tendría que esperar.

Un grupo silencioso de personas esperaba en el salón a que el doctor descendiese. Nadie se había preocupado en cambiarse de ropa. Lord Robert y Andrew aún lucían los disfraces de Caballeros, y la única diferencia en el vestido de Marion era que llevaba puestos un chal y unas zapatillas prestados. Emily había partido hacía más de una hora para acostar a Phoebe. Ya debería haber regresado, y Marion se preguntaba qué la retendría tanto.

De tanto en tanto, escuchaban pasos en el vestíbulo. En esos instantes el corazón de Marion dejaba de latirle, pero nunca era el doctor, tan solo sirvientes que pasaban. En una de esas situaciones, Andrew se puso de pie y se dirigió hacia la ventana.

—Hardcastle sabe lo que hace, ha sido médico en el

ejército —dijo Andrew. Volvió la cabeza en dirección al grupo—. Y nunca he oído hablar de una herida en el muslo que fuera mortal.

Esas eran las palabras que habían estado presentes en la cabeza de Marion la última media hora, o unas muy parecidas. Su mente le decía que Andrew tenía razón, pero sentía a la vez una inquietud que era incapaz de sofocar.

Lord Robert respondió a los comentarios de Andrew.

—Y menos en este caso. Tú no estabas aquí cuando su sirviente lo ha traído hasta la casa. Brand daba órdenes como si se tratase de un general, y los demás criados corrían a cumplirlas.

—Ese es Brand —dijo la viuda—. ¿Cuáles han sido sus órdenes?

—Déjeme pensar... —Lord Robert miró fijamente el vaso del que estaba bebiendo—. Que Marion y sus hermanas deberían quedarse aquí hasta que él estuviera convencido de que la casa de Los Tejos era segura. Que se ocuparan de que el juez encuentre al culpable...

Ante la mención del juez, Andrew soltó una risotada.

—Sir Basil no está en condiciones de hacer nada —dijo—. Está completamente ebrio y durmiendo la borrachera en un sótano. Y no solo eso, sino que el policía está con él.

—Sí, es lo que hemos oído —replicó Robert—. En todo caso, hemos llamado al doctor y enviado a los sirvientes y los jardineros a vigilar la casa de lady Marion hasta que las autoridades puedan revisarla. He olvidado si Brand ordenó otra cosa, pero no parecía alguien a punto de exhalar el alma.

Andrew rió entre dientes, lady Theodora suavizó la expresión de su rostro y Clarice se sonó la nariz. Del otro lado de la habitación, la señorita Cutter volvió en sí después de haberse adormecido, y la viuda observaba a Marion con una expresión que transmitía curiosidad y compasión a partes iguales.

Marion la comprendía. Ella no era un miembro de la familia, pero allí estaba, en el salón de la viuda, como si tuviera todo el derecho de estar presente.

No le importaba lo que pensasen. No se movería hasta no oír de los labios del doctor que Brand estaba fuera de peligro.

Con el ceño fruncido, le devolvió la mirada a la viuda, y le sorprendió encontrar el ligero resplandor de una sonrisa en aquellos ojos pálidos, aristocráticos y omniscientes.

A medida que el silencio se hacía más pesado, Marion estudió a la familia de Brand. Porque eso eran: su familia. No recibían ni daban amor, ni sabían cómo mostrar sus sentimientos, pero Marion no dudaba ni por un segundo que estaban preocupados a su manera. A la FitzAlan. Al igual que Brand se preocupaba por ellos.

Si se tratase de su familia, ella estaría sentada junto a la viuda sosteniéndole la mano. Si ella fuera Theodora, se acercaría a su esposo y le daría ánimos, para borrar la mirada ansiosa de su rostro. Y en cuanto a Andrew, le daría algo que hacer para que utilizase esa inagotable energía que podía sentirse desde el otro lado del salón.

Cuando el doctor abrió la puerta sin llamar, todo el mundo se irguió.

El doctor era un hombre alto, un hombre de porte majestuoso con cabellos oscuros abundantemente teñidos de plata y un rostro austero suavizado por su sonrisa.

Cuando todo el mundo vio la sonrisa hubo un suspiro de alivio general. El doctor caminó directo hacia la viuda y se inclinó cogiendo su mano:

—Una herida insignificante, su ilustrísima. Le he

dado una dosis de láudano, pero aún está consciente. Quizá quiera pasar unos minutos con él. No necesita preocuparse, él estará de pie en un par de días.

La viuda contuvo algo de su opresión en la garganta.

—Gracias, doctor Hardcastle. —Se puso de pie—. ¿Me ofrece su brazo?

—Yo también querría ir —interrumpió rápidamente Andrew—. Alguien debería quedarse con él en caso de que despierte por la noche. Quiero decir, además de los sirvientes.

Su abuela sonrió y asintió, y se volvieron para irse.

—Esperen —gritó Marion, poniéndose de pie—. ¿Y qué hay de mí?

Querían dejarla preocupada pensando en Brand toda la noche hasta que despertase por la mañana, podía leerlo en sus rostros. No era miembro de la familia. A pesar de todo lo que habían pasado juntos ella y Brand, a pesar de que él le hubiera salvado la vida, ella solo era una invitada en aquella casa. Todo el mundo en la habitación tenía más derecho a ir que ella.

La idea hizo que se le erizara la piel.

—¿Qué hay dc usted? —preguntó la señorita Cutter, rompiendo un largo silencio.

La respuesta salió de los labios de Marion como con voluntad propia.

—Yo soy la prometida de Brand —dijo claramente y sin dudarlo.

Fue de lo más extraño. Cuando se arrodilló junto a la cama de Brand y pudo ver con sus propios ojos que dormía tranquilamente y que el color le había vuelto a las mejillas, lloró como una Magdalena. Ella, que nunca lloraba, se estaba comportando con la misma falta de decoro que una niña asustada.

—Un ligero resfriado —dijo con voz áspera a la viuda mientras se sonaba la nariz.

No se quedaron demasiado porque el doctor no lo habría permitido, con lo que no tuvo oportunidad de hablar con Brand y decirle que ahora estaban comprometidos.

Había jurado en falso a cambio de unos minutos junto a su cama. ¿Cómo demonios iba a explicar todo eso a Brand cuando despertara?

Había tenido una razón para proclamarse como su prometida. Había querido confirmar por sí misma que se encontraba bien. Y además estaba el misterio que él había prometido explicarle. No podía pretender que se hiciese la tímida después de todo lo que había sucedido aquella noche.

Todos aquellos pensamientos llenaban su cabeza mientras atravesaba el pasillo hacia la habitación de Emily. No había ninguna vela encendida, por lo que había dejado la puerta abierta para que Marion encontrase el camino hasta la cama. Allí estaban Emily y Phoebe, hechas un ovillo bajo las sábanas y abrazadas una a la otra.

Marion se sorbió la nariz y se derrumbó en la silla más cercana. Se quedó sentada allí durante un largo rato, mirando a sus hermanas, pensando, pensando y pensando. Lo único que siempre había deseado era mantenerlas a salvo y felices. Ahora, una tercera persona se había introducido dentro de su pequeño círculo y ya tenía tres personas de las que preocuparse.

Volvió a sorberse la nariz. Unas semanas atrás, David Kerr había sido su problema más urgente. Ahora ya no sabía qué pensar. Le costaba imaginar que él fuese la persona que la atacó. Marion le había pagado, le había entregado las esmeraldas de su madre. Todo tendría que haber terminado en eso, sobre todo porque la prueba más contundente de su inocencia era que él no sabía nada sobre Hannah.

«¿Dónde están las cartas de Hannah?» Tembló, recordando cómo le había cortado el aliento. Nunca olvidaría el sonido de aquella voz amenazadora; no era la voz de David. Eso era otra cosa, algo que Brand comprendía y ella no.

Marion no sabía cómo iba a poder contener la ansiedad hasta que él le dijese todo lo que sabía.

Se puso de pie con un suspiro. Si hubiera quedado un lugar en la cama de sus hermanas, se habría deslizado junto a ellas. Se preguntaba si alguna vez volvería a sentirse a salvo.

Su propia habitación estaba a tan solo unos pasos por el corredor. Encendió una vela con las brasas de la chimenea y la puso sobre la repisa. Un criado había subido un baúl con sus ropas, y ella hurgaba en su interior buscando un camisón cuando escuchó que alguien llamaba suavemente a la puerta.

—¿Marion?

Era la voz de la viuda. Marion fue rápidamente hacia la puerta y abrió.

—Su ilustrísima —dijo, con un hilo de voz.

—¿Puedo pasar?

—Por favor.

A pesar de su bastón, la viuda tenía un aire majestuoso mientras avanzaba hacia el sofá junto a la chimenea. Haciendo un delicado gesto con la mano, indicó a Marion que se sentase en el sofá opuesto. Marion obedeció y se sentó con la espalda erguida y las manos apoyadas en el regazo. Intentaba no sentirse intimidada, pero la viuda habría sido una mujer intimidante incluso si no fuese una duquesa.

—No podía irme a la cama sin decirte lo feliz que me hace lo tuyo con Brand —dijo la viuda con una ligera sonrisa—. Estoy segura de que sabes que mi nieto es un buen hombre. Quizá no sea fácil vivir con él, ni sea fácil amarlo, pero aun así es un buen hombre. Aunque, por supuesto, tú ya debes de saberlo.

Marion la miró con los ojos entrecerrados. Su discurso no parecía el de una abuela adorable, pero ¿quién podía estar seguro con los FitzAlan? De la manera más agradable que pudo, respondió vagamente.

—Estoy segura de que mis hermanas dirían lo mismo de mí.

La viuda asintió.

—Te doy la razón. Las personas más cercanas a nosotros conocen nuestras debilidades y nuestros defectos. Pero espero que tú aceptes mi opinión. —Se inclinó ligeramente hacia delante, utilizando el bastón para equilibrar su peso—. Créeme, Marion, hay algunas cosas sobre mi nieto que deberías saber si realmente esperas comprenderlo.

Marion se mantuvo inmóvil. No era el momento de interrumpir a su ilustrísima. La viuda no se veía majestuosa o distante. Parecía frágil, como si una palabra equivocada pudiese romperla.

Respirando con calma, la viuda comenzó a hablar:

—A pesar de lo que quizá hayas oído, el padre de Brand no era un mal hombre. No abandonó a Brand y a su madre. Fue el viejo señor Hamilton quien emponzoñó la cabeza de Brand contra su padre. La verdad del asunto es que mi hijo se enamoró profundamente de Faith Hamilton cuando tenía apenas unos años más que Andrew. Quería casarse con ella en cuanto llegase a la edad requerida. Todo estaba arreglado entre ellos, pero el padre de Faith, el viejo señor Hamilton, los puso en su lugar. Ella era menor de edad, y por decisión de su padre, incluso embarazada, no la autorizaba a casarse. Y Faith era incapaz de desafiar a su padre.

»Faith murió cuando Brand apenas tenía unos meses de vida a causa, según algunos, de su corazón roto. Y su corazón no era el único que se había roto. Mi hijo nunca pudo sobreponerse. Pero se sentía traicionado, así que se volvió un poco salvaje.

—Ya había imaginado que algo de eso había —se aventuró a decir Marion cuando la viuda hizo una pausa para ordenar sus ideas.

—¿Qué te hizo pensarlo? —La viuda parecía sorprendida.

Marion se encogió ligeramente de hombros.

—Su hijo nombró a Brand único fideicomisario de su fortuna. Le dio un hogar, pagó su educación. Pienso que debió de haber querido mucho a Brand, y que quizá se sentía culpable por cómo habían ido las cosas.

—Claro que se sentía culpable. Brand era su primogénito. Era el hijo de Faith. Brand debería haber heredado su título y sus propiedades, y así habría sucedido de no ser por un viejo amargado que despreciaba nuestra posición y fortuna. —La viuda le regaló una sonrisa triste—. Brand está entre dos mundos, entre el Priorato y la Hacienda.

—Caballeros y Cabezas Redondas —susurró Marion.

—Sí, pero es algo más que revivir viejas batallas. El señor Hamilton era un puritano. A sus ojos, los Fitz-Alan eran un hatajo de ateos. No quería que su hija o su nieto fuesen corrompidos por nosotros.

—¿Por qué me cuenta todo esto? —dijo Marion finalmente tras un largo silencio.

—Quizá espere demasiado. —La viuda estudió a Marion un momento, y luego continuó—: No creo que mi nieto pueda estar en paz consigo mismo hasta que no aprenda a equilibrar esos dos mundos. Es más, me gustaría que supiese la verdad sobre su padre.

»A mí no me escucha —continuó la viuda y alzó su mano para evitar que Marion la interrumpiese—. No creo que vaya a escucharte a ti, pero al mismo tiempo, siento que debo intentarlo. Por la memoria de mi hijo, pero también por el bien de Brand. No es bueno cargar con tanta amargura dentro de uno.

Marion se sentía como si viese a la viuda por primera vez: no al ogro intimidante, sabelotodo y omnisciente que había imaginado, sino a una mujer como ella, sin edad, con los mismos miedos y aspiraciones.

Y se sintió perversa por decepcionarla. Nunca se casaría con Brand. Nunca se casaría, punto.

Bajó la mirada hacia el anular desnudo de su mano izquierda, y cuando alzó la vista, sus ojos fueron atrapados por la intensa mirada de la viuda. Parecía como si le arrancasen las palabras contra su voluntad.

—Su ilustrísima... No estamos comprometidos. Lo he inventado para poder verle.

—Claro que lo has hecho. En tu lugar, yo habría hecho lo mismo. —La verdad no parecía molestar a la viuda. Al contrario, la confesión de Marion parecía divertirla.

Marion se mordió el labio. Evidentemente, la viuda no había comprendido.

—Usted no entiende... Brand no me ha pedido que me case con él.

—Oh, lo hará. De eso estoy absolutamente segura. Todo lo que Brand necesita es un poco de estímulo, y creo que tu declaración frente a toda la familia puede ser suficiente.

Cuando la viuda se puso de pie y avanzó hacia la puerta, Marion se apresuró para abrirla.

—Pero... Pero no hay acuerdo alguno.

La viuda sonrió, le palmeó la mejilla y abandonó la habitación con la misma gracia con la que había entrado.

Marion volvió a su sofá y se sentó completamente petrificada. Había demasiadas cosas en las que pensar, demasiado de que preocuparse. Por fortuna, tenía la mente entumecida y no podía pensar en nada.

Dejó una vela encendida cuando se metió en la cama, por si Phoebe se despertaba en medio de la noche buscándola. Cambió de posición, dio vueltas en la cama, ahuecó las almohadas. Nada funcionaba. Cogiendo el cobertor, bajó de la cama y recorrió el pasillo hacia la habitación de Emily. Aunque un poco apretada, consiguió acomodarse junto a sus hermanas. El calor de sus cuerpos contra el suyo era muy reconfortante. Y aun así, le llevó mucho tiempo antes de poder dormirse.

Lady Theodora permitió a su criada desvestirla y meterla en la cama.

—Deja las velas —dijo.

La criada se retiró con una reverencia y una pequeña sonrisa que decía mucho. Seguramente estaría pensando que lord Robert dedicaría una visita conyugal a su esposa. Theodora dudaba que sucediera esa noche. Los ojos de Robert apenas se habían apartado del rostro de Marion. No estaría pensando en ella, pero sí en la persona a quien se parecía: Hannah.

Se movía sin descanso, despreciándose a sí misma por esperar que él fuese a ella. Debería tener más orgullo. Tendría que haber dejado aquella casa hacía años. Aún era joven. Todavía quedaba tiempo para reconstruir su vida.

Controló sus pensamientos alocados. La vida no era tan simple. Una tomaba decisiones y sufría las consecuencias. ¿No era eso lo que le había dicho su padre el día de su casamiento? Robert se había convertido exactamente en lo que su padre había predicho, y puesto que ella había estado totalmente determinada a casarse con él, era demasiado orgullosa para permitir que alguien supiera que él había tenido razón, y que ella se había equivocado.

Dio un respingo cuando la puerta se abrió y entró su esposo, cubierto con una camisa de dormir color granate suelta en la cintura. En su opinión, era más apuesto que cuando se habían conocido y casado. Sus rasgos de muchacho habían madurado en una belleza severa. Sonreía con dulzura mientras se acercaba a la cama.

Se sentó en el borde, alzó la mano y puso la palma sobre los labios de Theodora.

—Sigues siendo la mujer más hermosa que conozco —dijo.

—No esperaba verte esta noche. —Theodora respiraba entrecortadamente.

—Mentirosa. —Le besó la muñeca—. Sé cuándo me deseas. Puedo sentirlo en la piel.

—Sí, siempre percibes mis estados de ánimo —dijo, pasándole los dedos por el pelo—. Igual que yo capto los tuyos.

Él no respondió, pero la miraba con expectación.

—No me digas que no has notado el gran parecido entre lady Marion y Hannah. —Theodora rió suavemente.

La sonrisa de Robert no se reflejaba en sus ojos.

—Apenas conocí a Hannah.

—No me mientas, Robert. Vi cómo no apartabas los ojos de Marion en toda la noche.

—Una reacción natural. Ha sido atacada en su propia casa, y quería estar seguro de que se encontraba bien. Y claro, la admiro. Ha pasado por una experiencia terrible sin desmoronarse. Eso ha sido todo.

Theodora cerró los ojos y apretó los dientes.

—¡Mantente alejado de ella! Puedes tener a la mujer

que quieras. —Abrió los ojos y lo fijó con la mirada—. No queremos que Marion...

—¿Qué? —La voz de Robert era peligrosamente dulce—. ¿Qué pretendes decir?

—Todo el mundo sabe que se casará con Brand —respondió Theodora, moderando su tono—. No lo olvides.

—Sí, pero no era eso lo que ibas a decir. —Lord Robert se puso de pie con elegancia y rapidez, y se inclinó sobre su mano en un gesto de formalidad que era casi un insulto—. Parece que he malinterpretado las señales. Pido disculpas. No volverá a suceder.

Theodora no hizo ningún gesto para detener a su esposo mientras este salía de la habitación.

12

La mañana siguiente, cuando Marion entró en la habitación de Brand, lo encontró aturdido y apenas capaz de algo más que notar su presencia.

—¿Es la voz de mi prometida la que escucho? —exclamó.

Hizo la pregunta sin abrir los ojos, pero Marion pudo notar el tono divertido de su voz y no pudo evitar sonreír. Él no iba a hacerle las cosas más difíciles.

Se sentó junto a él por un momento, pero nunca estaban solos y él estaba demasiado aturdido para ser coherente, por lo que no tuvieron la oportunidad de hablar en privado. No fue sino hasta el día siguiente que Marion tuvo la posibilidad de hablar con él a solas. Una sirvienta le llevó una nota para informarla de que el señor Hamilton estaba en el invernadero y la invitaba a reunirse con él.

La estaba esperando frente a la puerta del invernadero.

—¿No deberías estar acostado? —le preguntó en el momento en que estuvo frente a él. Brand caminaba con ayuda de un bastón, y alrededor de su boca se notaban los signos de su esfuerzo.

—En absoluto. De hecho, estoy obedeciendo las órdenes del doctor. Dado que ha servido en el ejército, Hardcastle no cree necesario mimar a sus pacientes. Espera que nos comportemos como buenos soldados... Ya sabes, que volvamos a la acción antes de que la batalla se pierda.

Cuando Marion rió Brand esbozó una sonrisa.

—Además —continuó—, hay demasiada gente que entra y sale de mi habitación. Aquí podremos conversar sin ser interrumpidos.

Sin embargo, el invernadero no era más tranquilo que el resto de la casa. Los jardineros entraban y salían mientras transplantaban fuera pequeños arbustos y otros especímenes hacia los canteros de flores. Allí estaba también lord Robert impartiendo instrucciones, pero Brand y Marion se escabulleron antes de que pudiera verlos.

—No sabía que a lord Robert le interesara la jardinería —dijo Marion.

—Podrías decir que mi tío es un apasionado de todo tipo de bellas flores, así que ten cuidado con él —respondió Brand secamente, mirándola a los ojos—. No querría tener que llamarlo al orden.

Puesto que al final sonrió, Marion interpretó lo que le decía como una broma.

—Lo lamento, pero no ha intentado seducirme. De lo único que hemos hablado es de ti y del tiempo.

—Considérate afortunada, entonces, porque si hubiese intentado seducirte, Theodora no tardaría mucho en mostrar sus garras.

—¿Su boda fue una boda concertada? —preguntó.

—No. Según nuestra informadora oficial, la señorita Cutter, la familia de Theodora no estaba de acuerdo, pero el amor fue más fuerte. Verás, lord Robert tenía la reputación de un joven Casanova, pero prometió cambiar. —En el rostro de Brand se dibujó una sonrisa torcida—. No mantuvo su promesa más allá del día de la boda, y Theodora no es del tipo de las que dan segundas oportunidades.

Más allá del invernadero, pensaron en dirigirse hacia el huerto, pero allí se encontraba la señorita Cutter revoloteando como una mariposa, por lo que Brand desvió la marcha y dirigió a Marion hacia un banco de piedra cubierto en uno de sus lados por un seto. A lo lejos, el río avanzaba a través de los campos y las praderas. Era un día caluroso y las abejas zumbaban por todas partes, saqueando las flores de espirea blancas que crecían en matas en los rincones soleados, entre los arbustos salvajes.

Resultaba difícil de creer, en un paraíso protegido como aquel, que alguien hubiera podido entrar en su casa y sostener una pistola contra su cabeza.

—¿Tienes frío? —Brand la observaba pensativo.

—No, miedo. Durante tu convalecencia he tenido mucho tiempo para pensar, pero no he logrado obtener una sola respuesta. Ayer fui con el policía a mi casa. No faltaba nada. El único lugar desordenado era el salón del desayuno, donde Phoebe guarda sus libros y anotaciones. La caja con las cartas de nuestra familia estaba abierta en el suelo, pero hasta donde pude comprobar, no faltaba ninguna carta. No tiene sentido.

—¿Cómo logró entrar el ladrón?

—Forzó una de las ventanas de la planta baja.

—¿Qué has hecho con las cartas?

—Están en el Priorato. Las he leído todas, y no hay nada importante en ninguna de ellas, ni ninguna carta de Hannah.

Marion esperó a que Brand dijese algo, pero cuando él siguió con la mirada perdida, como si no notase su presencia, perdió la paciencia.

—¡Dijiste que me lo explicarías todo! Pues bien, no

sé leer los pensamientos, así que comienza a explicarme. ¿Qué es lo que sabes que yo no sé?

Brand cambió de posición y pasó un brazo sobre el respaldo del banco.

—Tu tía Edwina es la fuente de todo lo que sé, así que comenzaré por contarte acerca de una carta que me escribió poco antes de morir.

Con frases cortas y pausadas, y con muchas interrupciones por parte de Marion a medida que ella intentaba ir entendiendo, le explicó el retraso con el que recibió la carta y sus dudas respecto de tomársela en serio. Le describió el contenido de la carta, y le habló de cómo Edwina había llegado a creer que Hannah nunca había abandonado Longbury y que en realidad alguien la había asesinado. Finalmente, le explicó que Edwina esperaba que Marion pudiera decirle exactamente lo que sucedió la noche que Hannah desapareció.

Sorprendida, Marion se apoyó contra el respaldo del banco. Apenas podía ordenar las palabras en su mente.

—¿Por qué yo debería saber algo?

—Porque Hannah desapareció cuando tú estabas aquí con tu madre —dijo Brand suavemente—. Aquella noche tú estabas fuera, en las tierras del Priorato. Alguien te vio.

—¿Quién?

—No lo sé —dijo Brand, cogiéndole la mano y sosteniéndola para reconfortarla—. Edwina pensaba explicármelo todo cuando yo viniese a verla. Desearía que hubiésemos tenido aquella conversación; de esa manera habría considerado seriamente su carta. Para decirlo sin rodeos, parecía confundida, pero no tenía dudas de que Hannah había desaparecido veinte años atrás sin dejar siquiera una nota.

—¿Y alguien le dijo a Edwina que yo vi lo que sucedió aquella noche?

—Es lo que Edwina decía en su carta. —Brand la miró intensamente—. Lo siento, te he asustado. No sabía cómo mencionarlo sin que te afectase.

—No es eso. —Marion hizo una pausa, y luego continuó lentamente—: Estaba pensando en la última vez que vi a Hannah. Solía disfrutar caminando por el Priorato con su perrito. Yo iba con ella a menudo, pero ese día ella no salió. A mí no me importó porque sabía que más tarde saldría con Clarice, a esperar al fantasma. —Miró a Brand, insegura—. Si hubiera visto a alguien aquella noche, habría corrido hacia la casa de Edwina en busca de ayuda. Y Clarice estaba conmigo. ¿Le has preguntado a ella si vio algo?

—No. Edwina no mencionó a Clarice, solo a ti. ¿Qué sucedió, Marion? ¿Recuerdas algo de aquella noche? En la carta, Edwina refería que había discutido con Hannah. ¿Tú oíste la pelea?

—Sí. —Marion se detuvo a pensar por un momento—. Hannah estaba en su habitación con mi madre y la tía Edwina. Podía escuchar el llanto de Hannah. Creo que yo estaba en el primer piso, esperando que todo el mundo se fuera a la cama para poder escaparme con Clarice. Yo odiaba las peleas. Me enfermaba, y quería que mi madre y Edwina dejasen a Hannah tranquila. Luego Hannah salió corriendo de la casa y escuché un portazo.

—¿Y fue la misma noche que saliste con Clarice?

—Eso creo, no estoy segura.

Brand dejó pasar un momento, y luego dijo:

—Clarice mencionó el aullido de un animal. ¿Tú lo escuchaste?

—Eso creo. —Marion frunció el ceño intentando concentrarse—. Sí. Recuerdo un perro que ladraba, pero no estoy segura. Lo siento.

—No te fuerces. Ya lo recordarás. De momento, olvídate de ello y dime lo que sucedió cuando estabais en el púlpito.

Marion se miró las manos.

—Fue como Clarice te contó. Vimos lo que creímos que era el fantasma del abad y corrimos a casa. —Negó con la cabeza—. Mis recuerdos son vagos, sucedió hace mucho tiempo. Además, si Hannah fue asesinada... ¿Dónde está su cuerpo?

—No lo sé. Quizá lo arrojasen al río, o lo enterrasen en algún lugar.

La idea hizo a Marion estremecerse.

Pasó un tiempo hasta que Marion pudo volver a hablar.

—Me gustaría pensar que la pobre tía Edwina estaba confundida cuando escribió esa carta, pero no puedo ignorar el hecho de que alguien te disparó, alguien que entró en mi casa buscando unas cartas que no existen. —Alzó la vista hacia Brand, con la preocupación reflejada en los ojos—. Esto que hace que piense en la tía Edwina. Dime la verdad, Brand. ¿Qué opinas tú? ¿La muerte de Edwina fue un accidente?

Lo más dulcemente que pudo, Brand respondió:

—Solía pensar que se trató de un accidente, pero ahora... —Se llevó una mano al muslo—. Ahora creo que es posible que no lo sea. Según la señora Ludlow, Edwina estaba preocupada por el pasado, por Hannah, y estaba decidida a descubrir qué le había sucedido. —Brand observó los campos y las praderas de la propiedad atravesados por un arroyo serpenteante—. Creo que empezó a hacer preguntas que alguien no quería responder.

—Pero ¿por qué veinte años después de la desaparición de Hannah? ¿Qué fue lo que hizo sospechar a Edwina?

—La única pista en su carta es el testigo que te vio

aquella noche. He estado pensando en ese testigo hasta perder el juicio de tanto especular. Fuera quien fuera, debió de haber tenido una buena razón para permanecer callado todos estos años.

—Si yo fuera esa persona, en este momento estaría muerta de miedo. —Marion sintió un escalofrío—. El hombre que te disparó no se lo pensaría dos veces antes de matar a alguien que supiera demasiado.

Tras una pausa, Brand suspiró y continuó:

—Me culpo a mí mismo por no darle la debida importancia a este asunto, pero el misterio tenía veinte años y yo no vi la necesidad de resolverlo rápidamente. Tú estabas instalada en Lake District, o al menos eso creía. Supongo que habría ido a hablar contigo en su momento, pero tú me evitaste las molestias. Cuando oí decir que irías a Londres para la temporada, aproveché la oportunidad para conocerte, esperando que, si sabías algo, confiarías en mí. —Se encogió de hombros—. O no sabías nada, o no querías confiar en mí. A medida que pasó el tiempo, llegué a pensar que no eras una amenaza para nadie y bajé la guardia.

—¿Por qué no me hablaste con franqueza en Londres de la carta de Edwina? ¿Por qué escondiste tus intenciones haciéndote amigo mío y de mi familia?

—Ya te lo he dicho, no estaba seguro de confiar en la opinión de Edwina. A veces los ancianos tienen ideas extrañas. Te estaba tanteando para ver si podías aportar un poco de claridad a lo que le había sucedido a Hannah.

De repente, Marion sintió como si una esquirla de vidrio le atravesase el corazón; apenas podía respirar. Si no hubiera sido la sobrina de Edwina, él ni siquiera le habría dedicado una mirada. Las visitas al teatro, los paseos en su carruaje, su encanto, sus besos... todo había tenido una segunda intención: descubrir cuánto recordaba de Hannah. No había estado seduciéndola con el objetivo de conseguir enamorar a la hija de un conde. Esa idea había sido puesta en su mente por su prima Fanny, por Emily, por Clarice, y por todos los que sospechaban que casarse con ella le daría más prestigio. En realidad, él nunca había querido hacerla su esposa. ¿Cómo había podido ser tan ingenua?

Aquello le recordó su pretendido compromiso. Por supuesto, la idea había sido de ella. Él nunca había siquiera insinuado que el casamiento se le cruzaba por la cabeza, sino todo lo contrario. Fue ella la que lo había provocado.

No tenía manera de recuperar su orgullo perdido, así que dijo bruscamente:

—Lamento haber dicho a tu familia que estábamos comprometidos. Lo hice sin pensar, porque no encontré otra forma para que me permitiesen verte, y estaba desesperada por saber por qué alguien quiso entrar en mi casa.

—No te disculpes. Fue una idea brillante.

—¿Lo fue?

Brand asintió.

—Ahora quienes viven de los rumores no tendrán nada que inventar. Los hemos puesto en desventaja.

—¿Eso hemos hecho?

—Piénsalo. La gente esperará que pasemos mucho tiempo juntos. Eso es lo que hacen las parejas que están comprometidas. Tenemos un misterio que resolver, y nadie pensará cosas extrañas cuando nos vean juntos. Nadie sabrá lo que realmente estamos haciendo. Aunque por otra parte... —Se rascó el puente de la nariz con el dedo índice—. Nunca se es lo suficientemente cuidadoso. —Brand le hizo un guiño—. Un paso en falso y me encontraré realmente casado contigo.

—No tengo más intención de casarme que de cruzar

a nado el canal de la Mancha hacia Francia —respondió Marion, dirigiéndole una mirada fulminante.

Brand se echó a reír.

—Si vamos a convencer al mundo de nuestro compromiso, lo mejor será que mantengas guardada tu afilada lengua.

Marion hurgó en su mente en busca de la mejor réplica, pero solo pudo decir fríamente:

—El almuerzo debe de estar listo. ¿Vamos con los demás?

Brand contuvo el andar furioso de Marion solicitando su brazo.

—Todavía no estoy listo para morir —dijo, haciendo muecas y tocándose la pierna herida.

—¡Lo siento! No sé en qué estaba pensando. —Marion parecía compungida—. ¿Por qué no pasas un brazo por mis hombros para sostenerte mejor?

Brand aceptó su propuesta con entusiasmo, no solo porque necesitaba apoyo, sino porque quería rodearla con sus brazos. No podía parar de pensar en lo que habría sucedido en la casa de Los Tejos si él no la hubiera seguido, y una amenaza sin nombre se instaló en la boca de su estómago. Él sería el primero en aceptar que a Marion no le faltaba coraje, como había probado cuando intentó quitarle la pistola a su asaltante. Pero era menuda y frágil, y la fuerza de una mujer no era suficiente contra un hombre.

Su falso compromiso le brindaba una perfecta oportunidad de controlarla. No quería alejarse de ella hasta que atrapasen al bandido que había entrado en su casa. Los episodios anteriores de Vauxhall y del Teatro Real ahora le parecían relacionados con el ataque en la casa, pero prefería no mencionarlos. Marion ya había sufrido suficientes contratiempos, y él no quería avivar sus preocupaciones.

—Marion —dijo—, no quiero que vuelvas a tu casa hasta que estemos seguros de que no corres ningún peligro. Nadie considerará inconveniente que te quedes en el Priorato unas semanas.

—De todas formas, yo pienso exactamente lo mismo. —Marion soltó una risilla—. He dicho a Phoebe y a Emily que se mantengan alejadas de Los Tejos. No puedo evitar pensar en lo que habría sucedido si una de ellas se hubiese topado con el intruso sin nadie que las ayudara.

Brand retiró su brazo de los hombros de Marion y volvió el rostro hacia el suyo.

—Si se parecen en algo a su hermana mayor, estoy seguro de que el bandido estaría contento de alejarse de ellas.

—Pero tenía una pistola.

—Él quería las cartas, eso es todo. La única razón por la que me disparó es porque yo también tenía una pistola, y sabía que iba a usarla.

Brand no estaba convencido de sus propias palabras, pero quería aliviar los temores de Marion.

Siguieron caminando, si bien lentamente, con Brand sosteniéndose del brazo de Marion para avanzar.

—¿No tienes ninguna carta de Hannah? —preguntó Brand un momento más tarde.

—No he visto ninguna. Como ya te he dicho, todo lo que tengo son unas cartas que Edwina escribió a mi madre, y además las traje conmigo desde Keswick. No dicen demasiado.

—Aun así, me gustaría leerlas.

—De acuerdo.

Continuaron conversando, especulando sobre esto y aquello, hasta que Marion dijo:

—Creo que deberíamos iniciar nuestra investigación con Hannah. ¿Quiénes fueron sus amigos? ¿Cuáles eran sus planes? Sé que era institutriz en Brighton. Quizá su último patrón sepa algo... si podemos encontrarlo.

Brand le ofreció una sonrisa.

—Aparentemente hemos estado pensando en lo mismo. He averiguado quién fue su último patrón: la señora Love, en la calle Ship. Y aún vive allí.

—¿Cómo lo has averiguado? —Marion estaba anonadada.

—Fue el doctor quien me brindó la información. Aparentemente, Hardcastle recuerda a Hannah y las Gunn muy bien. Mientras se ocupaba de mí, me habló de la señora Love. Hannah le había pedido al doctor que le escribiera una carta de recomendación para ella.

—¿Y la señora Love vive aún en la misma dirección?

—Eso parece. —Brand la miró de reojo—. También me dijo que Edwina era tan estricta que Hannah no tenía mucha vida social. El doctor aceptó el rumor de que Hannah se había fugado, porque parecía desesperada por liberarse de la opresión de Edwina.

Marion dejó escapar un suspiro.

—Creo que Edwina y mi madre tenían mucho en común. Eran mujeres determinadas y de carácter fuerte.

—¿Como tú? —apuntó.

—¿Es así como me ves? —preguntó Marion, alzando la vista hacia Brand con una expresión de sorpresa.

—Lo he dicho como un halago. Solo una dama determinada y de carácter fuerte atacaría a un hombre armado e intentaría librarse de él. Tú eres una mujer formidable, lady Marion Dane.

Ella no respondió, pero no pudo evitar sonrojarse. Se sentía conmovida de manera extraña, sorprendida de que un comentario despreocupado como aquel pudiese afectarla tanto. Ella era una mujer adorable, inteligente y capaz. Ahora bien, solo con que pudiese verlo como un hombre apuesto, inteligente y capaz, podrían dejar de pelearse y... ¿y qué?

Brand no podía imaginar la boda, pero no tenía problemas para imaginar a Marion en su cama. Al recordar cómo ella había respondido a sus caricias, sintió una satisfacción tan primitiva como masculina, sin mencionar que cada vez le resultaba más complicado controlar sus deseos de tocarla.

¿Dónde lo dejaba entonces todo esto?

Marion cortó el hilo de sus pensamientos.

—¿Sabes, Brand?, estoy intrigada por el perrito de Hannah... Por lo general las institutrices no tienen perros, ¿no es así?

—No que yo sepa.

—¿Entonces a quién pertenecía y qué fue de él?

—Quizá Hardcastle lo sepa.

—O la señora Love... ¿Vas a llevarme a Brighton para hablar con ella? Después de todo, soy la sobrina de Hannah. Quizá me diga más de lo que te diría a ti.

—Lo pensaré.

La mirada ultrajada que Marion le dedicó fue la recompensa de Brand. Estaba completamente decidido a llevarla con él a Brighton. Así era como funcionaba controlar a alguien. A donde él fuera, ella iría con él, y viceversa. Pero disfrutaba discutiendo con ella.

—¡Soy yo la de los recuerdos! —dijo Marion entre jadeos—. La señora Love podría decir algo que tuviese significado para mí y no para ti. Yo podría ser de un valor incalculable en esta investigación.

—Eso es verdad. Pero no queremos que nuestro villano descubra lo que estamos haciendo. Todo lo que hagamos debe parecer inocente y libre de amenazas.

—Eso ya lo sé. ¡No soy estúpida!

Brand no podía discutir ese punto.

Brand hizo el anuncio formal de su compromiso durante el almuerzo. Las hermanas de Marion estaban encantadas. La familia de Brand, como era de esperarse, recibió la noticia con su habitual sangre fría. Incluso la duquesa, aunque Marion sabía que estaba contenta con la próxima boda.

Marion se dijo que aquello era beneficioso. No tendría por qué sentirse culpable cuando llegase el día de comunicar que ella y Brand continuarían sus vidas por caminos separados. Sin lágrimas ni sufrimiento. Marion tendría suerte si recordaba su nombre una semana después de la ruptura.

Emily se acercó a Andrew en el momento en que estuvieron solos. Se dirigían hacia la caballeriza para ver su nuevo carruaje de paseo.

—¿Cuál es el problema de tu familia? —preguntó Emily—. ¿No tienen sentimientos? ¿Les corre hielo por las venas? ¿No saben ser felices? ¿Dónde estaba el champán para brindar por la pareja feliz?

—Estaban contentos. —Andrew parecía asustado—. Es solo que no mostramos nuestros sentimientos tan fácilmente como otras familias.

—¿Por qué no? Se supone que sois Caballeros, y los Caballeros deberían ser galantes y alegres e... imponentes.

—Tú eres el Caballero, Emily. —Los labios de Andrew se curvaron en una sonrisa.

—¡No creerás que soy igual con todo el mundo! —Emily rió tímidamente—. Siento que puedo decir lo que quiero contigo, Andrew. Y lo que digo es que deberíamos haber hecho algo especial para Marion y Brand.

Cuando llegaron a la caballeriza, se toparon con Manley conversando con el hombre que llevaba los negocios de Theodora. El señor Forrest le estaba mostrando con orgullo sus últimas adquisiciones, y el señor Manley estaba evidentemente impresionado.

Manley alzó la mirada cuando entraron Emily y Andrew.

—Lord Andrew me llevará a dar un paseo en su nuevo carruaje, señor Manley —dijo Emily.

—¿En serio? Pues qué coincidencia, en este momento no tengo nada que hacer. Seré su mozo de cuadra.

—No será necesario —respondió Andrew sin frialdad, pero tampoco con calidez—. Puedo ocuparme yo solo.

—Estoy seguro de que puede, su ilustrísima. —La sonrisa de Manley se hizo aún más grande—. Pero tengo órdenes. Simplemente prepararé las cosas para usted, ¿le parece bien?

Cuando sintió que Andrew se ponía tenso, Emily le dio un codazo en el costado.

—Gracias, señor Manley —dijo—. Esperaremos fuera.

Mientras aguardaban, Emily reflexionó.

—No hay manera de discutir con Manley. Tiene el instinto de un perro pastor, y me temo que me ve como a una de sus ovejas. Tendremos que limitarnos a sonreír y soportarlo.

Andrew negó con la cabeza.

—¿Qué? —preguntó Emily.

—Es tan solo un sirviente.

—¡Una razón más para que tú lo trates como a un príncipe!

El carruaje de paseo finalmente estuvo listo, y le colocaron rápidamente un par de zainos. Andrew cogió las riendas, Manley ayudó a Emily a acomodarse en el asiento y finalmente él se situó en la parte trasera. Un latigazo de las riendas y ya estaban en camino.

Emily comprendió en poco tiempo que Andrew era un gran jinete, porque cuando volvió la cabeza sobre su hombro pudo ver a Manley sonriendo. Acto seguido, se puso cómoda y se dispuso a disfrutar. El carruaje dobló rápidamente por el camino y pronto estuvieron avanzando a lo largo de la calle principal.

—Mira, Andrew —exclamó Emily—. Allí está Victor Malvern.

Emily saludó a Victor al pasar. Andrew se tocó la punta del sombrero, y Victor se sonrojó hasta las orejas. Pero no estaba solo, y los demás respondieron amigablemente a su saludo.

Emily estaba complacida de que Andrew estuviese madurando por fin.

Y Andrew estaba complacido de que Emily estuviese complacida.

Pasó casi una semana antes de que Brand fuese capaz de hacer el viaje hasta Brighton. Durante ese tiempo, Marion llevó a cabo una discreta labor detectivesca. Muchas personas recordaban a un perro blanco, pero había pertenecido a Theodora y su nombre era Snowball. Algunos recordaban a Hannah, pero nadie la había conocido bien. Todos parecían compartir la opinión del doctor Hardcastle: Edwina Gunn había mantenido un control tan estricto sobre su hermana que la pobre Hannah estuvo encantada de encontrar un trabajo en Brighton y escapar de la vigilancia de Edwina. En cuanto a Clarice, no agregó nada a la historia que ya había contado a Marion: cuando el fantasma apareció y oyó cómo aullaba el animal, había corría por la colina hacia el Priorato, mientras Marion corría en la dirección opuesta, hacia la casa de su tía.

—Estoy empezando a creer que solo había un perro —dijo Brand—. El perro de Theo.

Marion asintió.

—Cuando pienso en ello, no recuerdo ningún perro en la casa de Edwina. Pero eso no significa —agregó rápidamente— que no estuviera allí. Como ya te he dicho, mis recuerdos son, en el mejor de los casos, muy vagos. ¿Y las cartas de Edwina? ¿Obtuviste algo nuevo de ellas?

—Solo por omisión. Nunca menciona el nombre de Hannah. Me pregunto por qué.

Marion suspiró. No parecía que estuviesen avanzando. La señora Love era la única pista que tenían, y Marion estaba impaciente por conocer a la dama.

Marion supo que había más en su viaje que simplemente entrevistar a la señora Love. Brand debía hacer acto de presencia en varios actos públicos clave para las elecciones y Marion, como su prometida, debía aparecer junto a él.

Pero no protestó. Primero, porque el anuncio de su compromiso ya había sido publicado en el periódico local. Segundo, porque aquello era parte del plan para que el villano no sospechase nada. Nadie conocía las verdaderas razones que los llevaban a Brighton. Todo el mundo pensaba que iban por las elecciones.

Era un plan inteligente, y ella estaba decidida a no decepcionar a Brand.

Sin embargo, eso no significaba que no le preocupasen sus hermanas. Pero como Brand le hizo notar, ellas no representaban una amenaza para nadie, puesto que aún no habían nacido cuando Hannah desapareció. Además, Andrew había aceptado cuidar de ellas, y los sirvientes tenían instrucciones de vigilar de cerca la casa de Los Tejos en caso de que el ladrón regresara.

13

David Kerr estaba de pie tras las cortinas de la ventana en el comedor del hotel Castle, observando cómo el señor Hamilton avanzaba junto a lady Marion hasta su coche, y siguió observando mientras el coche se alejaba. Cuando giró sobre Marine Parade, Kerr volvió a su mesa y chasqueó los dedos llamando a un camarero.

—Un clarete, el mejor de la casa —pidió.

Sonrió con complacencia, convencido de que su suerte estaba a punto de cambiar.

No había ido a Brighton con el objetivo de encontrar a Marion. Al dejar Londres, había asumido que ella estaba prácticamente arruinada tras pagarle, y que ya no podría sacarle más dinero. Y aunque ya la había visto con Hamilton en Londres, nunca habría pensado que su interés por ella era serio. ¿Por qué, si Hamilton era uno de los hombres más ricos de Inglaterra? Podía escoger la mujer que quisiera, y Marion era tan excitante como una muñeca de madera.

Al menos, eso era lo que él pensaba de ella cuando habían estado comprometidos. Como si realmente hubiera podido casarse con ella: por un lado, su dote era demasiado pequeña. Por el otro, no era el tipo de mujer que le atraía. Era demasiado correcta, demasiado hija modelo, demasiado tímida. Incluso su apariencia denotaba timidez. Ella había sido simplemente el peón que había utilizado para llegar a su padre.

La vida estaba llena de sorpresas. Cuando la había seguido hasta Londres, le había costado reconocerla: había aprendido a vestirse y peinarse. Pero no se puede cambiar de carácter; seguía siendo un peón que podía mover a su voluntad.

Cuando leyó el anuncio de su casamiento en el *Gazette* de la semana anterior, se quedó boquiabierto. Llevaba un tiempo pensando que tendría que haberle pedido más dinero por mantener la boca cerrada. Y ahora, cuanto más pensaba en ello, más evidente le parecía que el compromiso podría resultarle muy beneficioso: el dinero que había obtenido de la herencia de la tía no era nada comparado con lo que recibiría de un marido rico. Podía imaginarse un futuro venturoso para él, con un ingreso regular cortesía de Marion.

El camarero le llenó la botella de clarete y sirvió un poco en su copa. La bebió lentamente, degustándola, pasando el líquido por la lengua como buen conocedor que era. Era brillante y limpio, como debía ser el clarete.

—Excelente —dijo, y alzó la copa para que el camarero la llenara.

Amaba el vino clarete, amaba el hotel Castle con sus enormes y finas ventanas y sus habitaciones perfectas. Todo era de excelente calidad. Lamentablemente, estaba por encima de sus posibilidades, pero disfrutaba holgazaneando en la recepción o en el bar, y ocasionalmente cenaba allí. El hotel en el que se hospedaba era correcto, pero de categoría inferior. Su problema era que el dinero se le deslizaba entre las manos. Pero su ventaja era su ingenio.

Lo ayudaban sus aires de típico caballero inglés, conservador, agradable a la vista más que apuesto, con el tipo de rostro que inspiraba confianza tanto en hombres como en mujeres. Sus modales eran impecables: era capaz de devolver un cumplido, y sabía escuchar. Afortunadamente nadie podía leerle la mente, pues cualquiera habría visto que su rápida inteligencia consistía en calcular las posibilidades, en decidir qué incrédulo idiota se convertiría en su próxima víctima.

Si al menos el destino le hubiese permitido ser un hombre rico, no habría tenido que recurrir a «regalos» y «préstamos» de su «amigos» ricos. Ellos lo llamaban «chantaje», pero eso era un delito, y él nunca se había considerado un delincuente. Después de todo, no era él quien tenía algo que ocultar.

Ordenó un filete de lenguado de Torbay con todas las guarniciones y se recostó sobre el respaldo de su silla, degustando su clarete, analizando cómo sacar ventaja de ese extraordinario golpe de suerte que se había cruzado en su camino.

La primera vez, fue el padre de Marion quien había pagado por su silencio, y aunque no era una suma muy grande, le bastaba para instalarse de manera confortable en el Nuevo Mundo, o al menos eso había pensado. Al final, aquella experiencia resultó un completo desastre: los caballeros del norte de Canadá no llevaban vidas licenciosas; trabajaban en sus plantaciones como si fuesen granjeros, codo con codo con sus sirvientes. Él, por supuesto, no sabía nada de agricultura, y perdió su inversión en poco tiempo.

Los años siguientes vivió de pequeñas ganancias, pero en el fondo de su mente se decía que si las cosas empeoraban demasiado siempre podía volver a Inglaterra para obtener otro «regalo» del padre de Marion. Las cosas no salieron como pensaba, ya que cuando finalmente logró reunir el dinero para volver a casa, descubrió muy a su pesar que el conde había muerto y que

Marion era prácticamente pobre. Todo lo que pudo obtener de ella fue una suma insignificante de dinero. Pero todo cambió cuando descubrió que ella había recibido una herencia a la muerte de su tía. Él había obtenido lo suficiente para instalarse en Brighton en el momento álgido de la temporada, cuando lo mejor de Londres acudía a disfrutar del aire marino. La sociedad de Brighton era más informal que la de Londres. En aquel momento pensó que si jugaba bien sus cartas podría conseguirse una heredera o una viuda rica.

A eso había ido a Brighton, pero el anuncio del compromiso de Marion había cambiado sus planes. ¿Por qué sacrificar su vida si podía tener su propio tesoro privado para satisfacer sus necesidades?

Marion.

Sabía que Hamilton estaría en Brighton para el inicio del Congreso Liberal, lo había leído en el periódico. Todos los peces gordos del partido estarían allí, o al menos aquellos que pasaban por peces gordos en los países del sur. No le había llevado mucho tiempo descubrir que ese era el hotel que habían elegido. Esperaba causar buena impresión en Hamilton y ser invitado a Longbury, donde podría acercarse a Marion abiertamente como amigo de su prometido. Ella sabría que una sola palabra de su parte borraría todas sus esperanzas. Un hombre como Hamilton, con un futuro brillante en política, no querría unirse a alguien como lady Marion Dane.

Una vez más, sus planes se vieron frustrados. Evidentemente, Hamilton no era el tipo de hombre que se dejaba impresionar por una cara honesta, o por un cumplido, o por su habilidad para escuchar a las personas. Él sabía esto porque la noche anterior, cuando Hamilton entró en el bar y pidió una jarra de cerveza, había intentado iniciar una conversación con él. Todo lo que obtuvo a cambio de su amigable intento fue una intensa mirada que le advertía que a aquel hombre no le gustaba ser importunado. Le resultaba completamente inconcebible que un hombre así entrase en política, a menos que quisiese intimidar a los electores para que lo votasen.

Pero no todo estaba perdido, puesto que Hamilton había ido a Brighton con lady Marion. Kerr estaba en la recepción del hotel cuando llegaron la mañana anterior, y se había ocultado rápidamente para que Marion no pudiese verlo. Ya llegaría el momento y el lugar en el que poner en evidencia su presencia, una ocasión en la que la formidable prometida estuviese sola. Su carabina, una sirvienta, no era un obstáculo para él. Sabía ocuparse de las sirvientas.

El camarero le llevó su cena, un suculento filete de lenguado con una salsa de nata, patatas nuevas a la francesa y una selección de vegetales frescos. Disfrutó de cada bocado, y ni siquiera parpadeó cuando el camarero le llevó la cuenta al final de la comida.

Marion la pagaría.

Ash Denison observó al hombre rubio abandonar el comedor y luego llamó al camarero para pagar la cuenta. No lograba descifrar el comportamiento de aquel hombre. Ash había estado en el bar la noche anterior con Brand cuando el extraño intentó entrometerse en su conversación. Pero había metido la pata al intentar hacer un cumplido a Brand, y este, que detestaba las adulaciones, no tardó mucho en asustar al extraño. Y ahora, el mismo extraño había observado a Brand y Marion mientras dejaban el hotel rumbo a una reunión política en la Cámara de los Comunes de Brighton.

¿Qué era lo que tramaba?

—¿Quién es el caballero que acaba de dejar el comedor? —preguntó cuando el camarero le llevó la cuenta—. Creo que le conozco de algún lado...

El camarero miró a través de las puertas abiertas hacia la recepción y luego se volvió a mirar a Ash.

—¿Se refiere usted al señor Kerr?

—¿El joven caballero de cabellos rubios?

El camarero asintió.

—Es el señor David Kerr. Tiene plantaciones en el norte de Canadá, o tenía.

—No, ese no es el caballero en quien yo pensaba —dijo Ash.

Pagó su cuenta, se puso de pie sin prisas y avanzó tranquilamente hacia la recepción. Kerr estaba partiendo. Manteniéndose a una distancia prudencial, Ash fue tras él.

Marion nunca había estado especialmente interesada en la política, y tras escuchar a los candidatos dirigiéndose a la multitud que rodeaba el estrado, dudaba que alguna vez fuera a estarlo. A nadie parecía importarle que hubiese un mundo allí fuera absolutamente necesitado de ayuda. La preocupación más urgente de aquellas personas parecía ser la de construir diques más grandes y mejores para contener el agua. Diques, puentes y caminos; esas eran las preocupaciones que animaban a aquel grupo.

Al igual que otras damas, Marion observaba los acontecimientos desde el interior de uno de los carruajes aparcados en los bordes de la hierba que crecía frente a la Cámara de los Comunes. Ella estaba dentro del carruaje de Brand junto con la señora Monteith, la esposa de uno de los directivos del partido, y sus dos adorables hijas. En la Cámara no había mujeres, los hombres no lo aceptarían. Aparentemente, consideraban que la presencia de mujeres perjudicaría al debate. O era eso, o temían tener que controlar su lenguaje y sus palabras.

La señora Monteith parecía comprender la falta de entusiasmo de Marion. Sus ojos de pájaro centelleaban divertidos.

—Esta no es la elección —dijo—. Es solo un ensayo, para que los candidatos puedan practicar su retórica. Ya mejorarán con el tiempo. Todos lo hacen. ¡Mira! Es el turno del señor Hamilton. Él sí que sabe hablar...

Marion observó a Brand mientras subía al estrado. Se lo veía confiado y tranquilo, lo que no era el caso de Marion. Tenía los nervios crispados como si fuese ella la que tuviera que pronunciar el discurso. Aunque en el momento en que Brand comenzó a hablar, Marion se olvidó de sus nervios. Brand no pronunció un discurso, sino que habló como si estuviese dirigiéndose a cada persona de la sala, incluyendo las mujeres. Reconoció la importancia de los otros oradores y de los asuntos locales, y luego llevó a sus oyentes un paso más allá: habló de la necesidad de reducir la brecha entre ricos y pobres para que ningún niño de la región se fuese jamás a la cama con frío o hambre.

No dijo nada que Marion no hubiera leído ya en alguno de sus periódicos. Sabía que él estaba a favor de la educación libre y gratuita y de la prohibición del trabajo infantil, pero cuando le escuchaba decirlo era como si sus palabras tuviesen más poder. Marion sentía su corazón arderle en el pecho. Brand le hacía sentir que todo era posible si la gente se decidía a cambiar las cosas.

—Brillante, ¿no cree usted? —dijo con un susurro.

Las damas Monteith rieron.

—Claro que sí —dijo la señora Monteith—. Pero hay más que eso. El señor Monteith dice que es la pasión lo que hace al señor Hamilton un orador tan bueno. Se preocupa por los que están en los márgenes de la sociedad porque él ha estado allí. —Palmeó la mano de Marion—. El señor Monteith y yo estamos encantados de que Brand haya encontrado a alguien con quien compartir su vida. Ha llevado una vida solitaria, seguro que usted lo sabe.

Una vida solitaria. Esas palabras tocaron una fibra en el interior de Marion. El miedo a quedar expuesta le hacía mantener a los demás a distancia. En el caso de Brand, más bien se trataba del miedo al rechazo, aunque al menos para él eso ya era parte del pasado. Cualquiera que tuviese un par de ojos vería que era alguien admirado y respetado. ¿Qué más podría querer?

Marion dejó vagar sus pensamientos mientras las damas Monteith conversaban entre ellas. La mujer que se casase con Brand Hamilton, pensó, debería interesarse por lo que él se interesaba. No se trataba precisamente del típico caballero inglés cuyas actividades más importantes eran hacerse un lugar en la sociedad o pasar horas sin hacer nada en viajes de placer.

Él tenía ambición, quería un lugar en el Parlamento. Su esposa debía ser una ventaja para él.

La idea le parecía deprimente...

Podía imaginarse perfectamente sentándose a la mesa para tomar el desayuno con Brand y una prole de hijos (todos de ojos claros y la viva imagen de su padre) y allí, a la vista de todo el mundo, impresa en el periódico, la historia de su vida en primera plana.

Solo pensar en ello le daba escalofríos.

—Ah, ahí llega el señor Hamilton —dijo la señora Monteith.

Marion se puso de pie y forzó una sonrisa en el momento en que Brand aparecía frente a la ventanilla del carruaje.

—¿Y bien? ¿Cómo ha ido? —preguntó clavando los ojos en Marion.

—Has estado muy convincente. —Marion no quería sonar como una colegiala efusiva con los Monteith pendientes de sus palabras, pero tampoco quería arruinar el momento.

—En verdad dijo «brillante» —puntualizó la niña más joven—, pero no esperábamos menos de su prometida.

El rostro de Brand se iluminó con una sonrisa.

—Otra frase fuera de lugar como esa, Sally, y te quedarás haciendo compañía a tu abuela mientras nosotros vamos al teatro. —La señora Monteith reprendió a su hija frunciendo el ceño.

—¡Mamá! Yo... No...

—¡Ya basta! —gritó. Luego se dirigió a Brand—: Si usted no gana la candidatura, me volveré conservadora. Finalmente se volvió hacia Marion—. ¿Nos veremos en la recepción de lady Hove mañana por la noche?

—Eso espero —respondió Marion.

Aquello era exagerar la verdad. Lady Hove era la madre de lady Veronica, y todos los fieles del partido estarían allí, no solo estudiando a los diferentes candidatos, sino también a sus futuras esposas. Por el bien de Brand, Marion tenía que provocar una buena impresión.

Las damas partieron hacia su propio carruaje, pero Brand no se reunió con Marion.

—Aún no he terminado —dijo, mirando por encima de su hombro—. En este tipo de eventos, se espera que los candidatos confraternicen con la gente de la región. Tú sabes, pagando una ronda de bebidas.

Marion observó el grupo de edificios del otro lado de la Cámara de los Comunes. Sin duda, los hombres se dirigían hacia el bar Cat & Fiddle.

—Eso me suena a soborno —dijo, con un ligero tono burlón.

—Difícil, me sorprendería que hubiera veinte personas entre toda esta multitud capaces de votar.

—¿Cómo? —Marion estaba sorprendida.

—No ganan suficiente dinero para votar.

—¡Eso no suena muy democrático!

—No lo es —dijo Brand, encogiéndose de hombros—. Cuando los hombres tengan acceso a la educación, exigirán poder votar. Será entonces cuando las cosas cambien. Entretanto, lo que intentamos es hacerlos receptivos a nuestras ideas.

—¿Con cerveza?

—No. Reuniéndonos con ellos en su tierra, escuchando su punto de vista y defendiendo el nuestro. ¿Qué para sí los invitamos a cerveza? Es lo correcto: estos hombres son trabajadores, no están invitados a la recepción de lady Hove, aunque no creo que quisieran ir. —Brand miró por encima de su hombro—. Pensándolo bien, la mayoría de los que estarán bebiendo champán en la recepción preferirían estar relajándose en el Cat & Fiddle frente a una jarra de cerveza.

Marion observó atentamente a los comunes.

—No veo a lady Veronica ni al señor Coyne.

—No es su estilo estar aquí. Como ya te he dicho, muy pocos de entre estos hombres tienen derecho a votar, y los que pueden son por lo general conservadores. Elliot tiene cosas más importantes en las que ocupar su tiempo.

—¿Y tú no?

—No, yo no estoy de acuerdo con Elliot. Quiero saber lo que la gente piensa y siente. Quizá no puedan votar, pero pueden influir en mis ideas, y yo puedo hablar en su nombre si soy elegido para el Parlamento. —Brand la miró fijamente—. Te dejaré al cuidado de Manley. Si sales del hotel, él va contigo. Lo que sea que él te diga que hagas lo haces. ¿Entiendes?

—Sí, pero... —El súbito cambio de tema la cogió desprevenida.

—Nada de peros. —Brand alzó la vista en dirección a Manley—: Manley, lleva a lady Marion al hotel. Ya tienes mis instrucciones.

—¡Sí, señor!

Mientras el coche se ponía en movimiento, Marion cruzó los brazos sobre su pecho y dejó escapar un suspiro. Le resultaba insoportable que la tratasen como una niña. Había entrado en la edad adulta tras la muerte de su madre, al tener que ocuparse de su familia. Había capeado temporales que Brand ni siquiera imaginaba. Aunque sí debía conocer su entereza, debería haber recordado cómo intentó luchar para arrebatarle el arma a su asaltante.

Pero si era tan valiente, ¿por qué no podía decirle a Brand la verdad sobre ella misma?

El pensamiento rondó su mente durante todo el viaje al hotel.

El caballero rubio observó el coche de Marion mientras avanzaba frente a la Cámara de los Comunes y luego entró en la taberna. Esperaba poder abordar a Marion mientras la atención de todos estaba concentrada en los oradores, pero no logró burlar la vigilancia del cochero que la cuidaba ni la de las mujeres que compartían el coche con ella. Se trataba tan solo de un pequeño contratiempo. Lo que tenía que hacer era conseguir que lo invitasen a la recepción de lady Hove. No sería difícil: era alguien despierto y sociable, y los votos eran difíciles de obtener en esa reunión de conservadores. Todo lo que tenía que hacer era presentarse a algunos personajes clave, preguntar sobre propiedades para alquilar en la zona, y el resultado sería inevitable.

Chocó de frente con un caballero que llevaba un vaso de cerveza en cada mano, aunque el golpe no llegó a derramar la bebida.

—¡Le conozco! —dijo, inyectando una gran cantidad de entusiasmo en su voz—. Usted es el caballero que habló con gran elocuencia sobre la reconstrucción de los diques. Muy bien hecho. Por cierto, mi nombre es David Kerr.

—Michael Graves. Encantado.

Otro caballero se sumó a ellos.

—Felicitaciones —dijo, dirigiéndose a Graves—. Lo ha hecho muy bien.

—Gracias. —El rostro de Graves resplandecía—. ¿Por qué no me acompañáis ambos a mi mesa y os invito a una cerveza?

—Gracias —dijo el recién llegado—. Mi nombre es Denison, Ash Denison.

Tras las presentaciones formales, los tres caballeros se acomodaron frente a una mesa de la esquina en la taberna.

14

Brand había enviado un mensajero a la casa de la señora Love solicitando una entrevista, y la mañana siguiente recibió una respuesta favorable. Puesto que no los esperaba hasta la tarde, propuso a Marion que pasaran un momento por las oficinas del *Gazette* para que ella se hiciese una idea de la producción de un periódico.

—Y supongo que eres el propietario del *Gazette* —dijo, con una mirada de soslayo.

—Así es, fue mi primer periódico.

—Entonces por supuesto que quiero verlo.

La respuesta entusiasta de Marion lo dejó sonriendo como un colegial.

Marion estaba aturdida para cuando terminó el tour, e intentar recordar los nombres de todos los empleados de Brand estaba más allá de sus capacidades. Lo que la había impresionado era que Brand parecía sentirse igual de cómodo junto a los humildes trabajadores que cargaban los fajos del *Gazette* en carros para su distribución en Brighton y alrededores, que junto al director y su equipo.

—Esta era mi oficina cuando yo era periodista —dijo Band.

Entraron en una habitación no mucho más grande

que un armario. Brand pasó la palma de la mano por el escritorio, como saludando a un viejo amigo. Parecía tan a gusto allí que Marion se preguntó por qué habría querido meterse en política.

—¿Qué sucederá con tus periódicos si eres elegido para el Parlamento? —preguntó Marion cuando él se sentó frente al escritorio y cogió una estilográfica.

—¿Qué quieres decir?

—¿Vas a venderlos?

—En absoluto. —La pregunta pareció sorprenderlo—. Incluso si soy elegido para el Parlamento, podría perder mi escaño en la elección siguiente. ¿Y qué haría entonces? No estoy preparado para jubilarme.

Eso Marion lo creía.

—Pero suponiendo que tuvieras que elegir... ¿Qué harías?

—¿Y a qué viene todo esto? —Brand le lanzó una mirada interrogativa.

Era una buena pregunta. Marion observó el maltrecho escritorio y el minúsculo espacio que alguna vez fue su oficina y en ese instante supo, con seguridad, que ella era una de las pocas personas afortunadas que lograban acercarse tanto a él.

—Solo ha sido una pregunta tonta —dijo, y se encogió ligeramente de hombros.

Brand reflexionó por un instante.

—Lo que me estás preguntando es qué ocupación me otorga más satisfacción. Pero me es imposible responderte. Vuelve a preguntármelo cuando haya servido un mandato en el Parlamento.

»Sin embargo —continuó—, mis posibilidades de ganar la elección al Parlamento son muy escasas. ¿Te he mencionado que este es un bastión conservador?

—No suenas como alguien cuyo corazón se destrozaría si tuviese que abandonar la política.

—Efectivamente. —Brand se puso de pie—. Pero detesto perder.

Marion rió. Se sentía ligera, como si le hubiesen quitado un peso de los hombros.

—¿Qué te parece un picnic en uno de los bancos frente al puerto antes de visitar a la señora Love?

—Tú guías.

—Recuerdo muy bien a Hannah —dijo la señora Love. Una expresión de dolor ensombreció sus ojos azules—. ¿Qué es lo que deseáis saber?

—Hemos pensado que usted podría ayudarnos a encontrarla. Claro, si aún vive —respondió Brand con tranquilidad.

—Nadie parece saber lo que le sucedió a mi tía cuando dejó de trabajar para usted —agregó Marion.

La conversación se interrumpió cuando una sirvienta llenó la tetera, y mientras su anfitriona estaba ocupada entre tazas y azucareras, Marion la estudió en silencio. A su parecer, la señora Love debía de estar en el meridiano de la cincuentena. Era algo regordeta, con cabellos rubios virando con gracia al plateado y un rostro embellecido por las arrugas que sus sonrisas le habían creado alrededor de los ojos. Llevaba puesto un vestido de cintura alta en muselina blanca, decorado con encajes bordados y un chal de encaje cubriendo despreocupadamente sus hombros.

A Marion le parecía que la señora Love debía de ser una patrona amigable. Era una persona atenta que los había recibido a Brand y a ella como si fuesen invitados de honor, aunque la cálida recepción también podía deberse a la relación de Brand con el doctor Hardcastle.

—Gracias —dijo Marion, aceptando la taza de té que le ofrecía la señora Love.

Concentró su atención en el espacio que les rodeaba. Era una habitación elegante pero confortable, a la manera de su dueña. Estaba enteramente decorada en azul y oro con toques de blanco. Pero también había detalles personales que daban carácter a la habitación: una cesta de tejer bajo el escritorio, un bastidor con la aguja clavada en la tela y el *Gazette* de la mañana doblado con esmero en el otro extremo del sofá que ocupaba la anfitriona.

Marion miró a Brand, esperando a que él tomase la delantera, como si lo hubiesen acordado así. Como él había dicho, era periodista y sabía llevar adelante una entrevista, cuándo presionar y cuándo esperar.

Brand estaba concentrado intentando sostener su taza y platillo. Procuró no hacer gestos mientras bebía el té. No quería ofender a la dama, sobre todo si había estado leyendo uno de sus periódicos hasta que ellos llegaron.

Un trago fue todo lo que consiguió antes de depositar la taza y el platillo sobre la mesa.

—Esperábamos que usted pudiese contarnos algo sobre los amigos de Hannah. Alguien debe de saber algo.

—Querría ayudaros, pero no tengo idea de dónde está Hannah —dijo, concentrada revolviendo su té—. Nunca me escribió desde que se fue, y nunca esperé que lo hiciera. —Alzó la vista hacia Marion—. Hannah no era precisamente una empleada modelo. ¿Podríamos dejarlo así?

Marion estaba asustada. Nadie habría sospechado que Hannah abandonó Brighton en secreto. Sí Longbury, pero no Brighton.

—No, no podemos —respondió Brand—. Verá, he prometido a su hermana, en su lecho de muerte, que intentaría descubrir qué le sucedió a Hannah años atrás, y pretendo cumplir esa promesa. —Brand suavizó el tono de su voz—: Me temo que Edwina pensaba lo peor.

—¿Pensaba lo peor? —repitió la señora Love, con el ceño fruncido por la sorpresa.

—Que Hannah pusiera fin a su vida.

Sus palabras sacudieron a las dos damas. La taza de Marion tembló sobre el platillo, y la señora Love tenía la boca abierta.

—¡No creo eso ni por un instante! —dijo la señora Love volviendo rápidamente en sí—. Quizá Hannah haya sido una muchacha inestable, demasiado romántica e ingenua para su propio bien, pero no solía desanimarse. Hannah nunca se habría quitado la vida.

—¿Y cree que es posible que se fugase con alguien? —preguntó Brand.

—Eso es más probable, conociendo la propensión romántica de Hannah.

—¿Comprende usted nuestro dilema? —Juntando las manos, Brand se inclinó hacia delante—. Lady Marion y yo no sabemos qué creer. ¿Por qué no nos habla de Hannah, sobre su trabajo como institutriz? ¿Quiénes eran sus amigos? ¿Adónde iba en sus ratos libres? ¿Por qué se fue de aquí?

La señora Love miraba fijamente su taza de té.

—¡Al demonio con esto! —exclamó finalmente. Y sonriendo en dirección a Brand añadió—: Señor Hamilton, en el aparador hay un decantador con vino de Madeira. Creo que a todos nos vendría bien algo más fuerte que un té, ¿no le parece? ¿Le molestaría ocuparse de ello mientras yo pongo en orden mis recuerdos?

Brand estaba encantado de obedecer.

—Las niñas se enamoraron de ella en el momento en que entró en su habitación de juegos. Yo solía pensar que Hannah tenía la imaginación de una niña. —La señora Love hizo una pausa para tomar un sorbo de su copa—. Podía inventar una historia a partir de cualquier cosa: un juguete preferido, un mueble... El hijo del carnicero no era el hijo del carnicero: era un príncipe al que una bruja malvada había hechizado. Mi esposo no estaba impresionado, creía que Hannah les llenaba la cabeza de tonterías. Pero no podía negar que estaban haciendo progresos. Hannah les hacía escribir sus propias historias, y las transformó en lectoras voraces. Y no solo eso, las niñas también eran felices. Por lo tanto, yo era feliz.

A medida que la señora Love hablaba, Marion se sintió transportada a unas vacaciones hacía mucho tiempo en Longbury. Era así como recordaba a Hannah: una caminata en el bosque no era solo una caminata; eran dos exploradoras en la selva amazónica. Era como jugar con Clarice.

La señora Love tomó otro trago revitalizador del vino de Madeira.

—Lo que en aquel momento no descubrimos, era que la imaginación de Hannah no se detenía en las niñas. ¿Cómo decir esto sin hacer aparecer a Hannah como una zorra? Usted me preguntó por sus amigos. El señor Love y yo la incluimos en todas nuestras fiestas y la animamos a hacerse amiga de las muchachas de su edad. Eran unas jovencitas agradables, pero Hannah no se comportaba de una manera que pudiese agradarles: su interés pasaba de un muchacho a otro. Si uno de ellos le sonreía, era porque estaba completamente enamorado de ella. Si la invitaba a bailar, era porque tenía proyectos con ella. Ella era la heroína de todas sus historias, y yo la creía.

—¿Qué fue lo que hizo?

—Dejé de invitar a aquellos muchachos a mis fiestas y advertí a mis amigos sobre su comportamiento. Siento decir que les hice mucho daño. No estoy diciendo que fueran completamente inocentes, pero Hannah los había llevado a ello.

—Esa no es la Hannah que yo recuerdo —dijo Marion, negando con la cabeza.

—¿De verdad? —La señora Love sonrió débilmente—. Usted era tan solo una niña en aquel entonces, por supuesto, y como ya les he dicho, mis niñas la adoraban. Hoy están casadas y han formado sus propias familias, pero aún tienen un bello recuerdo de Hannah. No saben cómo terminó todo.

—¿Y cómo terminó? —preguntó Brand.

La señora Love movió la cabeza con tristeza.

—Un muchacho armó un jaleo tremendo en este mismo salón. Estaba desesperadamente enamorado de Hannah y quería casarse con ella, pero Hannah no quería a ninguno de ellos. —Se encogió visiblemente de hombros—. Podía aceptar a uno o dos enamorados con el corazón roto, pero ya comenzaba a tener mis dudas, y cuando el señor Robson nos mostró una de las cartas de Hannah, todas mis dudas se aclararon: ¡no solo había engañado al muchacho, sino que nos había hecho quedar a mi esposo y a mí como ogros! Él pensaba que la estaba rescatando de una vida espantosa.

»Lo negó todo, dijo que la carta era falsa y que el señor Robson había confundido su interés por algo más importante.

La señora Love miró el retrato sobre la repisa. Un caballero en la flor de su vida la observaba impasible.

—Mi difunto marido —dijo, como si alguien hubiese preguntado sobre la identidad de la persona del cuadro—. Pensé que iba a tener un ataque. Su rostro se volvió color púrpura cuando leyó la carta. —Dejó escapar otro suspiro y miró a sus invitados—. Hannah era la única persona tranquila en la habitación. Estaba muy seria, casi diría que se veía majestuosa.

Después de un silencio, Brand inquirió:

—¿Entonces, la despidió?

—No llegué a hacerlo. Dimitió. Nunca olvidaré sus palabras: el gran amor de su vida la esperaba en Longbury. Ella solo había aceptado el empleo para poner a prueba su amor, y ahora ya lo sabía.

Concentró su mirada en Marion.

—Escribí a su tía para informarle de la situación. Después de todo, Hannah era muy joven, y su hermana le llevaba unos cuantos años. No intentaba generarle problemas a Hannah, pero ella necesitaba que la vigilasen de cerca.

Marion no sabía qué decir. No sabía qué creer. La imagen de Hannah que había llevado consigo durante todos aquellos años no se correspondía con la joven muchacha que la señora Love había descrito.

—¿Hannah le dijo el nombre de la persona que había dejado en Longbury? —preguntó Brand lentamente.

Una mirada de sorpresa atravesó el rostro de la señora Love.

—No. Francamente, en ese punto, no habría creído nada de lo que me dijese. En aquel momento pensé, y lo sigo pensando, que solo era el fruto de su imaginación.

Los pensamientos de Marion seguían junto a la Hannah que había conocido y admirado cuando era niña.

—Tenía un perro —dijo—. Su nombre era Scruff. ¿Sabe lo que fue de él?

La señora Love negó con la cabeza.

—Debió de haber comprado el perro en Longbury. —Se inclinó hacia delante y se dirigió exclusivamente a Marion—: Además de a usted y a su tía Edwina, no dijimos nada a nadie respecto de Hannah. Como podrá imaginar, no teníamos ganas de ser parte de un escándalo o de promover rumores. Dejamos que su tía se ocupara de su hermana.

—Gracias —dijo Marion, sin saber qué más decir.

Poco después, se pusieron de pie para partir.

—Por cierto —dijo Brand—, ¿qué fue del señor Robson?

—Está felizmente casado y vive en el norte de Inglaterra. Pero aún llora por las noches; dice que no puede creer cómo cambió Hannah, qué poco la conocía. Y a decir verdad, yo siento lo mismo. No dejo de repetirme las palabras de mi esposo.

—¿Y las cartas que Hannah escribió al señor Robson?

—Espero sinceramente que él cumpliera su promesa y las echase al fuego. ¿Acaso no debería ser así? Ningún hombre conserva recuerdos de la mujer que lo engañó.

Tras agradecer la paciencia y honestidad de la señora Love, Brand y Marion abandonaron la casa.

En cuanto el carruaje se puso en movimiento, Brand miró su reloj.

—Nos quedan varias horas antes de la recepción. —Bajó la ventanilla y le gritó a Manley—: Llévanos a dar un paseo, Manley. Es la primera visita de lady Marion a Brighton. Llévanos al Pabellón.

A Marion no le interesaba la vista.

—¿Cuánto crees de lo que nos dijo la señora Love? —preguntó dando muestras de impaciencia.

Brand suspiró y le cogió la mano. Sabía que ella no intentaría apartarse ni soltaría su mano. Durante los días que había durado su convalecencia, Marion se había acostumbrado a su contacto. Ella le había ofrecido su brazo para que se apoyase en él. Incluso algunas veces él había llegado a rodear su cintura mientras caminaban. Y ahora, recuperado de la herida de bala, continuaba buscando excusas para tocarla o para que ella lo tocase.

La mano enguantada de Marion se mantuvo entre la suya, y Brand se preguntó qué haría ella si le quitaba el guante y se ponía a besarle la palma de la mano.

—¿Brand? —Sus ojos lo miraban llenos de ansiedad—. ¿Te sientes bien? ¿Ha sido demasiado para ti? —Marion se quitó el guante y apoyó el dorso de su mano en la frente de Brand—. No tienes fiebre.

Pensó que sentía temblar sus dedos y se preguntó si, al igual que Hannah, él estaba dando rienda suelta a su imaginación. El tiempo lo diría. Tenía una semana para estar junto a Marion, sin sus familias merodeando alrededor de ellos, sin extraños acosándolos... Solo él y Marion intentando conocerse mejor.

Salvo que, por supuesto, tenían un misterio que resolver, y él tenía la obligación de asistir a las reuniones del partido para conocer a sus integrantes.

—¿Brand?

Brand sacudió mentalmente la cabeza. Después de reflexionar sobre la pregunta, dijo con seriedad:

—Creo que la señora Love es una mujer decente y honesta. Seguramente cree que lo que nos dijo es la verdad.

—¿Sobre el carácter de Hannah? No puedo creer que fuera una intrigante o que dijera tantas mentiras.

—Quizá no se daba cuenta de lo que hacía. —Brand apretó su mano—. Escúchame, Marion. No siempre se puede saber lo que pasa por la mente de alguien. Podemos pensar que conocemos a esa persona y no ser así. En la escuela conocí a un muchacho, Nigel. Contaba las historias más vívidas de sus vacaciones con su padre. Cada verano se iba de cacería a África, y nosotros le creíamos. Al final, resultó que su madre era viuda y vivía de forma muy modesta en la costa este de Escocia, donde Nigel pasaba sus vacaciones.

—¿Qué fue lo que le sucedió? ¿Se escapó cuando lo descubristeis?

—¡Santo Dios, no! Dijo que su madre había mentido porque sentía celos de su padre. La cuestión es que su vida imaginaria era tanto mejor que la verdadera, y supongo que las dos se mezclaron en su mente.

Marion lo miró con interés.

—¿Eso es lo que piensas de Hannah? ¿Que estaba confundida sobre lo que era real y lo que no?

Brand se tomó un momento para elegir sus palabras.

—Creo que le gustaba dramatizar —dijo con cautela—. Has oído a la señora Love. Hannah era romántica e ingenua, y a veces, como con el señor Robson, perdía el control de las cosas. Jugaba un juego peligroso.

—Yo pienso lo mismo —convino Marion, y se quedó mirando sus manos entrelazadas—. Quizá Edwina también lo sabía, y por eso vigilaba de cerca a Hannah, incluso antes de recibir la carta de la señora Love. —Alzó la mirada hacia los ojos de Brand—. Pero estar con ella era divertido.

—Si, los niños pensaban así.

Brand no agregó que la mayoría de los criminales depravados que había conocido en su vida de periodista eran capaces de seducir hasta a los pájaros en los árboles.

—Ella misma era como una niña —dijo finalmente—. Deberíamos sentir lástima por ella.

—¿Crees que Hannah acabó con su vida? —preguntó Marion con un temblor en la voz—. Después de todo, volvió a Longbury cubierta de oprobio.

—¡Por supuesto que no! —La voz de Brand era firme—. En primer lugar, la gente que se suicida siempre deja una nota, y en segundo lugar, este misterio aún no está resuelto. No cuando alguien puso una pistola en tu cabeza y una bala en mi muslo.

—¿Entonces por qué se lo has sugerido a la señora Love? Lo del suicidio, quiero decir.

—Porque en mi experiencia, la gente suele sellar sus

labios cuando se menciona el término «asesinato», por temor de acusar a una persona inocente.

Los ojos de Marion brillaban de admiración.

—Eso ha sido muy inteligente —dijo Marion.

—Así es, ¿no crees?

Marion rió, pero rápidamente se le borró la sonrisa.

—No hemos avanzado mucho, ¿verdad, Brand?

—Yo no diría eso. Sabemos que había alguien en Longbury a quien Hannah consideraba como el amor de su vida.

—¿Y si era producto de su imaginación?

Él negó con la cabeza.

—Hannah no inventó a ninguno de los otros hombres en su vida. Según la señora Love, ella alimentó sus esperanzas. Quizá el amor de su vida no fuese tan indulgente como el señor Robson. Esperemos que le escribiera cartas, y que él las haya conservado. Quizá esas eran las cartas que buscaba el ladrón.

Tras un momento, Marion dijo:

—Quizá se fugó con el amor de su vida.

—¿Sin dejar una nota? —Brand se quedó en silencio mientras intentaba unir los fragmentos de lo que sabía de Hannah en alguna forma de orden—. No —dijo finalmente—. Hannah estaba actuando para un público. Habría dejado una nota.

—Sí —dijo lentamente Marion—. Creo que tienes razón, pero... ¿Cómo lo encontramos después de tantos años?

—Haremos lo que cualquier buen periodista. Haremos preguntas, pero siendo muy discretos. Y aún no he perdido la esperanza de que recuperes la memoria. No espero que logres poner todo en orden, pero puede que recuerdes una cosa pequeña que cambie la situación. Pero ¿qué te parece si olvidamos a Hannah por un rato y disfrutamos de los paisajes de Brighton?

Brand bajó la ventanilla para tener una vista mejor. Era un día de verano precioso, con una brisa tibia soplando desde el canal. Al principio, Marion no podía apartar sus pensamientos de Hannah, pero cuando llegaron a la plaza y pudo ver el Pabellón, el palacio de verano del príncipe regente, se quedó sin aliento. Nunca había visto algo así. La enorme cúpula de las caballerizas, elevándose sobre la residencia del príncipe parecía salida de una fantasía árabe.

La intrigaban los comercios, sorprendida por el ir y venir de las elegantes damas y caballeros que paseaban por las animadas calles de Brighton, y estaba sobrecogida por las damas que dirigían sus faetones de enormes ruedas como conductoras profesionales.

—Es como Londres, pero más libre y alegre —dijo con una sonrisa en dirección a Brand.

—Es porque el príncipe regente se encuentra aquí. Cuando regrese a Londres, Brighton volverá a ser una tranquila ciudad de la campiña más, como Longbury.

—Hay destinos peores —respondió Marion con amargura, como si Brand hubiese insultado a Longbury, y volvió a asomar la cabeza por la ventanilla.

Brand se relajó contra el respaldo de su asiento. Había estado por allí muchas veces, conocía la vista y no tenía ganas de verla nuevamente. Él encontraba placentero observar a Marion. Recordaba lo que había aprendido sobre ella en Londres, que nunca había sido presentada en la corte o disfrutado de las fiestas y bailes que las otras muchachas de su condición social consideraban como su derecho. Había pasado toda su vida recluida en el campo, y en los dos últimos años había consagrado todas sus energías a criar a sus dos hermanas huérfanas.

Pero algo faltaba, una pequeña parte del cuadro general. Brand había descubierto que Marion no era la tímida y distante muchacha que parecía en un principio. De haber querido disfrutar de la temporada en Londres (¿qué joven mujer no querría?), su prima Fanny habría estado encantada de presentarla en todos los círculos.

Entonces ¿qué no estaba viendo? ¿Qué era lo que la mantenía alejada de él?

El recuerdo del antiguo prometido de Marion seguía presente en la cabeza de Brand. ¿Qué le había hecho aquel insensato para que recelase tanto de los hombres? ¿Por qué ella no podía confiar en él?

Brand se irguió cuando de repente Marion soltó un grito sofocado y se recostó de repente en su asiento.

—¿Qué sucede, Marion? —preguntó, poniéndose de pie e inclinándose hacia ella.

—Mi ojo izquierdo —gritó—. ¡Me ha entrado gravilla, u hollín; no sé lo que es, pero duele muchísimo!

Las lágrimas corrían por sus mejillas mientras se frotaba los ojos.

—No te frotes los ojos —dijo Brand con severidad—. Ábrelos cuanto puedas y yo te lo quitaré. Muy bien. Relájate.

—Es fácil decirlo —refunfuñó Marion, y se sorbió la nariz.

Brand le quitó el sombrero, apoyó una rodilla en el asiento para estabilizarse, y con el pulgar y el índice le mantuvo el párpado abierto.

—Lo veo —dijo—. No te muevas. —Utilizando el pliegue de su pañuelo, apartó con delicadeza el grano de gravilla hacia el borde de su ojo. Con un pequeño toque lo atrapó y logró sacarlo—. Ya está.

Marion cerró los ojos y respiró profundamente.

—¡Ah, qué bien! —Sonriendo, abrió los ojos y alzó la vista hacia Brand—. Gracias.

Brand estaba fascinado por la larga curva de sus pestañas, como hipnotizado por la sonrisa de sus ojos; unos ojos brillantes que habían capturado su mirada impidiéndole mirar hacia otro lado. Podía sentir el cambio en su respiración. Sus labios se separaron.

—¿Brand? —murmuró Marion.

Ella no podía saber lo que le había provocado con aquella mirada frágil y atrayente. Él era consciente de la pasión que Marion le provocaba. Lo que Brand no sabía era si liberar esa pasión era algo inteligente. No quería que le considerase como un nuevo David Kerr.

Brand apoyó sus manos contra el respaldo del asiento y agachó la cabeza hasta que sus labios estuvieron a pocos centímetros de los de ella.

—Otra vez estás jugando con fuego, Marion —murmuró.

Con un enorme esfuerzo de su voluntad, se alejó y se sentó en el asiento junto a ella, dándose un instante para recuperar el aliento. Con los brazos cruzados sobre su pecho, volvió la cabeza y la miró. Algunos mechones de cabello se habían soltado por su rostro en un abandono adorable. Tenía la tez enrojecida, y sus preciosos ojos azules, que a entender de Brand eran el punto fuerte de sus rasgos, lo observaban como si no estuviese interesada en él.

Curiosamente, su habilidad para controlar sus impulsos solo la hacía más atractiva a sus ojos. Nunca la había visto perder el control con nadie más.

—Esta es la segunda vez que me seduces en un coche en movimiento —dijo, evitando sonreír—. Eres una mujer peligrosa, lady Marion Dane. La próxima vez...

—¡La próxima vez, me aseguraré de tener una carabina a mi lado!

—¿Eso haría que te comportases bien? —Brand alzó las cejas.

Marion lo sorprendió al acariciarle el muslo con su mano abierta. A Brand se le aceleró el pulso, pero finalmente se calmó cuando ella aumentó la presión sobre su muslo. Pasaba sus dedos por la herida, no tan fuerte como para lastimarlo, pero sí lo suficiente para dejar las cosas claras.

—Eso espero, porque si vuelvo a poner mis manos sobre ti, necesitarás los servicios del doctor Hardcastle —dijo Marion, y sonrió.

Marion retiró su mano y buscó su sombrero. Mientras ataba las cintas bajo su mentón con dedos rápidos y eficientes, Brand se descubrió sonriendo nuevamente, y pensó que desde que Marion estaba cerca de él, sonreír se había vuelto una costumbre para él.

¿Dónde había escuchado aquello?

Marion alzó las cejas, majestuosa, dominante, poniéndolo en su lugar.

—Ibas a mostrarme la ciudad. ¿No queda nada más por ver?

15

Marion se vistió para la recepción con un cuidado particular. Sus medias blancas eran de la más fina seda. Su nuevo corsé le ceñía la cintura y realzaba sus pechos acentuando su elegante figura. Ya había usado el vestido antes, aunque solo una vez, ya que se trataba de un vestido para ocasiones especiales, y la gasa transparente que envolvía la falda color lavanda resaltaba maravillosamente sus ojos azules y sus cabellos rubios.

Pero lo que la transportaba a un mundo de delicias eran sus nuevos zapatos: eran unas zapatillas de noche en seda color lavanda, atadas con cintas y con talones que agregaban valiosos centímetros a su altura. Ash Denison los había comprado en un comercio de la calle Ship después de que ella le dijese que no tenía qué llevar. El hecho de que le comprimiesen los dedos y dificultaran su caminar no limitaba ni una pizca del placer que sentía.

El recuerdo de lady Veronica y de todas las otras bellezas que habían cogido el brazo de Brand en la fiesta de su abuela la había impulsado a tomarse mucho trabajo en cuidar su apariencia. La señora Chandos estaría allí, y seguramente también la señorita Lacey, la señorita Bird e incluso la señorita Stead. Marion era la prometida de Brand, y aunque estuviesen actuando, quería que se sintiera orgulloso de ella.

—Lo siento, señorita —dijo Doris, su criada, mientras dejaba el peine con el que había arreglado sus rizos y mechones de pelo para acomodarlos al rostro de Marion—. ¿Le he hecho daño?

—En absoluto —dijo Marion, sonriendo en dirección a los ojos preocupados de Doris—. Estaba demasiado concentrada en respirar. ¿Podrías aflojar un poco mi corsé?

Doris, que no tenía más de dieciocho años, negó con la cabeza.

—No, a menos que piense usar otro vestido. La cintura es muy estrecha.

—Mmm —dijo Marion—. Había olvidado que una mujer debe pagar un precio por su vanidad.

—¿Debo elegir otro vestido?

—¡Por supuesto que no! —Marion se puso de pie y observó el brillante tejido desde todos los ángulos. En sus ojos podía verse el reflejo del color lavanda del vestido, y su piel parecía aún más delicada que de costumbre. Sus pendientes en piedra de amatista, las únicas joyas que llevaba, eran el complemento perfecto para los rizos que enmarcaban su rostro. Y su cintura era tan estrecha como la de una avispa—. Cogeré un berrinche si me quitas este vestido —dijo.

—Se ve usted adorable, señorita. —Doris rió—. Estoy segura de que el señor Hamilton no podrá quitarle los ojos de encima en toda la noche.

Marion no quería aguar el entusiasmo de su criada, pero sabía lo que sucedería aquella noche. No habría baile en esa recepción, puesto que el objetivo de la misma no era divertirse. Se trataba de una reunión política de los simpatizantes del partido, y Brand estaría bien en el centro de todos.

Marion estaba colocándose sus largos guantes blancos cuando llamaron a la puerta. Doris corrió a abrir y Brand entró en la habitación. Estaba mirando su reloj.

—Es tarde —dijo.

—Tú también estás muy bien —le dijo Marion, sonriendo ligeramente.

De hecho, se veía perfecto con su chaqueta negra ajustada, y la pequeña cicatriz de su ceja le daba un aire definitivamente chulesco.

Cuando Brand la miró, cuando realmente la miró, no sonrió ni dijo una palabra. La miraba como si acabasen de darle un golpe, y era el mejor halago que podía hacerle.

—Doris, si te aburres puedes bajar a la habitación de la señora Barton, la esposa del director —dijo Marion—. Me comentó que se sentía sola durante la noche, y que le vendría bien algo de compañía.

—Gracias, señorita. Quizá vaya cuando haya terminado aquí.

—Y no me esperes despierta. Soy perfectamente capaz de cuidar de mí misma.

Marion cogió su bolso de noche color lavanda, se pasó una estola de gasa transparente por los hombros y salió de la habitación. Brand la siguió de cerca.

Cuando Brand la ayudó a montar en el carruaje, un gesto serio se adivinaba en su frente.

—Te ves adorable —dijo—, y estoy seguro de que seré la envidia de todos los hombres presentes. Pero apenas puedes caminar con esos zapatos. No son prácticos, todavía estás a tiempo de cambiarlos.

Tanto esfuerzo por cortarle el aliento... Marion volvió la cabeza y alzó una ceja.

—Voy a contarte un pequeño secreto, Brand. Las mujeres no se visten para impresionar a los hombres, sino para impresionar a las otras mujeres. A ninguna de las mujeres de la recepción les importará que mis zapatos no sean prácticos. Estarán ocupadas muriendo de curiosidad por saber dónde los compré.

—¿Y dónde los compraste?

—No lo sé. —Se encogió de hombros—. Ash me los compró. Parece saberlo todo sobre la moda femenina.

Brand se desplomó sobre el asiento.

—Ash —dijo—. Debí haberlo sabido.

Hove Hall estaba en la zona este de Brighton, en dirección al poblado de Hove, y se llegaba a través de una avenida de olmos que formaban un dosel sobre sus cabezas. La casa era de estilo neoclásico, una versión más grande y opulenta de la casa de Marion en Lake District, la que se había quedado su primo tras la muerte de su padre. Pero había otra diferencia: su propia casa se había deteriorado gradualmente a medida que disminuía el capital de su padre. Para Marion, resultaba obvio que en Hove Hall no faltaba el dinero.

A medida que subían por la escalera de piedra del pórtico, escucharon un murmullo de voces sobre el sonido de la orquesta. Había gente por todos lados: en la escalera, en el vestíbulo, en el salón principal... Los sirvientes de librea, adornados con pelucas empolvadas, se movían entre los invitados sirviendo champán en copas alargadas.

—Incluso si solo la mitad de estas personas son liberales —dijo Marion al oído de Brand—, me sorprendería si no arrebatas el escaño en el Parlamento a los conservadores en las próximas elecciones.

—¡Ya me gustaría! No, estos son mayoritariamente oportunistas o impostores. Ya sabes, solo profesan su fe ciega mientras el vino siga corriendo. Cuando el vino se termina, ellos también desaparecen.

—¿Y eso no te molesta?

—No estoy peleando por vino.

—Cínico —murmuró, pero sus ojos le sonreían.

Brand la cogió del brazo.

—Ven conmigo, te presentaré a todos los asistentes. —Brand se puso serio—. Recuerda, no todos los que están aquí quieren ganar la nominación. Si hacen comentarios insultantes, óbvialos. Es la naturaleza de la política.

Marion no podía imaginar a Brand Hamilton obviando un insulto. No era temperamental, pero sí orgulloso. O quizá era simplemente alguien sensible. No hablaba mucho de su vida con su abuelo, pero Marion sabía que no le había resultado fácil. Se sentía mucho más a gusto hablando de sus periódicos, o de política.

—¿Por qué estás tan seria? —preguntó Brand.

Marion intentó borrar la preocupación de su rostro.

—No creo que te hayas hecho esa cicatriz sobre la ceja obviando los insultos —dijo, provocadora.

Brand le dio una palmada en la mano.

—Eso fue en mis días de duelista. Ya me he reformado.

—¡Brand! —Una voz se hizo oír a través del salón.

La señora Chandos, impresionante en un vestido ceñido de seda roja, sonrió en dirección a Brand y luego le dedicó a Marion la más amplia de sus sonrisas.

—Lady Marion —dijo, con una ligera inclinación de la cabeza—. Acabo de escuchar las buenas nuevas. Si hubiera sabido que este solterón estaba disponible para casarse, me lo habría quedado cuando tuve la oportunidad —dijo, haciendo un gesto en dirección a Brand.

Era una broma, así que todos rieron, aunque la risa de Marion sonó algo forzada. En realidad Brand seguía disponible para casarse, simplemente la señora Chandos no lo sabía.

—Habrá unos cuantos corazones rotos esta noche, os lo puedo asegurar —dijo la señora Chandos lanzando una mirada a su alrededor.

—Amelia siempre exagera —dijo Brand, y se pasó el dedo por el cuello de la camisa.

Marion apenas sonrió.

—Lady Marion Dane... —dijo la señora Chandos como reflexionando—. ¿Alguna relación con Morley Dane, que heredó hace poco las propiedades de su tío?

—Morley es mi primo. Mi padre era su tío.

—¡Qué pena que no hayas nacido hombre! —exclamó seriamente la señora Chandos.

—No en lo que a mí concierne —dijo Brand, pasando un brazo por los hombros de Marion y acercándola a él—. Olvidas, Amelia, que está comprometida conmigo.

—Qué tonta soy —dijo, conteniendo una risilla—. Lo que he querido decir es que es una pena que lady Marion no pudiese heredar el título y las propiedades. Pero al menos tiene un nombre. Lady Marion Dane sigue significando algo.

La cháchara de la señora Chandos fue interrumpida cuando un joven caballero tiró de ella y se la llevó consigo.

—Corrígeme si me equivoco, pero el rostro de aquel caballero me resulta conocido —dijo Marion tras un silencio—. ¿No es él quien te rescató de la señora Chandos el día de la fiesta de tu abuela?

Brand asintió.

—Tommy Ruddle. Siempre está listo a ayudar a sus amigos. Además, creo que siente algo por Amelia. Ya sé que es una mujer tonta, pero no es malvada. Su corazón está del lado correcto.

—¿Y eso qué quiere decir?

—Que es liberal, por supuesto.

Marion rió, como se suponía que debía hacer, pero

en el fondo de su mente todavía resonaban las palabras de Amelia.

Brand se quedó junto a Marion durante una media hora, pero luego todo fue como ella suponía. Pronto Brand estaba en medio de todo, solicitado por miembros del partido o simpatizantes que querían conversar en privado con él. Marion le dejó ir con la certeza de ser perfectamente capaz de cuidar de sí misma.

Sus pies se rindieron antes que sus sonrisas. El aseo de las mujeres estaba en el primer piso. Todo lo que quería era encontrar un lugar tranquilo en el que poder quitarse los zapatos y frotar sus dedos doloridos. Si llegara a haber otras mujeres allí, la entenderían perfectamente.

En la galería se encontró cara a cara con lady Veronica. Marion no tenía nada en contra de ella, salvo que era la hija de un marqués y parecía bastante segura de sí misma: confiada, distante y por encima de todos. No la había visto mezclarse con los demás.

La muchacha, más joven que ella, estaba de pie junto a la balaustrada bebiendo champán. Marion hurgó en su mente buscando algo que decir que no fuese una estupidez cuando lady Veronica le habló.

—Estoy verde de envidia —dijo—. ¿Dónde conseguiste esos zapatos divinos?

Marion se quedó boquiabierta. En ese momento, estaba completamente vencida: alzó sus faldas y lanzó una mirada a sus zapatos. Eran efectivamente divinos.

—Mañana tendré ampollas en los dedos de los pies. —Marion sonrió apesadumbrada.

—Un pequeño precio a pagar a cambio de la perfección.

—Estoy de acuerdo. —Curiosamente, los zapatos

ya no le apretaban tanto como hacía unos minutos—. Lord Denison los compró para mí, en la calle Ship. Él sabe lo que les gusta a las mujeres.

—Ya lo veo.

Lady Veronica hizo un gesto a un sirviente que llevaba una bandeja con bebidas, cogió una copa de champán y se la ofreció a Marion.

—¿Por qué brindamos?

—Por nosotras —bromeó Marion—. Porque... en fin... ¿dónde estarían nuestros hombres de no ser por nosotras?

Era una respuesta tonta que se le ocurrió en aquel momento, pero aparentemente surtió efecto sobre la otra muchacha. Su labio inferior comenzó a temblar, y sus ojos taladraron los de Marion.

—Para ti es fácil decirlo, tú no sufres de los nervios. Llevo media hora observándote, y caes bien a la gente. Pero yo me siento como pez fuera del agua. Mi padre dice que no ayudo en nada a Elliot, que más bien soy un incordio. Dice que Elliot perderá la nominación por mi culpa. Pero mientras más despotrica contra mí, más me congelo.

Marion bajó la vista a sus zapatos, preguntándose cómo la conversación había tomado un cariz tan extraño. Luego miró la copa de lady Veronica.

—¿Piensas que he bebido demasiado? —preguntó lady Veronica, adivinando los pensamientos de Marion—. ¿Estoy haciendo el ridículo?

Marion negó con la cabeza.

—Creo que tu padre está equivocado. Por supuesto que te sientes como pez fuera del agua, y yo también. Eso es porque somos nuevas en este juego. Mientras más practiquemos, más seguras nos sentiremos.

—¡Pero yo te he visto! Parecía como si te estuvieses divirtiendo.

—Mírame, Veronica —dijo Marion—. ¿Puedes notar hasta qué punto los pies me están matando?

Lady Veronica rió con franqueza.

—No. Entiendo lo que dices.

—Bien. —Marion dejó su copa sobre una mesilla—. Olvidemos mis pies. Vamos a mezclarnos con los invitados de tu padre y mostrémosles nuestra entereza.

—Yo... no sé. No estoy lista para eso.

—Estaremos juntas.

—¿No me dejarás sola?

—No me iré de tu lado —prometió Marion.

Marion finalmente pudo descansar sus pies destrozados durante la cena. Aunque no había visto mucho a Brand, se sentía relajada y feliz. La velada había sido mejor de lo esperado; ella se las había arreglado mejor de lo esperado. Y tenía que dar las gracias a lady Veronica por ello. Después de sus valientes palabras sobre mostrar su entereza, no tenía otra opción que dar ejemplo.

La timidez de Veronica había desaparecido gradualmente, y ahora ella y Ettie Monteith habían ido, cogidas del brazo, a la caza de Ash Denison para averiguar el nombre del lugar donde había comprado los zapatos divinos de Marion.

—Pareces satisfecha de ti misma. —Brand dejó un plato con entremeses sobre la mesa frente a ella—. Es eso, o has bebido demasiado champán.

—Estoy satisfecha de mí misma —dijo—. Y eso se debe a que, como ya te lo había dicho, mis zapatos nuevos me han convertido en la envidia de todas las mujeres presentes. —Sobrevoló el plato con sus dedos hasta que finalmente eligió una parte de tarta de alcachofas. Dio un mordisco y emitió un pequeño sonido de placer antes de tragar—. Y ahora, lady Veronica y la hija mayor de la señora Monteith han ido en busca de Ash para averiguar dónde compró mis zapatos.

Marion miró a su alrededor a través de la gran galería en la que se servía la cena para la ocasión, pero no pudo distinguir a Ash entre aquel mar de personas.

—No encontrarás a Ash aquí. —Brand rió entre dientes—. La última vez que lo vi, una mujer muy decidida lo llevaba hacia lo más oculto del invernadero.

—Pero no hay luces en el invernadero. ¿Por qué irían allí?

—Usa tu imaginación —dijo Brand, alzando las cejas.

Marion comprendió. Ash nunca había mostrado ningún interés en la política, y sin embargo había aceptado la invitación a la recepción de lord Hove. ¡Evidentemente, había una mujer detrás de todo aquello! Todo el mundo conocía la reputación de Ash, y nadie lo menospreciaba por ello.

Pero aquella era una reunión respetable, no había bailarinas ni actrices de ópera allí.

—¿Quién es la dama? —preguntó en un susurro inclinándose hacia Brand.

—No soy de los que cuentan los secretos de los demás —respondió Brand con una sonrisa perezosa.

Su sonrisa hizo perder a Marion la compostura.

—Si se trata de una sirvienta o una empleada...

—No seas tonta. Ash nunca se aprovecharía de una muchacha indefensa, ni tampoco de una muchacha respetable. ¿Acaso no me has oído? Era la dama quien lo llevaba al invernadero.

—Entonces es una mujer casada.

—Tengo los labios sellados. —Los ojos de Brand brillaron.

Marion miró su plato y escogió otra porción de tarta.

—La señora Milford es viuda, ¿no es así?

—¿Cómo? —Brand parecía asustado.

—Ya sabes, la señora Milford, la que me dio un pisotón en el baile de mi prima Fanny.

—¡Ya sé quién es Julia Milford! —Suspirando, Brand la cogió de la mano—. Es viuda, pero ha habido muchas otras que no lo eran. Ninguna es importante. De hecho, las mujeres nunca ocuparon un lugar en mi vida. Hasta ahora.

Brand siguió las líneas de su palma con el dedo pulgar, y Marion no podía discernir si era su contacto o sus palabras lo que le había cortado el aliento. «Hasta ahora.»

Los ojos de Brand se clavaron en los de ella.

—Estoy comenzando de cero. —Hizo una pausa y luego añadió—: ¿Puedes decir lo mismo?

Marion quería responder que sí, pero no podía hacer pasar la mentira a través de sus labios.

—No —dijo, antes de que el valor la abandonase—. No creo que nunca pueda comenzar de cero.

—¿Se trata de David?

—Sí. David Kerr.

—¿Qué sucedió, Marion? ¿Puedes contármelo?

Marion forzó una sonrisa.

—No estamos verdaderamente comprometidos, Brand, así que no tienes derecho a preguntarme algo así. Y no creo estar buscando una propuesta de matrimonio. Estamos en el lugar y el momento equivocado para hablar de ello.

—¿Y cuándo será el momento adecuado?

—No lo sé —susurró. Marion era incapaz de sostenerle la mirada—. Quizá... —Negó con la cabeza—. No lo sé.

El rostro de Brand se deformó en una mueca y soltó su mano.

—Discúlpame —dijo, poniéndose de pie—. Creo que necesito algo más fuerte que el champán.

Antes de que Marion pudiese comprender, se levantó de la silla y se alejó.

Marion lo observó irse con una sensación de vacío en su interior. Hacer lo correcto no debería provocarle tanta culpa. ¿Estaba haciendo lo correcto? Necesitaba tiempo para pensar.

Marion miró su plato y lo apartó. Estaba repleto de sus bocados favoritos, pero había perdido el apetito.

—¿Marion?

—¿Brand? —Alzó la mirada con una sonrisa.

Pero no fue Brand el que acercó el rostro a su mano, sino el hombre que más odiaba y temía entre todos, el hombre al que había visto por última vez en la librería Hatchard's, cuando le dio las esmeraldas de su madre, el único objeto de valor que le quedaba tras haber pagado su silencio.

Sus labios se movían, pero Marion no podía oír sus palabras a causa del zumbido en sus oídos. El pulso le latía fuerte y rápido en cada parte de su cuerpo. Se aferró a la mesa sintiendo que se desmayaba.

—Vaya, vaya —dijo aquella voz detestable—. Veo que estás sorprendida de verme.

Su insoportable confianza tenía un efecto apaciguador, y Marion respiró hondo para recuperar el control de sí misma. Cuando alzó la mirada hacia él, no hizo ningún esfuerzo por ocultar su odio. Él tuvo el tino suficiente para apartarse un paso de la mesa.

—Todo lo que quiero es hablar contigo en privado —dijo con calma—. ¿Por qué no damos un paseo por los jardines?

Una voz agradable, una sonrisa agradable, una apariencia agradable... así era David. Marion tenía ganas de escupirle.

Obligó a sus piernas a enderezarse y se puso de pie. Él le ofreció su brazo, pero Marion se alejó de él como si le hubiese ofrecido una serpiente venenosa. Con la espalda erguida, pasó a su lado sin decir una palabra y se dirigió a la escalera.

Con el rostro inexpresivo, Brand logró superar algunos saludos de ánimo en el vestíbulo, alzando un par de veces las cejas por el camino. Era el viejo Brand, completamente serio e inalcanzable.

—Son los nervios —dijo un anciano sabio a su vecino—. La ansiedad de saber la decisión final debe cobrarse sus víctimas.

—Espero que solo se trate de eso —respondió el otro—, porque ya he comprometido mi voto por él.

Brand se dirigió directamente a la biblioteca, donde sabía que su anfitrión guardaba su mejor brandy. Había otras personas en la habitación, el círculo más íntimo, fumando cigarros y sirviéndose con libertad de la selección de decantadores sobre el aparador.

Respondió de manera superficial a los intentos de los demás por incluirle en sus conversaciones, y luego se sirvió una dosis generosa de brandy y se dirigió a la puerta corrediza que daba a la terraza.

Allí se encontró con Ash unos minutos después, cuando él también iba en busca de algo más fuerte que el champán.

—¿Por qué esa cara? —preguntó Ash.

—¡Marion! —respondió Brand de manera sucinta, y vació su copa—. Escucha, lo mejor será que vuelva antes de que piense que la he abandonado.

—Ah, una riña de enamorados. ¿No se trataba de un compromiso falso?

Brand estaba deseando no haber mencionado el nombre de Marion. De algo estaba seguro: no pensaba dar explicaciones. Nada le gustaba más a Ash que burlarse de los amigos que se habían quedado en el camino, significando con ello que una mujer u otra cosa había confundido sus mentes hasta tal punto que estaban dispuestos a dar el largo paso que llevaba al altar. Y quizá Ash tuviese razón. Quizá estuviese confundido. Un instante estaba bien, y al siguiente ya no. El espectro de David Kerr siempre estaba allí, entre ellos.

Ya había tenido suficiente de todo aquello. Se la había intentado ganar con más convicción que la de un maldito santo. Sabía condenadamente bien que ella no lo estaba alejando porque aún sentía algo por el otro. Y sabía que si la empujaba, podía meterla en su cama. Pero ¿y David Kerr? ¿Cómo podía pelear contra una sombra?

Alzó los ojos en dirección a Ash, para encontrarlo mirándolo con un brillo en los ojos.

—Lo mejor será que vuelva —dijo Brand, apretando firmemente los labios.

—Demasiado tarde. —Ash sonrió y apoyó una mano sobre su hombro—. La dama se ha ido con otro caballero. Y no me mires así, es bastante inocente: están dando un paseo por los jardines. Me crucé con ellos en mi camino hacia aquí. Creo que él conoció a Marion en Keswick, aunque ha pasado los últimos años en Canadá, en el negocio de la agricultura.

—¿Su nombre?

La frialdad en el tono de voz de Brand borró la sonrisa del rostro de Ash.

—David Kerr. Escucha, lo verifiqué después de que nos encontramos en tu hotel. Es exactamente quien aparenta ser.

Cuando Brand estaba a punto de hablar, su anfitrión le dio una palmada en la espalda.

—La reunión está a punto de comenzar —dijo lord Hove—. Ven conmigo, Brand, nos reuniremos en la biblioteca. —Frunció el ceño ante la expresión de Brand—. ¿Habías olvidado la reunión?

—Por supuesto que no —respondió Brand.

Brand lanzó una mirada de desesperación a Ash.

—Encontraré a lady Marion, y le ofreceré tus disculpas —dijo Ash, interpretando correctamente la mirada de su amigo. Brand seguía pareciendo indeciso, así que agregó—: Deja que yo me ocupe de todo.

16

La sorpresa inicial comenzaba a disiparse, y poco a poco Marion sentía cómo el color le volvía a las mejillas tras la aparición inesperada de David. Y junto con el color llegó la determinación de acabar con él de una vez y para siempre. No podía pasarse la vida preguntándose cuándo y dónde aparecería, o qué haría la próxima ocasión. Sería muy inocente de su parte si creyese que aquella vez se libraría de él. David nunca la dejaría en paz.

Tendría su conversación en privado como le había solicitado, pero aquella vez sería la última.

Los jardines estaban iluminados por faroles que pendían de postes dispuestos en intervalos a lo largo de los senderos que rodeaban el lago artificial. Marion había tomado la delantera, como si aquel pequeño desafío hiciese que controlara la situación. Lo guió lo más lejos posible de la casa, lejos de ojos indiscretos, pero sobre todo, lejos de Brand.

Al borde del lago había una pasarela con un bote atado a ella. Marion se volvió para mirar al hombre que alguna vez creyó amar. En aquel entonces lo consideraba apuesto, atento, un caballero... el epítome de las fantasías románticas de una muchacha. Ahora lo veía como la encarnación del demonio.

David se había quedado sin aliento, y Marion, sin paciencia.

—Di lo que tengas que decir y terminemos con esto —dijo Marion.

Él negó con la cabeza.

—Marion, Marion, ¿esa es manera de saludar a un viejo amigo?

Marion respondió a la pregunta que David no había hecho.

—Te has quedado sin suerte esta vez, viejo amigo —dijo, lanzándole sus palabras como si fueran insultos—. La despensa está vacía.

David sonrió y se acarició el mentón.

—No te estoy pidiendo dinero. Pensé que quizá podrías presentarme a tu futuro esposo, ya sabes, convencerle de encontrarme un puesto lucrativo en alguna de sus empresas.

Marion cerró los puños con fuerza. Sabía perfectamente que ganarse la vida trabajando era lo último que pasaba por la mente de David. Había introducido el nombre de Brand con sutileza, indirectamente, pero ella había comprendido. Ya estaba acostumbrada a sus rodeos para decir las cosas, y David nunca admitiría abiertamente que la estaba chantajeando.

—No tengo ninguna influencia sobre el señor Hamilton —dijo.

David frunció el ceño, perplejo, como si le hubiese hablado en un idioma desconocido, y luego volvió a sonreír, como un adulto sonríe ante un niño travieso.

—Te subestimas, Marion. He mantenido abiertos los ojos y los oídos toda la noche, y lo que he escuchado decir es que su boda con la hija de un conde, es decir, contigo, ha aumentado considerablemente sus posibilidades de ganar la nominación. —Hizo una pausa para arreglarse el puño de una manga, y luego continuó con confianza—: Tiene un futuro prometedor por delante, y contigo a su lado puede llegar lejos. No me sorprendería que algún día llegase a primer ministro. En todo caso, eso es lo que he oído.

Al ver que Marion permanecía en silencio, abandonó sus buenos modales y adoptó un tono de voz amenazador.

—¿Qué crees que sucedería a su futuro prometedor si se supiese que la mujer con la que se ha comprometido no tiene derecho sobre su título nobiliario, ni tampoco sus hermanas, puesto que sus padres nunca estuvieron casados?

—¡Sí se casaron!

—Si es cierto, pruébalo —dijo David suspirando teatralmente.

Marion lo miraba fijamente, sin decir ni una palabra.

—No puedes, ¿no es así? Y si efectivamente se casaron, entonces se trataba de bigamia. Tu padre y tu madre se instalaron juntos cuando la primera esposa de tu padre aún vivía. Tú tenías siete años cuando lady Penrith murió, Marion. La verdadera lady Penrith. Lo que te convierte en...

David miró a su alrededor para asegurarse de que estuviesen solos, y después la miró con una sonrisa avergonzada.

—No diré la palabra. No sería caballeroso de mi parte, pero comprendes lo que quiero decir. Alégrate. Piensa en la suerte que tienes. Una vez que te hayas casado con el señor Hamilton, tendrás más dinero del que jamás soñaste. Piensa en todo lo que podrías hacer por tus hermanas. ¿Mi silencio no vale nada?

—Ya he pagado por tu silencio, y no una, sino dos veces. —Marion respiraba agitadamente—. Las esmeraldas de mi madre deberían haberte bastado.

—Obtuve una miseria por ellas.

Marion intentaba reflexionar, pero sabía que no tenía escapatoria. Su padre había pagado a aquel hombre a cambio de su silencio, y cuando el dinero se le acabó, David fue a por más. Ella había recogido el testigo de su padre. No tenía nada más para darle, e incluso si lo tuviese, nunca sería bastante. Solo había una forma de librarse de él.

Más que hacerse añicos, sus esperanzas de un futuro junto a Brand se disolvieron en un mar de lágrimas no derramadas. Se dijo a sí misma que esas esperanzas habían sido más bien como un sueño, después de todo. En el fondo de su mente, siempre habría existido la amenaza de que algún día el secreto de sus padres saliese a la luz, por David Kerr o por otro.

Si había aprendido algo esa noche, era que Brand estaba hecho para el Parlamento. Era allí donde se modificaban o se hacían las leyes del país. Estaba apasionadamente comprometido con luchar contra las injusticias que separaban a los ricos de los pobres, a los que tenían privilegios de los que no. Brand no reflexionaba en términos de un futuro prometedor para él; quería usar para bien sus capacidades.

Su casamiento con Marion sería un incordio. ¿No era esa la palabra que había utilizado lady Veronica?

Marion sintió una mano apoyarse sobre su hombro y alzó la vista. En el rostro de David se había instalado una sonrisa confiada.

—Así es mejor —dijo—. Ahora comienzas a ser razonable. Créeme, Marion, tendrás a Hamilton comiendo de tu mano en poco tiempo. El hombre está completamente enamorado de ti. Todo el mundo lo dice.

Cada una de sus palabras atravesaba el corazón de Marion como esquirlas de vidrio. Cada una de sus palabras le hacía darse cuenta de todo a lo que estaba renunciando. Marion no se hacía ilusiones. Su naturaleza femenina le permitía saber que Brand se interesaba por ella tanto como ella por él. Pero lo único que David veía en ello era una debilidad a la que poder explotar en su beneficio.

Marion había pasado los últimos tres años ocupándose de su familia, haciendo todo lo posible por mantenerla a salvo. Y justo cuando pensaba que lo había conseguido, su pasado la había atrapado nuevamente.

Era demasiado.

Marion cerró el puño, y antes de darse cuenta de lo que estaba haciendo, golpeó a Kerr con todas sus fuerzas. El puñetazo le dio de lleno en la boca y lo hizo retroceder tambaleándose con un aullido de dolor. David retrocedió demasiado, quedó al borde de la pasarela, y a pesar de que agitaba los brazos, no pudo recuperar el equilibrio y cayó al lago.

Marion se acarició la mano dolorida, pero se olvidó del dolor al ver a David asomar la cabeza en el agua.

—Me has roto un diente —balbuceó—. No tenías por qué usar la violencia.

Sus palabras la sacaron de quicio.

—¿Cómo puedes decir eso después de la forma en que me atacaste en Londres?

—¿De qué estas hablando? —David dejó de balbucear—. Yo no te he atacado.

—¡No me mientas, David! ¿Quién más podría haber enviado ladrones para atacarme en los jardines de Vauxhall? ¿Quién más podría haberme empujado por la escalera en el Teatro Real? ¡Podría haberme desnucado!

David estaba intentando subirse a la pasarela, pero el peso de su ropa mojada hacía inútiles sus esfuerzos.

—Eso es absurdo. Si te desnucaras, no me servirías para nada. Dame la mano y ayúdame a salir del agua antes de que me ahogue.

—¡Más bien debería pisarte! —Marion se alejó de él

antes de que pudiera cogerle el tobillo—. Te aseguraste de que hubiera alguien para cogerme mientras caía.

—¿De qué demonios estás hablando? —David la miraba sorprendido.

Su mirada inocente era casi convincente. Casi, pero no lo suficiente. Marion se puso en cuclillas para poder verlo mejor.

—Y no olvidemos las notas que dejaste.

—¿Qué notas?

—«El silencio es oro.» «No despiertes al perro dormido...» ¿Eso te refresca la memoria?

—¡No, claro que no! Pero si lo que cuentas es cierto, diría que alguien intenta asustarte. Ahora, ¿podrías ayudarme?

—¡No me importa si te ahogas!

Cuando Marion se puso de pie, él gritó:

—¿Adónde vas?

—A decir al señor Hamilton que no me casaré con él.

—¡No te creo! Ninguna mujer en su sano juicio dejaría escapar al señor Hamilton. ¡Marion, vuelve aquí! ¡Te arrepentirás de esto! ¡Te juro que te arrepentirás de esto!

Marion podía escuchar cómo maldecía mientras se alejaba caminando lentamente hacia la casa. A pesar de sus valientes palabras, Brand era la última persona que deseaba ver en aquel momento. Y tampoco estaba de humor para conversar con extraños. Todo lo que deseaba era un lugar tranquilo donde poder curar sus heridas en privado.

Todo había terminado. La verdad saldría a la luz, y Marion ya no debería temer nunca más a David Kerr.

La idea la hizo temblar.

A medida que se acercaba a la casa, caminaba más despacio. Todavía no estaba lista para ver a nadie. Después de mirar a su alrededor, se apartó del sendero y se dirigió hacia un banco de piedra protegido por las ramas bajas de un codeso. Se sentó en el banco, rodeándose con los brazos para dejar de temblar. Tras un momento, supuso que la cena había terminado, ya que la gente estaba saliendo de la casa para observar los jardines. Marion se encogió en su asiento, esperando que nadie la viese.

Sentía un nudo en la garganta del que no podía deshacerse. Su mente se negaba a pensar, e incluso sus sentimientos estaban congelados.

Una sombra le tapó la luz, y cuando Marion alzó la vista pudo distinguir a Ash Denison.

—¿Dónde demonios has estado? —comenzó a preguntarle enojado, para finalmente quedar en silencio. Intentó descifrar su estado de ánimo—. ¿Qué ha sucedido, Marion? Parece que hayas visto a un fantasma.

Su letargo pasaría, Marion sabía que pasaría, pero en ese momento todo lo que necesitaba era que la dejasen sola.

—Quiero ir a casa —dijo—. Es decir, al hotel. ¿Puedes ocuparte de ello, Ash?

La mirada de Ash se suavizó, al igual que su voz.

—Déjame ir a buscar a Brand. Ahora mismo está en una reunión, pero estoy seguro de que querrá comprobar por sí mismo que estés bien.

—No —dijo Marion—. Déjalo tranquilo, es solo un dolor de cabeza. Me sentiré mejor después de una buena noche de sueño.

Ash la estudió por un instante, y finalmente asintió.

—Puedes regresar en mi carruaje. Yo le diré a Brand lo de tu dolor de cabeza.

—Gracias.

Marion se sentía algo desorientada mientras caminaba hacia donde la esperaba el carruaje de Ash, así que no distinguió la mirada que el cochero de este lanzó a su patrón, pero él sí lo notó. Hawkins esperaba ver a otra dama, no a la prometida del mejor amigo de Ash.

Ash le devolvió una mirada gélida a su cochero. ¡Como si no teniendo suficiente con rebajarse a juguetear con una dama respetable, ahora lo intentara con la prometida de su mejor amigo! Su reputación de libertino era completamente exagerada. Él también tenía escrúpulos.

Ash susurró a su cochero unas palabras al oído, y para cuando Ash ayudó a Marion a montar en el carruaje y cerró la puerta, Hawkins ya era todo sonrisas.

—Le diré a Brand que has vuelto al hotel para que se te pase el dolor de cabeza —dijo.

—Gracias.

Ash no quería dejarla. Ella parecía decaída, vencida. ¿Qué diablos podría haberle dicho David Kerr para imprimir aquella mirada en su rostro?

—Iré contigo, solo para asegurarme de que llegues sana y salva —dijo con suavidad.

—Gracias, Ash, pero no es necesario. —Marion le ofreció una sonrisa triste—. Me sentiré forzada a darte conversación. —Se llevó una mano a la frente—. ¿Me entiendes?

Puesto que no podía convencerla, le cogió la mano que asomaba por la ventanilla.

—Te entiendo —dijo, y dirigiéndose a Hawkins añadió—: Volveré al hotel por mis propios medios. Asegúrate de que la sirvienta de Marion esté allí para ocuparse de ella.

—Sí, señor.

En cuanto el carruaje partió, Ash recorrió el camino hasta donde había encontrado a Marion. Cuando la había visto, iba caminando desde el lago. Nadie estaba con ella.

¿Dónde se hallaba David Kerr?

Ash se puso rápidamente en camino, sin esperanzas de encontrar a Kerr, pero a medida que se acercaba al lago pudo distinguir a un grupo de caballeros, tirando esforzadamente de un hombre fuera de un bote.

David Kerr.

Ash se acercó y se puso inmediatamente al mando.

—Querido señor Kerr, he advertido al señor Hove que debería cerrar este sendero por las noches —dijo—. Es un lugar peligroso, podría haberse ahogado.

—El lago tiene poco más de un metro de profundidad —se burló alguien detrás de Ash.

—¿Lord Denison? —David Kerr parpadeó—. Por favor, dígales a estos caballeros que tengo derecho a estar aquí. Parece ser que piensan que soy un intruso.

Ash lanzó una fría mirada al auditorio.

—El señor Kerr es mi amigo —dijo—. ¿Tengo que decir algo más?

Hubo algunas protestas, pero los caballeros retrocedieron y se alejaron uno a uno.

Ash apoyó una rodilla contra el suelo.

—Compañero, está usted temblando. —Le hablaba plácidamente, pero su estado de ánimo estaba en las antípodas. Estaba seguro de que David Kerr había provocado la mirada de preocupación en Marion, y habría querido cogerlo por el cuello y apretar hasta obtener la verdad.

»Vamos a buscar ropa seca —dijo—, y luego conversaremos.

El hombre medio ahogado pareció recobrar algo de su dignidad, y se puso de pie.

—Lo que tengo que decir solo lo diré al señor Hamilton —afirmó solemnemente.

—Me alegra escucharlo, porque tengo entendido que el señor Hamilton también tiene algunas cosas que decirle. Pero primero vamos a buscarle ropa seca.

Brand estaba demasiado inquieto para prestar toda su atención a los diferentes oradores que se pusieron de pie, uno tras otro, para apoyar al candidato de su elección. Había seis candidatos, pero para cuando la reunión casi había terminado, cuatro de los candidatos ya se habían retirado, dejándolos a él y a Elliot Coyne en la brecha. Lord Hove tenía en ese momento la palabra, y mientras su voz resonaba los pensamientos de Brand estaban concentrados en Marion, reflexionando, sopesando, intentando encontrar la razón por la que ella partiría con el hombre que la había dejado plantada.

Sentía celos, por supuesto, celos y pena. Había creído que Marion era la mujer para él, pero ahora ya no estaba tan seguro, e incluso se preguntaba si la conocía realmente.

Brand no hacía amigos con facilidad, pero esa era su elección. En su mayoría, sus amigos provenían de sus tiempos de escuela o de universidad. Él no era una persona sociable como Ash, ni deseaba serlo. No aceptaba a la gente solo por su rostro, sino que se tomaba su tiempo para analizar y sopesar las cosas antes de otorgarles su confianza.

Todo eso había cambiado cuando lady Marion Dane lo había mirado con sus ojos serenos, y él se había dado cuenta de que era él quien estaba siendo analizado y sopesado. La novedad lo había cautivado. Marion lo había cautivado. Y mientras más lo mantenía a distancia, más decidido estaba a debilitar la apariencia reservada que ella utilizaba como escudo.

Y lo había logrado, con una excepción: David Kerr. ¿Por qué era Marion tan hermética con respecto a un hombre que no debería significar nada para ella? ¿Y qué hacía él allí?

Todavía tenía la cabeza ocupada con David Kerr cuando una salva de aplausos lo devolvió a la realidad que lo rodeaba. Todo el mundo lo miraba, acercándose para felicitarle. Aparentemente, mientras estaba distraído Elliot Coyne había renunciado a su candidatura y Brand había ganado la nominación.

En cuanto le fue posible, se escabulló de la reunión. Ash lo esperaba al pie de la escalera.

—La encontré, al igual que a David Kerr —dijo Ash de inmediato—. Y no estaban juntos, aunque no tengo ninguna duda de que han discutido. Envié a Marion de vuelta al hotel en mi carruaje, y el tuyo está esperándote. Te acompañaré hasta allí, así podré contarte cómo van las cosas.

Una vez fuera de la casa, Ash le hizo un resumen de lo que había sucedido mientras Brand estaba en la reunión.

—Algo extraño está sucediendo —dijo Ash al final—. Marion parecía... derrotada, como golpeada... no sé cómo describirla de otra forma. Y Kerr... —Ash se encogió de hombros mientras buscaba las palabras adecuadas—. Kerr parece ofendido, como si él fuese la víctima. Aunque pienso que se regodea con algo. En todo caso, pareció tranquilizarse al oír que Marion había vuelto al hotel mientras tú estabas en la reunión. Creo que quiere darte su versión de los hechos antes de que lo haga ella. Te está esperando en el carruaje. Podrías matar dos pájaros de un tiro, por decirlo de alguna forma. Ya sabes, escuchar lo que él tenga que decirte mientras vuelves al hotel.

En la cabeza de Brand se arremolinaban cientos de preguntas, pero la que le hacía perder el control era qué había hecho David Kerr para enojar a Marion.

Apresuró sus pasos cuando el carruaje apareció ante sus ojos, pero Ash lo cogió por el brazo tomándolo por sorpresa.

—¡Escúchame! —dijo Ash con rudeza—. Si entras al carruaje listo para pelearte, nunca obtendrás nada de Kerr. Déjate guiar por la cabeza, no por el corazón. Piensa en Marion y en lo que es mejor para ella.

—¡Estoy pensando en Marion, maldita sea! —gritó Brand y se soltó con violencia de Ash.

—¡No, no es cierto! Estás pensando en el placer que obtendrás si haces papilla a Kerr con tus propios puños. Pero primero averigua lo que sabe, por el amor de Dios.

Brand se quedó inmóvil, respirando agitadamente. Finalmente, asintió.

—Tienes razón —dijo—. Seré tan manso como un corderito. Luego lo mataré.

Ash rió. Con los brazos en jarra, observó a su amigo entrar en el carruaje. No tenía ninguna duda de que un nuevo amigo soltero se había quedado en el camino. Si esto continuaba, él sería el último soltero en la brecha. ¿Qué era tan atrayente en el matrimonio, se preguntó, para provocar semejante caos entre sus amigos?

Le agradaba Marion, de verdad. Y podía decir lo mismo de muchas mujeres. Pero le agradaba más la vida de soltero.

Ash volvió silbando hacia la casa, pero se detuvo al ver a lady Griselda Sneathe mirándolo fijamente con el rostro deformado por la ira. Se dirigió a un lado cuando ella se detuvo frente a él.

Los hombros de la mujer subían y bajaban mientras intentaba controlarse.

—¿Sabes dónde he estado, Ash?

—¿En el invernadero? —Ash hizo una mueca. La había olvidado, demasiado ocupado arreglando los asuntos de Brand.

—¡Donde debías pasar a recogerme en cuanto tu carruaje estuviera listo! Prometiste que nos encontraríamos después de la cena.

—Ah, mi carruaje —dijo, ofreciéndole su sonrisa encantadora, la que nunca fallaba a la hora de disipar la ira femenina—. Me temo que tuve que ofrecerlo a una dama en apuros. Verás, Griselda...

Sus palabras fueron interrumpidas por una bofetada que le cruzó la cara y le hizo castañetear los dientes.

—Tú... ¡Especie de libertino desalmado! —le dijo Griselda, y se alejó de él.

Ash se acarició la mandíbula dolorida, diciéndose que pasaría un tiempo antes de poder volver a silbar.

Brand estaba contento con la penumbra del interior del carruaje, puesto que ocultaba la ira asesina que bullía en su cabeza. Hizo un esfuerzo para seguir el consejo de Ash: en lo único en que debía pensar era en lo mejor para Marion.

Ash también tenía razón en otra cosa: David Kerr tenía la pinta de alguien que había sido ofendido. La víctima, como lo había definido Ash.

—Déjeme ver si comprendo esto —dijo Brand, modulando la voz para parecer neutral—. ¿Está diciendo que Marion lo atacó?

Kerr suspiró. La débil luz de uno de los faroles del carruaje se filtraba al interior, evidenciando el pañuelo que sostenía presionado contra sus labios. También mostraba que se había vestido con una librea de sirviente. Obra de Ash, supuso Brand.

—No debería sorprenderme. —Kerr volvió a suspirar—. Hace tiempo estuvimos comprometidos para casarnos, pero lo anulé porque ella es impredecible. Su temperamento es muy inestable. No tenía ninguna razón para atacarme. Qué mejor prueba de su fiereza que el diente que me rompió.

Con toda la paciencia de la que fue capaz, Brand dijo:

—Tiene que haber alguna razón para que lo haya atacado. —Y no pudo evitar agregar—: Estoy seguro de que no es a causa del compromiso roto entre ustedes. Marion no alberga resentimientos, así que... ¿Qué ha sucedido esta noche?

—Le diré lo que ha sucedido. —El tono de voz de Kerr había perdido algo de su compostura—. ¡Me ha acusado de enviar unos ladrones contra ella en los jardines de Vauxhall, y de haberla empujado por la escalera en el teatro! Cuando lo he negado, me ha atacado y me ha empujado al lago.

Brand se apoyó contra el respaldo y observó al hombre del otro lado del habitáculo. Él ya había llegado a la conclusión de que los tres ataques contra Marion estaban relacionados con el misterio de Hannah. De momento, no descartaba la posibilidad de que Kerr estuviese detrás de ellos. Pero aquello no se correspondía con la idea que se hacía de aquel hombre: un batracio llorón. El hombre de la cabaña no carecía de coraje. Además, Kerr no sabía nada de Hannah o de las cartas. ¿O sí?

—Es mucho más factible que sea ella la que me envíe ladrones y no al revés —continuó Kerr enérgicamente.

—¿Y por qué haría ella eso, señor Kerr?

Kerr se enderezó y alzó la barbilla.

—Porque yo sé algo que podría arruinarle la vida si se hiciera público —resopló con fuerza—. Es por eso que quería hablar esta noche con ella. Cuando supe que estaba comprometida con usted, un hombre de gran futuro en la política, decidí que no podía seguir callando. Si usted se casara con Marion, caería junto con ella.

—¿En serio?

Kerr asintió.

—Entonces no se detenga —dijo Brand—. ¿Qué es lo que sabe sobre Marion que podría arruinarle la vida?

Brand no tenía reparos en hurgar en los asuntos de Marion. Lo que la afectase a ella lo afectaba a él. Al menos en eso, Kerr tenía razón.

Kerr parecía dubitativo. Se pasó el pañuelo doblado por la barbilla.

—Me duele decírselo, señor Hamilton, pero usted ha sido engañado. Verá... —Hizo una breve pausa—. Los padres de Marion nunca estuvieron legalmente casados, con lo cual, ella y sus hermanas son... ilegítimas.

Aquello no era lo que Brand esperaba escuchar, y no pudo ocultar su sorpresa.

Kerr sonrió, satisfecho por el efecto de sus palabras.

—Es verdad —dijo—. Y puedo probarlo. De modo que, como puede deducir, ni Marion ni sus hermanas tienen derecho al título de «lady». Son simples señoritas.

La sonrisa complaciente en los labios de Kerr devolvió a Brand a su estupor original. Estiró los dedos de las manos para evitar borrar la sonrisa de los labios de Kerr a golpes de puño. Tenía que mantener la calma si quería llegar al fondo de todo aquello.

—¿Y usted me dice que Marion sabe todo esto?

Kerr asintió, y agregó inmediatamente:

—No es que se haya enterado por mí. Creo que lo sabe desde hace mucho tiempo. Quizá sus padres se lo dijeron cuando yo rompí nuestro compromiso.

Brand dejó pasar el comentario malicioso, pero era consciente que implicaba más de lo que decía.

—Estoy decepcionado con Marion —dijo Brand sin alterarse—. Debió habérmelo dicho —agregó, y era la verdad.

—Es lo que yo le dije —exclamó Kerr asintiendo—. Supongo que tenía miedo de que usted retirase su oferta. Casarse con un hombre rico como usted, señor Hamilton, debe de haberle resultado muy tentador.

Brand comenzaba a leer entre líneas. Era sutil, pero el mensaje estaba allí. Su silencio podía ser comprado si el precio era correcto.

—¿Ha dicho qué pruebas?

—Los registros de la parroquia, para empezar. Usted verá, mi padre se ocupó del entierro de la verdadera esposa de lord Penrith. Antes de morir, él era el vicario de su zona de residencia. Marion tenía siete años cuando ella murió. En los registros figura como la señora Rose Dane, y Sellars era su apellido de soltera. Ese es su verdadero nombre, pero se trataba de lady Penrith.

¿David Kerr era hijo de un vicario? Su pobre padre debía de estar revolviéndose en su tumba.

—¿Dónde sucedió esto, y por qué ella no vivía con su esposo? —preguntó Brand, intentando ocultar su desprecio.

—Era una mujer trastornada, y estaba encerrada en un hospital. Mi padre solía visitarla en sus tareas pastorales. Decía que la pobre señora Dane estaba tan confundida que imaginaba ser lady Penrith.

—¿Dónde fue eso?

—En la parroquia de Lonsdale, cerca de Berwick. Y en caso de que se lo pregunte, el hospital cerró hace años y todos los registros quedaron en manos de mi padre. —La sonrisa de Kerr era casi de disculpa—. Y al morir mi padre, quedaron en mi poder.

—Los registros de las parroquias pueden falsificarse.

—Pero hay más. También tengo en mi poder una carta escrita por el padre de Marion a mi padre, agradeciéndole el servicio funerario organizado en honor de su querida prima, la señora Rose Dane. La cuestión es que lord Penrith no tenía ninguna prima con ese nombre.

Brand emitió un pequeño sonido de incredulidad.

—¿Cómo puede saberlo?

—Me ocupé personalmente de averiguarlo. —La

sonrisa complaciente volvió a dibujarse en los labios de Kerr.

—¿Cuando estuvo comprometido con Marion?

—Por supuesto. Un hombre tiene derecho a averiguar todo lo posible sobre la familia de su posible esposa.

—Señor Kerr, la evidencia que usted posee es, como mucho, endeble —dijo Brand, tan afable como su imperturbable interlocutor.

—La carta estaba franqueada —dijo rápidamente Kerr—. Lleva la firma de lord Penrith, así como el blasón de la familia.

—Estoy seguro de que un buen abogado puede probar que se trata de una falsificación. Quizá alguien intentaba desacreditar al conde

«¡Alguien como tú, maldito!», pensó Brand para sus adentros.

Evidentemente no había hecho mella en la confianza de Kerr, puesto que su sonrisa no había desaparecido. Kerr bajó la voz hasta convertirla en un susurro confidente.

—Muéstreme la prueba de que lord Penrith se casó con la madre de Marion. No la hay. Sé que Marion sostiene que se casaron pero, si es el caso, entonces se trata de bigamia. No creo que el conde fuese tan ingenuo para cometer un crimen, ¿no lo cree usted? No. La madre de Marion era la amante de lord Penrith, así de simple.

Brand juntó las manos y se tomó un minuto para pensar su respuesta.

—Creo que usted sabe, señor Kerr, que le tengo un gran afecto a Marion. El que sus padres nunca se hayan casado no significa nada para mí. Todo el mundo sabe que mis orígenes no son motivo de alardeo. Sin embargo, haré todo lo necesario para evitar la vergüenza a Marion y sus hermanas —dijo, tragándose su orgullo—.

Dígame qué necesita para olvidar todo sobre la señora Rose y la parroquia de Lonsdale.

Kerr se irguió, henchido de orgullo.

—Usted está viendo a un caballero que pasa por momentos difíciles —dijo—. Si no pago mis deudas, quizá termine en la prisión para deudores. Mis amigos hacen lo que pueden para ayudarme, pero mis deudas son bastante importantes, con lo que nunca es suficiente. Detesto solicitar ayuda, pero si usted encontrase la forma de ayudarme a pagar mis deudas, yo le estaría muy agradecido.

—¿Cuán agradecido?

—El secreto de Marion estaría a salvo conmigo.

Brand alzó las cejas.

—Vamos, señor Kerr, eso no es suficiente. No he conseguido mi posición comprando cosas sin verificar antes. Primero, quiero examinar su evidencia, y luego, espero que me la entregue a cambio del dinero que le dé.

Kerr parecía sorprendido, como si su honestidad fuese cuestionada. Negó con la cabeza.

—Me temo que no puedo hacer eso. Podría decir que la evidencia es un seguro para mí, en caso de que me sucediese algo. No soy ingenuo. Si algo me sucediese, mi declaración jurada y toda la evidencia terminarían en manos de mi abogado, que sabría cómo proceder.

Brand rió.

—Entonces todo lo que puedo decirle es: ¡Haga lo peor que pueda! Me casaré con Marion si ella aún lo desea.

—¿Y qué pasa con su carrera en la política? —Kerr le clavó la mirada.

—He superado peores tormentas que esta. Sin embargo, sigo dispuesto a salvar a Marion del escarnio, pero según mis términos.

La negociación se había puesto seria, pero había

algo en lo que Brand no cedería. Junto con el silencio de Kerr, compraba también la evidencia. Sin embargo, en el fondo de su mente, buscaba formas de castigar a aquel hombre. Había muchos puntos oscuros que aclarar en aquella historia. Brand no había acusado a Kerr de nada, porque él estaba aún en posición de hacer daño a Marion.

Sin embargo, una vez que el peligro desapareciese, habría que pagar. Entretanto, todo lo que quería de Marion eran algunas respuestas.

17

Marion estaba recostada sobre su cama, completamente vestida, escuchando el gorgoteo constante de la lluvia al derramarse por el alero y caer desde el techo hasta el pórtico del hotel, tras su ventana. Estaba esperando que su sirvienta regresase con una jarra de agua caliente para lavarse y una copa de brandy como medicina para aletargar sus sentidos.

Lo último que quería era ahogarse en sus problemas, así que intentó imaginar la noche fuera del hotel: techos y ventanas salpicados de lluvia, los aleros goteando, los carruajes dejando una estela de agua a su paso por los charcos, los caballos relinchando y sacudiendo las cabezas, Brand pasándose los dedos por el pelo mojado...

Marion gimió. Ahora comprendía el interés del brandy: el olvido. Exactamente lo que necesitaba.

Puesto que su táctica para evitar pensar en sus problemas no estaba funcionando, Marion hizo un esfuerzo y se levantó de la cama. El fuego de la chimenea no había sido encendido, puesto que estaban en pleno mes de junio, al principio del verano, y solo los ancianos y los enfermos encendían sin vergüenza sus chimeneas. El resto de los mortales prefería temblar en silencio. A los ingleses les gustaba creer que eran una raza resistente.

Y así le gustaba verse a sí misma: resistente, capaz, al mando en cualquier situación. ¡Pero qué fraude era en realidad! Curiosamente, la idea de hablarle a Brand de sus padres no la preocupaba casi nada en comparación con contárselo a sus hermanas. Brand había sufrido toda su vida el estigma de su nacimiento, él la comprendería. Pero sus hermanas estarían desconsoladas, toda su vida segura y confortable se tambalearía. Se transformarían en rarezas, en el centro del desprecio y las risas.

Intentó preparar en su mente lo que les diría, pero todo lo que conseguía era decirse que ellas no habían hecho daño a nadie, por lo que no tenían nada de que avergonzarse. Era fácil decirlo, pero cuando comenzasen a señalarlas, y lo harían, todas compartirían la desgracia de sus padres.

Santo Dios, ¿cómo había podido permitirles pasar la temporada en Londres? ¿Cómo había podido confiar en que David Kerr mantendría su palabra? ¿Cómo había podido permitir su compromiso con Brand? No mucho tiempo atrás, tanto ella como sus hermanas eran unas desconocidas provincianas. Ahora todo el mundo las conocía. Sus nombres y sus rostros serían reconocidos a dondequiera que fuesen.

Y todo era culpa suya.

Estaba comenzando a temblar de nuevo. Observó la chimenea apagada un momento, y finalmente, tomando una decisión, cogió el candelabro de la repisa y encendió el fuego. Cuando la llama cobró vida, Marion asintió desafiante. Sí, era una debilucha. Y no había nadie que pudiese verla.

Camino al tocador para ponerse su camisón, se encontró con sus zapatos de noche y se detuvo a recogerlos. No tenían ni un rasguño. Se le escapó una lágrima al recordar que se los había puesto para salir con Brand. Podían pasar muchas cosas en pocas horas.

Unos suaves golpes en la puerta la devolvieron a la realidad. Por fin su sirvienta había regresado. Lanzando los zapatos bajo la cama, fue a abrirle la puerta.

Sin embargo, cuando abrió no se encontró con Doris, sino con Brand. Por un instante creyó que era el producto de su imaginación. Sus cabellos oscuros estaban despeinados por el viento y brillaban a causa de la lluvia. Tenía la chaqueta desabotonada y el cuello de la camisa abierto. Pero lo que más le llamó la atención fueron sus ojos, unos ojos azules que ardían con una emoción que lo atrapaba.

Lo sabía todo.

Ella quería su respeto y su admiración, no su piedad. Una mirada de su parte, una palabra, y rompería el dique que retenía las emociones de Marion. Al día siguiente podría enfrentarse a él, pero no esa noche.

—Tú... —carraspeó—. Tú no deberías estar aquí. La gente pensará lo peor.

—He conocido a un viejo amigo tuyo esta noche —dijo Brand—. David Kerr. Así que ya sé la verdad. —Hizo una pausa, y continuó en un tono agradable—: Me crucé con tu sirvienta en la escalera, y le dije que fuera a acostarse.

Sonriendo ligeramente, Brand entró en la habitación y cerró la puerta de un puntapié.

—¿Qué hago con esto?

Tenía una jarra en una mano y una copa de brandy en la otra. Mientras Marion lo estudiaba con recelo, comprendió que estaba buscando pelea, y eso era lo último que habría esperado. Él debía de saber por lo que había pasado la última hora: las esperanzas perdidas, la angustia, el miedo a ser expuesta... Esperaba que la consolase, que se solidarizara con ella; cualquier cosa menos aquel frío desconocido preguntándole dónde debía dejar su brandy y su jarra de agua caliente.

Marion no quería piedad, pero lo injusto de su actitud insensible la hería.

—Me quedo con el brandy —dijo, fría como el hielo—, y puedes dejar la jarra en el lavabo.

Brand le dio la copa y dejó la jarra en el lavabo. Luego volvió a su lado.

—Bebe el brandy —dijo, con una sonrisa falsa.

Manteniendo un ojo sobre él, tomó un pequeño sorbo, y después otro. La fortaleza de la bebida le subió a la nariz y brindó un agradable calor a sus huesos congelados. Bebió otro sorbo, y otro más, cada uno más pequeño que el anterior, con la esperanza de retrasar el momento inevitable en el que tendría que defenderse. Ya no podía beber más. No estaba acostumbrada a las bebidas fuertes, y un sorbo más la haría atragantarse.

Como leyendo su mente, Brand cogió la copa de sus manos y la dejó sobre la repisa de la chimenea.

—Por el momento será suficiente —dijo—. ¿Te sientes mejor?

Marion asintió.

—Perfecto. —Su sonrisa se desvaneció y elevó el tono de voz—. ¿Sabes todo lo que me has hecho sufrir, no solo en las últimas horas, sino en las últimas semanas?

De hecho, había sido en la última media hora que las emociones de Brand dieron un giro de ciento ochenta grados, del ultraje ante la presuntuosidad de David Kerr a la sensación de traición frente a la evidente falta de confianza de Marion. Había dejado a Kerr en su hotel justo cuando comenzaba a llover, y decidió que una caminata hasta el hotel de Marion le daría el tiempo suficiente para reflexionar sobre qué hacer. Sus cavilaciones se habían extendido en todas las direcciones posibles, pero siempre volvía a la misma e inalterable conclusión: Marion no había confiado lo suficiente en él.

—¿Lo que tú has sufrido? Espera un segundo...

—¡David Kerr! —Brand alzó la voz violentamente. Se volvió y se alejó de ella intentando recuperar la calma—. Cuando dijiste su nombre en el teatro, creí que tenías miedo de él.

—Y así era...

—Pero luego, cuando no quisiste confiar en mí, me pregunté si todavía estarías enamorada de él. —Hizo una pausa y la fulminó con la mirada—. Incluso llegaste a decírmelo. Nunca olvidaré tus palabras: «En el fondo de mi corazón, sigo amándolo un poco», dijiste.

Marion resopló levemente, y con ello solo logró irritar aún más a Brand.

—¿Cómo podía saber toda la verdad? —preguntó Brand—. Todo lo que sabía era que cada vez que intentaba acercarme a ti, tú me rechazabas.

—¡Por tu propio bien! —gritó Marion. La ira de Brand comenzaba a remover también sus sentimientos.

Brand rió ante su afirmación, pero era una risa triste.

—Y yo te dejé rechazarme, porque suponía que Kerr te había seducido, o peor aún, que te había violado.

Marion se quedó sin aliento.

—Me mantuve a distancia para no asustarte —continuó Brand, ignorándola—. No quería que pensaras que era una bestia que solo se preocupaba de su propio placer. Me dejé guiar por ti. ¿Y qué obtuve a cambio? Tu indiferencia.

Esa última afirmación la sacó de quicio. Marion había respondido a sus besos con más pasión de la que se creía capaz.

—¿Tú te dejaste guiar por mí? ¡Eso sí que es una novedad! —respondió, ofendida.

—¡Dime en qué momento no ha sido así! —Brand respiró lenta y profundamente—. Creo... Solo Dios sabe lo que creo. Que yo sepa, podrías tener un hijo secreto que has estado ocultando en la región de Lake District.

—¿Un hijo oculto? —Marion estaba pasmada—. ¡Vaya opinión que tienes de mí!

—Esa idea la descarté rápidamente. Tú eras lady Marion Dane, con todos los aires y ventajas que te brindaba ser la hija de un conde. Estaba seguro de que tu padre habría matado a Kerr si él te hubiera deshonrado.

Algo en el tono de voz de Brand suavizó los ánimos de Marion.

—Yo no me daba aires de nada. Nunca pensé que fuera mejor que tú o que nadie. Simplemente era reservada. No quería ni necesitaba un mejor amigo con quien compartir mis secretos, y si has hablado con David, sabes bien por qué.

—¡Yo no tenía por qué haber hablado con David!

Brand cogió la copa de brandy de la repisa de la chimenea, la vació de un trago y volvió a dejarla con violencia.

—Tú y yo éramos amigos, amigos cercanos. —La voz de Brand era severa—. ¿Quién sabría mejor que yo cómo aconsejarte? ¿Crees que eres la única persona cuyos padres nunca se casaron? Tendrías que haber confiado en mí.

Si él hubiera dicho aquellas palabras en otro tono de voz, Marion habría sido más receptiva. Pero la estaba atacando, e instintivamente contraatacó.

—¿Yo debería haber confiado en ti?

—Por supuesto que sí.

—¿Igual que tú confiaste en mí?

—¿De qué demonios estás hablando?

Brand no la intimidaba. Marion blandió el dedo índice bajo su nariz.

—Si yo soy reservada, tú eres un bloque de granito. Obtener información de ti es como intentar exprimir una piedra. Si tuviera que escribir un libro sobre lo que sé de ti, me bastaría con dos o tres frases. —Marion cambió el tono de voz como si estuviese leyendo su biografía—. El señor Hamilton, hijo ilegítimo de un duque, fue criado por su abuelo materno a la vista de la mansión del duque... ¿De qué sirve todo esto? Su padre, el duque, pagó la educación de su hijo, asegurándose de que el señor Hamilton tuviese un futuro brillante en cualquier actividad que emprendiese. Y no olvidemos que insistió para que su hijo llevase el apellido FitzAlan. Pero padre e hijo nunca se reconciliaron. Nadie sabe por qué. —Marion hizo una pausa y le ofreció una sonrisa burlona—. ¿Ves lo que quiero decir? Conozco algunos hechos sobre ti, pero nunca los has explicado.

—No es mi estilo.

—Lo entiendo. Lo que quiero decir es que tampoco es mi estilo.

Los ojos de Brand la miraban con dureza e intensidad.

—Tu instinto debería haberte dicho que podías confiar en mí —dijo—. Tendrías que haberme hablado acerca de Kerr.

—No encontré una razón para ello. —Marion alzó la mano en un gesto de impaciencia—. Pensé que podría ocuparme del problema y que no volvería a oír nunca nada más de él.

Aquello no era completamente cierto: Marion había confiado en no volver a saber de él, pero nunca lo había pensado realmente.

Brand mantenía su mirada de obstinación, y Marion no entendía por qué se justificaría frente a él si no era porque le importaba su opinión.

—Escucha —dijo finalmente Marion—, ¿qué pasaría si tuvieras razón acerca de un hijo oculto? ¿Qué si viniera a contarte que David me estaba chantajeando al respecto? ¿Qué habrías dicho o hecho al respecto?

—Esa es una pregunta especulativa.

—¿Ves lo que digo? —exclamó Marion, reaccionando—. No sabes qué decir o hacer. ¿Puedes entender por qué tenía miedo de confiar en alguien?

—Marion, creo que me conoces mejor que eso —dijo Brand suavemente—. Por supuesto que sé lo que haría. Aceptaría a tu hijo como propio. Nos casaríamos y él tendría un hogar. —La cogió por los hombros—. Siempre y cuando tú me aceptases. —La buscó con la mirada—. ¿Tienes un hijo, Marion? ¿Es eso lo que intentas decirme?

Marion estaba sin aliento. Al mirarlo a los ojos, entreabrió los labios, pero ninguna palabra surgió de su boca. No podía encontrar las palabras, aunque su mente estaba perfectamente lúcida: él sentía cada palabra que había dicho.

Marion estaba llena de remordimientos. ¿Qué la había hecho escupir todo aquello sobre la infancia de Brand? Él era más, mucho más que un niño solitario creciendo a la sombra de dos adversarios amargados. Por eso no descubría su alma ni siquiera a sus seres más cercanos. No había por qué. Brand no dejaba que su doloroso pasado lo retuviera, sino que lo había convertido en el hombre que era en la actualidad. Y Marion no lo quería de ninguna otra forma.

A pesar de que su garganta estaba cerrada, Marion se forzó a hablar.

—Recordaré hasta el día de mi muerte las palabras que me has dicho hoy. No hay ningún hijo, Brand. —Marion soltó una risita que casi parecía un llanto—. Tú tenías razón y yo estaba equivocada. Debí haber confiado en ti.

Como Brand seguía mirándola con la misma expresión seria, sin decir nada, Marion le acarició la mejilla con la mano.

—No tengo ningún hijo oculto —dijo con dulzura—. Lo prometo.

—Gracias a Dios...

La sonrisa de Brand la desarmó. Marion sintió la fuerza de las lágrimas en sus ojos, y la invadió la ternura. No había nada en el mundo que aquel hombre no haría para protegerla. Sin preocuparse por las consecuencias, se puso de puntillas y lo besó.

Y el beso de Marion lo desarmó. A pesar de que la presión de sus labios era suave como un suspiro, Brand sintió cómo una oleada de deseo recorría su cuerpo, haciéndolo temblar. No sabía qué hacer con sus manos. No sabía qué hacer con su sexo erguido. Pero sí sabía lo que quería hacer, y la sola idea lo sorprendió.

Brand nunca se había considerado a sí mismo como un amante impetuoso, sino más bien como un modelo de moderación. Y justo en el momento en que más necesitaba aquella moderación, esta revoloteaba alegremente fuera de su alcance. Pasaron unos segundos mientras él luchaba contra sus impulsos. Pensar en Marion le devolvió el control que necesitaba: ella estaba fuera de sí, no sería correcto aprovecharse de ella en un momento de debilidad.

Marion se alejó un poco para poder mirarlo mejor.

—Creo que lo adecuado será que uno de nosotros cierre la puerta con llave —dijo.

¿Sabía lo que le estaba diciendo, lo que estaba implicando con ello? Brand la miró a los ojos, y lo que vio hizo que se olvidase de respirar. Marion estaba completa y absolutamente entregada a él. Aquella muchacha valiente y adorable estaba lista para él.

En este punto, Brand dudaba, y Marion comprendió que no podía dejar que los escrúpulos de él se interpusiesen en lo que ella deseaba con todo su corazón. No sabía lo que podía traer el día de mañana: ¿vergüenza?

¿Pena? ¿La humillación de las miradas compasivas? Mañana capearía el temporal, pero aquella noche pertenecía a Brand.

Marion se liberó de su abrazo, caminó hacia la puerta y cerró con llave. Cuando se volvió, él la miraba con algo parecido a la diversión en los ojos, con los brazos cruzados a la altura del pecho.

Pero la diversión ya no funcionaba con ella: sabía que era su último recurso de defensa.

—Marion, me siento halagado —dijo con una sonrisa—. Honrado, de hecho, pero no creo que estés pensando con claridad.

—Estoy pensando con claridad, y estoy haciendo exactamente lo que tú me dijiste que hago siempre.

—¿Y qué es?

—Guiarte.

Lentamente, con gracia, entre el balanceo de sus faldas, se acercó a él hasta que los separaron apenas unos centímetros.

—Ya he tenido suficiente conversación —dijo.

—Marion... —la reprendió, pero no dijo más.

Con un pequeño sonido de impaciencia, Marion le pasó un brazo alrededor del cuello y contuvo sus palabras con un beso ardiente. Brand alzó los brazos con debilidad en gesto de protesta, pero ya estaba atrapado por sus propios sentidos. Ella era la única mujer que había significado algo para él en toda su vida, y era suave, femenina y dispuesta. No había manera de resistirse.

Lo que fuera que Marion había aprendido de él lo puso en práctica en ese instante. Sosteniéndole firmemente la cabeza con ambas manos, separó sus labios con la punta de la lengua. El ligero gruñido de placer que surgió de su garganta aceleró el pulso de Marion. Su piel ardía de deseo.

Sus besos se fueron volviendo mas intensos, más

húmedos, cada uno más lascivo que el precedente. Marion entrelazó los brazos alrededor del cuello de Brand y este la envolvió con los suyos, apretando su sexo duro contra ella.

Por primera vez en su vida, Marion sintió la prueba del deseo de un hombre presionando firmemente contra su cuerpo. No estaba sorprendida. Era una muchacha del campo, y estaba al tanto de los hábitos reproductivos de los animales. Pero aquello era diferente. La consternación la invadió: a pesar de sus palabras respecto a guiarlo, no sabía qué hacer.

Brand sintió el cambio en ella, pero no sabía si dejarla ir. Durante semanas había fantaseado sobre llevarla a la cama y hacerle el amor como quería. Se forzó a contener sus fantasía porque Marion era una chica de buena cuna, una muchacha refinada que, pensaba, debía ser manejada con guantes de seda. Pero a la vez Marion era la mujer apasionada que había descubierto detrás de la fachada de compostura y que le fascinaba.

Había más que pasión en su fascinación por ella, pero no tenía idea de lo que era, salvo que desde que ella había aparecido en su vida, no podía imaginarse no tenerla cerca para compartir cosas, discutir o provocarle cuando estaba de mal humor o retraído en sí mismo. Y sabía perfectamente que ella sentía lo mismo.

Ambos eran únicos y similares, algo golpeados por la vida, pero por ello incapaces de bajar los brazos. Aunque en los últimos tiempos, Marion había recibido más golpes de los que nadie habría imaginado que pudiese soportar.

¿Acaso estaba dudando? Brand podía seducirla fácilmente, pero no le parecía correcto, no allí, no en una habitación de hotel, en una cama desconocida, sin un anillo en sus dedos. Cuando todo aquello estuviera arreglado, entonces podría poseerla. Y no tendría que esperar demasiado: si obtenía un permiso especial, podrían estar casados en menos de una semana.

—Si has cambiado de parecer, lo entenderé —dijo, separándose ligeramente de ella.

—No he cambiado de parecer —respondió Marion, con un ligero tono de sorpresa en la voz—. Es solo que mi mente está en blanco. Lo único que sé hacer es besar. —Desvió la mirada y pasó los dedos por sus solapas—. Si no tomas el mando, supongo que seré virgen el resto de mi vida.

Las comisuras de los labios de Marion se alzaron en una sonrisa y lo miró con timidez.

Las buenas intenciones de Brand se desvanecieron. Después de todo, era un hombre, no un santo. Pasó los brazos por sus hombros y entrelazó los dedos detrás de su cuello.

—Un destino trágico que no tiene por qué ocurrir. No si puedo evitarlo.

Marion rió con franqueza.

—Comencemos por quitarnos estas molestas prendas, ¿te parece? —dijo Brand—. Se interponen en nuestro camino.

Acompañando sus palabras con actos, Brand se quitó la chaqueta y la lanzó sobre una silla, e hizo lo mismo con el cuello de su camisa.

—Ahora es tu turno.

Marion deseaba haber permitido a su sirvienta que la desvistiese para irse a la cama. Le parecía algo licencioso desvestirse mientras él la observaba. Al pensar en cada una de las prendas que debía quitarse, sus mejillas se sonrojaron. Casi deja escapar un gemido cuando pensó en su corsé. ¿Cómo lo haría para quitárselo? Incluso la sirvienta tenía problemas para quitárselo.

¡Bonito momento para volverse tímida! Marion se forzó a recuperar el coraje.

—Vas a tener que ayudarme con los botones —dijo, lanzándole una mirada límpida y volviéndose para que él pudiese acceder a los duros botones que recorrían su espalda.

Brand consideraba su timidez adorable, y lo determinaba aún más a avanzar lentamente con ella. Sin embargo, a medida que su vestido se iba abriendo y que sus hombros quedaban expuestos uno después de otro, no pudo evitar pasar las yemas de los dedos por su piel tersa. Tenía que probarla. Su olor a flores llenó su boca, su nariz, su garganta, sus pulmones hasta albergarse en su ingle. Apretó los dientes, forzándose a recordar la inocencia de Marion.

A Marion le costaba respirar. Aquellas lánguidas caricias y sus besos apasionados habían producido un curioso efecto en su interior: sus músculos se relajaban, sus huesos se derretían, y apenas si podía mantener la cabeza erguida. Un minuto más y se derretiría por completo, dejando en su lugar un simple charco de agua a los pies de Brand.

Todavía con los dientes apretados, Brand fue liberando hasta el último botón. Cuando el vestido se deslizó a los pies de Marion descubrió, muy a su pesar, una nueva barrera. ¡Llevaba puesto un corsé!

Con habilidad, tras aflojar las cintas, le pasó el corsé por la cabeza y lo lanzó lejos. Marion solo llevaba puestas una enagua, unas bragas y sus medias de seda blancas. Extremadamente tentador.

Brand se sorprendió ligeramente cuando ella se alejó de él, pero solo lo hizo para recoger sus prendas y depositarlas sobre una silla.

—Veo que no te son extrañas las prendas interiores de las mujeres —dijo finalmente, tras sentarse en el borde de la cama.

—¿Cómo?

Brand todavía saboreaba la imagen de Marion en ropa interior. Su enagua de seda era prácticamente transparente, revelando sus curvas exuberantes y sus contornos sutiles.

Marion alzó el mentón, y con ese gesto atrajo la atención de Brand.

—¿Qué es lo que has dicho? —le preguntó con cautela.

—Que mi criada tiene más problemas que tú para quitarme el corsé.

—Marion, ¿estás molesta? —preguntó Brand, ladeando la cabeza.

Cuando Marion lo miró, él rió y se reunió con ella en la cama. Le cogió la mano, se la acercó a la boca y depositó un beso en su palma.

—Mejor que uno de nosotros tenga un poco de experiencia, o estaríamos frente a un caso de un ciego guiando a otro ciego —señaló.

—¿Solo un poco de experiencia? —preguntó Marion, escondiendo ligeramente el mentón.

Brand no tenía ninguna intención de embarcarse en ese tipo de conversación. Presionando los labios contra los de ella, murmuró:

—Menos que un poco. Un poquito. Una pizca. Una gota...

El peso de su cuerpo la hizo recostarse contra el colchón. Brand podía sentir su sonrisa al contacto de sus labios, y la sonrisa tembló al tocar uno de sus pechos. La desplazó en sus brazos para que quedase expuesta frente a él, en una libertad que solo había imaginado en sueños. Llevaba tanto tiempo deseándola...

Brand se apoyó en un codo y la observó. Su piel estaba sonrojada por el deseo, y tenía los ojos vidriosos. Algo muy intenso se movía en el interior de Brand, algo de naturaleza totalmente primitiva.

—Desvísteme —dijo, cuando Marion le ofreció una mirada plena de confianza.

Marion acercó la mano a los botones de su camisa y los deshizo uno a uno. Su respiración era poco profunda y audible. No comprendía por qué Brand sonreía.

Brand se pasó la camisa por encima de la cabeza y la arrojó al suelo, volviendo a acostarse junto a ella. Para su satisfacción, Marion no desvió la mirada ni la embargó la timidez, sino que acercó los dedos a su torso y apoyó la palma bien extendida. Su satisfacción se transformó en otra cosa cuando Marion comenzó a acariciar su piel desnuda, desde su cintura hasta sus hombros y bajando por su costado.

Marion se sentía tan encantada como curiosa. Al contacto de sus dedos se tensaban y sobresalían músculos que ella no conocía, que Brand ocultaba bajo sus finas ropas. Su pecho subía y bajaba con cada respiración ronca. Era un macho salvaje, domesticado milagrosamente bajo sus dedos. La consciencia de aquello la llenó de humildad.

—Ámame, Brand, ámame —dijo.

—Oh, lo haré —susurró él con voz ronca antes de cubrirle los labios con los suyos.

A través de la tela de su enagua y de sus bragas le besó los pechos, el ombligo, el vientre, avanzando sin prisas hacia su entrepierna. Sus caricias se volvieron más íntimas y más desesperadas, y a medida que él guiaba, Marion lo seguía, devolviendo cada uno de sus besos, cada una de sus caricias. Marion estaba demasiado embargada por sus sensaciones para preocuparse por el pudor cuando él le quitó las medias, y luego la enagua y las bragas. Demasiado atrapada por el momento para pensar en su propia osadía cuando él la ayudó a quitarle sus ropas.

Con suaves gemidos y suspiros juntaron sus cuerpos, tibia piel contra tibia piel. Él le dijo que ella estaba hecha para aquello, hecha para él. Marion le dijo que iba demasiado lento para ella. Brand se lo tomó al pie de la letra.

El aliento le quemaba en el pecho cuando separó las piernas de Marion. Recordándose a sí mismo por centésima vez que ella era virgen y que debía ser cuidadoso, entró en ella lentamente, dándole tiempo de adaptarse a su penetración.

Marion dio un grito sofocado y se puso tan tensa como la cuerda de un arco. Poco después, dejó escapar el aliento en un suspiro de dolor y luego se relajó bajo él.

—No ha sido tan terrible —dijo.

Brand se prometió que Marion sería su primera y única virgen. No podría volver a pasar por aquello. Juntó fuerzas y empujó contra el último obstáculo, penetrándola completamente, lo que hizo a Marion arquear la espalda sobre el colchón. Sus ojos estaban húmedos de lágrimas de dolor, y su frente estaba perlada de gotas de sudor. Cuando Marion rió con timidez, el nudo de tensión del pecho de Brand se disolvió por completo.

—No más dolor —le prometió contra sus labios.

—Tendrías que habérmelo dicho.

—¿Cómo podía saberlo? Eres la única virgen que... —Brand se detuvo, horrorizado.

Marion no lo tomó a mal, sino más bien lo contrario. El placer sonrojó sus mejillas y rodeó a Brand con sus brazos.

—Y tú eres mi único amante, o lo serás si alguna vez terminas esto.

Mirándose fijamente a los ojos y sonriendo, se movieron juntos en un ritmo perfecto. Y finalmente los ojos se cerraron, las sonrisas desaparecieron, sus movimientos se aceleraron en un ritmo frenético. El cuerpo de Marion comenzó a temblar, y Brand hundió el rostro en sus cabellos. Al final, cuando Marion alcanzó el clímax y su cuerpo se desarmó en millones de piezas, Brand la siguió casi en el mismo instante.

Aturdida y débil como un gatito, Marion ronroneó y se derrumbó sobre él. Para cuando Brand la cubrió con las sábanas, ya se había sumido en un profundo sueño.

18

Todavía estaba oscuro fuera. La lluvia había parado, y la luz de las velas resplandecía detrás de sus párpados. Marion despertó lentamente, lánguidamente, pero enseguida se sobresaltó al darse cuenta de que estaba desnuda. Sentándose en la cama, pudo distinguir una figura que bebía de un vaso frente a la mesilla de madera pulida.

—Estás despierta —dijo Brand—. He traído del bar una botella de vino y dos copas. —Se levantó de su asiento y se acercó a la cama. Llevaba puesta su camisa y los calzones, lo que, al parecer de Marion, la dejaba en desventaja. Aferrándose al edredón, lo alzó con timidez para cubrir sus pechos—. Ponte tu vestido —dijo Brand con un brillo de diversión en los ojos—. Tenemos muchas cosas de que hablar, pero lo haremos frente a una copa de vino y lejos de la tentación de la cama.

Marion aceptó el vestido que él le ofrecía, intentando a la vez no exponer su desnudez.

—Gracias —fue todo lo que pudo decir; se sentía incómoda. Era incapaz de reconciliar a la mujer salvaje que había seducido a Brand en aquella misma cama hacía más o menos una hora con la discreta muchacha que conocía.

Suspirando, Brand depositó un suave y convincente beso sobre los labios de Marion. Cuando volvió a separarse de ella, Marion no sonreía, y tenía un aire ligeramente inseguro.

—Dime que no lamentas lo que ha sucedido entre nosotros —dijo Brand.

Las dudas de Brand disiparon las de Marion.

—Lo que ha sucedido ha sido la experiencia más maravillosa de mi vida, así que no me hables de lamentos —dijo ella con una sonrisa.

Brand volvió a besarla, esa vez con un beso más largo y apasionado. Ante la vigorosa respuesta de Marion, se alejó y arqueó una ceja.

—Si no nos alejamos de esta cama, volverás a engatusarme antes de que me dé cuenta, así que ponte tu vestido mientras yo enciendo el fuego de la chimenea.

Mientras Marion se deslizaba en su vestido y lo ajustaba, observó cómo encendía el fuego. Pensó que lo amaba. Aquello no la sorprendía ni la sobrecogía, puesto que lo sabía desde hacía mucho tiempo, pero esa era la primera vez que osaba admitírselo a sí misma. Quizá no fuera un caballero en su brillante armadura, pero era el hombre indicado para ella. Y esperaba ser la mujer indicada para él.

Una sombra cubrió el corazón de Marion, pero logró sacudírsela de encima. Nada enturbiaría su felicidad. No esa noche.

Marion estaba sentada frente a la mesa, bebiendo de su copa de vino, cuando Brand se sentó frente a ella. En aquel momento le parecía como un enorme gato, satisfecho de sí mismo y henchido por el festín. Se preguntó si él la vería de la misma forma.

—Olvidé decirte algo —dijo Brand—. He ganado la nominación de mi partido. Seré candidato en las elecciones.

—Creí que habías dicho que no tenías muchas oportunidades de lograr la nominación —dijo Marion, sorprendida por la noticia.

—Evidentemente, estaba equivocado. Los otros aspirantes retiraron sus candidaturas. No podían reunir los avales necesarios, y decidieron retirarse como caballeros sin tener que pasar por la votación.

Ahora Marion comprendía por qué él parecía tan satisfecho de sí mismo: acababa de conseguir una gran victoria. Marion debería sentirse feliz por él, y no confundida como estaba. Pero aquello era algo que ella no se esperaba; Elliot Coyne era el favorito para ganar.

—Espléndido —dijo, forzándose a sonreír—. ¿Cuáles crees que son tus posibilidades de ganar las elecciones?

—Cincuenta por ciento.

—¿Y qué opina lord Hove?

Brand bebió un gran sorbo de vino y sonrió.

—Él cree que nada podrá detener mi impulso. Estoy en una racha ganadora.

—Brindemos por ello —dijo Marion, asegurándose de que su sonrisa no desapareciese.

Entrechocaron las copas y bebieron.

La mente de Marion rebosaba de todas las implicaciones de la victoria de Brand, por lo que dejó de escuchar lo que le decía. Se encogió entre los pliegues de su vestido y un escalofrío recorrió su cuerpo. Su felicidad había tenido una vida corta.

La tibia mano de Brand se apoyó en la de ella.

—No tienes que ponerte así —dijo—. Debí haberte dicho desde un principio que me he asegurado de que nunca más vuelva a chantajearte.

—¿Cómo?

—David Kerr. A eso vine esta noche a tu habitación: a hablar de él. Kerr cree que le estoy comprando la evidencia que muestra que la primera esposa de tu padre aún vivía cuando tu madre y él se fueron a vivir juntos. Pero tengo otros planes para Kerr, sobre los que no tienes por qué preocuparte. Estás a salvo, Marion, tú y tus hermanas estáis a salvo. Es todo lo que necesitas saber.

Marion se apoyó contra el respaldo de su silla y lo observó con los ojos cargados de incomprensión. Había conseguido atraer toda su atención.

—¿Cómo puedes estar seguro? —preguntó—. No conoces a David tan bien como yo. No dejes que sus maneras te engañen, es taimado como una serpiente. Quizá pienses que has logrado atraparlo, pero se escurrirá entre tus dedos y te atacará cuando menos lo esperes.

Brand rió ligeramente.

—Kerr no estará en posición de atacarnos a mí o a ti. Voy a arrancarle los colmillos, Marion. Todo lo que necesito decidir es cuándo y cómo. Mientras tanto, hemos establecido una negociación. No solo estoy comprando su silencio, sino también las evidencias de que tu padre y tu madre no estuvieron casados.

—¿Piensas pagarle? —Marion no podía creerlo—. ¿Qué esperas obtener con ello? Lo único que lograrás es que vuelva a por más.

—No puede chantajearme si tengo la evidencia con la que te amenaza.

—¿Cómo puedes estar seguro de que te la entregará, Brand?

—Eso no tendrá ninguna importancia —dijo él con una sonrisa triste y algo burlona—. Verás, Marion, no soy tan bueno como piensas. Cuando tengo que ocuparme de la escoria, puedo ser el bastardo más malvado de la tierra. Literalmente.

Brand habría esperado que su pequeña broma le arrancase a Marion una sonrisa, pero en cambio, ella apartó su mano de la de él.

—¿Qué he dicho de malo, Marion?

—No estarás pensando en eliminarlo...

—No. Eso es ilegal, y mis colegas podrían no apreciarlo. Pero te prometo que Kerr obtendrá lo que merece.

Sería un respiro en sus problemas, pero no más que eso. Incluso si Brand se ocupaba de David, no sería suficiente. Si alguien decidía alguna vez investigar a las hermanas Dane, la verdad saldría a la luz.

¿No era acaso lo que había estado diciéndose a sí misma desde que se había enfrentado a David esta noche? La verdad saldría a la luz, y no había nada que Brand y sus colegas pudieran hacer frente a ello.

—Marion, de verdad me ayudaría si me contaras todo lo que hay que saber sobre tus padres y cómo Kerr supo que eran vulnerables a sus chantajes —dijo Brand suavemente—. ¿Estás dispuesta a contármelo?

Marion sabía que, dispuesta o no, Brand insistiría hasta conocer toda la historia. Lo mejor era terminar con ello de una vez.

—No sé por dónde comenzar —dijo.

—Dime cuándo supiste por primera vez que tu padre... no estaba casado con tu madre. —Brand le apretó la mano—. Tómate tu tiempo.

Marion guardó silencio un momento, con los ojos clavados en su copa de vino, y finalmente comenzó a hablar.

—Me lo dijo mi madre. No creo que en aquel momento supiera quién era yo. Estaba fuertemente sedada con morfina, poco antes del final. —Tragó saliva—. Me dijo que había hecho mucho daño a lady Penrith, y un daño aún mayor a sus hijas. Quería que yo la perdonase. —Marion alzó la vista—. No puedo recordar todo lo que dijo, pero logré comprender el sentido de sus palabras. Continuó así durante días, y cada vez que mi padre entraba en la habitación, ella se calmaba un poco. Realmente se amaban mucho.

»Yo era demasiado cobarde para mencionar el asunto a mi padre —continuó Marion, suspirando—. Él ya había sufrido bastante, y yo creía, o esperaba, que mi madre estuviera delirando. Dejé pasar demasiado tiempo antes de hablar: mi padre tuvo un infarto, y ya no pude preguntarle.

»Cuando murió, busqué entre sus papeles, esperando encontrar registros, actas de casamiento... cualquier cosa que probara que mis padres estaban casados. —Marion emitió un pequeño suspiro, de dolor o de impaciencia—. No encontré nada. En aquel momento me sentía aliviada de que no hubiera hijos varones en nuestra familia para heredar el título de mi padre. ¡Gracias a Dios por la existencia del primo Morley! ¿Imaginas en qué situación estaríamos hoy mis hermanas y yo si alguna de nosotras fuera un conde? El Parlamento siempre investiga a todos los que reclaman un título.

»Creí que nos habíamos salvado, pero entonces descubrí una carta de David Kerr a mi padre —continuó, mirándolo a los ojos—. Él no sabía que mi padre había muerto, pero no me dejó ninguna duda respecto a lo que había motivado a que rompiese nuestro compromiso años atrás. Todo estaba en la carta. Lo único que le había interesado de mí había sido calcular cuánto dinero podría obtener de mi padre. Entonces los fondos de Kerr se habían agotado, y buscaba desesperadamente más dinero.

»Ahora no puedo creer que pudiera enamorarme de una serpiente como él. —Marion bebió un gran sorbo de vino sin darse cuenta—. Me había roto el corazón al dejar Keswick, y me llevó mucho tiempo superarlo. Pero eso no fue nada comparado con lo que sentí cuando reapareció en mi vida para pedir dinero a cambio de su silencio. Estaba desconsolada; no sabía qué hacer ni a quién dirigirme. Mis padres... Mi padre... —Marion negó con la cabeza—. Todavía no habíamos salido del luto, y mis hermanas confiaban en que yo ocupase el lugar de nuestros padres. Entonces, hice lo mismo que mi padre: aunque apenas si teníamos suficiente para nosotras, le pagué.

Brand sintió cómo su mano se cerraba en un puño, y la bajó de la mesa para que Marion no lo notase. No quería interrumpir su historia, ni dejar que su ira la distrajese. Pero de algo estaba seguro: cuando terminara con David Kerr, este lamentaría haber oído hablar alguna vez de lady Marion Dane.

—¿Qué sucedió después, Marion?

Marion lo miró con los ojos vacíos, como si hubiese olvidado que estaba allí, así que Brand repitió la pregunta.

—Poco después, la tía Edwina murió —continuó finalmente Marion—. Recuerdo haberme sentido culpable porque su herencia nos salvó y nos dio esperanzas, así que fuimos a Londres para pasar allí la temporada de teatro. ¿Puedes creerlo? ¡Qué ingenua fui! Creí que había terminado para siempre con David, pero reapareció en Londres pidiendo más dinero.

»Pensaba ponerlo en evidencia, pero fui atacada en Vauxhall primero, y después en el teatro —dijo, con el fuego ardiendo en sus ojos y un tono de voz fuerte y firme—. ¿Qué podía hacer? Tenía miedo de que se desquitase con mis hermanas. Finalmente acepté encontrarme con él en la librería Hatchard's, y le di la única cosa de valor que me quedaba: el anillo y los pendientes de esmeraldas de mi madre. Yo sabía que tenían mucho valor, pero esta noche me ha dicho que había obtenido migajas por ellas.

Brand tomó nota mentalmente. Hatchard's. Era por

eso que Marion había sido tan reacia a hablar. Se prometió a sí mismo que pondría fin a todo aquello.

—Kerr niega haber tenido algo que ver con los atentados en tu contra —dijo Brand.

La risa de Marion estaba teñida de sarcasmo.

—Por supuesto que sí. ¿Cómo explicas si no las notas que dejó después de cada ataque? «No despiertes al perro dormido.» «El silencio es oro.» Tuvo que haber sido David.

Brand no discutió la cuestión de quién era el responsable de las notas. Ya volverían a ello cuando estudiasen los hechos punto por punto.

—Cuéntame lo que sepas de la primera esposa de tu padre —dijo.

—¿Quieres decir la verdadera esposa de mi padre? —respondió Marion con amargura. Ante el silencio de Brand, se encogió de hombros y suspiró—. No la conocía nadie en todo Keswick, puesto que mi padre no heredó su título nobiliario hasta después de que él y mi madre supuestamente se casaran. Antes, habíamos vivido en Leeds. Todo el mundo sabía que había estado casado en otra ocasión, pero pensaban que era viudo.

—¿Tú sabías que había estado casado antes? Quiero decir, ¿pensabas que era viudo?

—Sí, pero nunca hablábamos de su... de su primera esposa. La mayoría de lo que sé viene de mi prima Fanny, y ella cree en lo que le han dicho: mi padre era viudo cuando se casó con mi madre. «Pobre Rose», solía decir, «tenía que estar encerrada por su propio bien.» Yo interpreté aquello como que era una amenaza para las personas de su alrededor.

—Kerr me explicó que tú tenías siete años cuando la primera esposa de tu padre murió —dijo Brand cuando Marion hizo una pausa.

—¿En serio? Supongo que obtuvo esa información

por la fecha de su muerte en los registros de la parroquia. Todo lo que recuerdo es que yo nací mucho antes de que muriera. ¿En qué estás pensando?

—Estoy tratando de ponerme en el lugar de tu padre. No podría arreglar las cosas para ti, pero me aseguraría de que todos los otros hijos que tuviese fuesen legítimos. Si hubiera sido él, me habría casado con tu madre. Es lo que habría hecho cualquier hombre en su sano juicio.

—Sí, yo también pensé en ello, pero no hay ninguna prueba. Como ya te he dicho, revisé todos los papeles de mi padre. Fui a ver al notario para preguntarle si mi padre había dejado algo para mí. Nada.

—Sin embargo Kerr me dijo que tú afirmas que tus padres se casaron.

La esperanza en los ojos de Marion se borró por completo.

—Era pura bravuconería, una expresión de deseos que no tiene otro sostén que un vestido que mi madre conservaba envuelto en tela dentro de su caja. Decía que había sido su vestido de boda, y que esperaba que sus hijas pudieran llevarlo puesto cuando se casaran. —Marion tomó un reconfortante sorbo de vino—. Mi pobre madre. Triste, ¿no? Comienzo a comprender lo que debió de haber sufrido manteniendo la farsa, incluso frente a sus propias hijas.

Y Brand, por su parte, comenzaba a comprender por qué Marion había debido renunciar a la temporada en Londres y a ser presentada en la corte. Su padre tenía demasiado por lo que responder. Pero Brand no podía desear que hubiese esperado a ser un viudo antes de casarse con la madre de Marion puesto que, de ser así, Marion no existiría.

Ese era un asunto para dejar en manos de filósofos.

—Creo que te equivocas, Marion —dijo con voz

suave—. Creo que tus padres sí se casaron. No sé lo que sucedió con sus actas de casamiento, pero creo saber dónde hicieron sus votos. Creo que fue cerca; no en Longbury, porque el nombre de tu madre era demasiado conocido allí. Pero quizá en una de las otras parroquias de la zona.

Marion se llevó una mano a la frente.

—No veo cómo...

—No, espera. Escúchame. Tú tenías siete años cuando tu padre fue por fin libre para casarse con tu madre. Y tenías siete años cuando fuiste a visitar a tu tía Edwina. Longbury y Lake District están todo lo lejos que en Inglaterra pueden estar dos poblaciones. Podrían haberse casado discretamente, y habría sido una decisión sabia.

—Olvidas algo: mi padre no fue a Longbury en aquel viaje. Él y mi tía no se llevaban bien.

—Quizá se alojó en Brighton. —Alzó la mano cuando Marion comenzó a protestar—. Está bien, quizá esté yendo demasiado lejos, pero sigo creyendo que se casaron. Eras su única hija, y tu padre tenía un título nobiliario y propiedades para heredar. Debió de haber querido un hijo.

—¡Si ese era el caso, entonces se merece haber tenido dos hijas más! —dijo Marion irritada.

Marion se llevó la mano a la boca y negó con la cabeza.

—¡Vaya imagen que debes de tener de mis padres! Eran buena gente. Eran respetados en todo Keswick. No llevaban una vida de derroche, y siempre estaban dispuestos a ayudar generosamente a quien lo necesitase. Éramos una familia feliz. A pesar de todo, éramos una familia feliz. —Se le quebró la voz—. No tengo derecho a juzgarlos.

—Sé que eran buenas personas. —Brand estiró el brazo a través de la mesa y le cogió la mano.

—¿Cómo lo sabes?

—Porque te conozco a ti y a tus hermanas. Vosotras no seríais el tipo de personas que sois sin buenos padres que os hubieran guiado en la vida. Y es por eso que estoy convencido de que tus padres intentaron arreglar las cosas en cuanto tuvieron la oportunidad.

—¿Entonces dónde está el acta de matrimonio?

—No lo sé, pero sí sé cómo podemos encontrarla. ¿Alguna vez solicitaste a las diócesis poder ver las transcripciones del obispo?

—¿Qué es eso?

—Los registros de las parroquias que los clérigos envían a sus obispos cada año. No es necesario visitar todas las iglesias. Todo lo que necesitas saber es el año en el que se casaron y la parroquia. Un clérigo puede obtener la información.

—¿Es posible que sea tan fácil? —Marion se apoyó contra el respaldo.

—No he dicho que fuera fácil —dijo Brand rascándose la barbilla—. Tenemos que dirigirnos al obispo correcto, y saber en qué año tuvo lugar la ceremonia. Puede que nos lleve un tiempo averiguarlo. Enviaré mensajeros en cuanto se haga de día.

A Marion le parecía una empresa imposible, pero se esforzó en ocultar su desilusión a causa de todas las molestias que Brand se tomaba por ella.

—¿Qué piensas hacer con respecto a David? —se obligó a preguntar.

En los labios de Brand se dibujó una sonrisa diabólica.

—¡Al señor Kerr le va a explotar su propia bomba en las manos!

—¿Su propia bomba en las manos?

—Sí, ya sabes, como quemado por su propia pólvora...

—Ya sé lo que significa. Pero ¿cómo?

—Te alegrará saber que fuiste tú quien me dio la idea. Aunque no te diré de qué se trata hasta que las cosas no estén en marcha. Pero lo primero es lo primero: tengo que pagar para obtener esa supuesta evidencia.

—He de advertirte que es auténtica.

—Estoy seguro de que lo es, pero no está aquí. Cuando Kerr la obtenga de su abogado, arreglaré un encuentro para cerrar el acuerdo. Eso me dará tiempo de organizar una pequeña sorpresa para Kerr.

Brand llenó las copas hasta el tope, esperó a que Marion tomara un sorbo y continuó:

—Volvamos a algo que mencionaste antes; las notas que alguien dejó para ti. Cuéntame exactamente lo que sucedió en Vauxhall y en el teatro.

Marion le dijo en unas pocas frases lo que él deseaba saber, pero lo que más parecía interesarle eran las notas de su bolso.

—Y tú asumiste que Kerr era el responsable —dijo Brand.

—No en persona, por supuesto. No tiene las agallas de encargarse de su propio trabajo sucio. Pero podría haber contratado a otros para que lo hicieran en su lugar.

—No estoy seguro. Creo que se trata más bien del hombre que nos atacó cuando estábamos en la casa de Los Tejos.

Marion lo miró fijamente, sin poder articular palabra durante un largo instante. Finalmente habló.

—Eso querría decir que me siguió desde Londres hasta Longbury, ¿no es así?

—No lo sé. Es solo una suposición. Pero de algo sí estoy seguro: David Kerr no tiene nada que ver con esos ataques. Es un chantajista, Marion, y los chantajistas no ponen en riesgo a sus propias víctimas. Y si contrató a otras personas, entonces se estaría arriesgando él mismo: podrían volverse contra él y chantajearlo, o delatarlo si fuesen capturados.

—¿Y las notas?

—Precisamente pienso en las notas, y lo que las notas dicen es que hay alguien que tiene miedo de que recuerdes lo que sucedió la noche en que Hannah desapareció. Te estaba haciendo una advertencia, mostrándote lo vulnerable que eras si decidías convertirte en una amenaza para él.

—¿Y por qué no matarme? ¿Por qué perdonarme la vida?

—No tengo ni idea —dijo Brand negando con la cabeza—. Al mismo tiempo, no es bueno que investigues por tu cuenta. Tenemos que actuar con cuidado.

—¿Investigar qué? —Marion dejó escapar una breve risa—. ¿La desaparición de Hannah? No sé nada al respecto, no recuerdo nada, y francamente en lo único que puedo pensar de momento es en mis propios problemas, no en un misterio ocurrido hace décadas.

Brand la observó ponerse de pie y deambular por la habitación. Cuando Marion se detuvo con una mano sobre la repisa de la chimenea, mirando el fuego, se puso de pie y se unió a ella.

La hizo volverse lentamente hacia él, alzó su barbilla y depositó un beso suave como la seda sobre sus labios.

—Escúchame, Marion —dijo—. En mi vida he lidiado con mayores granujas que David Kerr. Lee mis periódicos: he investigado y hecho caer a ministros corruptos. He llevado a la bancarrota a terratenientes mercenarios y cerrado las minas de dueños que se enriquecían a costa de niños trabajadores. Y no he conseguido todo eso jugando limpio, sino jugando según sus reglas. Y si debo volver a hacerlo, lo haré.

Al verla dudar aún, la cogió de los hombros y la sacudió ligeramente.

—David Kerr es un gusano, un parásito, y voy a aplastarlo bajo mi suela.

—¡Ya me gustaría! —dijo Marion recuperando la voz—. Lo único que me ha impedido ir a por él con una pistola en la mano es que no sé cómo utilizar un arma.

—Yo te enseñaré.

—Eso no sería prudente. También ahorcan a las mujeres por asesinato. ¿Qué sería de Emily y Phoebe entonces?

El momento de relajación no duró demasiado. Brand estrechó a Marion contra él, y ella se sentía feliz de estar allí, absorbiendo su masculinidad, degustando su fuerza. Marion se acercó aún más, hurgando en el calor de su cuerpo. Nunca se había sentido tan protegida y querida, pero sabía que no iba a durar. Incluso si él se ocupaba de David, siempre existiría el miedo de que alguien ocupase el lugar que él dejara vacío, alguien que hubiera conocido a la única y verdadera lady Penrith. Estaba condenada a mirar siempre por encima de su hombro, preguntándose cuándo caería la espada sobre ella. Y no solo caería sobre ella: Brand tenía mucho más para perder que Marion.

Él había trabajado muy duro para llegar a donde estaba, superando muchos obstáculos. Marion no quería convertirse en otro obstáculo en su camino.

Necesitaba tiempo para pensar.

—¿Qué sucede, Marion? —preguntó Brand, cerca de ella—. ¿Por qué tienes esa expresión?

—Estoy cansada, eso es todo.

—No. Es más que eso. —Marion intentó desviar la mirada, pero los ojos de Brand no se lo permitieron—. Quiero saber lo que piensas, lo que sientes.

La sacudió ligeramente, y aquello tuvo el efecto de soltarle la lengua.

—Me preguntaba en qué terminaría todo esto. He pasado los últimos tres años preguntándome en qué terminaría todo esto. No se trata solo de David. Si logras detenerlo sería estupendo. Pero alguien podría ocupar su lugar. Estaba pensando que quizá deberíamos empezar de nuevo en otra parte, donde nadie nos conozca.

—¿Otra parte? —Brand frunció el entrecejo.

—¿No me sugeriste una vez que debería vender la casa de Los Tejos? A nadie le sorprendería si lo hiciese, no después de lo que sucedió allí. De todas formas, estamos viviendo en el Priorato, y es el momento de encontrar una nueva casa. Antes tendré que explicar las cosas a Emily, por supuesto, pero...

—¿Y nosotros? Tú conoces mi situación. Si soy elegido para el Parlamento, tendré que pasar la mitad del año en Londres y la otra mitad aquí. ¿Has tenido en cuenta eso en tus cálculos?

Eso era lo que la asustaba.

—Tengo tanto derecho como tú a elegir cómo quiero vivir —dijo con un hilo de voz—. No te he prometido nada, ni tú a mí.

—¡Santo Dios! —Brand gesticuló violentamente en dirección de la cama—. ¿Qué ha sucedido en esa cama, entonces? ¿No ha sido una promesa de tu parte? ¿O de la mía? ¡He derramado mi simiente en ti! ¿Acaso crees que hago eso con cada mujer que llevo a la cama? ¿Qué diablos estaba pasando por tu mente? ¿Crees que soy como mi padre? ¿Que voy a arriesgarme a traer un hijo ilegítimo a este mundo?

Brand se pasó una mano por los cabellos y caminó hacia la mesa. Cuando dirigió su mirada hacia ella, Marion pudo ver sus ojos ardiendo de enfado.

—Llevas tres años soportando la carga de ser concebida fuera del matrimonio. Notarás que he suavizado mi lenguaje ahora que recuerdo que estoy en presencia de una dama. Déjame decirte que yo he soportado esa carga toda mi vida. Dices que puedes contar la historia de mi vida en tres o cuatro frases. Cierto. Y eso es porque me niego a infligir mi dolor a mis amigos. Lo he superado, no elegí la vía de la cobardía y la huida. ¡Enfréntate a David Kerr! ¡Derrótalo en su propio campo de juego! Y si la verdad sale a la luz, ignórala.

—¿Qué tipo de vida me esperaría si me casara con un personaje público? —preguntó Marion, con toda la calma que pudo—. Tampoco es que te hayas molestado en pedirme en matrimonio...

—Considérate solicitada —respondió Brand.

Marion agachó la cabeza, incapaz de sostenerle la mirada.

—Yo también me convertiría en un personaje público. Tus enemigos siempre estarían husmeando, intentando descubrir todos los secretos escandalosos que pudiesen arruinar tu carrera. Nunca lograría estar tranquila. ¿Cómo podría soportar ser la responsable de arruinar tu carrera?

—¿Me estás pidiendo que abandone la política?

Los ojos de Marion se clavaron en él.

—Por supuesto que no. Es donde debes estar. Es tu pasión.

—Lo sé. No estaba seguro de que tú lo supieras.

—Pues lo sé.

El silencio los envolvió. Brand parecía desconcertado mientras intentaba estudiarla. Poco a poco, la dureza de su expresión se fue suavizando y en su rostro se dibujó una sonrisa.

—No me digas que haces esto por mí...

—Hago lo que creo que es mejor para todos —respondió Marion sin devolverle la sonrisa.

—Ya veo. En ese caso, no tomemos decisiones apresuradas. Atengámonos al plan hasta que las elecciones hayan pasado.

—No haré nada que pueda comprometer tus posibilidades.

—No he pensado que lo harías.

Brand parecía alegre. Caminó hacia la puerta e hizo una pausa. Volviéndose para mirarla, le dijo:

—No harás nada precipitado sin consultarme antes, ¿verdad?

—Por supuesto que no.

Brand asintió y salió de la habitación.

Cuando se encontró con Ash en lo alto de la escalera, Brand sonreía abiertamente.

—Me alegra que aún estés despierto —dijo Ash—. ¡Debiste haberme dicho que habías ganado la nominación! Felicidades.

—Gracias —dijo Brand—. Vayamos a mi habitación y abramos una botella. Necesito que hagas algo por mí.

—Sabes que solo tienes que pedírmelo.

—Es sobre David Kerr.

Mientras caminaban por el pasillo hacia la habitación de Brand, Ash escuchaba atentamente el plan que su amigo había preparado para David Kerr.

19

Regresaron tres días después al Priorato, donde ya se hacía sentir el tibio verano con sus olores de lavanda, romero y mejorana llegando desde la huerta. La familia estaba en la terraza, descansando en sillas de mimbre mientras los sirvientes ofrecían té y galletas. No había rastros de Emily o Phoebe, y el único caballero presente era un desconocido para Marion.

Clarice fue la primera en verlos. Saltó de la silla y avanzó directo hacia Marion. Cogiéndola por el brazo, la arrastró en dirección al extraño, que se puso de pie cuando llegaron frente a él.

—Te presento a mi esposo, Howard —dijo Clarice, henchida de satisfacción—. Volvió a casa ayer.

Marion ya se había hecho una idea de Oswald en su mente, en función de lo que le había dicho Clarice sobre él. Lo veía como un erudito, puesto que había publicado un libro sobre Aníbal. Alto y apuesto, ya que Clarice era alta y bella. Y más sabio que el rey Salomón, vistas las loas que Clarice siempre hacía de él. Pero aquel simpático hombrecillo, de rizos oscuros, una gran sonrisa y unos enormes ojos castaños de adolescente no cuadraba en absoluto con lo que Marion imaginaba.

No pudo evitar devolverle la sonrisa. Hizo una reverencia, inclinó la cabeza e intercambió las frases de rigor.

La viuda se dirigió a Brand.

—Llegas temprano. No te esperábamos antes de... bueno... de la hora de la cena.

—Culpa a Marion de ello —dijo Brand, encogiéndose de hombros—. No podía esperar a ver a sus hermanas.

La viuda sonrió a Marion.

—Ven, siéntate junto a mí y cuéntamelo todo sobre Brighton. ¿Cuáles son los últimos rumores?

Marion estaba desconcertada. La familia de Brand sabía que habían ido a Brighton buscando la nominación. Y era sobre aquello que la viuda debería haberle preguntado. Miró a Brand, como buscando respuestas.

Brand estaba apoyado contra la pared de la terraza. Rechazó el té que le ofreció un sirviente, pero cogió una porción de pastel.

—¿Dónde están todos? —preguntó con aire despreocupado.

Marion se preguntó si se trataba de su imaginación, o si repentinamente todos se sentían culpables.

—Phoebe y Flora están en la casa, y Andrew está cabalgando con Emily —dijo la viuda, respondiendo a la pregunta de Brand.

—¿Estás segura? —preguntó a su vez la señorita Cutter. Una mirada fulminante de la viuda la hizo poner nerviosa—. Solo preguntaba porque creí verlos en el herbario. —Y agregó en dirección a Marion—: Ya sabes, los jóvenes...

Theodora la interrumpió con rudeza.

—Y en cuanto a Robert, ¿quién sabe? Él va y viene como mejor le parece.

Esa última afirmación proyectó una sombra de incomodidad entre los presentes, que solo el marido de Clarice pudo disipar ligeramente.

—Lo vi montando antes —dijo con naturalidad—. Hace menos de una hora. Creo que se dirigía hacia las colinas.

El momento incómodo pasó, y los presentes se pusieron a hablar entre ellos. Marion buscó a Brand con la mirada, para finalmente descubrir que la estaba observando con ojos que decían mucho. El problema era que Marion no sabía qué era lo que decían. Desvió la mirada y respondió mecánicamente a una pregunta de la viuda, pero su mente seguía con Brand.

En los últimos días, casi no habían estado solos. Después de obtener la nominación, Brand se había convertido en el hombre del momento, y ambos se habían visto obligados a asistir a reuniones en las que las mujeres se entretenían solas mientras los hombres planeaban su estrategia en caso de obtener los suficientes escaños en el Parlamento para formar gobierno. Marion había participado de todo, desempeñando el papel de su vida, determinada a no decir ni hacer nada que pudiese comprometer el sueño de Brand.

Marion comenzaba a creer que lord Hove tenía razón: Brand estaba en racha, y triunfaría. Una parte de ella temía lo que aquello podría implicar, pero por otra parte, su mejor parte, se sentía completamente orgullosa.

La señorita Cutter estaba perorando acerca del huerto de plantas aromáticas, lamentando que sus escaramujos se hubieran llenado de gusanos, pero nadie le prestaba atención. Clarice y Oswald hablaban en susurros como dos tortolitos, y la viuda y Theodora parecía como si hubiesen discutido.

Marion pensó, con enojo, que si esa fuera su familia la repudiaría. Su familia distaba de ser perfecta, pero al menos sabían cómo celebrar los triunfos de los demás. Todos los presentes sabían que Brand había partido a

Brighton en busca de la nominación, y sin embargo nadie le había preguntado aún cómo había ido.

Y, como solía decir su padre, encontró un rápido remedio para aquello.

Marion terminó su taza de té y luego la dejó caer deliberadamente sobre las losas de la terraza, donde se rompió en cientos de pequeñas piezas. Con ello logró el efecto deseado: las conversaciones se detuvieron bruscamente, y todos los ojos se posaron en ella.

—Disculpadme —dijo—. No suelo ser tan descuidada. —Y antes de que nadie pudiese interrumpirla añadió—: Su ilustrísima, usted me preguntó sobre los últimos rumores de Brighton. Me sorprende que aún no haya llegado a sus oídos, pero Brand ha obtenido la nominación de su partido, y será candidato en las elecciones. Debería estar orgullosa de él.

La mirada de la viuda se tiñó de sorpresa.

—Marion —dijo Brand—. Ellos...

—Además —continuó Marion, cada vez más indignada— lo obtuvo por sus propios méritos, y no por estar relacionado con los FitzAlan.

—Pero es un FitzAlan —argumentó la duquesa con chispas en los ojos.

—Y los FitzAlan se mantienen unidos —agregó la señorita Cutter. Y lo decía en serio.

Marion también hablaba en serio.

—Quizá les interese saber que lord Hove ha pensado en Brand para un puesto en el gabinete.

—Sí, cariño —respondió la viuda sin poder contener el brillo de sus ojos—. Pero eso solo podría pasar si los liberales tuviesen mayoría en el Parlamento, y pueden pasar varios años antes de ello.

Cuando Marion abrió la boca para protestar, Brand la interrumpió con severidad.

—¡Marion! —Luego bajó el tono—. Ellos ya saben

que obtuve la nominación. No sé cómo lo saben, pero lo saben.

Clarice dejó escapar una risotada y se puso de pie.

—Te dije que esto no tenía sentido. Las niñas estarán tan desilusionadas...

Marion miró a Brand, pero todo lo que obtuvo a cambio fue un encogimiento de hombros. Él no sabía más que ella de qué trataba todo aquello.

Uno a uno, todo el mundo se puso de pie.

—Dame tu brazo, Marion —dijo la viuda—. Me cuesta mantener el equilibrio de pie. —Marion se apresuró a obedecer—. Todo estará más claro cuando entremos en la casa. —Y en dirección a Brand, la viuda agregó—: Una muchacha de sangre caliente, ¿no?

—Abuela... —protestó.

—No, no, la apruebo. Será una buena madre, pero no veo ningún anillo de casamiento en su dedo.

—Eso es porque no estamos casados. —La respuesta de Brand fue lacónica.

—En mi época, no perdíamos el tiempo —comentó la viuda, impertinente.

—El obispo estará aquí para la cena —agregó maliciosamente Clarice—. Deberías hablar con él, Brand.

Marion lanzó a su amiga una mirada fulminante. Había comprendido la referencia al obispo: solo él podía autorizar a las parejas a casarse rápidamente, sin necesidad de publicar las actas de matrimonio. Marion habría querido mirar de la misma manera a todos. Se sentía como una institutriz intentando poner orden en una tribu de niños malcriados.

La viuda entró en la casa del brazo de Marion, cuidadosamente a través de la puerta y dando unos pasos hacia el interior del salón.

—¿Entonces? —preguntó la viuda—. ¿Estamos haciendo las cosas bien por el muchacho o no?

Marion no podía articular palabra. La balaustrada de la galería estaba engalanada con cintas de todos los colores. Un ejército de sirvientes movían muebles y plantas bajo la dirección de Andrew y Emily. Las criadas pulían y repasaban por todas las superficies de la casa. Cuando la viuda le señaló otra dirección, Marion volvió la cabeza. Había una gran pancarta colgada a través de la galería. La escritura no era muy lograda, pero el mensaje era legible y provocó una extraña opresión en la garganta de Marion.

VOTAMOS POR BRAND Y MARION

—Habíamos planeado una pequeña cena familiar, pero Emily y Andrew se impusieron y este es el resultado —dijo la viuda—. Esta noche habrá una recepción a la que todo el mundo está invitado.

Clarice amplió la información entre risas.

—Nos habéis cogido por sorpresa al llegar tan pronto. Nadie sabía adónde mirar, o qué decir.

Clarice dejó de hablar cuando Flora y Phoebe entraron en el vestíbulo con los brazos repletos de rosas fragantes. Se detuvieron en seco al ver a Marion. El rostro de Phoebe se descompuso.

—No deberías estar aquí —se quejó—. ¡Esto iba a ser una sorpresa!

Marion intercambió una rápida mirada con Brand, y se dijo que él estaba conmovido. Realmente conmovido. Marion tuvo que desviar la mirada, porque la opresión en su garganta comenzaba a quemarle y los ojos le escocían.

Lo que este hombre necesita, pensó Marion, es que lo mimen de verdad. En Brighton, había sido homenajeado por sus colegas, pero no era lo mismo. Como Marion había dicho a su abuela, lo que había ganado lo había conseguido por sus propios méritos. Ser mimado era como ser amado. El mérito no tenía nada que ver con ello.

Marion detuvo sus pensamientos en el acto. Ese tipo de reflexiones podían transformarla en una Magdalena.

Las niñas estaban ahora frente a ella. Flora entrecerró los ojos al mirarla.

—¿Está triste, lady Marion?

—No —dijo, y sus lágrimas se evaporaron en el acto—. No lo estoy.

—Siempre llora cuando está contenta —dijo Phoebe.

—Yo no me siento triste —dijo la viuda—. Más bien siento ganas de bailar. —Recorrió el gran salón con la mirada buscando aprobación—. Lo que esta casa necesita son más fiestas, más risas, y más niños, muchos más niños. Llevo varios años viviendo en una tumba, pero hasta ahora no lo sabía.

Marion rió con los demás, pero sus ojos se dirigieron involuntariamente hacia Theodora. La sonrisa de la vieja mujer era tirante, sus ojos vacíos, pero mantenía la cabeza erguida con orgullo.

Marion apartó la vista un segundo, y cuando volvió a alzar la mirada, no había ni rastro de Theodora.

Brand se sentía muy tranquilo mientras se mezclaba entre los invitados. Siempre había considerado al Priorato como el símbolo de una era pasada. Su abuela lo había definido como una tumba. Las únicas recepciones organizadas allí que él recordaba estaban siempre basadas en alguna estrecha tradición. Pero esa noche, cuatro jóvenes —Emily, Phoebe, Flora y Andrew— habían plantado cara a la tradición, y el resultado era encantador. Le hacía pensar en los cambios que Marion podría aportar a la casa de su abuelo.

Ahora sí estaba seguro de Marion. Alguien podría echarle en cara que pecaba de exceso de confianza, pero nadie conocía a Marion como él. De hecho, la conocía mejor de lo que se conocía ella misma. Ella creía tener aún una alternativa, pero Brand sabía que no. Horas antes, cuando Marion había salido en su defensa en la terraza como las tropas de caballería que salían al rescate, ella se había puesto en evidencia.

Todo era nuevo para él. Siempre había peleado solo sus batallas, y tenía varias cicatrices para probarlo. Pero ahora tenía una defensora. Él, Brand Hamilton, un guerrero en ropas de caballero, tenía a otro guerrero en enaguas velando por él.

Marion también era la defensora de sus hermanas, y allí radicaba el problema. Marion nunca haría algo que perjudicase sus hermanas, y Brand nunca se lo pediría. Ash ya estaba en Londres ocupándose de uno de los problemas: él hablaría aquella noche con el obispo y, con suerte, se encargaría del otro problema.

Sus ojos la buscaron entre la gente. Estaba con Emily, y aparentemente mantenían una conversación seria. Emily era adorable, pero Marion le sostenía la mirada. Lo que la gente veía primero en Marion eran sus cualidades. Al observarla, pudo ver su corsé de hilo blanco que apretaba su cintura, sus enaguas con volantes y sus medias de seda blanca. Mentalmente, comenzó a desvestirla. Justo cuando estaba por quitarle una de sus medias de seda, Marion se volvió hacia él y sus miradas se encontraron.

Marion lo miró durante un largo momento, y luego se llevó la mano al cuello mientras sus mejillas se sonrojaban. Brand cogió una copa de champán de la bandeja de un sirviente que pasaba por allí y la alzó en un tributo silencioso. Cuando Marion tragó saliva y finalmente desvió la mirada, Brand sonrió.

Estaban hechos el uno para el otro, puesto que Marion era capaz de leerle la mente sin necesidad de palabras. El mensaje era claro. Durante las dos últimas noches en Brighton, Brand se había quedado despierto hasta altas horas trabajando en asuntos del partido. En el largo camino hacia Longbury, en el carruaje, la presencia de la criada había generado un ambiente de solemnidad. Pero esa noche, Brand prometió que nada la separaría de él.

Salvo Marion, pero Brand no pensaba darle la oportunidad. Sabía cómo persuadirla.

La orquesta, compuesta por un cuarteto de músicos locales, se preparó para el primer baile de la noche: un vals. En tanto que invitados de honor, Andrew les había solicitado a Brand y a Marion que fuesen los primeros en ocupar la pista.

Brand dejó su copa sobre la mesa más cercana y fue en busca de Marion.

Ella observó con ansias cómo se acercaba, y se maldijo a sí misma por haber iniciado aquella conversación con Emily. Todo lo que quería era dejar caer accidentalmente en la conversación que quizá fuese necesario posponer indefinidamente su boda con Brand. Todo lo que obtuvo a cambio fue un sermón maternal sobre los nervios de las novias.

—Es a causa de tu edad —dijo Emily con una voz baja pero potente—. Mientras más lo pospongas, más miedo tendrás. A lo que tememos es a lo desconocido. Confía en mí, no hay nada de que tener miedo. —Rió entre dientes—. No es que esté hablando desde la experiencia, pero he hablado con algunas de mis amigas que tienen hermanas mayores ya casadas. Si tuvieras una hermana mayor, ella te lo diría. Es tan fácil como tomar un baño. —Emily contuvo una nueva risita—. Algunas dicen que prefieren tomar un baño. Dura menos.

Si antes las mejillas de Marion estaban sonrosadas, ahora eran de color púrpura. Algún día aclararía varias cuestiones con Emily, pero no esa noche.

—Gracias, ya no necesito una hermana mayor teniéndote a ti para guiarme —dijo—. Al mismo tiempo, me has leído la mente. Quiero decir, cuando dijiste que no hablabas desde la experiencia.

—¡Eres muy bromista! —dijo Emily con una mueca.

Marion supo que él estaba detrás de ella antes de que dijese su nombre. Era sorprendente hasta qué punto podía sentir su presencia. Sentía como si la piel le ardiese, su respiración se volvía entrecortada, y su mente se llenaba de imágenes extrañas. Eliminó las más extravagantes y se concentró en la idea de un baño frío.

Brand la hizo girar en el momento en que la orquesta comenzó a sonar. Todas las miradas estaban puestas sobre ellos, así que debían comportarse. Esa noche, Brand tenía un aire de Ash Denison en la mirada: casual, diabólicamente apuesto y, por supuesto, libertino.

—Léeme la mente —dijo.

—¿Cómo dices?

—Estoy poniendo a prueba una teoría. Léeme la mente. Mira dentro de mis ojos, Marion, y léeme la mente.

Marion sabía a qué venía todo aquello. Era porque la había hecho sonrojarse desde el otro extremo del salón. La había atrapado en medio de sus fantasías sobre la noche en la que la amó salvajemente, apasionadamente, y Marion supo que él pensaba la misma cosa en el mismo instante.

Y una vez más, la estaba haciendo sonrojarse.

—Leeré tu mente si tú lees la mía —dijo Marion.

—¡Hecho! —respondió Brand.

Con los ojos fijos el uno en el otro, avanzaron girando por la pista de baile.

—Bueno, cuéntame qué ves —dijo Brand finalmente.

—Si pudieras leerme la mente, no tendrías que preguntar —respondió Marion con dignidad—. ¿No sentiste la bofetada que te di?

Los hombros de Brand se sacudieron, y los labios de Marion comenzaron a temblar. Estaba completamente y sin remedio enamorada de aquel hombre, y no tenía idea de cómo terminaría.

Al otro lado de la pista, Andrew adoptó una pose erguida y bordeó la pista hacia donde se encontraba Emily. Era el caballero de más alto rango presente, por lo que tendría que haber bailado la primera pieza con Marion. Pero esa velada las reglas se habían suavizado, puesto que se trataba de una recepción espontánea organizada por los más jóvenes. Por lo general, en esos casos Andrew solía esconderse en las caballerizas y dejaba que su tío Robert hiciese los honores.

Emily lo estaba esperando. Sus ojos lo estudiaron detenidamente, y finalmente le sonrió.

—Eres el caballero más apuesto de todos los presentes, y yo soy la envidia de todas las chicas, puesto que me has elegido como compañera —dijo, con un aleteo de las pestañas.

—No me provoques, Emily —gruñó Andrew—. Ya es suficientemente duro así.

—No te estoy provocando; es la verdad. Además, estaba coqueteando contigo. Ahora es tu turno.

Andrew había preparado su parte.

—Tu vestido es muy apropiado. Combina maravillosamente bien con tus ojos.

—Ya vas aprendiendo. Eso ha estado muy bien. ¿Listo?

Cuando Andrew le ofreció su mano enguantada, Emily la aceptó y él la condujo hasta la pista de baile. Emily se puso a contar para él, y en cuando volvió al «uno» Andrew se lanzó a bailar.

—Si necesitas seguir contando no muevas los labios —dijo Emily—. Haz como si leyeras un libro.

—Siempre muevo los labios cuando leo un libro.

—Andrew, esa ha sido una buena réplica. —Emily estaba henchida de orgullo—. Te estás volviendo tan bueno como lord Denison.

Andrew sonrió ante el cumplido.

—Has sido una excelente maestra.

—Lo he sido, ¿verdad? Salvo en las conversaciones banales. Realmente debemos practicar eso.

—Comienza tú —dijo, y ante la mirada de reprobación de Emily, agregó—: Yo estoy contando mis pasos.

—Muy bien. —Brand y Marion pasaron girando junto a ellos, y Emily olvidó la conversación banal—. Andrew, ¿has notado algún cambio en Brand? —dijo—. Sigue queriendo casarse con Marion, ¿verdad?

—¿Estás bromeando? Está loco por ella.

Emily asintió.

—Es lo que pensé. Deben de ser los nervios del casamiento.

—¿Cómo?

Puesto que Andrew era su mejor amigo, no dudó en hablarle acerca de la extraña conversación que había tenido con su hermana antes de comenzar a bailar.

La recepción, o baile, o fiesta —Marion no tenía ni idea de cómo llamarlo— debía haber terminado hacía tiempo, pero nadie parecía querer volver a su casa. Marion se sentó en el escalón superior de la galería, recuperando el aliento y esperando a que Brand se uniese a ella. Él le había dicho que tenían asuntos de los que conversar, por lo que Marion no pensaba alejarse hasta que Brand tuviese la oportunidad de hablarle.

David Kerr o Hannah. Tenía que ser sobre alguno de

los dos, y Marion no podía evidenciar su interés. Después del primer baile con Brand, Marion había decidido vivir el momento, al menos durante el tiempo de la fiesta. Se lo debía a sus hermanas y a todas las amables personas de Longbury que habían acudido aquella noche a transmitirle sus buenos deseos.

Sócrates estaba equivocado cuando afirmaba que una vida sin reflexión no merecía ser vivida. Sócrates no conocía a Marion: demasiada introspección podía enloquecer a cualquiera.

Flora y Phoebe comenzaron a subir la escalera hacia ella, susurrando entre ellas. Se detuvieron al descubrirla. Marion supo en el acto que tramaban algo, pero sintió, víctima del extraño estado de ánimo en el que se encontraba, que ellas también tenían derecho a vivir el momento. Además, que Phoebe estuviese tramando algo era una buena señal. Había sido una niña tímida y solitaria durante demasiado tiempo. La enérgica e intrépida Flora era tan buena como las vitaminas.

Marion sonrió cándidamente cuando se acercaron a ella.

—¿En qué andáis vosotras dos?

—Acabamos de cenar—respondió Flora.

Aquella niña tenía los ojos más inocentes que Marion hubiera visto.

—Mmm —dijo Marion. Dirigió su atención a Phoebe. Tenía un color saludable, y había subido la escalera como si llevase haciéndolo con gracia toda su vida. Llevaba una cartera bajo el brazo—. ¿Qué hay en la cartera?

—Nada que sea importante para ti —dijo Phoebe encogiéndose de hombros—. Son nuestros tesoros.

Y aquella niña tenía los ojos más sinceros que Marion hubiera visto.

—No os quedéis despiertas hasta muy tarde.

—No —dijo Phoebe.

Marion las observó dirigirse a la habitación de Flora. Había permitido a Phoebe pasar la noche en la habitación de Flora, por lo que no esperaba que durmiesen demasiado.

Se quedó allí sentada esperando a Brand, observando ociosamente a los invitados a través de los barrotes de hierro forjado de la balaustrada. Tendría que descender pronto, al menos para despedirse de sus invitados, así que Brand debería posponer la conversación. Lo veía, contra una de las ventanas, conversando con el obispo. También estaban con ellos lord Robert y Theodora, quienes apenas se habían dirigido un par de miradas en toda la noche. Cualquiera habría pensado que el acompañante de Theodora aquella noche era John Forrest, el hombre encargado de sus negocios. La señorita Cutter estaba hablando con él, y el pobre hombre parecía muy incómodo. ¿Quién podía culparlo? La pobre señorita Cutter se estaba volviendo más y más confusa.

Marion se puso de pie y comenzó a descender la escalera con la vaga intención de rescatar al señor Forrest, pero el marido de Clarice, bendito él, llegó antes que ella. Oswald Brigden tenía el maravilloso don de hacer sentir cómodas a las personas. La mirada de alivio del señor Forrest era casi cómica.

La señorita Cutter parecía bastante perdida, así que Marion se dirigió hacia ella.

—No he tenido la oportunidad de hablar con usted en toda la noche —dijo Marion con una sonrisa cálida.

La señorita Cutter se concentró en la perla que Marion llevaba al cuello.

—Santo Dios, hija, no esperaba que lo hicieras. Eres joven, y debes estar con la gente joven. —Le lanzó una mirada de soslayo—. Lo has heredado de tu tía, por lo que no debería sorprenderme. Nunca he conocido a nadie más amable.

Marion sabía que la señorita Cutter se estaba refiriendo a Hannah. Ya habían tenido esa conversación antes. Cuando Hannah había vuelto durante las vacaciones a la casa de Los Tejos, se había ofrecido a visitar a la señorita Cutter en el Priorato. Hasta ese momento, Marion siempre había pensado que las visitas de Hannah eran completamente inocentes. Pero ahora recordaba lo que le había dicho la señora Love, que Hannah había vuelto a Longbury para estar con el amor de su vida.

¿Hannah se habría confiado a la señorita Cutter? ¿Acaso la señorita Cutter sabía algo que no considerara importante? ¿Cómo obtener información útil de una anciana cuya mente no cesaba de divagar?

Dio un pequeño respingo cuando sintió una mano rodeando su cintura, pero solo se trataba de Emily. Llevaba un chal alrededor de los hombros.

—Andrew y yo... —dijo Emily—. Quiero decir, un grupo de gente iremos a observar las estrellas. Andrew es casi un astrónomo. No iremos lejos.

—¿Quién irá con vosotros?

—No seas tonta —dijo Emily entre risas—. Si alguien nos acompañase para vigilarnos, no sería divertido. Marion, te preocupas demasiado.

Peter Matthews y su hermana se acercaron a ellas.

—¿Estás lista, Emily? —preguntó Ginny.

—Si mi hermana me da permiso...

Marion se relajó. Le agradaban Peter Matthews y su hermana, y no veía ningún mal en observar las estrellas si ellos iban a estar allí.

—Id y divertíos —dijo.

Mientras Emily y sus amigos se dirigían hacia la puerta, la señorita Cutter se acercó a Marion.

—Primero tú y Brand, ahora Emily y Andrew —dijo—. Recuerda lo que te digo.

Marion observó a la anciana. ¿Andrew y Emily? La

idea le daba risa. Andrew era un niño, y Emily era una mujer. Era más bien Ash Denison quien hacía suspirar a su hermana.

—Señorita Cutter, Andrew y Emily son demasiado jóvenes para eso —dijo—. Son amigos, nada más.

La señorita Cutter asintió.

—Amigos. Sí, eso explica por qué pasan tanto tiempo juntos. Pero te equivocas con respecto a Andrew. No es un niño, cumplirá diecinueve en unos meses. Su ilustrísima está muy orgullosa de él. —Y con una sonrisa complaciente, se alejó.

A veces, pensó Marion, la señorita Cutter podía sonar tan lúcida como cualquiera. Pero a la vez, Marion conocía a su hermana. Emily había tomado a Andrew bajo su protección. Eran más bien como hermanos, y nunca estaban solos: siempre se hallaban rodeados de amigos.

La pobre señorita Cutter se había equivocado de nuevo.

Tenía que dejar de llamarla «la pobre señorita Cutter».

Miró a su alrededor en busca de Brand, lo descubrió y se dirigió a su encuentro.

Los invitados comenzaron a partir, y el goteo pronto se transformó en un éxodo. El gran salón estaba casi vacío cuando Manley entro en él. Se dirigió directamente hacia Brand y le susurró al oído. Poco después, Brand llevó aparte a Marion para hablar con ella.

—Manley acaba de decirme que un grupo de muchachos del Priorato, entre los que están mi hermano y tu hermana, han provocado un gran revuelo en la taberna Rose & Crown.

—Supuestamente estaban observando las estrellas

—dijo Marion—. ¿Qué estaban haciendo en el Rose & Crown?

—¿Observar las estrellas? —Brand alzó las cejas—. ¿Es así como lo llaman hoy en día?

—No me dejes en suspenso, dime qué ha sucedido.

—Ha habido una pelea —dijo—. Los muchachos han sido encerrados en el depósito hasta que alguien pague los destrozos y se presente como garante de su buen comportamiento.

—¿El depósito? —A Marion le temblaban las rodillas—. No me digas que han encerrado a Emily en el depósito.

—No. Ella es libre de partir, pero no se irá sin Andrew. Me dirijo hacia allí de inmediato.

Marion comenzaba a recuperarse de la sorpresa inicial.

—Voy contigo —dijo.

Cuando ella comenzó a caminar, Brand la cogió por la muñeca y la retuvo.

—Tú no vas a ningún lado. Lo que tengo que decir a Andrew debo decírselo en privado. No creo que mi lenguaje vaya a ser apropiado para los oídos de una dama. Enviaré a Emily de vuelta con Manley, y tú te ocuparás de ella. Ofrece a mi abuela disculpas de mi parte.

Al verlo seguir a Manley fuera del salón, Marion tuvo la extraña sensación de que, a pesar de sus palabras, Brand estaba silenciosamente satisfecho de su hermano.

20

El depósito era el único calabozo de Longbury, y se accedía a él a través de un patio adoquinado al final de la calle High. Los criminales peligrosos eran enviados a Brighton, donde había una verdadera cárcel en la que encerrarlos y guardias para controlarlos si era necesario. Los que terminaban en el depósito, por lo general no pasaban más de una noche tras los barrotes. Se trataba de delitos menores, y los encargados de controlarlos eran poco más que vigilantes nocturnos.

Sin embargo, una noche tras las rejas no era una experiencia que alguien desease repetir, como sabía Brand.

Brand conocía muy bien a Jennings, el vigilante a quien saludó. Había envejecido bastante y estaba completamente calvo, pero aún conservaba su físico de luchador, una característica que desalentaba a más de un huésped descontento de ponerlo a prueba.

—Los tiempos deben de haber cambiado, señor Hamilton, para que sea usted quien viene a pagar para sacar de aquí al duque y no al revés —dijo Jennings.

Brand no perdió su tiempo en recuerdos.

—Cierto, Jennings. ¿Dónde está lady Emily?

—No está en los calabozos, señor, no una señorita agradable como ella. Usted verá, no podía dejarla ir, porque se había resistido al arresto, y el agente Hinchley quiere que le dé una lección. Sin cargos, señor, pero ella debería saber que no hay que interferir con un policía cuando está cumpliendo con su deber.

¡Santo Dios! Aquello era peor de lo que pensaba.

—Dime qué sucedió.

—Lo que inició todo fue una carrera de carros, justo aquí, en medio de la calle High —dijo Jennings, gesticulando perezosamente—. ¿Puede creerlo? La gente decente tenía miedo por sus vidas. Enviaron al agente Hinchley en busca de los críos que causaron el problema. Los alcanzó fuera del Rose & Crown: su Andrew, el hijo de sir Giles Malvern y una banda de amiguetes. Lo que empezó como una fiesta terminó en pelea: su Andrew le dio un golpe al muchacho de Malvern, y cuando el agente Hinchley intentó arrestarlo, lady Emily se interpuso.

—¿Es libre de irse?

—¡Claro que puede, una chica tan agradable! —Jennings parecía sorprendido—. Mi señora se ha encariñado con ella. Pero hay que darle una lección, ¿comprende?

Brand comprendía, y expresó su gratitud hacia Jennings con palabras más elocuentes que las que solía utilizar. Siempre era beneficioso estar del lado correcto de la ley, o al menos aparentar estarlo. Era una de las reglas de oro que había aprendido como director de periódico.

—Ahora, cuéntame lo de Andrew —dijo.

Jennings se rascó la barbilla.

—Su caso es diferente —dijo—. Tengo a sir Giles y al joven Malvern en la oficina, y sir Giles va a presentar cargos. Está esperándolo a usted.

—¿Cuán malherido está el muchacho?

Está chillando como un gato escaldado, pero no veo

ninguna herida. Creo que está intentando empeorar las cosas al joven Andrew.

Brand reflexionó un momento.

—¿Habéis llamado a un doctor?

—No. Su padre dijo que se ocuparía de él cuando el muchacho estuviera en su casa.

—Si va a presentar cargos, quiero que mi doctor examine al muchacho —dijo Brand, desvelando una sonrisa de tiburón—. Haga venir al doctor Hardcastle, y mencione mi nombre. Eso debería convencerle de venir.

—Hay un doctor en la calle High, a pocas casas de aquí.

—Hardcastle —dijo Brand—. Si voy a pagar, quiero que mi doctor esté presente. Y asegúrese de informar a sir Giles de todo esto.

Jennings asintió.

—¿Y lady Emily?

—Manley la llevará de vuelta a casa, nuestro carruaje está fuera. ¿Crees que podrías sacarla de aquí discretamente?

—Déjemelo a mí.

—Eres un buen hombre. Ahora, quiero ver a Andrew.

Los sirvientes estaban apagando los candelabros del gran salón cuando Marion subió la escalera para irse a la cama. Su mente rebosaba de especulaciones, pero no estaba excesivamente alarmada. El sirviente que le había preparado una vela para iluminar su camino le susurró que la broma de Andrew no era nada más que una carrera de carros, y que lady Emily estaba bien acompañada por Ginny Matthews y algunos de sus amigos. El policía quizá quisiera asustarlos un poco, pero nada más.

Antes de irse a la cama, se deslizó en la habitación de Flora para echar un vistazo a las niñas. Todo estaba a oscuras, así que sostuvo bien alto el candelabro al acercarse a la cama con baldaquín. Su hermana llevaba el cabello cubierto para que se le hicieran rizos, algo que había comenzado a hacer en la última semana para imitar los abundantes rizos de Flora. Esta, por su parte, envidiaba la piel sin pecas de Phoebe, y había comenzado a aplicarse zumo de limón en el rostro cada noche para disolver lo que consideraba como unas horribles manchas. Marion podía oler el zumo de limón.

Todo aquello Marion lo había sabido por la pequeña sirvienta que se había transformado en confidente y cómplice en las conspiraciones de las niñas. Mattie preparaba el cabello de Phoebe cada noche y el zumo de limón para el rostro de Flora.

Marion suspiró, preguntándose una vez más cómo reaccionarían las niñas cuando les llegase el momento de separarse. Esta forma de educar a Flora, compartiéndola entre dos tías a lo largo del año era, en su opinión, una actitud cruel y egoísta, que no ofrecía a la pequeña la estabilidad que necesitaba. Theodora dejaba que sirvientes y extraños se ocupasen de ella. Flora merecía más que eso.

Marion sabía que debía sentir lástima por Theodora por ser una esposa abandonada, pero nunca había sentido demasiado aprecio por aquella mujer. Era fría y orgullosa, y no tenía ni pizca de amor maternal en todo su cuerpo, salvo cuando se trataba de caballos. En cuanto a lord Robert, era alguien distante, pero no frío. Cansado, derrotado... ¿Qué había en él que provocaba a Marion tanta incomodidad? Había asuntos en esa casa que definitivamente Marion no lograba comprender.

La brisa que entraba por la ventana abierta dispersó por el suelo algunos de los papeles que estaban sobre una mesilla, y Marion se agachó a recogerlos. Cuando vio la caja sobre la mesa, adivinó que debía de tratarse de los tesoros de las niñas. Extraños tesoros, se dijo mientras echaba una mirada a los papeles que tenía en la mano. Su corazón se detuvo cuando vio que algunos de los papeles eran cartas a Hannah, firmadas por lord Robert. Una lectura más atenta la dejó perpleja: no había declaraciones de amor en ellas. El recibo de una venta, una nota de agradecimientos, una receta para curar a un caballo con cólicos y diversas notas sin interés dirigidas a otras personas en un tono descortés.

Marion concentró su atención en la caja. Era una típica caja hecha a mano de las que se encuentran en cualquier casa, con incrustaciones de marquetería y una tapa ajustable. Marion tenía una similar en el salón de su casa, en la que guardaba hilos y agujas.

A pesar de que la luz no era buena, Marion no tuvo problemas para distinguir, grabadas sobre la tapa, las iniciales H.G. Aparentemente se trataba de la caja de Hannah. Algunas de las cartas estaban dirigidas a ella, aunque no todas. Marion abrió la tapa y revisó el contenido de la caja. La única cosa de interés era un pañuelo con las iniciales de lord Robert.

Marion comenzó a especular, pero ninguna de las teorías que acudían a su mente le resultaba satisfactoria. Lo que ella buscaba eran cartas románticas, algo que mostrase que Hannah planeaba fugarse con el amor de su vida. ¿Alguien habría cogido las cartas más íntimas?

Miró en dirección a la cama. Phoebe y Flora tenían muchas cosas que explicar, pero no ahora. Por la mañana, les preguntaría cómo habían obtenido la caja, y qué había en ella cuando la encontraron.

Tras colocarse la caja bajo un brazo, avanzó de puntillas hacia la puerta y abandonó la habitación. Las niñas se sentirían completamente desconcertadas cuando descubriesen por la mañana que su caja había desaparecido. Mejor así, aquellas niñas se estaban volviendo demasiado independientes para su gusto. Un poco de disciplina no les vendría nada mal.

Dejó la caja sobre su tocador y se preparó para meterse en la cama, aunque no tenía intención de dormirse antes de hablar con Brand y, esperaba, también con Emily. En un intento por contener su impaciencia hasta que todos hubiesen regresado, Marion se sentó con la caja de los tesoros, esta vez en busca de un compartimento secreto. Para su mayor desilusión, no había ninguno.

Intranquila, volvió a dejar la caja sobre el tocador y se puso a dar vueltas por la habitación. Cuando escuchó ruidos de carruaje frente a la casa, entreabrió su puerta y esperó. Finalmente Emily apareció en el pasillo, entró en su dormitorio y cerró la puerta.

Marion cogió el candelabro sobre la repisa y fue tras su hermana.

Emily se volvió cuando Marion entró a su habitación, ofreciéndole una gran sonrisa.

—Pensé que estarías dormida, y no quise despertarte —dijo—. Deja el candelabro y te lo contaré todo.

Aquella muchacha feliz y llena de confianza no era lo que Marion esperaba encontrar, y no sabía si sentirse aliviada u ofendida. Aparentemente, Flora y Phoebe no eran las únicas que necesitaban algo de disciplina.

Marion dejó su candelabro a un lado y se sentó junto a Emily en la cama.

—¿Y bien? —preguntó.

—Esta noche Andrew demostró que es realmente un caballero —dijo Emily como si actuase en un teatro—. Es un héroe, Marion, no en el sentido griego, sino en el que los ingleses admiramos. Ya sabes: humilde, honrado, y un hombre de acción cuando la ocasión lo requiere. Si tuviese unos años más, estaría tentada de pensar seriamente en él —agregó alegremente.

La sensación de alarma en Marion se apaciguó ligeramente.

—No estarás enamorada de él, ¿verdad?

—No seas ridícula —dijo Emily frunciendo el ceño—. Es solo un niño, y yo ya soy toda una mujer.

Marion se abstuvo prudentemente de mencionar su conversación con la señorita Cutter.

—Emily, no me dejes en ascuas —dijo con paciencia—. Cuéntame lo que ha sucedido esta noche.

—Puedes culpar de todo al insufrible Victor Malvern —comenzó a decir Emily, y finalmente sonrió—. Aunque, considerándolo bien, quizá deberíamos darle las gracias. Salió bastante mal parado.

—¡Emily! —gritó Marion, impaciente.

Emily asintió.

—Fue una carrera de carros —comenzó a contarle.

Cuando Brand entró en la celda de Andrew, el muchacho se levantó del catre y le lanzó una mirada a medio camino entre la cautela y la rebeldía.

—¿Qué le han hecho a Emily? —preguntó Andrew.

A Brand le complació comprobar que el muchacho tenía claras las prioridades.

—La esposa de Jennings ha estado cuidando de ella, y Manley la está llevando a casa ahora mismo. Nadie ha presentado cargos contra ella, por lo que era libre de partir.

El alivio se hizo visible en los ojos de Andrew un instante, para luego desaparecer.

Cuando Brand se inclinó con cuidado y se sentó en el catre, Andrew se hizo a un lado para dejarle sitio. Estaban hombro contra hombro.

—¿Ahora es cuando vas a sermonearme con los pecados de mi padre? —preguntó Andrew, ofuscado.

—Nuestro padre —corrigió Brand—. ¿Estabas ebrio?

—Había bebido un trago de cerveza cuando comenzó la pelea —dijo Andrew enderezándose.

—¿Estabas jugando con muchachas inocentes? —continuó Brand en el mismo tono.

—¡Eso es despreciable! —clamó Andrew, enfurecido.

—¿Perdiste una fortuna en las mesas de juego?

—¡No tengo una fortuna para perder!

—Eso nunca detuvo a nuestro padre. No es que crea que debas salir impune de esta, pero quiero escuchar lo que sucedió antes de tomar una decisión al respecto. Lo que quiero decir es que no te pareces en nada a nuestro padre.

—Debiste haberme dicho que él era un borracho antes de que me enterase por los muchachos en la escuela —dijo Andrew.

Brand asintió.

—Ahora lo sé, pero francamente esperaba que nunca lo descubrieses. La gente tiene demasiada memoria.

—Lamento haberte decepcionado. —Andrew dejó caer los hombros.

El comentario asustó a Brand.

—¿Me has decepcionado?

—Estoy aquí, ¿no es cierto?

Brand se sumió en una reflexión silenciosa durante un instante y de repente se puso de pie.

—Ven aquí, Andrew, y dime qué ves —pidió.

Caminaron hacia el fondo de la celda, donde apenas penetraba la luz de los apliques. Andrew se esforzó para ver lo que había sobre la pared de ladrillos.

—Hay unas letras talladas en el ladrillo —dijo.

—¿Qué es lo que ves?

—Una «H», y creo que una «C».

—Sí, ese es Harry Cornell, un visitante frecuente.

Ahora está en la marina, y las cosas le van bastante bien. Intenta más arriba.

Intrigado, Andrew hizo lo que Brand le pedía. Murmuró algunas letras para sus adentros y de golpe se detuvo.

—Veo una «B», una «F» y una «H»

—Mis iniciales —dijo Brand.

—Lo sé. —Andrew se volvió hacia Brand y lo observó, intrigado—. La «F» es de FitzAlan. ¿Ese es tu verdadero nombre? ¿Brand FitzAlan?

—Tú sabes demasiado —dijo sonriendo.

Andrew rió.

—La abuela me contó que insististe en agregar el apellido de tu abuelo para fastidiar a nuestro padre.

—No. —La sonrisa de Brand desapareció—. Fue mi abuelo el que lo hizo. Pero no es por eso que quería que vieras las iniciales. No eres el único FitzAlan que ha pasado un tiempo en el depósito. Digo esto por nuestro padre, que siempre venía a sacarme de aquí.

Andrew sonrió abiertamente frente a las letras grabadas en la pared, pero su satisfacción fue de corta duración.

—Sir Giles dice que va a presentar cargos contra mí.

—Bueno, eso depende de lo que haya sucedido esta noche —dijo Brand—. ¿Por qué no me cuentas tu versión de los hechos antes de que vea a sir Giles?

Todo había comenzado de manera inocente. El joven Malvern había desafiado a una carrera de carros a Andrew. Puesto que Andrew sabía que Malvern era un tramposo y un abusón, se había negado. Pero ante sus burlas, Andrew terminó por aceptar.

—No aceptar habría sido como reconocer que yo no era rival para él, y no quería quedar como un tonto frente a los amigos de Emily —explicó Andrew.

Brand notó que se había referido a ellos como «los

amigos de Emily», no como sus amigos, y sintió que le remordía la conciencia. ¿Andrew tenía amigos propios? No lo sabía. Había estado demasiado ocupado con sus asuntos para dedicar tiempo al muchacho.

—Continúa —dijo Brand suavemente.

Andrew se encogió de hombros.

—He ganado, y hemos ido todos al Rose & Crown a celebrarlo. Por supuesto, las chicas se han quedado dentro del carruaje y han bebido amigablemente mientras los camareros traían jarras de cerveza para los hombres. En ese momento han aparecido Malvern y sus amigos. Me ha desafiado de nuevo, diciendo que no había sido una carrera justa, pero le he dicho que debíamos estar de vuelta en el Priorato para cuando terminara el baile.

Andrew hizo una pausa, lanzó una mirada cargada de dudas hacia Brand y finalmente miró a otro lado.

—Malvern ha dicho algo que ningún caballero podría tolerar, y yo me he lanzado contra él a golpes de puño.

—¿Ha insultado a Emily? —preguntó Brand frunciendo el ceño.

—No.

—Ya veo. Entonces ¿el insulto era para mí?

Andrew no respondió. Respiró profundamente y luego dijo:

—Acto seguido todos han comenzado a empujarse, y antes de que me diese cuenta había estallado una pelea.

—¿Y en ese momento apareció la policía?

Andrew asintió.

—El agente Hinchley ha ordenado que todo el mundo se fuera a su casa excepto Malvern y yo. Malvern ha jurado que yo lo había atacado sin motivo. Como yo no quería repetir su insulto, no tenía defensa.

Se hizo un silencio mientras Brand reflexionaba. No

podía pensar en nada que hubiese hecho para merecer tanta lealtad por parte de Andrew.

—Cuéntame lo de Emily —dijo bruscamente.

Andrew sonrió.

—Ella ha saltado del carruaje y ha comenzado a discutir con el policía, así que la ha puesto a ella también bajo custodia. No tenía ni idea que tuviese un carácter así. No había nada que la hiciese callar, ni siquiera la amenaza del arresto.

Lo que vino a la mente de Brand no fue el rostro de Emily, sino el de Marion.

El hilo de sus pensamientos fue interrumpido por voces que se elevaban del otro lado de la puerta. Brand creyó reconocer la voz de Hardcastle. Como la celda no estaba cerrada, empujó la puerta y fue a investigar qué sucedía. Tras dudar un instante, Andrew fue tras él.

Encontraron en la oficina a sir Giles Malvern y al doctor Hardcastle. Estaban nariz contra nariz. El joven Malvern estaba sentado en un banco con una sonrisa taimada dibujada en el rostro. Jennings estaba a un lado, con los brazos cruzados sobre el pecho y regodeándose divertido ante el espectáculo de dos acomodados miembros de la nobleza a punto de pelearse.

El rostro de sir Giles estaba púrpura de enojo.

—He dicho que mi hijo ha recibido una paliza, y si no escribe eso en su informe, exijo una segunda opinión —gritaba.

—Y yo le digo que su hijo es un fabulador. —El mentón de Hardcastle sobresalía amenazante—. He conocido a varios como él durante la guerra, y puedo reconocer a uno cuando lo veo. Solo un par de rasguños y cardenales. —Lanzó una mirada fría como el acero al joven Malvern—. Deberías estar avergonzado, muchacho, de armar un escándalo semejante. Tengo entendido que quieres hacer carrera en el ejército. Te recomiendo que lo pienses dos veces: no hay lugar para cobardes en el ejército.

Sir Giles lanzó un resoplido entre dientes. Se volvió, vio a Brand, y con una sonrisa sarcástica apuntó un dedo tembloroso en su dirección.

—¡Tú has metido a Hardcastle en esto! Pues bien, ya recibirás tu merecido en las elecciones. No creas que casarte con la hija de un conde va a elevarte a su nivel. Siempre serás un bastardo.

—Ahora ya sabemos a quién ha salido este muchacho —dijo Hardcastle.

Brand parecía aburrido. Andrew frunció el ceño. Jennings flexionó los músculos de sus brazos y dio un paso amenazador en dirección a sir Giles.

—Una palabra más como esa y tendré que arrestarlo por perturbar la paz —dijo Jennings.

Sir Giles lanzó una mirada a los enormes hombros de Jennings y apretó los labios.

—Ven conmigo, Victor —dijo—. Ya tendremos nuestra venganza el día de las elecciones.

Se hizo un largo silencio después de que padre e hijo partieran furiosos, y finalmente Hardcastle dirigió sus ojos brillantes de pájaro en dirección a Andrew. Cerró los puños y los movió rápidamente imitando a un boxeador.

—¿Le diste el uno-dos en el plexo solar como te enseñé?

Andrew se sonrojó y lanzó una mirada culpable a Brand; luego se dirigió rápidamente al doctor.

—Sí, señor, exactamente como usted me enseñó.

—¿Y se desinfló como un fuelle?

Andrew sonrió.

—Estuvo un minuto entero dando bocanadas como pez fuera del agua.

Brand estaba anonadado.

—¿Le ha estado enseñando a pelear a mi hermano? —preguntó al doctor.

—Por supuesto, y debo decir que posee un talento natural, y yo sé reconocerlo. Soy un gran seguidor de ese deporte, y si puedo no me pierdo una pelea oficial.

—¿Cuánto tiempo llevas haciendo esto? —preguntó Brand a Andrew.

—Desde la noche en que Hardcastle te quitó la bala. —Andrew no se quedaba quieto—. Después de eso nos quedamos hablando, y una cosa llevó a la otra.

—Tienes un feo corte en el rostro, Andrew —dijo el doctor—. Déjame echarle un vistazo.

Tras abandonar el depósito, caminaron la corta distancia que los separaba del Rose & Crown. Los daños no habían sido muy importantes: una ventana rota y un par de sillas y bancos de madera que el patrón había dejado fuera para los meses de verano. También estaban allí el carro y los caballos de Andrew, a salvo dentro de las caballerizas de la taberna. Brand también tuvo que pagar para recuperarlos. No hay duda que un FitzAlan piensa primero en sus caballos, se dijo Brand con pesar.

Puesto que Andrew conducía, Brand se acomodó en su asiento y pronto se perdió en sus cavilaciones silenciosas. Pensaba que quizá, en lugar de establecerse como mentor de su hermano, debió haber sido más como un amigo para él, más como un hermano, sobre todo cuando se veían durante las vacaciones. Brand no quería que su hermano terminase como su padre, así que había mantenido ocupado al muchacho: primero con sus estudios, luego con los negocios de la propiedad. No sería justo decir que había descuidado a Andrew, pero sus preocupaciones habían sido limitadas. Él debería haber sido quien enseñara a Andrew cómo pelear.

A pesar de sus propias insuficiencias, Andrew había salido bastante bien. Brand estaba orgulloso de la manera en que se había comportado esa noche. No era necesario decirle qué veneno había escupido Malvern. Brand se había acostumbrado a ello durante toda su vida. A lo que no estaba acostumbrado era a tener un hermano.

—Andrew —comenzó a decir, y carraspeó—. Esperaba que pudieras estar junto a mí durante la boda. Ya sabes, como mi padrino.

Hubo un sonido como de suspiro, y finalmente Andrew dijo:

—¿Y Ash Denison? ¿No quieres que él esté a tu lado?

—No. A Ash le da urticaria cuando se acerca demasiado a un altar, y no puede parar de lloriquear. Va a perturbar el servicio.

Andrew rió.

—Además —continuó Brand—, eres mi hermano. Eso significa mucho para mí.

Esa vez, fue el turno de Andrew de carraspear.

—Sería un honor.

—Está arreglado, entonces —dijo Brand con una sonrisa.

—¿Ya está arreglado? Me lo preguntaba después de lo que Emily me contó esta noche, pero cualquiera puede ver que tú y Marion pertenecéis el uno al otro.

Brand se congeló en medio de un bostezo, y cerró los dientes con fuerza.

—¿Qué fue lo que te dijo Emily?

Andrew rió entre dientes.

—Que uno de vosotros, o los dos, estabais sufriendo de nervios prematrimoniales, y que si no os controlabais, quizá no habría ninguna boda.

—Interesante —dijo Brand, arrastrando las palabras—. Cuéntame más.

21

Marion sintió que alguien llamaba a su puerta y se puso de pie.

—¿Quién es? —preguntó.

—¿Quién más podría ser a estas horas de la noche? —preguntó una voz apagada.

La puerta no estaba cerrada con llave, pero Marion, de todos modos, corrió a abrir.

—Brand —dijo.

Cuando Brand entró en la habitación y cerró la puerta con llave, Marion no tuvo la menor duda de que algo sucedía.

—¿Se trata de Andrew? —preguntó, con el corazón en un puño—. ¿Qué ha sucedido, Brand?

—No se trata de Andrew. —Brand avanzó hacia ella—. Él está en casa, indemne de su aventura. No quiero hablar de Andrew. No quiero hablar de Emily. Quiero hablar de nosotros.

Había momentos en los que Brand podía tener un aire bastante afable, y ese no era uno de ellos. Su gesto era adusto, y sus ojos azules brillaban como el frío acero. Marion estaba al borde del pánico, pero logró recuperar un poco la compostura. Cuando Brand Hamilton estaba de mal humor podía asustar al más taimado tanto en el gobierno como en la corte, pero no podía asustarla a ella.

Marion dejó de retroceder y alzó la frente.

—¿Qué sucede con nosotros? —preguntó, mirándolo fijamente a los ojos.

—¿Desde cuándo una dama de sangre fría como tú es víctima de los nervios prematrimoniales? —preguntó, acercando su rostro al de Marion.

Brand no le dio la oportunidad de responder. Unió sus labios a los de Marion en un beso pensado para derribar las últimas barreras de la resistencia femenina. Utilizó su peso para llevarla contra el pilar de la cama, y le sostuvo la cabeza entre las manos.

—Ahora, háblame de tus nervios prematrimoniales —dijo, y la volvió a besar.

Marion se habría rebelado de no sentirse tan culpable. Evidentemente, su conversación informal con Emily le había llegado a los oídos, y su orgullo estaba herido.

—Brand, tú no entiendes... —susurró, alzando la cabeza.

—¿Esto te provoca nervios prematrimoniales? —preguntó orgulloso mientras colocaba la mano sobre uno de sus pechos. No se detenía, y al cabo de unos segundos, las rodillas de Marion comenzaron a flaquear. Lo rodeó con los brazos para sostenerse.

La voz de Brand no perdía un ápice de su fuerza.

—¿Tengo que demostrarte lo lista que estás para esto?

Marion negó con la cabeza.

—Entonces ¿por qué demonios estás pensándotelo dos veces? Creí que todo estaba claro entre nosotros.

—Quiero lo mejor para todos —gritó Marion.

Brand resopló y apoyó la frente contra la de ella.

—¿Quieres lo mejor para mí?

—Sabes que sí.

—Entonces te mostraré qué es lo mejor para mí.

Manteniendo los ojos clavados en los suyos, la tendió sobre la cama y se puso encima de ella. Le cogió ambas muñecas con una mano y las sostuvo sobre su cabeza, mientras con la otra descendía acariciándole el cuello y los pechos, hasta llegar a sus caderas.

—No comprendo cómo funciona tu mente —dijo con los labios pegados a los de Marion—. Y puesto que no comprendo, voy a decirte cómo funciona la mía. En lo único en lo que puedo pensar es en esto: tú, deseándome tanto como yo a ti. ¿Crees que me agrada sentirme así? No eres una diversión, eres una obsesión para mí. No, no vuelvas la cabeza. Esto es más que deseo. Quiero un futuro junto a ti. Quiero tener hijos contigo. Comparado con eso, todo lo demás no cuenta. —Brand jadeaba—. Ahora, dime qué es lo que tú no quieres.

—¡Esto es injusto! Estoy intentando no ser egoísta.

—Y yo estoy intentando no perder los estribos.

Marion sonrió entre lágrimas. Suspiró. Sus labios volvieron a encontrarse y se unieron en un beso. La resistencia de Marion se aplacó, calmando un poco la ferocidad de Brand sin desviarlo un ápice de sus intenciones. Marion era su pareja. Cuanto más rápidamente ella lo comprendiese, más fácil sería para ambos.

Lentamente, prenda a prenda, le quitó sus ropas de noche. Marion sentía el trazo de sus dedos por todo el cuerpo, el recorrido de sus labios sobre la piel. Brand estaba maravillado por su belleza, deteniéndose sobre las puntas turgentes de sus pechos, la delicadeza de sus caderas, la suave curva de su vientre y la ligera loma que protegía el núcleo de su feminidad.

—Estás construida de manera tan hermosa, tan maravillosamente femenina... —dijo. Sus palabras eran cada vez más ardientes, más explícitas, a medida que Marion gemía y se movía sin descanso bajo sus dedos.

Cuando Brand la sondeó con dulzura y la descubrió húmeda, lista para él, tuvo que apretar con fuerza los dientes para evitar penetrar en ella como una fiera salvaje.

—Brand —susurró Marion.

Podía sentir la duda y el deseo en su voz. Y fue esa duda lo que le permitió recobrar el control. Acercó la boca a su rostro y depositó besos de terciopelo en sus ojos, en sus mejillas, sobre sus labios...

—No continuaré si no deseas que lo haga —dijo.

Marion lo miró, incrédula. Alzó el rostro y lo besó con todo el amor y la pasión contenidos en ella. Sentía latir su corazón contra sus pechos. Se le cortó el aliento.

Él era todo lo que Marion podría desear en un hombre. No había nadie como él, y nunca lo habría. No para ella.

Brand la sintió intentando recuperar el aliento, sintió cómo se entregaba a la pasión.

—Marion —dijo con sorpresa—. Marion...

Riendo, Brand se puso de pie y se quitó las ropas. Cuando volvió a acercarse a ella, ya no reía. Sus labios la atraparon nuevamente, hambrientos y exigentes, y cuando ella respondió a su exigencia, Brand creyó que le estallaría el corazón.

Cuando separó sus piernas, su respiración era áspera y entrecortada.

—Marion, mírame —ordenó.

Marion abrió los párpados y posó sus ojos cegados de amor sobre los de él.

—Marion, no más dudas —dijo Brand.

Lentamente, dándole tiempo a Marion de adaptar su cuerpo, entró en ella. Cuando comenzó a moverse, el cuerpo de Marion se arqueó bajo el suyo. A medida que sus movimientos se aceleraban, Marion llenó de besos sus brazos, su cuello, sus hombros. Un torrente de calor los llevó al borde del placer. Brand sintió el cuerpo de Marion contraerse bajo el suyo, y escuchó su salvaje grito de éxtasis. Solo en ese momento él dejó que su deseo se liberase. Al final, Brand gritó su nombre, y ella escondió el rostro contra su hombro.

—Te amo, Brand —murmuró, y todo su cuerpo se relajó.

Marion estaba abrazada a él, con los ojos cerrados, respirando contra su axila. Brand estaba acostado de espaldas, con las manos unidas bajo la cabeza, mirando sin ver el baldaquín que había sobre ellos.

«Te amo.» No podía quitarse aquellas palabras de la cabeza.

Cuando Marion se movió y dio un suspiro, Brand se apoyó en el codo para estudiar su rostro. Dormida, parecía tan joven como Emily, y él se sentía de la misma edad que Andrew. No tenía ninguna certeza. No es que a los dieciocho años hubiera sido capaz de darse cuenta, pero ahora que era más viejo y sabio, se daba cuenta de cuánto le quedaba por aprender.

—¿Qué sucede, Brand?

Sus ojos se encontraron.

—Eres una mujer apasionada, lady Marion Dane, y yo soy un hombre muy afortunado.

Brand le sonrió mientras apartaba los cabellos que caían en desorden por su rostro.

Marion le cogió la muñeca con la mano, obligándolo a mirarla nuevamente.

—Es cierto, pero no es en eso en lo que estabas pensando.

—¿Cómo lo sabes?

—Porque... parecías pensativo, y tú no eres así.

Marion se incorporó para poder mirarlo mejor, y se

llevó el cobertor hasta la barbilla. Brand tuvo que incorporarse a su vez para evitar ser asfixiado por la ropa de cama.

—¿Y bien? —insistió Marion.

—Dijiste que me amabas. —Brand se encogió de hombros—. ¿Lo dijiste en serio?

El corazón de Marion se detuvo. Podía no darle importancia y sostener que no era responsable de lo que decía en los momentos de pasión. Lo que le impidió hacerlo fue Brand: nunca lo había visto tan vulnerable, y no podían permitirse ser los dos vulnerables. Alguien tenía que hacer el esfuerzo, y aparentemente, esa vez le había tocado a ella.

—Sí, lo dije en serio.

Entrelazó sus dedos con los de ella y se llevó su mano a los labios.

—Nadie nunca me ha dicho algo así. —Brand intentaba parecer lo más despreocupado posible.

Marion contuvo una sonrisa.

—Brand, no se mantiene a una amante para que ame a su protector, sino a cambio de sus favores —dijo.

—¿Y qué sabes tú de eso? —preguntó él frunciendo el ceño.

Marion lo miró exasperada.

—Tú y Emily parecéis pensar que soy una flor de invernadero. Pues no lo soy. No necesito ser tratada con condescendencia. No soy para nada delicada. Mi madre me puso al tanto de cómo funcionan las cosas, y las conversaciones de salón completaron mi educación.

—¡Las conversaciones de salón! Haces que suene como la universidad.

—Puedes decir que es el equivalente femenino, y cuando Emily sea un poco mayor, yo también la pondré al tanto de cómo funcionan las cosas.

Marion deseaba no haber introducido a Emily en

la conversación, puesto que su entrañable mirada de desconcierto desapareció para dar paso a una de sus miradas torvas, de las que hurgaban su mente en busca de secretos.

—No dije a Emily que estaba pensándomelo dos veces —puntualizó antes de que Brand comenzara a preguntar—. Intentaba prepararla para la posibilidad de que debamos partir de Longbury. Ya sabes, en caso de que algo que no vemos y que esté fuera de nuestro control eche abajo nuestros planes. Lo estropeé, pero me sorprende de Emily. No debería habértelo mencionado.

—No fue Emily quien me lo dijo, fue Andrew. Y para mí suena a que estás pensándotelo dos veces —agregó Brad, ofuscado.

—Brand —dijo Marion, intentando apaciguarlo—. Nada está definido entre nosotros, y lo sabes tan bien como yo. ¿Qué pasa si no logras silenciar a David Kerr? ¿Qué si no puedes probar que mis padres estaban casados antes de que Emily naciera? ¿No ves que si esto sale a la luz arruinaría tus posibilidades en las elecciones? ¿No ves que mis hermanas y yo estaríamos mejor lejos de la vida pública, llevando una vida tranquila en otro lado?

—Las cosas no llegarán tan lejos. Pero esto requiere tiempo, los obispos son personas ocupadas. Quizá les lleve un tiempo revisar las transcripciones. Paciencia, Marion. Tarde o temprano nos informarán.

—¿Y si nos dicen que no hay ningún registro del casamiento de mis padres?

Brand descartó su pregunta con un gesto de la mano.

—Entonces ampliaremos nuestro ámbito de búsqueda e incluiremos otros condados. No he cambiado de opinión, continúo creyendo que tu padre y tu madre se casaron en cuanto les fue legalmente posible.

—¡Siempre eres tan confiado! —El gesto de Marion

era de absoluta contrariedad—. ¿No dudas nunca de nada, como la gente común?

Brand depositó un beso despreocupado en su hombro desnudo y sonrió al sentirla temblar.

—Me dijiste que me amabas. No estoy seguro de ello.

Marion estaba a punto de ofenderse, puesto que él no le había dicho lo mismo, pero algo en la mirada de Brand cambió el sentido de sus pensamientos. ¿Qué era lo que él quería oír?

—Quizá no debí habértelo dicho —dijo desafiante, aunque con precaución—. Si te hace sentir incómodo, no lo diré más.

—¿Incómodo? —Brand apoyó la cabeza contra la cabecera de la cama y se cubrió los ojos con el antebrazo—. Es exactamente lo contrario. Nadie nunca antes me ha dicho esas palabras. Nadie. —Sonrió—. Ni siquiera la compañera circunstancial, muy circunstancial, que tuve bajo mi protección.

—Tiene que haber alguien. ¿Tu abuelo? ¿Tu padre? ¿Tu abuela?

—Nadie.

Brand parecía divertido, y aunque ella le devolvió la sonrisa, no le parecía en absoluto gracioso. Él acababa de ampliar las tres o cuatro frases que describían la historia de su vida, y ella solo quería consolarlo.

Marion se obligó a ir con cuidado. Intentar consolar a las personas por sus desgracias era uno de sus grandes defectos, y algunas personas sin escrúpulos se habían aprovechado de ello.

—Estoy segura de que tu madre sí te dijo esas palabras —susurró.

—Sí, pero murió cuando yo tenía pocos meses de vida, por lo que no conservo recuerdos de ella.

—¿Y qué pasa contigo? —preguntó Marion—. ¿Nunca antes has dicho esas palabras a alguien?

—Nunca —respondió Brand, sorprendido.

—¿Vas a decírmelas a mí?

La sonrisa se desvaneció del rostro de Brand, y la miró con una expresión parecida al miedo.

—No somos así. Los FitzAlan no demostramos nuestros sentimientos.

Marion notó que él se había incluido en el bando de los FitzAlan.

—Eso es mentira —dijo—. Mira a Clarice. Está loca por Oswald, y no le preocupa demostrarlo.

—Clarice es una mujer —protestó Brand.

—Mmmm... —Marion cruzó los brazos sobre su pecho y miró al techo.

—Déjame escucharte decirlas otra vez —pidió empujándola delicadamente con el hombro.

Con una risotada, Marion rodó hasta ponerse encima de él.

—Lo haré si tú lo haces. —Llevó el dedo índice de Brand a sus labios—. Mira mis labios. Es más fácil de lo que crees. Te... amo... Ahora es tu turno.

Brand rodó junto con ella sobre la cama hasta quedar sobre ella. Con la mirada clavada en sus ojos, dijo:

—Lee... mi... mente.

Cuando Marion lo miró enfurecida, él quitó el puchero de sus labios con un beso.

—Te necesito condenadamente —dijo, y fue suficiente para ganársela.

Ambos sonreían cuando sus labios se tocaron, pero luego sus respiraciones se aceleraron, y sus sonrisas desaparecieron. Al final, ella le ofreció las únicas palabras que él quería escuchar. Ya nunca la dejaría ir.

Al oírla levantarse de la cama, Brand abrió por un instante los párpados y la observó mientras se ponía el camisón. No podía recordar ningún momento en su vida en el que se hubiese sentido tan pleno, tan satisfecho, tan en paz con el mundo. No era un extraño a los placeres carnales del cuerpo femenino, pero aquello era diferente.

«Te amo.»

Una sonrisa se dibujó en la comisura de sus labios. Marion no habría utilizado esas palabras si no las sintiese realmente. Podía ser taimada cuando lo quería, pero en las cosas que realmente importaban, Marion era tan transparente como el cristal.

Como el cristal ahumado...

Cristal empañado...

A través de un cristal opaco...

Su ligera sonrisa se transformó en una enorme mueca de satisfacción. Quizá nunca lograse comprender cómo funcionaba la mente de Marion, pero lo difícil se volvía fácil cuando la llevaba a la cama.

—¿Estás sonriendo, Brand, o es un rictus de muerte?

Brand abrió los ojos. Marion estaba de pie frente a él con una caja en los brazos. Con una mano, Brand la cogió por el muslo y tiró de ella. Marion chilló y se dejó caer sobre el lecho, aunque procurando no hacer caer el contenido de la caja.

—¡Esto es importante! —gritó Marion, sosteniendo en alto la caja.

—Esto también.

Brand le quitó la caja de las manos y la dejó en el suelo antes de ponerse encima de ella.

Marion no se quedaba quieta.

—¿Por qué siempre me observas con esa mirada de concentración?

—Intento leer tu mente.

—¿Y qué ves? —preguntó Marion, y su sonrisa formaba dos hoyuelos en sus mejillas.

—Está más allá de mi comprensión —respondió Brand, negando con la cabeza—. Tienes que decírmelo tú.

Por un instante Marion parecía intrigada, pero finalmente sus gestos se suavizaron y pasó la palma de su mano por la mejilla de Brand.

—Te amo, Brand —dijo con dulzura.

Brand la miraba con una particular seriedad.

—Pruébalo —dijo.

—En caso de que no lo hayas notado, yo sigo esperando...

—Lee... mi.... mente —esquivó Brand con una sonrisa.

Marion hizo un ademán de levantarse de la cama, pero Brand la retuvo con su peso y la besó con una urgencia que la dejó sin aliento. Llenó su rostro de besos, deteniéndose en sus labios.

Sus respiraciones se volvieron dificultosas, y sus cuerpos fluyeron a la par. Desenfrenados, avanzaron juntos hacia el límite para finalmente precipitarse en un dulce abandono.

Un tiempo después, finalmente pudieron hablar del contenido de la caja. Brand se había vestido para ir a su habitación, y ahora ambos estaban sentados frente a una mesilla junto a la ventana.

—No sé dónde la encontraron las niñas, pero solo puede ser la caja de Hannah —dijo Marion—. No sé qué hacer de ella. Estas cosas no tienen ningún valor. Si la caja guardase cartas de amor, ahí sí tendría sentido.

Brand examinó las cartas, sobre todo las que tenían fecha, y luego concentró su atención en los pequeños objetos. Marion estaba en lo cierto, no tenían ningún valor: un botón de latón, un pañuelo con iniciales bordadas que había amarilleado con los años, un cortaplumas y una pluma.

—Hannah era como una urraca —dijo reflexivamente Brand—. No importaba qué coleccionara, mientras guardase relación con Robert. —Alzó la vista hacia Marion—. Gracias a la fecha de algunas de estas notas y recibos, podemos rastrear cuándo comenzó su obsesión.

—¿Obsesión? —preguntó Marion en voz baja.

—Llámala como quieras —dijo Brand encogiéndose de hombros—. Lo que quiero decir es que estaba enamorada. ¿Ves aquí? —Señaló un recibo fechado por un sombrero de caballero—. Cuando adquirió esto ya trabajaba para la señora Love, lo que significa que llevaba coleccionando estos objetos desde al menos dos años antes de su desaparición.

—Sí, pero... ¿Dónde están las cartas de amor que Robert le escribió?

—Solo hay una, dándole las gracias por su simpatía. Las cartas que escribo a mi sastre son más cálidas que esta. El resto de los mensajes de Robert son para la señorita Cutter y para su ayuda de cámara.

—Tiene que haber algo más...

Brand se apoyó contra el respaldo de su silla y negó con la cabeza.

—No creo que haya otras cartas.

—¿Entonces por qué alguien entró en mi casa para intentar robarlas? Nadie estaría tan desesperado por robar esta basura.

—No lo sé. —Brand alzó los brazos.

—Pero algo estás pensando —argumentó Marion, frunciendo el ceño.

—Solo estoy especulando —respondió Brand con una sonrisa.

—¿No estábamos juntos en esto? —preguntó Marion, ofendida.

—Estoy pensando en nuestra conversación con la señora Love. Como podrás recordar, Hannah escribió unas cartas a un muchacho...

—El señor Robson.

Brand asintió.

—Quien la interpretó literalmente y no obtuvo sino dolor a cambio de sus esfuerzos. Si alguien escribió cartas de amor, pienso que fue Hannah. —Hizo una pausa y miró al vacío—. Le gustaba el melodrama, y creo que obtuvo más drama del que esperaba.

Brand y Marion quedaron en silencio, absortos en sus propias especulaciones.

—Pregunta a las niñas dónde encontraron la caja —dijo finalmente Brand—. Quizá eso nos ayude.

—Lo haré —respondió Marion—. También les preguntaré si esto fue todo lo que encontraron en la caja. ¿Piensas hablar con Robert al respecto?

Brand pareció sorprendido.

—No hay mucho de que hablar. Además, quizá Robert había perdido sus favores, reemplazado por alguien más en el corazón de Hannah.

—¿Y tu padre? —preguntó discretamente Marion.

—¿Mi padre? —Brand estaba anonadado—. Más allá del hecho de que casi doblaba a Hannah en edad, nunca habría pensado en fugarse. Sus propiedades estaban aquí. Y además, mi padre está muerto, y este misterio sigue vivo. Alguien te atacó en los jardines de Vauxhall, y te empujó en la escalera del teatro. Sin olvidar al ladrón que nos atacó en tu casa.

Un escalofrío recorrió el cuerpo de Marion.

—Siento como si estuviésemos abandonados en medio del océano sin una brújula para orientarnos.

Brand se inclinó sobre la mesa y la besó rápidamente.

—Yo soy tu brújula —dijo—. Aférrate a mí y yo te llevaré a buen puerto.

Al partir, Brand se llevó la caja consigo, prometiendo devolverla por la mañana, y repasó todos los hechos antes de irse a dormir. Las hipótesis más extrañas iban y venían por su mente, pero no hacía ningún esfuerzo por conectarlas entre sí. No todavía.

Recordó la carta de Edwina, y cómo había pensado que la tarea de descubrir con quién había estado relacionada Hannah era monumental. Brand había extendido su red de sospechas hasta Longbury y Brighton, pero a la luz de lo que había entre las posesiones de Hannah, aparentemente la búsqueda podía reducirse al Priorato y sus alrededores. Nada en esa caja indicaba que Hannah hubiese deambulado lejos de casa.

Un testigo había dicho a Edwina que Marion estaba fuera la noche en que Hannah desapareció. ¿Quién era el testigo? ¿Qué fue lo que Marion vio? Marion había adorado a Hannah. De haber visto a alguien hiriéndola, habría corrido pidiendo ayuda a gritos.

Brand estaba más convencido que nunca de que Hannah había escrito cartas de amor a su tío. La frialdad en la carta de Robert decía mucho al respecto, pero difícilmente podría plantar cara a su tío solo con sospechas. Él había recibido cartas de Hannah. Robert era un hombre de mundo; habría sabido contener las obsesiones amorosas de una muchachita.

A menos que se hubiese enamorado de ella, y que fuese más terco ante las negativas que el señor Robson. Algo raro había sucedido.

Luego estaban los ataques a Marion en Londres, y los mensajes que ella había atribuido a David Kerr. ¿Quién estaba detrás de todo eso? ¿Quién se hallaba lejos del Priorato en el momento crucial?

Al menos sentía que tenía una pista a la cual aferrarse.

Cuando Marion puso la caja de Hannah ante las niñas, estas se pusieron a llorar como Magdalenas. Flora la había encontrado bajo una tabla suelta del suelo del armario en la casa de Edwina, un día que jugaban al escondite. Las dos juraron que no habían sacado nada de la caja. Habían intentado volver a dejarla donde la habían encontrado, pero siempre las descubrían el señor Manley o los otros sirvientes. Entonces decidieron dársela a Marion, pero ella la encontró antes de que tuviesen la oportunidad de hacerlo.

Las niñas no veían la prisa en dársela. Si la caja hubiese estado llena de piezas de oro, habría sido diferente.

Tras dejarlas escribiendo una carta de disculpas que deberían entregarle por sus delitos menores, Marion partió en busca de Brand para contarle lo poco que había descubierto.

22

El ritual del té estaba en su apogeo sobre la terraza, y Brand casi dejó caer su taza cuando tomó el primer sorbo sin prestar atención.

—¿Café? —preguntó consternado al sirviente. Era su bebida favorita, pero en la casa de su abuela el café era considerado al mismo nivel que el brandy medicinal.

—Lady Marion dijo que usted lo preferiría —fue la escueta respuesta del criado—. Si prefiere un té, le traeré una nueva taza, señor.

Romper las tradiciones en el Priorato era visto con desconfianza tanto por los FitzAlan como por su servidumbre.

—Gracias, pero prefiero el café —dijo Brand.

Marion lo estaba mirando. Alzó su taza de porcelana en dirección a ella como un homenaje silencioso. Marion asintió y sonrió.

Marion intentaba convencerlo de algo, pero no tenía idea de qué se trataba. Le había propuesto matrimonio, y ella se negaba a darle una respuesta. Ese asunto de David Kerr y del daño que podía causar estaba comenzando a cansarlo. No quería que Marion fuera hacia él solo una vez que hubiese eliminado todos los obstáculos. Sin embargo, le había dicho que lo amaba. Si era cierto, debería entregarse a él sin importar el precio a pagar.

Brand no quería repetírselo incesantemente, porque solo conseguiría el resultado opuesto al que deseaba. Si Marion no iba a él libremente, sin concesiones, algo precioso se perdería para siempre. Podría vivir con ello, pero sería parte de un compromiso. Aunque su lado cínico no esperaba menos: fue Marion quien le enseñó una forma diferente de sentir, pero ella no hacía lo que predicaba para otros.

Entretanto, Brand se hacía el difícil, hasta cierto punto: no iba a su habitación por las noches. También había estado haciendo trabajo detectivesco, intentando averiguar quién de entre las personas de fácil acceso al Priorato había estado ausente cuando Marion fue atacada en Londres. No le sirvió de mucho: el Priorato estaba prácticamente desierto en el momento de los ataques. Lord Robert era el único que podía ser considerado como un sospechoso. Había tenido la oportunidad y el motivo, aunque el motivo pendía de un hilo. ¿Había estado enamorado de Hannah? ¿La había matado en un rapto de violencia cuando jugó con él el mismo juego que había jugado con Robson? ¿Le había escrito cartas de amor a Hannah, y había entrado en la casa de Edwina en su busca el día de la fiesta?

Oswald se puso de pie, mirando por encima del muro de la terraza.

—¿No son esos Andrew y lady Emily? —peguntó.

Brand se volvió para mirar. Cogidos de la mano, Andrew y Emily corrían a través del césped en dirección al invernadero. En el acto sintió que algo andaba mal.

Brand no esperó a que Andrew y Emily fuesen hacia ellos, sino que dejó a un lado su taza y fue a su encuentro. Oswald marchaba justo detrás de él.

Ahora todos estaban de pie: su ilustrísima, Marion,

la señorita Cutter, Clarice y Theodora. Todos miraban hacia el césped. Andrew señalaba en dirección al invernadero, pero Emily se acercó hacia ellos. Al llegar a la escalera se puso en cuclillas, intentando recuperar el aliento.

Cuando logró erguirse, hablaba a trompicones.

—Ha habido un accidente terrible. En el invernadero. John Forrest. Temo que esté muerto.

Hubo un silencio de espanto, que finalmente Theodora rompió con un llanto agudo. La viuda tuvo que detenerla para que no corriese detrás de los hombres.

Theodora miró a la viuda como si la odiase intensamente, y al final se liberó de ella y caminó en dirección a la casa.

Un jardinero indicó a Brand y Oswald dónde se encontraba el cadáver. El cuerpo sin vida de Forrest no estaba propiamente en el invernadero, sino en un cobertizo para herramientas y otros utensilios de jardinería escondido tras una densa cortina de arbustos. La puerta estaba abierta, y pudieron ver a Forrest boca abajo sobre el suelo de tierra.

El jardinero había encontrado el cadáver y corrido hacia el invernadero en busca de Andrew y Emily, a quienes había visto antes admirando las flores con un grupo de amigos. Cuando llegó a ellos, los amigos habían partido, pero Emily y Andrew aún se encontraban allí.

—Intenté buscarle el pulso, pero sabía que no iba a encontrarlo —dijo Andrew—. Le habían dado un golpe en la cabeza, y además, estaba completamente frío. Sabía que estaba muerto.

No había mucha luz en el pequeño cobertizo. Brand envió al jardinero en busca de un farol, y luego se agachó para examinar una de las manos de Forrest.

—Hace calor aquí —dijo—. Es difícil saber cuánto tiempo lleva muerto. —Brand notó la mano de Forrest fría y rígida—. Yo diría que al menos diez horas.

—¿Dónde has aprendido esas cosas? —preguntó Andrew.

—Como reportero, cuando cubría los juicios por asesinato y las investigaciones forenses.

El jardinero regresó con el farol. Brand lo sostuvo en alto y examinó el cuerpo. El golpe en la cabeza era evidentemente muy fuerte: los cabellos grises de Forrest estaban manchados de sangre y masa encefálica. Brand miró a su alrededor en busca del arma.

—Vaya, ¿qué tenemos aquí? —Brand cogió una barra de acero escondida detrás de la puerta. Uno de sus extremos estaba manchado de sangre.

—Usamos esa barra para levantar los adoquines —dijo el jardinero.

—¡Santo Dios! —exclamó Andrew—. ¿Quién querría asesinar a Forrest?

—Eso es algo que deberán responder las autoridades —dijo Brand.

Brand envió a Andrew en busca del doctor y el juez, y dejó a Oswald de guardia ante el cadáver con instrucciones de no tocar nada mientras él echaba un vistazo fuera. Alrededor del cobertizo no había huellas de pisadas, ni marcas que indicasen que el cuerpo de Forrest había sido arrastrado dentro del cobertizo, ni signos de pelea. Forrest había entrado al cobertizo sin la más mínima sospecha.

De pie fuera de los arbustos que protegían el cobertizo, Brand tenía una excelente vista del Priorato y los terrenos circundantes. A su izquierda estaba el invernadero, y detrás, al otro lado del césped, la mansión. Frente a él, descendiendo la colina que llevaba a la casa de Los Tejos, se encontraba el púlpito del refectorio, y a la derecha, el huerto de plantas aromáticas. Para llegar hasta el cobertizo, el asesino debía de haber pasado delante del Priorato, a la vista de cualquiera que estuviese por allí.

A menos que hubiese ido por la noche.

El miedo, mezclado con la frustración, se albergaron en él. Nada era simple. No tenía ni idea de lo que estaba ocurriendo. ¿Por qué alguien querría asesinar a John Forrest?

Primero Hannah, luego Edwina, después Marion y ahora Forrest. Su instinto le decía que todos estaban relacionados entre sí. Y lo que más lo alarmaba era que el asesino seguía suelto. ¿Cuál sería su próximo golpe?

Miró a través del césped en dirección a las caballerizas y la cabaña de John Forrest. Quizá allí encontrase algunas respuestas.

Al llegar a la cabaña, no le sorprendió que la puerta estuviese cerrada con llave. Forrest era más que el mozo de cuadra de Theodora; era quien llevaba sus negocios. Habría recibos, cuentas y libros de contabilidad que debían ser protegidos. Incluso debía de haber talonarios del banco. Un hombre cuidadoso querría proteger sus negocios de los ojos curiosos y las manos largas.

Pero a Forrest ya no le molestarían los ojos curiosos, ni que no tuviese una llave para poder entrar en su cabaña. Brand se preparó para embestir y se lanzó contra la puerta.

Le llevó pocos minutos familiarizarse con la disposición del lugar. Había una sala de estar, un gran despacho y una pequeña habitación no más grande que un armario. La comida debía de prepararla en la chimenea, aunque esta estaba tan limpia que Brand dudaba que el mozo de cuadra de Theodora la utilizase para algo más que hervir el agua del té. O el cocinero le enviaba sus comidas, o Forrest comía directamente en la mansión.

El lugar olía a caballo, y a Brand le recordó el olor de su propia casa. El olor de caballos y cuero le recordaba a su abuelo. En el caso de su padre, se trataba del olor del brandy y el rapé. Sacudió la cabeza, pensando que aquellos dos hombres habían vivido en mundos completamente diferentes.

Se preguntó por John Forrest, por cómo habría vivido. Sabía que Theodora lo había llevado consigo al casarse con su tío, hacía ya más de veinte años. El mozo de cuadra debía de tener casi sesenta años ya, por lo que descartó cualquier historia amorosa. Pero sí estaban muy unidos, mucho más que cualquier patrona con su empleado.

La cabaña estaba tan limpia como la chimenea. Brand investigó rápidamente el escritorio, aunque prefirió no forzar las cerraduras por temor de que Theodora no estuviese de acuerdo. Le interesaba mucho más el guardarropas de John Forrest.

Por poco no descubre el botón que había sido recientemente remendado en una de las gastadas chaquetas de Forrest. Había dejado una desgarradura cuando fue arrancado durante la lucha con Marion. La tela había sido remendada, y el botón reemplazado. Pero algo era diferente: aunque el botón era del mismo color y material que los otros, era ligeramente más pequeño.

Brand hurgó en sus bolsillos y cogió el botón que llevaba consigo. Era exactamente igual a los otros botones de la chaqueta.

Cerró la mano sobre el botón como si estuviese exprimiendo la vida de John Forrest. Él había atacado a Marion y le había disparado. Él la había atacado en

Londres. Había tenido la oportunidad: estaba en aquel momento en Londres con Theodora mirando caballos. Y lord Robert estaba con ellos.

¿Sería John Forrest el gran amor de Hannah? Veinte años atrás, tenía cuarenta. Todo concordaba excepto una cosa: Hannah había conservado recuerdos de Robert, no de Forrest.

Aún más complicaciones para confundir su mente.

Escuchó pasos en la habitación y rápidamente guardó el botón en su bolsillo. Se relajó al escuchar la voz de Theodora, que lo llamaba.

—Brand, ¿estás aquí?

Brand dejó la chaqueta donde la había encontrado y fue en busca de Theodora.

Al verlo, se secaron las lágrimas en los ojos de Theodora.

—Oswald me dijo que estabas aquí. Lo encontré en el invernadero, pero no quiso decirme nada ni dejarme ver a John. —Su tono de voz cambió—. ¡Maldito advenedizo! ¿Acaso cree que voy a desmayarme o ponerme histérica? ¡Tengo derecho a saber!

La ira solo ponía en evidencia su belleza: sus huesos esculpidos, los grandes ojos que coronaban su rostro pálido, la forma decidida de su boca. No debía de ser fácil vivir con una mujer como ella.

—Siéntate —dijo Brand—. Te diré lo que sé.

—Gracias.

Le contó todo lo que quería que supiese, pero omitió hablar del botón o de sus sospechas.

—Vine aquí porque pensé que quien hubiera matado al señor Forrest estaría pensando en robarle —dijo finalmente.

—¿Crees que la persona que os atacó a Marion y a ti es la misma que hizo esto? —preguntó Theodora con los ojos entornados.

—En este punto, ya no sé qué pensar —respondió, y no mentía.

Cuando Theodora bajó los ojos hacia sus manos entrelazadas, perdida en sus pensamientos, Brand preguntó con dulzura:

—¿Dónde está Robert, Theo?

—¿Robert? —Azó la cabeza—. ¿Crees que él hizo esto? —Theodora negó con la cabeza—. Robert debe de estar donde siempre está, con alguna mujer que haya atraído su atención por un día o dos. Su coto de caza preferido es el Three Crows, en la calle Broad, pero es conocido en todos los tugurios de la región de Longbury.

Un brillo iluminó los ojos de Theodora y se puso repentinamente de pie.

—¿Crees que Robert estaba celoso de John? —Rió, incrédula—. Podría tener veinte amantes y Robert no sentiría ni una pizca de celos. Además, John era como un padre para mí, y Robert lo sabe.

—No deberías quedarte sola —dijo Brand cuando ella comenzó a temblar—. Déjame acompañarte a la casa, con los demás.

La sonrisa de Theodora era deprimente.

—Allí es donde me siento más sola —dijo—. Cuando estoy con los demás.

Aunque nadie estaba autorizado a abandonar la casa, ni el policía ni el juez parecían tener prisa por interrogarles. Todos los sirvientes, jardineros y mozos de cuadra habían sido reunidos en el gran salón. Se les tomaría declaración primero, mientras la familia esperaba su turno en la biblioteca. Para aliviar la espera habían enviado con ellos a la señora Ludlow, que cuidaba de Phoebe y Flora.

Hubo que retrasar la cena, porque no estaba el cocinero para prepararla. Todavía tenían que interrogarlo. Oswald parecía divertirse con todo aquello.

—Yo creo que sir Basil no podría imaginar que un FitzAlan cometiese un crimen, ni alguien de su clase —dijo Oswald—. Tiene que ser alguien de la servidumbre. Por eso tardan tanto.

Nadie parecía compartir sus buenos ánimos. Nadie respondió. Simplemente se quedaron en silencio, como esfinges, incapaces de disimular su desamparo. Según la opinión de Marion, era particularmente la viuda quien parecía la más conmocionada por todo aquello. Brand le había llevado una copa de vino y presionó su brazo con dulzura, instándola a tomar un par de sorbos.

Todos suspiraron al unísono cuando un sirviente entró en la biblioteca para informarles de que el juez estaba listo para verlos. Pero su alivio duró poco, puesto que el sirviente aclaró que el juez los vería separadamente, comenzando por los caballeros que habían encontrado el cadáver.

Tras quince minutos, solo quedaban por interrogar Emily, Clarice y Marion, por lo que resultaba evidente que las entrevistas con el juez no duraban mucho tiempo.

—¿Por qué nadie ha regresado para decirnos lo que sucede? —preguntó Emily.

—Supongo que sir Basil quiere verificar nuestras coartadas sin ayuda de nuestros amigos o parientes —respondió Clarice.

—Pues mi coartada es cierta —afirmó Emily, con un tono de irritación en la voz—. Y también la de Andrew. Pasamos juntos la mañana en la playa con Ginny Matthews y... bueno... debíamos de ser al menos una docena en el picnic. Acabábamos de volver y estábamos admirando las flores del invernadero, cuando el jardinero se acercó corriendo a nosotros e informó a Andrew sobre el señor Forrest.

—Sí, cariño, pero no sabemos a ciencia cierta cuándo el señor Forrest fue... atacado —dijo Marion—. Brand cree que fue durante la noche.

Marion pensaba en otra cosa que Brand le había dicho. Había estado en la cabaña de John Forrest y había encontrado la chaqueta a la que pertenecía el botón. Para Brand no había ninguna duda de que Forrest estaba detrás de los ataques a Marion, no solo en Longbury, sino también en Londres.

Marion no lograba hacerse a la idea. Forrest parecía todo un caballero, y era muy reservado. ¿Quién habría querido matarlo, y por qué?

Hay un asesino despiadado suelto, había dicho Brand, y hasta que fuera desenmascarado, Marion no debía confiar en nadie.

En aquel momento llamaron a declarar a Emily, y Marion ofreció su pañuelo a Clarice para que pudiese enjugar sus lágrimas.

—Odio este lugar —dijo Clarice, sorbiéndose la nariz—. Huele mal. Nunca fui feliz aquí, ni siquiera cuando era niña. —Dio unas palmaditas en la rodilla de Marion—. Tú fuiste la única amiga que he tenido, y aquello fue tan solo unas semanas en verano.

Marion no sabía qué decir. Nunca había visto a Clarice en ese estado. Tenía que decir algo.

—Pero tú y Oswald sois felices juntos. Cualquiera diría que estáis enamorados.

Clarice le sonrió entre lágrimas.

—Él vio algo en mí que nadie más ha visto. Yo era un proyecto de mujer... en fin, apenas era una mujer. Yo tenía veinticinco años cuando él vino a la región en busca de reliquias sajonas. Terminó descubriendo otra cosa: a mí. Estos dos últimos años han sido los más felices de mi vida.

—Si tanto odias este lugar, ¿por qué no os marcháis?

—dijo Marion tras un instante de silencio—. Tú y Oswald podéis vivir en otro lado.

—¿Y quién cuidaría de mi abuela? —dijo Clarice encogiéndose de hombros—. Seguramente no la señorita Cutter. Y las dos están demasiado viejas para instalarse en otro lado. Has visto a mi abuela esta noche, lo frágil que se ha vuelto. —Clarice hizo una pausa para sonarse la nariz—. No quiero que sepa que ella es lo único que me retiene aquí. Sería la primera en decirme que me fuera.

Pasaron un largo rato en silencio mientras Marion asimilaba lo que Clarice le había dicho.

—¿Y qué pasa con lord Robert y Theodora? —dijo Marion finalmente—. Ellos viven aquí, y pueden cuidar de su ilustrísima.

—Theodora está demasiado concentrada en sí misma para pensar en alguien más —dijo Clarice seriamente—. Basta con observar lo poco que cuida de Flora para saber qué le importa: ella misma. No se nota que es la tía de esa pobre niña. Incluso Robert le demuestra más afecto que Theo. Él tiene más tiempo para dedicarle... —Clarice se mordió el labio inferior y miró a Marion, avergonzada—. No debería hablar así. Theodora carga con más penas de las que cualquier mujer podría soportar. Oswald siempre lo dice. —Al mencionar su nombre, el rostro de Clarice se iluminó—. Es un amor, ¿no crees?

—Es lo que creo —dijo Marion con una sonrisa.

—No debería quejarme —continuó Clarice—. Ya no estoy tan sola con tu familia por aquí. Y cuando te hayas casado con Brand y seas parte de la familia, será aún mejor. Tus hijos y los míos serán primos.

Marion no quería continuar en aquella dirección. ¿Qué podría decir? ¿Que tenía miedo de casarse con Brand si ganaba las elecciones para el Parlamento? ¿Que estaba posponiendo el momento hasta estar segura de no convertirse en una pierda atada a sus pies? ¿Y cuándo sería ese momento?

Todo era un lío. Marion ya no sabía si iba o venía, y Brand no era de mucha ayuda. Le había prometido que no la presionaría, que no la empujaría a decidirse. La decisión debía ser suya y solo suya.

—Flora y Phoebe están tan unidas como hermanas, al igual que nosotras a su edad —dijo Clarice.

—Solo que no son tan aventureras. O al menos, eso espero.

—No puedo creer en qué nos metimos, y encima siendo tan jóvenes —dijo Clarice con una sonrisa—. Tuvimos suerte de que no nos descubrieran.

Una idea atravesó la mente de Marion, y antes de reflexionar sobre la sensatez de lo que hacía, se lanzó a hablar.

—Sí nos descubrieron. Poco antes del terrible accidente que costó la vida de mi tía Edwina, alguien le dijo que yo había estado fuera aquella noche. Aquello la molestó mucho.

—Cálmate —suplicó Clarice, arrugando la frente—. ¿Quién le dijo a tu tía que habías estado fuera? ¿Y a qué noche te refieres?

Marion respiró hondo.

—No sé quién se lo dijo, pero fue la noche en que nos escondimos para esperar al fantasma del Priorato. Alguien me vio y se lo dijo a mi tía hace poco. Fue la misma noche en que se fugó mi otra tía, Hannah. Edwina pensó que quizá yo había sido la última persona que habló con Hannah. Verás, nunca supo nada más de Hannah, y siempre lamentó que se hubiesen separado después de una pelea. Todo esto lo explicó en una carta que ella escribió.

—Es una historia triste, pero no inusual —dijo Clarice—. Oswald tuvo una tía que se fugó, y su familia cortó todos los lazos con ella. Nadie tenía derecho a mencionar su nombre. Oswald dice que incluso podría estar muerta.

—Sí, pero Edwina no era así. Ella quería descubrir dónde estaba Hannah. Piénsalo, Clarice. ¿Viste a Hannah aquella noche? ¿O algo que pareciese fuera de lugar? ¿Viste a alguien más? Alguien más estaba allí. Querría saber quién era.

—Debe de haber sido la persona a la que confundimos con el fantasma —alegó Clarice, negando con la cabeza—. No vi a nadie más, y la única cosa extraña que recuerdo es el perro ladrando y gimiendo.

—¿Qué perro?

—Ya te lo he dicho antes. Cuando oí gemir a aquel animal, pensé que se trataba de un perro fantasma. ¿No fue eso lo que nos desató el pánico?

—No dijiste que fuera un perro.

—¿Qué otra cosa podría haber sido? El perro de Theodora siempre andaba corriendo por allí libremente. Ella no tenía ningún control sobre el animal. Ahora que lo pienso, debía de tratarse de Snowball.

La puerta se abrió y un sirviente entró en la biblioteca.

—Lady Clarice, sir Basil la verá ahora —anunció.

Cuando Clarice se puso de pie, Marion la retuvo cogiéndola de la muñeca.

—Hablaremos más tarde, Clarice, pero no menciones nuestra conversación a nadie más, ¿entiendes?

Su advertencia pareció sorprender a Clarice, pero asintió antes de seguir al sirviente fuera de la habitación.

Marion se puso de pie y se acercó a una de las ventanas. La luz del día comenzaba a desaparecer, haciendo que sus pensamientos oscuros se enturbiasen aún más. Por primera vez, en función de lo que Clarice y ella habían hablado, quedaba claro que el testigo no había mencionado que Clarice también estaba fuera aquella noche. De no ser así, su tía lo habría mencionado en su carta a Brand.

¿Quién la había visto, y dónde estaban escondidas cuando Hannah pasó frente a ellas? Marion sabía lo que tenía que hacer. Debía ir al púlpito de piedra y reconstruir lo que había sucedido aquella noche, al igual que la gente de la región reconstruía la batalla entre los Caballeros y los Cabezas Redondas cada año.

Solo pensar en ello hacía que sus ánimos cayesen en picado. ¿Qué era lo que Clarice había dicho? «Este lugar huele mal.» Ella misma lo había sentido. Desde que llegó a Longbury, solo había cogido una vez el atajo a través del púlpito del refectorio para llegar a la casa de Los Tejos, y eso fue la noche de la fiesta. La noche en la que John Forrest la atacó. Y recordaba perfectamente que aquella noche, mientras descendía la colina en penumbras, había sentido cómo se le erizaba la piel.

Algo revoloteaba en su mente, pero Marion no lograba definirlo. Algo que había visto o sentido al descender corriendo la colina. ¿Qué era?

Marion se volvió cuando la puerta se abrió, pero quien entró fue Clarice.

—El juez está listo para verte —dijo—. No debes preocuparte, no está haciendo preguntas ni tomando declaraciones. Solo quería que supieses que ocuparé el lugar de la señora Ludlow cuidando a las niñas, y que el cocinero y sus ayudantes están sirviendo bocadillos y fiambres en la sala del desayuno.

—¿Y dónde están los demás? —preguntó Marion.

—Brand y Andrew partieron en busca de Robert. —Hizo una mueca—. Todos estamos preocupados por él. Lleva dos noches fuera de la casa, y sir Basil actúa como si Robert fuese el principal sospechoso.

23

No cogieron los caballos, puesto que Longbury era un pueblo pequeño y Brand sabía que tendrían que alquilar un transporte para llevar de vuelta a Robert, suponiendo que lo encontrasen. A medida que iban de una taberna a la siguiente, Brand no paraba de maldecir, quejándose de la proliferación de tabernas en un lugar tan pequeño como Longbury.

—¿Qué es lo que sucede con la gente aquí? —preguntó—. ¿Por qué necesitan una taberna en cada esquina? ¿Son todos borrachos?

Brand sabía por qué estaba tan irritable: tenía miedo. En una noche igual que aquella, había partido en busca de su padre, que llevaba varios días ausente del Priorato. Robert había ido a buscarlo a la casa de su abuelo, y habían buscado juntos. Por fin encontraron a su padre, pero se había emborrachado tanto que murió atragantado con su propio vómito.

Encontraron finalmente a Robert en el White House, una posada en el límite oeste del poblado. Había algunos vehículos en el patio de las caballerizas, pero el lugar estaba más bien vacío. Evidentemente, la posada había conocido tiempos mejores. Los muebles estaban envejecidos, al igual que los empleados y el dueño del lugar. Este les indicó una habitación en el primer piso, y se dirigieron rápidamente hacia allí.

Brand entró primero.

Robert estaba tirado en la cama en un estado lamentable. No fue el olor a brandy lo que sacudió el cuerpo de Brand, sino el hedor a vómito junto al cuerpo inerte de Robert.

—Rápido, se está atragantando —ordenó Brand.

Sus palabras paralizaron a Andrew.

—¿Cómo?

—Está intentando evacuar el vómito de sus pulmones. ¡Muévete, Andrew! ¡Ayúdame!

Volvieron a Robert boca abajo en la cama, y el movimiento debió de liberar el vómito, ya que un chorro hediondo de bilis fluyó hacia el suelo de la boca de Robert, quien quedó jadeando en busca de aire. Tenía los labios azules y los ojos cerrados, pero respiraba.

—¡Santo Dios, Robert! —exclamó Brand con desesperación—. ¿Qué te has hecho?

Los labios azules se movieron ligeramente y Robert alzó los ojos en dirección a Brand, a través de sus párpados entrecerrados.

—Tranquilo, Brand —dijo con voz ronca—. No estoy tan borracho como parezco. No moriré frente a ti como hizo tu padre. Podría habérmelas arreglado yo solo.

Brand se volvió hacia Andrew.

—Café —dijo—. Mucho café.

Andrew estaba petrificado.

—¿Qué ha querido decir con que no moriría frente a ti como tu padre?

—¡Exactamente lo que ha dicho! Ahora sé útil y ve por ese café.

Una hora después estaban en la habitación de Brand, en la casa de su abuelo. Brand quería evitar el Priorato, pues sospechaba que habría un representante de la ley esperando a que apareciese su tío. Quería evitarle la humillación de ser visto en aquel estado. También estaba impaciente por hacer un par de preguntas a Robert. No para ponerlo en evidencia, sino para descubrir la verdad respecto a Hannah. Una vez que supiese la verdad, se encontraría más cerca de descubrir quién era el asesino de Forrest, y Marion estaría finalmente a salvo.

A Manley le había encomendado la tarea de informar discretamente a la familia acerca de dónde estaban y explicar que habían encontrado a Robert en un estado lamentable, sin decir nada a las autoridades.

—¿De qué se trata todo esto? —preguntó, cansado, Robert—. ¿Por qué me habéis traído aquí? Algo sucede, Brand. ¿Qué es?

Tras darse un baño, Robert se había puesto una de las camisas de noche de Brand y una bata de lana. Estaba peinado, pero su rostro aún estaba pálido y sus labios azules. Habían encendido la chimenea porque estaba temblando, y lo habían sentado junto al fuego en una enorme silla tapizada con pelo de caballo.

Brand lanzó una rápida mirada en dirección a Andrew. Su hermano se había negado a volver al Priorato con Manley, y estaba sentado a un lado, con estrictas instrucciones de no decir una palabra. Brand admiraba el nuevo temple en el carácter de Andrew, pero a la vez lo hacía sentir incómodo. Después de todo, su hermano solo tenía dieciocho años; no conocía nada del lado más sórdido de la vida.

Brand suspiró. Aparentemente, su protección ya no era bienvenida ni necesaria.

Acercó su silla a la de Robert.

—Anoche, John Forrest fue asesinado brutalmente —comenzó sin preámbulos.

Robert parecía muy sorprendido, aunque no triste por la noticia. Empezó a hacerle miles de preguntas, y Brand le contó todo lo que sabía.

—Nadie sabe dónde has estado las últimas dos noches —fue lo último que dijo.

—Ah... —Robert sonreía—. Lo que quieres saber es si tengo una coartada. He visitado todos los tugurios de Longbury, mayoritariamente ebrio. No estoy seguro de que sirva como coartada. Supongo que podría haberme escabullido en algún momento para cometer el terrible acto, pero... ¿por qué lo haría?

—Para encubrir otro asesinato, uno que ocurrió veinte años atrás —dijo Brand a bocajarro—. Sabes perfectamente a qué asesinato me refiero: el de Hannah Gunn.

Brand había querido coger desprevenido a su tío, y por su expresión sabía que lo había conseguido. Robert apretó los puños, y el poco color que había recuperado desapareció de su rostro. Negó con la cabeza.

—Entonces ¿han encontrado los restos de Hannah? —preguntó con un hilo de voz.

Brand se obligó a mantenerse inmutable ante el dolor de su tío. Hasta ahora había sido prudente, y no había conseguido nada. Era el momento de mostrar una actitud diferente.

—¿Tú asesinaste a Hannah? ¿La mataste en un rapto de ira porque no quiso fugarse contigo?

Robert lo observó y emitió una risilla triste.

—Has entendido todo al revés. Hannah Gunn era una muchachita trastornada que intentó cazarme como hace un predador con su presa. A causa de ella mi matrimonio fracasó. Le dijo a mi esposa que huiríamos juntos y que tenía cartas escritas por mí que probaban que la amaba. De hecho, era exactamente lo contrario. Ella me escribió cartas que yo quemé en el momento en que las leí. Eran los desvaríos de una muchacha demente.

Brand no estaba sorprendido. Hannah no era una persona normal. Eso también explicaba el papel de Forrest: esas eran las cartas que estaba buscando. De haber salido a la luz, Robert habría sido acusado de asesinar a Hannah. Forrest no era leal a Robert, sino a Theodora. Habría hecho cualquier cosa para evitarle la vergüenza o el dolor.

Robert se pasó una mano por los ojos.

—¿Qué tiene que ver todo esto con John Forrest?

Brand se inclinó hacia delante, con las manos unidas.

—Creo... No, tengo pruebas de que John Forrest fue quien entró en la casa de Marion. Todo el mundo sabe lo del ataque. Lo que nadie sabe es que sostuvo una pistola contra la cabeza de Marion y le exigió que le diese las cartas de Hannah. Creo que quería las cartas que supuestamente habías enviado.

—¡Pero no existen tales cartas!

—Te creo, pero ¿cuánto tiempo supones que pasará antes de que las autoridades logren relacionar a Forrest contigo y con las cartas que buscaba desesperadamente? Creerán que tú le encomendaste la tarea para protegerte, y que luego tuvisteis una discusión. Querrán saber qué le sucedió a Hannah años atrás. —Brand hizo una pausa, y luego continuó en un tono más moderado—: Yo quiero saber qué le sucedió a Hannah. Su desaparición ha proyectado una enorme sombra sobre nosotros, y es tiempo de exorcizarla.

Se hizo el silencio. Las llamas de la chimenea crepitaban y bailaban. En algún lugar de la casa, un reloj dio la hora.

—¿Robert? —insistió amablemente Brand.

Su tío parpadeó y concentró su mirada en Brand.

—Cuéntame todo lo que sepas de Hannah —dijo Brand—. Le dijo a Theo que tú le habías escrito cartas apasionadas. ¿Le mostró las cartas a Theo?

—No. ¿Cómo podría? No hubo ninguna carta.

—Continúa. Dijiste que tu matrimonio fracasó. Tiene que haber algo más que unas cartas. ¿Qué otra cosa hizo Hannah?

—Ya te lo he dicho. —Robert se encogió de hombros—. Me persiguió como un cazador. No podía ir a ningún lado sin toparme con ella. Al principio me divertía, pero después se volvió irritante. Y cuando robó el perro de Theo y argumentó que yo se lo había regalado, comprendí que era una mujer peligrosa.

Solo había un perro: el perro de Theo. Brand lo sospechaba, pero aquello le hizo pensar en algo.

—¿Hannah devolvió el perro? —preguntó.

—No. No quería aceptar que era el perro de Theo. —Una sonrisa cínica se dibujó en los labios de Robert—. El perro fue la gota que colmó el vaso para Theo. Verás, ella creía a Hannah, no a mí. Y supongo que sabes por qué, Brand.

Cuando Brand asintió brevemente, Robert continuó:

—Sí, tu padre y yo éramos jóvenes en aquella época, y lo único que nos interesaba era el placer. Todo cambió cuando conocimos a las mujeres de nuestros sueños. Para tu padre, se trataba de tu madre. Para mí, era Theo. Yo tenía más suerte que tu padre, o al menos así lo creí. Me costó mucho convencerla, pero finalmente Theo aceptó casarse conmigo. Durante un tiempo fuimos felices, pero ella nunca confió plenamente en mí. —El tono de su voz se volvía más y más amargado—. Puedes imaginar el daño que hizo Hannah. Theo nunca me perdonó.

»Supongo que con el tiempo nos habríamos reconciliado, pero yo no iba a confesar una infidelidad que no había cometido, ni a cambiar mi versión de los hechos. Y eso fue todo. Recuperé mis viejos hábitos, al igual que había hecho tu padre antes. La bebida y las prostitutas. Pero algo bueno salió de todo esto: tuve una hija. Aunque supongo que ya sabes eso.

—Flora —murmuró Brand.

Un sonido ahogado les llegó desde donde se encontraba Andrew. Brand lo ignoró, y Robert no pareció escucharlo. Tenía la mirada perdida en los carbones ardientes, vagando por sus recuerdos. Brand dudaba que su tío recordase por qué estaban teniendo esa conversación.

—Extraño a mi hermano... —Robert reaccionó finalmente. Alzó la vista en dirección a Brand—. Yo tenía ocho años más que él, pero siempre estuvimos muy unidos. Él me comprendía como nadie más puede hacerlo.

Esta vez, Andrew no pensaba quedarse callado.

—¿Por qué te haces esto? —preguntó, poniéndose de pie y moviendo la mano como si cortase el aire—. ¿Por qué lo hizo mi padre? Estás bebiendo hasta matarte.

—Por melancolía —respondió con serenidad Robert—. O por aburrimiento. Todavía no he decidido cuál de las dos es la razón.

—Andrew... —comenzó Brand, pero Andrew no pensaba callarse.

—¡Tienes una hija! ¿Eso no significa nada para ti?

—Ella no sabe que soy su padre.

—Estoy seguro de que Theo te perdonaría si le hablaras acerca de la niña...

Robert hizo un gesto con la mano para que Andrew se callase.

—Mi querido muchacho, Theo sabe que Flora es mi hija. Fue ella la que sugirió que la niña pasase la mitad del año con nosotros cuando su madre murió. Yo esperaba que... en fin, no importa lo que yo esperaba. Flora estaba mejor con su tía, quiero decir, con la hermana de su madre. Theo simplemente la ignora, y yo no estoy en condiciones de ocuparme de nadie... ¡Mírame! ¿Qué puedo aportar de bueno a mi hija?

Antes de que Andrew pudiese replicar, Brand lo interrumpió, cortante.

—Andrew, te estaría muy agradecido si pidieras a uno de los sirvientes que nos prepare unos bocadillos para nosotros y un tazón de café para Robert.

—Pero ya hemos comido unos bocadillos al llegar...

—Aún tengo hambre.

Andrew, descontento, resopló. Pero la mirada de su hermano no dejaba lugar al debate, por lo que abandonó la habitación en silencio.

Cuando la puerta se cerró, Brand se volvió hacia su tío. De hecho, sentía lo mismo que Andrew: Robert estaba desperdiciando su vida sin una buena razón. Brand no consideraba que Theo fuese una buena razón. Sin embargo, se mordió la lengua porque era más viejo y sabio que Andrew. Había aprendido que las personas solo cambian cuando tienen una razón poderosa para hacerlo, y no antes.

Robert lo observaba con interés.

—Dime algo, Brand —suplicó—. Prometo que no me ofenderé. ¿Te agrado? Quiero decir, ¿a pesar de mis defectos?

«Agradar» era una palabra demasiado tibia. Y «amar» era demasiado femenina.

—Te tengo mucho cariño, Robert, y estoy seguro de que lo sabes —dijo finalmente.

Robert asintió.

—Y yo a ti. Pero siempre me he preguntado por qué juzgas tan duramente a tu padre. No hay muchas diferencias entre él y yo.

Brand no tenía preparada ninguna respuesta ante una declaración tan profunda, así que la obvió.

—Estábamos hablando de Hannah —dijo—. ¿Qué hiciste para que dejase de perseguirte?

Robert suspiró. Después de considerarlo en silencio unos segundos, dijo:

—Me cité con Hannah para encontrarnos en el invernadero una noche, tarde, cuando todo el mundo estaba en la cama. Naturalmente, no quería que Theo nos viera, o que oyese por otra persona que me había encontrado a solas con Hannah. Podrías decir que le canté las cuarenta; le dije que si volvía a poner un pie en el Priorato, la haría arrestar acusada de violar la propiedad privada. Ella... —Robert respiró profundamente—. Hannah se desmoronó frente a mí, me suplicó que no terminase con ella. No parecía comprender que no había nada que terminar. Después intentó chantajearme. Dijo que no tenía adónde ir, que se había peleado con sus hermanas, que les había dicho que tenía una relación con un hombre casado y que iba a huir con él. Ya no podía echarse atrás. No la creí. Dios me perdone, estaba tan enojado que di media vuelta y partí. Esa fue la última vez que vi a Hannah.

Brand asintió, ausente. Así que era aquello sobre lo que las tres mujeres habían discutido aquella noche en la casa de Los Tejos, la pelea que Marion había oído pero no comprendido.

Se inclinó sobre Robert, con las manos apoyadas en las rodillas.

—¿Y no te preguntaste qué le había sucedido? Tendrías que haber sabido que no se había fugado.

—Al principio, creí que se había arrojado al río —dijo, sin levantar la vista de sus manos—. Fue lo único que se me ocurrió. Parecía angustiada cuando la dejé. Pero con el paso del tiempo escuché rumores sobre otras historias de Hannah, y creí, o esperé, que se había dirigido a alguien más cuando yo la rechacé. Para mí era cómodo elegir la salida más fácil. Es la historia de mi vida...

Robert buscó con la mirada algo para beber, pero no encontró más que una taza de café tibio. Hizo una mueca y cruzó los brazos sobre el pecho.

Con un suspiro, Brand se puso de pie, se dirigió hacia un pequeño aparador y volvió un instante después con una copa llena de un líquido rosado que ofreció a Robert.

—Gracias —dijo Robert—. ¿Qué es?

—Un poco de vino mezclado con agua —respondió Brand mientras se sentaba—. No lo engullas, toma pequeños sorbos.

Robert soltó una risilla y miró a Brand con una sonrisa cálida e íntima.

—Tú deberías haber sido el duque, Brand. Tu padre siempre lamentó que nunca pudieses heredar su título. Decía que eras el mejor de los FitzAlan, y por eso te nombró como único fideicomisario de los negocios de Andrew. Te amaba, aunque tú eras alguien difícil de amar.

Otra profunda declaración que Brand no sabía cómo encajar. A la vez, se sentía turbado. Era verdad, había sido alguien difícil de amar.

La sonrisa de Robert desapareció hasta convertirse en una mueca de tristeza.

—Tu padre y yo arruinamos nuestras vidas, y nuestra familia pagó por ello. Creo que tú y Andrew haréis un trabajo mucho mejor que el que hicimos nosotros.

Andrew volvió a la habitación y, poco después, llegaron los bocadillos junto con más café. Robert solo quería su copa de vino mezclado con agua. Cuando comenzaron a cerrársele los ojos, lo metieron en la cama. Brand y Andrew se sentaron junto al fuego y compartieron sus bocadillos en silencio, echando una mirada a la cama de vez en cuando.

Brand no se consideraba a sí mismo como un sentimental, pero en aquel momento se sentía más un FitzAlan que nunca antes, y comprendió que las personas de aquella habitación le importaban tanto como su propia vida. Habría dado cualquier cosa por tener a su padre junto a él, aunque solo fuese para hablar de críquet. Y por una vez, cuando hablase con su padre no sería arisco ni desafiante. No sería alguien difícil de amar.

—¿Cómo supiste que Flora era hija de Robert? —Las palabras susurradas por Andrew interrumpieron los pensamientos de Brand.

—¿La has visto montar a caballo? —respondió Brand con una media sonrisa—. No hay duda de que es una FitzAlan. Aunque es más que eso. La sonrisa de Robert no es la misma cuando posa sus ojos en ella. Es una sonrisa cálida, intimista y muy tierna.

—Pero es pelirroja, y tiene ojos verdes.

—Supongo que eso le viene del lado materno de la familia.

—Creí que había vivido la mitad del año con la hermana de Theo —dijo Andrew, aún intrigado.

—Evidentemente no. Supongo que la intención de esa historia era resguardar el orgullo de Theodora.

Siguió un largo silencio, hasta que finalmente Andrew dijo:

—¿Y ahora qué?

Brand volvió a concentrar sus pensamientos en Andrew.

—Tenemos que informar al juez de que Robert está aquí. Su coartada es convincente, creo que sir Basil la tomará por buena.

—¿Y Hannah? ¿Qué vas a contarle a sir Basil sobre ella?

—Nada. No voy a hacer el trabajo del juez en su lugar. Ya le he dicho todo lo que tenía que decirle, al menos de momento.

Andrew asintió y miró hacia otro lado. Habló con voz tan baja que Brand tuvo que inclinarse hacia él para escucharlo.

—¿Crees que Theo asesinó a Hannah? Realmente ella estaba convencida de que Robert la había traicionado.

—Por un momento se me ocurrió la idea. Pero no la imagino asesinando a John Forrest.

—Yo tampoco, a menos que John Forrest la traicionara de alguna forma que aún no conocemos. Hay algo en Theo que me provoca escalofríos.

—Es alguien que sabe odiar —dijo Brand.

Sus pensamientos pasaron a Marion. Ella sabía cómo amar. «Te amo.» La emoción le hizo un nudo en la garganta.

Andrew dejó escapar un suspiro.

—Háblame de nuestro padre, Brand. Cuéntamelo todo sobre la noche en que murió.

Brand eligió sus palabras con precaución. No quería que Andrew despreciase a su padre. No había nada que despreciar, sino mucho que lamentar.

—Robert y yo lo encontramos —dijo lentamente—. No pudimos reanimarlo.

—¿Estaba borracho?

—Había estado bebiendo —fue todo lo que se autorizó a decir Brand—. No pudimos hacer nada... —Alzó la mirada hacia Andrew—. Digamos que su corazón no resistió.

Brand dejó a Andrew al cuidado de su tío mientras recorría a pie la corta distancia que separaba la casa de su abuelo del Priorato. No había policías ni agentes de la ley a la vista, pero tuvo cuidado de no dejarse ver. La llave del sótano donde se guardaba el carbón estaba bajo una urna de piedra. Con ella accedió al sótano, y de allí a la puerta que daba acceso a la escalera de la servidumbre. Aunque no había ninguna lámpara encendida, Brand conocía hasta el último rincón del Priorato, y no le llevó más de un minuto llegar hasta la habitación de Marion. Ella había dejado una vela encendida sobre la chimenea de piedra, que ya estaba comenzando a ahogarse en su propia cera derretida. Marion estaba en la cama, respirando suavemente mientras dormía, destapada y con el camisón blanco abierto en el cuello. Brand podía sentir su pulso latiendo a un ritmo apacible.

Tenía una mano bajo la mejilla y la otra sobre la almohada. Unas manos pequeñas, frágiles y femeninas que no daban ninguna pista sobre lo feroces que podían volverse si se trataba de defender su vida o la de quienes amaba. Brand pensaba en cómo había intentado arrebatarle la pistola a John Forrest la noche en que la atacó.

No se sentía tentado de despertarla. No había ido a su habitación para hacerle el amor. Se hallaba en un estado de ánimo contemplativo, y se conformó con sentarse en una silla junto al fuego para observarla, para sentir las mismas emociones que antes había sentido junto a Andrew, cuando se sentaron frente al fuego con su tío durmiendo cerca.

Seis meses atrás, Brand creía que su vida era plena. Ahora comprendía lo vacía que en realidad había sido. Si solo le quedase una hora de vida, no la malgastaría en su carrera política o en vender más periódicos. Preferiría pasarla junto a la gente que más le importaba, la gente que sabía cómo amar.

No se quedó mucho tiempo. No le dio un beso de despedida, pero acercó los dedos a los labios de Marion sin tocarlos, y luego llevó la calidez del aliento de ella a su propia boca.

Después de cerrar con llave la puerta del sótano, iba a dejarla donde la había encontrado cuando se le ocurrió una idea y decidió guardarla en su bolsillo. A partir de ese momento, los repartidores de carbón deberían pedir la llave al mayordomo. Y solo para quitarse las sospechas de la mente, pondría a Manley a vigilar a Theodora.

24

La mañana siguiente, Marion se despertó sintiéndose descansada y rejuvenecida. Sonrió en dirección al baldaquín a través de los párpados entrecerrados, intentando recordar lo que había soñado. Los detalles eran vagos, pero sabía que Brand formaba parte del sueño, lo que la hacía sentir llena de felicidad.

Su sensación de euforia se desvaneció a medida que la realidad ocupaba su lugar. La noche anterior habían encontrado el cuerpo de John Forrest. Lo habían asesinado brutalmente. Lord Robert era el principal sospechoso, y aún lo estaban esperando para interrogarlo. La viuda debía de estar fuera de sí a causa del sufrimiento, y Brand seguramente se sentía devastado. En cuanto a Theo, debía de estar llorando a John Forrest. ¿Quién sabía lo que ella estaría pensando de Robert en ese momento?

Suspirando, apartó las sábanas y se puso de pie. Sus hermanas la necesitaban, y Flora también. Alguien tenía que estar junto a ellas para calmar sus temores. Pero ¿quién estaría allí para Marion? Sabía que Brand se hallaba en la Hacienda con lord Robert, y no se apartaría de su lado hasta que el juez no hubiese hablado con él.

«Este lugar huele mal.» Podía sentir cómo el hedor

penetraba en ella. Si no se ponía en movimiento, moriría de un ataque de nervios.

No le llevó más de quince minutos asearse, y poco tiempo después entraba en el salón del desayuno. Las únicas presentes eran Emily y la señorita Cutter. Ambas se veían tan abatidas como ella, aunque Emily consiguió forzar una sonrisa.

—Somos las rezagadas —dijo Emily—. Todos los demás ya han tomado el desayuno y han partido a ocuparse de sus asuntos. Los huevos están fríos, pero el té está recién hecho y bien caliente.

—¿Dónde están las niñas? —preguntó Marion.

—Se han ido con Oswald y Clarice a ver el mar. Está a tan solo diez kilómetros de aquí, así que les di permiso. Se lo pasarán muy bien, Marion, y pensé que estarían mejor allí que aquí.

Marion asintió. Llevaba prometiéndole un viaje al mar a Phoebe desde antes de que salieran de Lake District. ¿Cómo era posible que nunca hubieran encontrado el momento para ello?

Marion miró a la señorita Cutter. La pobre estaba sumida en el silencio. Ella no era así. El asunto de lord Robert se estaba cobrando sus víctimas. Según podía recordar Marion, lord Robert era el favorito de la señorita Cutter.

Marion tomó impulsivamente la mano de la señorita Cutter y la presionó suavemente.

—Brand está con lord Robert —dijo—. No permitirá que le suceda nada malo.

Una chispa se iluminó en sus ojos viejos y apagados, y la señorita Cutter sonrió.

—Eres muy amable, cariño, pero no estoy preocupada por lord Robert. Andrew acaba de estar aquí con un mensaje de Brand. Dice que Robert tiene una buena explicación de su ausencia en el Priorato. Es más bien su ilustrísima quien me preocupa. Ha sido un duro golpe para ella. No sé cómo todo ha podido salir tan mal. —Se puso de pie—. Siéntate, Marion. Te serviré una taza de té.

—Yo puedo hacerlo...

—No, no. No es ninguna molestia.

Marion se sentó, cogió una rebanada de pan tostado y comenzó a masticar.

—¿Andrew ha estado aquí?

Emily asintió.

—Ahora se encuentra con su abuela, y en cuanto Robert hable con el juez y quede libre de sospecha, todos vendrán aquí.

—Ya veo. —Marion se habría sentido mejor si el mensaje hubiese llegado después de que Robert hablara con el juez. Hasta que eso no sucediera, el mensaje de Andrew no era otra cosa que una consolación sin valor, del estilo de la que ella había utilizado con la señorita Cutter.

—Gracias —dijo a la señorita Cutter cuando esta dejó una taza de té y un platillo sobre la mesa.

—Hay un mensaje de Brand para ti, pero no tiene sentido —dijo Emily.

—¿Qué ha dicho?

—«Léeme la mente.»

Para ocultar su ridícula sonrisa, Marion cogió la taza de té y tomó un gran sorbo antes de darse cuenta de lo caliente que estaba. Tosió y jadeó hasta que sus ojos se llenaron de lágrimas.

—Me he quemado la lengua —dijo con la voz ronca.

La señorita Cutter inclinó rápidamente la jarra de leche sobre la taza de Marion para enfriarlo.

—Inténtalo ahora —dijo.

Marion tomó otro gran sorbo. Ahora el té estaba tibio y no le agradaba, pero la señorita Cutter se veía tan satisfecha de sí misma que no tuvo las agallas de pedir una nueva taza.

—Mucho mejor —dijo Marion, y tomó otro sorbo. Un pensamiento cruzó por su mente—. ¿Theodora sabe que han encontrado a lord Robert?

—Estaba aquí cuando Andrew llegó —dejó escapar Emily entre los labios—. Lo único que dijo fue que quería mirar el contenido del escritorio de John Forrest, para asegurarse de que todo estuviese en orden. Ahora mismo está allí con el policía y el señor Manley.

La señorita Cutter chasqueó la lengua. Una sombra se instaló entre los presentes. Marion suspiró, alcanzó el tarro de la mermelada y sirvió una cucharada en su plato junto a su rebanada de pan tostado.

—¿El señor Manley va a aconsejarla con respecto a sus caballerizas? —preguntó Marion, pero nadie respondió. Lo intentó de nuevo—: ¿Qué planes tienes esta mañana, Emily?

—Ninguno. —Emily tragó saliva y bajó la mirada hacia la rebanada de pan tostado que permanecía intacta sobre su plato—. Me siento fatal. Todavía no puedo creer lo que ha sucedido. Es como una pesadilla.

—¿Qué mejor razón para encontrar algo para alejar tu mente de todos estos sucesos horribles? —dijo Marion, saliendo de su propio abatimiento—. Deberías haber ido al mar con Oswald y Clarice. Pero puesto que no lo has hecho, te propongo que pidas a Andrew que vaya contigo a casa de tu amiga Ginny. Ve de compras con ella, o ve a buscar a otros amigos. Haz lo que sea que se supone que deben hacer las muchachas jóvenes.

—¿Por qué no vienes conmigo? —preguntó Emily, recuperando el entusiasmo.

Marion negó con la cabeza. Ya tenía planes para esa mañana.

—No tengo fuerzas —dijo—. He pensado en leer un poco y hacer compañía a la señorita Cutter —sentenció, mirando a la señorita Cutter.

La señorita Cutter asintió.

—¿Por qué no damos un paseo? Me gustaría mostrarte mi jardín de plantas aromáticas.

—¿Por qué no? —exclamó Marion.

—Solo dame un minuto e informaré a su ilustrísima de dónde estaré —dijo la señorita Cutter con una gran sonrisa.

—Creo que le has alegrado el día —dijo Emily al verla alejarse con prisas.

—Sí, está demasiado sola. La viuda no es mucha compañía para ella, ¿no crees? —Marion tomó otro sorbo de té e hizo una mueca de disgusto—. Si hay algo que detesto es el té tibio.

Cuando la señorita Cutter regresó, un sirviente había retirado el té y Marion bebía de una nueva taza.

La señorita Cutter revoloteaba sin parar. Si antes había estado sorprendentemente callada, ahora su lengua parecía un caballo al galope. Charlar con Marion era un honor para ella: la gente joven de aquellos días ya no tenía tiempo para los viejos. No caminaban con ellos solo por el placer de la marcha, sino para visitar algo o ir de compras. Y siempre estaban metidos en carruajes. Y así, sin parar.

Marion ofrecía lo que consideraba respuestas apropiadas, pero su mente estaba concentrada en el sendero por el que avanzaban. Ese era el camino por el que Clarice debía de haber regresado la noche en que salió corriendo tras ver al fantasma del monje.

Acababan de dejar a su derecha el invernadero, donde en otra época se erigía el refectorio. Allí también se encontraba el cobertizo donde había sido hallado el cadáver de John Forrest, aunque estaba oculto tras los arbustos. El sol calentaba desde lo alto, sobre sus cabezas. Las golondrinas ejecutaban sus picados como acróbatas, y las abejas y mariposas danzaban entre ellas sobre las flores, en perfecta armonía.

Resultaba difícil creer que en aquel pequeño paraíso se ocultase tanto mal.

Al adentrarse más en el sendero, todo cambió. Los frondosos árboles filtraban la luz del sol, sumiendo a los arbustos entre sombras. No había golondrinas, ni abejas, ni mariposas. Las arañas tejían sus telas para atrapar a sus víctimas desprevenidas. Los zorros acechaban en la oscuridad. Los gatos salvajes hacían restallar sus colas, tensando los músculos antes de abalanzarse sobre alguna presa.

Marion rió nerviosamente. Era así como ella y Clarice se daban miedo una a la otra. Debieron de haber sido unas niñas horribles.

Cuando llegaron a una bifurcación en el sendero, la señorita Cutter volvió a hablar.

—Este es el camino al jardín de plantas aromáticas —dijo. El camino que señalaba era de adoquines. El que iba hacia la casa de Los Tejos estaba cubierto de cardos y ortigas.

—Pensé que podríamos ir al púlpito del refectorio —dijo Marion—. No está lejos de aquí, y es donde Clarice y yo jugábamos cuando éramos niñas.

—No creo que pueda con esa pendiente inclinada. —El rostro de la señorita Cutter se animó—. ¿Por qué no voy yendo al herbario y preparo todo? Cuando hayas terminado tu paseo, puedes encontrarte conmigo. No deberías tardar demasiado, no hay mucho para ver.

Marion no estaba segura de que debieran separarse.

—Si grito, me oirás —dijo la señorita Cutter, como

si le hubiese leído la mente—. Y los jardineros no están lejos. Pero no tardes.

La señorita Cutter dio media vuelta y tomó el camino que llevaba a su jardín.

El púlpito del refectorio estaba junto a las ruinas de lo que había sido la casa del abad y los dormitorios para los invitados. El antiguo edificio se había desvanecido sin dejar rastro bajo la maleza invasora y a causa de las depredaciones provocadas por las sucesivas generaciones de aldeanos que habían cogido las piedras de los muros para usarlos ellos. No fue sino hasta que el Priorato pasó a manos de los FitzAlan que los intrusos fueron advertidos y los saqueos cesaron.

Pero el púlpito permanecía casi intacto. Marion suponía que los lugareños habían considerado esa reliquia demasiado sagrada para derribarla, al igual que la estatua del abad, que marcaba el lugar donde antes se erigía su residencia. Los árboles no habían invadido esa zona, por lo que Marion tenía una vista perfecta del púlpito mientras se adentraba en el claro.

El púlpito era mucho más grande de lo que recordaba, y para una niña debió de haber sido como una torre. Ascendió por los escalones de piedra y contó doce. Probablemente era un número sagrado, y cada paso representaba a uno de los apóstoles. Desde aquella posición ventajosa, el lector seguramente observaba a los monjes silenciosos durante la comida. Cualquiera que sufriera de vértigo debió de haberse cogido con fuerza al borde, como ella hacía en aquel momento.

La noche en que ella y Clarice se escondieron esperando al fantasma, todo debía de haber estado sumido en la oscuridad, por lo que no debían de haber comprendido lo que podría sucederles si resbalaban y caían.

O quizá en aquellos tiempos Marion era más audaz. Quizá había subido los escalones durante el día y sin sentir vértigo. No podía recordarlo, y ese era el problema. No sentía ninguna revelación que le permitiera gritar «¡Eureka!».

Había ido hasta allí para reproducir la escena, y aunque pensó que probablemente sería inútil, al menos valía la pena intentarlo. Respirando profundamente, cerró los ojos e intentó concentrarse en aquella noche en la que esperó en la casa de Los Tejos a que la pelea terminase para poder escaparse y ver a Clarice.

Finalmente Hannah salió de la casa. Lo siguiente que Marion recordaba era que subió por el sendero que llevaba al púlpito. Sabía que estaba llegando tarde, y se preguntaba si Clarice la había esperado. En el camino, pasó junto a la escultura del primer abad y se persignó. No era católica, pero era un ritual, un signo de reverencia que ella y Clarice habían urdido en aquel mundo que habitaban de tanto en tanto.

¿Cómo podía haber olvidado aquello?

Había sentido un gran alivio al ver la luz balanceándose en el púlpito. Clarice la había esperado. Contó los escalones mientras subía. Susurró un saludo, y luego Clarice apagó el farol y se acurrucaron esperando los acontecimientos.

No tenía ni idea de cuánto tiempo había transcurrido, ni quién de ellas lo había oído primero. Un perro gimió y después se puso a ladrar. Lentamente se incorporaron y miraron por encima del borde del púlpito. Las luces flotaban en el aire, moviéndose en su dirección, y luego escucharon un sonido fantasmal, como si un espíritu estuviera llamando al perro.

En ese momento Clarice empezó a correr.

Marion recordaba haberse agachado y cerrado los ojos. Estaba paralizada por el terror. El fantasma del abad iba a por ella, y no solo el abad, sino también su perro.

¿Qué había sucedido después?

Recordaba al perro lamiéndole el rostro. La había encontrado en el púlpito. Marion casi lloró de alivio. No era el perro del abad, sino Scruff, el perro de Hannah. Eso quería decir que no había ningún fantasma, tan solo era Hannah, buscando a su perro. Scruff era un vagabundo, y siempre se perdía por allí.

Marion descendió del púlpito y corrió hacia la luz, llamando a Hannah. Scruff comenzó a gemir, y Hannah no respondía. Asustada, retrocedió un paso, y luego dio media vuelta y echó a correr. Scruff no la siguió.

¿Qué había visto entonces?

Dos luces. Dos personas. Pero Hannah no estaba allí, si no habría respondido a su llamada.

Marion abrió los ojos. Desde donde se encontraba en el púlpito tenía una vista perfecta del jardín de plantas aromáticas. Se quedó observando durante un largo rato, y finalmente desvió la mirada en dirección a donde alguna vez se erigió la casa del abad. Todo el aire se escapó de sus pulmones. Tenía una buena idea de lo que le había sucedido a Hannah hacía tantos años, y no tuvo dudas de dónde había encontrado un lugar profano donde descansar.

Bajar los escalones del púlpito era mucho mas difícil que subirlos. Se sintió algo mareada, y se cogió del borde de la piedra mientras descendía. Frunció el ceño al ver a la señorita Cutter esperándola, pero un nuevo mareo la hizo alegrarse de que hubiera alguien allí para ayudarla.

—Me preguntaba qué te había sucedido, así que vine a averiguarlo —dijo la señorita Cutter.

—Me siento débil —dijo Marion—. Ha sido demasiado para mí.

—Coge mi brazo, querida —dijo la señorita Cutter, y luego rió. Era una risa suave, íntima, que curiosamente devolvió algo de fuerza al cuerpo de Marion—. Así es, apóyate en mí, que yo me ocupo de ti. No soy tan débil como parezco.

Brand vio al juez fuera de la casa y volvió a la biblioteca, donde Andrew y Robert bebían un café. Se había confiado a ellos y les había contado todo lo que sabía sobre Hannah y la carta de Edwina, y ahora sentía su mente más ligera, después de haber compartido su carga. Robert tenía mejor aspecto tras una noche de sueño, y se parecía más a sí mismo ahora que llevaba puestas sus propias ropas. Andrew las había llevado del Priorato, pero no llevó consigo ningún mensaje de Theodora.

—Creo que no ha ido tan mal —dijo Andrew.

—Sí, si puedes considerar como positivo haber dejado a todo el mundo «no tan mal» —acotó Robert entre risas. Luego su expresión se volvió pensativa.

—Míralo por el lado bueno —propuso Brand—. Sir Basil no sabe nada de la historia anterior. No sabe nada de Hannah, ni de vuestra relación... —Una mirada de Robert le hizo cambiar la frase—. De tus problemas con ella.

—Tienes razón, por supuesto —dijo Robert, y tomó un sorbo de su café—. Pero no estaba pensando en sir Basil. Estaba pensando en...

—¿Theo? —preguntó Andrew al ver dudar a Robert.

—No. En mi madre.

—¿La abuela? —Andrew no comprendía.

Robert tomó otro trago de café.

—Siempre me he preguntado si sabía lo de Hannah. Creo que debía de saberlo. Me parece que pensaba que yo tenía una aventura con ella. —Se encogió de hombros con frustración—. No consigo comprenderlo del todo, pero a veces descubro a mi madre mirándome de una forma que me hace remorder la conciencia. —Los ojos de Robert expresaban su congoja—. ¿Acaso pensará que yo tuve algo que ver en la desaparición de Hannah?

—No —dijo con firmeza Andrew—. Pero deberías sentir remordimientos. La abuela se preocupa por ti, y querría que pudieses recuperar la compostura. Todos nos preocupamos por ti.

Robert le ofreció una de sus tiernas sonrisas.

Los pensamientos de Brand dieron un giro abrupto. Recordaba su primer día de regreso a Longbury, cuando visitó el Priorato. Había estado haciendo preguntas sobre Hannah, y su abuela le había parecido intranquila. «Claro», pensó. Su abuela conocía el asunto, y tenía sus sospechas. No había querido que la historia resurgiese, o que las sospechas cayesen sobre Robert. Debió de haber sufrido enormemente durante todos aquellos años.

Brand se sentó, pero al instante estaba nuevamente de pie.

—Pareces inquieto —le dijo Robert después de verlo merodear unos minutos—. ¿Qué sucede?

—No sucede nada. He estado encerrado aquí demasiado tiempo.

Se sentó de nuevo, cruzó las piernas y luego cambió de posición.

—Estás peor que inquieto —insistió Robert—. ¿Qué es lo que sucede, Brand?

Brand se encogió de hombros.

—No dejo de pensar en pequeñeces, sin saber si son importantes o no.

—¿Qué, por ejemplo?

—Estaba pensando en el perro. —Brand reflexionó por un instante—. Cuando me dijiste que te encontraste con Hannah aquella noche, no mencionaste ningún perro.

—El perro de Theo —dijo Robert, y asintió—. No es que al perro le importase quién era su amo. Debían haberlo llamado Casanova. Siempre andaba vagabundeando por allí, y seguía a cualquier señorita que cruzara su camino. Fue así como Hannah se quedó con él en primer lugar. Y no lo mencioné porque el perro no estaba allí. ¿Acaso importa?

—No lo sé. Clarice dijo que había escuchado los gemidos de un perro, y Marion escuchó ladridos. No me gustan los cabos sueltos, eso es todo.

—Es fácil de explicar. Cuando regresé a la casa, el perro salió. No estaba de humor para ir a buscarlo, pero al día siguiente estaba de vuelta.

—¿Quién lo encontró? ¿Theodora?

—No. La señorita Cutter.

—¿Cuándo? ¿Cómo?

—No tengo ni idea —dijo Robert encogiéndose de hombros—. Siempre estaba olisqueando en el jardín de plantas aromáticas, escarbando entre ellas. Quizá fue allí donde lo encontró.

—¿Qué le sucedió al perro? —preguntó. La mente de Brand trabajaba a toda velocidad.

—¿Qué? Oh, el pobre animal ingirió un veneno para ratas que supusimos habían puesto los jardineros para librarse de los roedores. Por supuesto, ellos lo negaron todo. Tienen prohibido dejar veneno donde un niño extraviado pueda encontrarlo. No lo olvides, siempre hay hordas de niños en las fiestas.

Brand se puso de pie.

—Creo que iré a dar un paseo —dijo. Una idea lo golpeó cuando estaba frente a la puerta—. ¿Eso sucedió cuánto tiempo después de la desaparición de Hannah?

—¿Quieres decir la muerte del perro? Justo antes de

Navidad. Lo que significa que fue unos seis meses después. La señorita Cutter quería regalarle un cachorrito a Theo para Navidad, pero tuve que decirle que no me parecía una buena idea. Theo nunca quiso un perro después de aquello.

—Gracias —dijo Brand y abandonó la habitación.

—¿Qué ha sido todo esto? —preguntó Andrew.

—Creo que Brand sabe quién es el asesino —dijo Robert, pensativo.

25

Iban por el sendero que conducía a la casa de Los Tejos.

—¿Por qué estamos yendo a Los Tejos?

La señorita Cutter emitió un sonido que parecía un cloqueo.

—Porque está colina abajo. No creo que pueda llevarte hasta el Priorato, y debe de haber alguien en la casa. Desde allí enviaremos a buscar al doctor.

Marion dudaba que hubiese alguien en Los Tejos. Desde que su mudanza al Priorato se había vuelto más o menos permanente, ya no habían solicitado los servicios de la señora Ludlow o de guardianes que vigilasen el lugar. No estaba segura de cuáles eran los planes al respecto, pero tampoco le importaba. Marion estaba cogiendo algo: ¿Gripe? ¿Un resfriado? Todo lo que quería era dormir. Pero tenía algo importante que decir a la señorita Cutter. ¿De qué se trataba?

Parpadeó intentando concentrarse.

—Ya recuerdo. Sé dónde está enterrada Hannah. Está en su jardín, señorita Cutter. Allí fue donde la enterró John Forrest. Movió la escultura del abad y... y... —Marion estaba comenzando a arrastrar las palabras, y tuvo que hacer un esfuerzo para recobrar el control de su lengua—. Debió de haber temido que usted o uno de los jardineros encontrase el cuerpo si alguna vez removían la tierra.

—Ten cuidado por dónde caminas. No queremos que te arañes las rodillas.

—¿Me ha escuchado, señorita Cutter?

—Sí, querida. Hablabas del abad, me parece.

La señorita Cutter no la estaba tomando en serio, y eso la irritó. Si tan solo Emily hubiera estado allí cuando descendió los escalones del púlpito, la habría creído y habría llamado al juez de inmediato. Aquella pobre y confundida anciana no era de ninguna ayuda.

—¡Debemos ir de inmediato en busca del juez! ¿Acaso no se da cuenta? Lord Robert y John Forrest estaban juntos en esto. Si dejan ir a lord Robert, ¿quién sabe lo que hará?

Cuando la señorita Cutter se volvió hacia ella, parecía otra persona.

—¡Eso que has dicho es horroroso! John Forrest sí, pero no lord Robert. Es el hijo de su ilustrísima. ¿Acaso no tienes ninguna lealtad hacia la familia?

Un canción de un pasado remoto resonó en la mente de Marion:

Arañas comehombres.
Zorros grandes como caballos.
Y gatos con dientes de tiburón.

Así fue la señorita Cutter durante una fracción de segundo. Finalmente sonrió, pero su sonrisa amable no podía borrar la impresión en la mente de Marion.

Los párpados se le cerraban. Sus miembros se volvían más y más pesados. Su cerebro quería ir a dormir, pero Marion no iba a permitírselo. «¡Despierta, Marion!», se dijo. «¡Piensa! ¿Qué te está sucediendo? Estabas bien cuando bajaste a desayunar esta mañana. Todo lo que tomaste en el desayuno fue una rebanada de pan tostado y el té que la señorita Cutter te sirvió.»

El té. La señorita Cutter le había servido una taza de té. ¿Había algo en el té? No le parecía posible. La señorita Cutter era una anciana inofensiva que avanzaba sin pausa hacia la senilidad. «Me agrada», pensó Marion. «No. Siento lástima por ella.» Pero ahora lo que sentía era miedo.

Había tomado solo dos sorbos de té antes de deshacerse de él. No le parecía posible que dos sorbos de té la hiciesen sentirse tan mal.

—Ya hemos llegado. —La voz cantarina de la señorita Cutter interrumpió sus pensamientos—. La casa de campo de Edwina. Esto solo nos llevará un instante.

Marion se tambaleó un poco cuando la señorita Cutter se alejó de su lado. No creía tener la fuerza suficiente para moverse. No podía ser una simple gripe lo que la hacía sentirse así. No se notaba constipada, ni tenía malestares o dolores. Le habían dado algo, y la única persona que podía haberlo hecho era la misma que estaba parada frente a ella con una sonrisa ausente.

—Aquí está. —La señorita Cutter había regresado con una llave en la mano—. Justo donde Edwina siempre la guardaba. —Lanzó una risilla falsa—. Esto es mejor que mi jardín de hierbas aromáticas. Es más privado.

Un escalofrío recorrió la espalda de Marion. ¿Por qué la señorita Cutter quería estar en privado con ella?

Marion tembló cuando entraron en la casa y se detuvieron al pie de la escalera. Allí fue donde encontraron el cuerpo de Edwina.

—Pareces exhausta, querida —dijo con una gran sonrisa la señorita Cutter—. Solo tengo una pregunta para ti, y luego te dejaré dormir: ¿Dónde están las cartas que lord Robert escribió a Hannah?

Aquello era lo último que Marion esperaba oír, y se quedó mirando sorprendida a la señorita Cutter.

—Te he hecho una pregunta, Marion —dijo la señorita Cutter, dejando de sonreír—. ¿Dónde están las cartas que lord Robert escribió a Hannah? Por favor, respóndeme.

—No hay ninguna carta.

—¡No me mientas! Hannah me dijo que lord Robert le había escrito cartas de amor. En su momento no la creí, pero en la fiesta escuché que Phoebe decía a Flora que las cartas de lord Robert te pertenecían a ti, y que serías tú la que decidiría qué hacer con ellas. ¿Acaso piensas que voy a permitir que lo expongas públicamente?

Aquello último le pareció extraño a Marion.

—¿Exponerlo? ¿Ante quién?

—¡Ante el mundo! ¡En la historia de tu familia! Si alguna vez se supiera que él tuvo una aventura con Hannah, piensa en el revuelo que ocasionaría. Comenzarían a hacer preguntas. Incluso intentarían encontrar los restos de Hannah. John y yo no podíamos permitir que sucediese una cosa así. Solo dime dónde están las cartas y te dejaré ir.

Marion tuvo que apoyarse en una pilastra para dejar de balancearse.

—¿Es eso lo que el señor Forrest estaba buscando cuando le disparó a Brand?

—Aquello fue mala suerte. Él no quería hacer daño a nadie. Tú debías estar en el Priorato, no en tu casa. —El tono de la señorita Cutter se suavizó y se volvió persuasivo—. He buscado en todos los lugares donde podrías haberlas escondido, pero cuanto encontré fue una caja que perteneció a Hannah con recuerdos de Robert en su interior. Tú cogiste las cartas, ¿no es así? ¿Dónde las escondiste?

La señorita Cutter había hurgado entre sus cosas. La idea era repugnante.

—Ya se lo he dicho. No hay ninguna carta —dijo, enojada.

El golpe la cogió completamente desprevenida. La mano de la señorita Cutter descendió con fuerza contra su rostro. Marion retrocedió. Esa no era la señorita Cutter que conocía. Luego recordó que la señorita Cutter daba largos paseos a diario. Trabajaba en su jardín de hierbas aromáticas. Siempre andaba correteando y buscando a la viuda. Y nunca cesaba de revolotear.

Pero ahora no revoloteaba. Ahora le parecía aterradora. ¡La señorita Cutter y su jardín de plantas aromáticas! ¿Cómo no los había relacionado antes de permitir que aquella anciana demente la llevara hasta Los Tejos? Si no recuperaba el control de sí misma, Marion corría el riesgo de compartir el destino de Hannah. Tenía miedo, pero tenía aún más rabia, y fue la rabia lo que le dio fuerzas para intentar vencer a aquella anciana en su propio juego.

La haría creer que estaba al borde del colapso, y luego la cogería desprevenida y... y... ¡Piensa! Tenía que pensar en algo. Efectivamente estaba al borde del colapso. Marion dejó escapar un quejido.

—Le diré dónde están las cartas si usted me dice qué sucedió la noche en que Hannah desapareció.

—Estás intentando luchar, ¿no? Contra el sedante, quiero decir. Puedo verlo en tus ojos. No es muy fuerte. No me servirías de nada si no pudieras mantenerte despierta.

—Creo que se equivocó con la dosis —dijo Marion—. Siento como si me hubiese dado suficiente sedante como para dormir a un caballo.

—Una razón más para decirme dónde están las cartas.

—No hasta que me diga lo que le sucedió a Hannah.

Todo resultaba tan infantil que la enfermaba, pensó Marion.

—Creo que ya sabes lo que sucedió —dijo la señorita Cutter tras un suspiro—. Yo maté a Hannah, y John me ayudó a enterrar su cuerpo en el jardín de plantas aromáticas. No podía dejarla aquí y permitir que alguien la encontrase. El juez habría comenzado a hacer preguntas. Quizá habría descubierto que Hannah y Robert tenían una aventura. Robert habría sido el principal sospechoso. Imagina cómo se habría sentido su ilustrísima.

—¿Edwina estaba al tanto de la relación entre Robert y Hannah?

—No al principio. Creía que Hannah se había fugado con algún muchacho, y yo estuve encantada de promover aquella versión. Como verás, todo nos vino rodado. Tenías razón con respecto a la escultura. John siempre temió que los jardineros removiesen la tierra y descubrieran el cuerpo de Hannah, así que hice trasladar la estatua a mi jardín.

La señorita Cutter estaba esperando a que Marion le dijese dónde estaban las cartas, y Marion estaba retrasando el momento en el que debería decirle que no tenía la menor idea.

Marion se sentía confundida. No había ninguna carta. No había ninguna aventura. Lo que debería estar haciendo era buscar una forma de escapar. Todo lo que necesitaba era un poco de tiempo para luchar contra los efectos del sedante que había tomado.

—¿Fue allí donde mató a Hannah? —preguntó lentamente—. ¿En el jardín?

La señorita Cutter negó con la cabeza, sonriéndole como si fueran cómplices.

—La gente cree que no valgo nada; la pobre señorita Cutter... Ah, claro, ya sé lo que pensáis todos de mí.

Pero subestimarme es un error, y Hannah lo descubrió de la peor manera. —Rió de forma horrible, satisfecha de sí misma—. Yo sabía lo de la relación, y cuando vi a Robert salir aquella noche lo seguí. Se encontró con Hannah en el invernadero. No podía acercarme lo suficiente para entender lo que decían, pero se notaba que estaban teniendo una riña de enamorados. Cuando Robert volvió a la casa, el perro de Theodora salió y corrió directamente hacia Hannah. Yo hice como que había ido a buscarlo para justificar mi presencia. Le pedí que dejara a Robert tranquilo. Ella se rió en mi cara, diciendo que ella y Robert iban a fugarse en cuanto se armase de valor para decírselo a su esposa. Y si él no se lo decía a Theodora, Hannah le mostraría las cartas de amor que Robert le había escrito. En ese instante se me ocurrió que si nos librábamos de ella no causaría más problemas. Aquella jovencita perturbada no iba a romper el corazón de su ilustrísima. Entonces, me deslicé dentro del cobertizo de los jardineros junto al invernadero, y encontré un martillo, o eso creo. Luego me acerqué sigilosamente por detrás y le di un golpe en la cabeza.

»No era una buena chica, Marion —dijo la señorita Cutter al ver la mirada de repulsión de Marion—. No era como tú. Tu padre sabía cómo era: decía que nunca volvería a la casa de Los Tejos mientras ella estuviese allí. Y nunca regresó, ni siquiera después de que Hannah dejase de ser un problema. No creo que Edwina lo perdonase por haber tenido razón acerca de Hannah.

—¿Cómo puede ser que usted sepa todo esto? —Marion estaba boquiabierta.

Una nueva carcajada de satisfacción brotó de los labios de la señorita Cutter.

—Leí las cartas de tu madre, que Edwina había dejado por ahí. Soy una persona muy curiosa, ¿sabes?

También era una persona muy voluble, y Marion se

preguntó si no estaría matando el tiempo hasta que el sedante surtiera efecto y le facilitara la tarea.

¡Matando el tiempo! ¡Qué pensamiento tan horrible! Pero ese era un juego que las dos podían jugar.

—¿Dónde estaba John? Usted dijo que la ayudó.

—Ah, tuve que ir hasta su casa y pedirle ayuda. Estaba tan contento de ver muerta a Hannah como yo.

—Por el bien de Theodora —dijo Marion lentamente.

—Sí. El mundo de John se limitaba a Theodora. Habría hecho cualquier cosa por ella. Sabía que Robert sería sospechoso de asesinato si el cuerpo de Hannah era descubierto, y aquello destruiría a Theodora. Por eso supe que podía ayudarme. Yo, por supuesto, solo pensaba en su ilustrísima. Lo único que lamento es haber tenido que envenenar al pobre Snowball. Un perrito tan bonito... Pero él sabía dónde estaba enterrada Hannah. No dejaba de intentar desenterrarla, ¿comprendes? Sabía que tarde o temprano los jardineros lo notarían, y todo podía llegar a oídos del juez, así que hice lo que debía hacerse.

Marion sentía dolores en el estómago. ¿También la habría envenenado a ella?

—¿Cómo te encuentras ahora? —preguntó la señorita Cutter mirándola a los ojos.

Marion tenía razón. La señorita Cutter estaba esperando a que los sedantes hicieran efecto.

Marion le ofreció un gran bostezo y dirigió una mirada vacía a los ojos de la señorita Cutter.

—¿Qué es lo que ha dicho? —preguntó con voz somnolienta.

—Dime dónde están las cartas, Marion —dijo sonriendo la señorita Cutter.

No tenía sentido intentar convencerla de que las cartas no existían. No la creería. Además, quizá no le conviniese ir por ese lado. ¿Qué pensaba hacer con ella una vez que le dijera dónde estaban las cartas? Marion tenía un par de ideas al respecto.

Aquel pensamiento aclaró un poco la bruma de su mente.

—Están arriba, en uno de los armarios.

—Ya he revisado todos los armarios, Marion, y no he encontrado nada. Creo que tendrás que esforzarte un poco más.

No era nada tonta la señorita Cutter.

—Hay una madera suelta en el suelo del armario de mi habitación. Inténtelo allí.

—Bien —dijo la señorita Cutter—. Iremos juntas.

Marion estaba consternada. Había esperado que la señorita Cutter subiera sola para poder escaparse.

—No creo que pueda subir la escalera.

—Yo te ayudaré.

No tenía sentido discutir. La sonrisa de la señorita Cutter era tan felina como sus ojos.

—¿Qué es lo que ha puesto en mi té? —preguntó Marion mientras subían lentamente la escalera.

—Dos de los polvos que el doctor Hardcastle me receta para los nervios. No me agradan porque confunden mi mente, pero si no los tomo me excito demasiado. Olvido cosas, o digo cosas fuera de lugar que hacen que la gente me mire de forma rara. Si hubiera tomado mis polvos aquel día...

—¿Hannah seguiría viva? —preguntó Marion al sentir que la voz de la señorita Cutter se apagaba.

—¡Por Dios, no! —La señorita Cutter negó con la cabeza—. En aquel entonces yo era más joven. No necesitaba los polvos del doctor Hardcastle. Hannah tuvo lo que se merecía. Yo estaba pensando en Edwina.

—¡Usted asesinó a Edwina!

—Sí, me temo que no me dejó otra opción.

Un destello atravesó la mente de Marion.

—El testigo era usted. Usted fue la que dijo a Edwina que yo estaba fuera la noche en que Hannah desapareció.

—Sí, y lo lamentaré toda mi vida. Dejé que se me escapara un comentario sobre Robert y Hannah. Ella no paraba de hacerme preguntas, y en mi confusión le dije que te lo preguntara a ti, que tú estabas allí aquella noche. Si al menos lo hubiera dejado estar, pero comenzó a hacer preguntas a todo el mundo. Yo tenía que hacer algo, así que difundí el rumor de que Edwina se estaba poniendo senil. —Parecía contrariada, como si la culpa de lo que sucedió fuera de Edwina—. Antes de aquello, ella estaba convencida de que Hannah se había fugado. Pero empezó a pensar que Robert quizá la hubiera asesinado. Tenía que hacer algo, ¿comprendes? Un día que ella salió a dar un paseo, yo entré en la casa. Siempre dejaba las puertas sin llave durante el día. Esperé en el primer piso, preparándome para cumplir mi deber. No quería hacerlo, Edwina me agradaba de verdad. Pero ¿qué otra opción tenía?

Marion se inclinaba notoriamente hacia la anciana, intentando convencerla de que estaba completamente a su merced. Le costaba mucho fingir. Se sentía enferma por lo que le había contado la señorita Cutter, y apenas podía soportar tocarla.

—Un paso más y llegaremos —dijo la señorita Cutter—. ¿Sabes, Marion?, creo que la confesión es algo bueno para el alma, porque me siento mucho mejor después de haber hablado contigo. Es como si me hubieran quitado un peso de encima.

—No soy un cura, así que no pretenda que la absuelva —dijo Marion, incapaz de contener su temperamento—. Piense en sus víctimas: Hannah, Edwina, John Forrest... El señor Forrest era su cómplice. Fue él quien la ayudó. Primero con Hannah, luego... luego conmigo.

¿En Vauxhall? ¿En el teatro? ¿O fue usted quien me empujó por la escalera?

—¡Por supuesto que no fui yo! No podía irme de Longbury. ¿Qué excusa podría darle a su ilustrísima? Pero John solía estar fuera de casa. Para él era fácil escabullirse y encontrarte. —Negó con la cabeza—. Después de que tu carruaje se quedara atascado y que Brand apareciese, John estaba demasiado asustado para volver a intentarlo.

—¡Mi carruaje volcó por accidente! —dijo Marion, sorprendida.

—No, cariño. John lo arregló para que pareciese un accidente. No pensábamos matarte, Marion, tan solo queríamos asustarte en caso de que nos reconocieses de nuevo. Tú nos viste enterrar a Hannah, ¿no es así?

—Yo vi a dos fantasmas, o lo que creí que eran fantasmas. Nada más.

—Sí, pero nosotros no lo sabíamos. Y yo encontré una carta que Edwina te estaba escribiendo. No sabía si ya te habría escrito antes. Ella quería que recordaras los acontecimientos de aquella noche, y yo no podía permitirlo.

Marion negó con la cabeza. O aquella mujer estaba delirando en un estilo no muy diferente al de Hannah, o era verdaderamente malvada.

—¿Por qué John Forrest? —preguntó Marion, con un cansancio cada vez menos fingido—. ¿Cuál fue su pecado?

—Él dijo que estaba preocupado por mí, pero yo sabía que estaba considerando que me hicieran encerrar —respondió la señorita Cutter con una expresión endurecida—. En la fiesta organizada en honor tuyo y de Brand, lo vi conversando con el doctor Hardcastle. Luego me lanzó una de aquellas miradas... Yo tenía miedo de él, miedo de que me viese como una amenaza.

Yo sabía demasiado, y me estaba volviendo olvidadiza. Entonces lo maté antes de que me hiciera encerrar. Le dije que tenía algo importante que contarle, y le pedí que se reuniese conmigo en el cobertizo de los jardineros. Cuando llegó allí, yo lo seguí, y el resto de la historia ya la conoces.

Lo había golpeado en la cabeza. Marion se estremeció.

—Los polvos del doctor Hardcastle están surtiendo efecto —exclamó la señorita Cutter al observar a Marion—. ¿Por qué no te recuestas y descansas un poco?

Acompañó a Marion a la habitación más cercana, que era la de Emily, y la ayudó a recostarse en la cama.

Marion no quería cerrar los ojos, pero su cuerpo parecía actuar con voluntad propia. Su cabeza se hundió en la almohada y sus miembros se relajaron. Pero su cerebro también tenía una voluntad propia. «Hannah, Edwina, John Forrest, y ahora tú», se dijo. «Y cuando no encuentre las cartas, quizá Phoebe se sumará a la lista.»

Consiguió abrir los ojos. La señorita Cutter la observaba. Marion alzó la cabeza.

—Tengo frío —dijo—. ¿Cree que podría encender el fuego?

—No te resistas, querida —dijo la señorita Cutter y suspiró—. Ríndete al sueño, y el final será indoloro. Pero sí, encenderé el fuego si eso te hace feliz.

¿El final? Marion tragó saliva. ¿Iba a golpearla también en la cabeza? No si podía evitarlo.

La señorita Cutter fue hasta la chimenea, encendió una yesca y preparó el fuego.

Marion estaba sorprendida de que la señorita Cutter hubiera accedido a su petición. No había sido una petición inocente. ¿Acaso no se daba cuenta de que alguien vería el humo saliendo de la chimenea? Quizá un jardinero, o el señor Manley. O el juez. Ellos sabrían que la casa debería estar vacía, e irían a investigar qué sucedía. Entonces Marion estaría a salvo.

Se dejó caer nuevamente sobre la almohada y suspiró. Eso pareció satisfacer a la señorita Cutter, que abandonó la habitación. En cuanto estuvo sola, Marion se arrastró fuera de la cama hasta la chimenea. Como buena ama de llaves, la señora Ludlow había dejado la chimenea lista para ser encendida antes de abandonar la casa de Los Tejos. El fuego ya ardía con vigor, y pronto el carbón prendería. No era lo que Marion quería. Necesitaba llamas y humo, sobre todo humo. Mucho humo. La caja de yescas estaba allí, contra la pared. Marion cogió algunas y las lanzó al fuego. Las chispas saltaban de la chimenea a medida que la yesca prendía.

Marion escuchó pasos en el pasillo. Era demasiado tarde para volver a la cama, por lo que se dejó caer en la silla más cercana. Un instante después, la señorita Cutter entró en la habitación y se encontró con Marion.

—Tenía frío en la cama —dijo Marion en un tono lánguido—. Hace más calor cerca del fuego.

La señorita Cutter acercó su rostro al de Marion.

—¿Estás intentando prender fuego a la casa? —Y sin esperar la respuesta, continuó con severidad—: No hay ninguna madera suelta en el suelo de tu armario. Te daré una última oportunidad. Dime dónde están las cartas de Robert, o te juro que prenderé fuego a la casa contigo dentro.

Lo decía en serio. «Hannah. Edwina. Forrest. Y ahora yo. Si en lugar de estar sentada estuviera de pie, quizá tendría una oportunidad», pensó Marion.

—Intente en el ropero —dijo Marion—. Allí hay una madera suelta. —Se llevó una mano a la frente—. Me duele la cabeza.

La señorita Cutter abrió los ojos de par en par, gorjeó como un pájaro y salió apresurada de la habitación.

Marion no se estaba recuperando del sedante. Cada vez se sentía más aturdida, y le dolía la cabeza. Tenía que hacer algo, pero ¿qué?

Un grito de ira hizo parpadear a Marion. La señorita Cutter no había encontrado nada. Marion se puso lentamente de pie. En ese instante, una puerta se abrió violentamente en el piso de abajo.

—¡Marion! —resonó la voz de Brand—. ¿Dónde estás?

El corazón le subió a la garganta, y de sus ojos saltaron lágrimas de felicidad. Intentó gritar, pero sus palabras sonaron como un susurro fantasmal.

—Aquí arriba...

Era imposible que Brand la hubiera oído. Pudo escuchar sus pasos mientras él se dirigía a la cocina.

Sosteniéndose con una mano contra la chimenea, Marion cogió el atizador con la idea de romper una ventana para que Brand supiera dónde se encontraba, pero la señorita Cutter entró hecha una furia en la habitación, con los ojos salidos y el rostro deformado por la ira. Marion comprendió que necesitaría el atizador para defenderse.

—No vivirás para contar nada... —La señorita Cutter respiraba pesadamente entre dientes—. Vas a lamentar haber puesto un pie en Longbury.

La anciana cargó contra ella y comenzaron a luchar, avanzando y retrocediendo, ambas intentando quedarse con el atizador. Cuando la señorita Cutter logró arrancárselo de las manos y lo sostuvo sobre su cabeza, lista para golpear, Marion actuó sin pensárselo dos veces. La empujó con todas sus fuerzas y la envió tambaleándose contra la chimenea.

La señorita Cutter yacía sin aliento. En un instante, las llamas surgieron entre los pliegues de su vestido. Un instante después, parecía una antorcha humana.

Gritando y retorciéndose, se puso de pie y salió de la habitación. Marion fue tras ella, titubeante.

Brand escuchó aquellos chillidos que helaban la sangre, y su corazón casi deja de latir. Corrió desde el fregadero, atravesó la cocina y llegó al salón.

—¡Marion! —gritó—. ¡Marion!

Se detuvo en seco, anonadado por lo que veía. En lo alto de la escalera, una pequeña figura envuelta en llamas hizo una pausa antes de dar un paso. Agitaba los brazos intentando desesperadamente apagarse las llamas, gritando con todas sus fuerzas. Brand avanzó hacia ella mientras se quitaba la chaqueta. Frente a sus ojos horrorizados, la figura perdió el equilibrio y rodó por la escalera como una peonza.

Brand utilizó su chaqueta para sofocar las llamas. La señorita Cutter, cuyo rostro apenas era reconocible, tosió con fuerza y finalmente quedó inmóvil.

—¿Brand?

Brand alzó la mirada. Marion estaba en lo alto de la escalera, manteniéndose de pie con dificultad. Brand subió los escalones de dos en dos y la rodeó con sus brazos. Con los ojos fuertemente cerrados, se aferró a ella y susurró su nombre una y otra vez.

Tras un momento, Marion se separó de él.

—¿La señorita Cutter?

—Me temo que está muerta.

—No me pidas que sienta lástima por ella, ni hoy ni mañana. —Marion negaba con la cabeza—. Quizá nunca.

—No lo haré —la tranquilizó.

—Tengo algo importante que decirte.

—¿Qué sucede, mi amor?

—Creo que voy a vomitar. —El rostro de Marion se contrajo.

Veinte minutos después, Marion estaba en su habitación del Priorato, pero Brand no le permitía irse a la cama. La obligó a beber una taza tras otra de café amargo, y cuando no estaba bebiendo café, la sostenía con el brazo mientras la hacía caminar por la habitación. Hasta que no llegó el doctor Hardcastle, no se le permitió acostarse. Escuchó a los dos hombres conversar y supo que los efectos del sedante habrían sido peores, aunque no mortales, si Marion no hubiera vomitado su magro desayuno después de la aterradora escena de Los Tejos.

Su sueño era agitado, pero cada vez que despertaba Brand estaba allí, humedeciéndole la frente con un paño y diciéndole que todo iría bien. Cuando finalmente logró despertarse, descubrió a Brand recostado a su lado en la cama. Tenía peor aspecto de lo que ella se sentía.

—Ha sido una noche terrible, y un comienzo del día aún peor —murmuró Brand—. Me alegra que estés despierta, porque tenemos que hablar. Tenemos que decidir qué le diremos al juez.

Marion se sentía débil como un bebé, y sus ojos se llenaron de lágrimas.

—Nadie creerá lo malvada que era la señorita Cutter —dijo.

Brand apartó los mechones de cabello que cubrían su rostro.

—El doctor Hardcastle sí, aunque él no la llama malvada. Él dice que sufría un tipo de trastorno mental que creía tener controlado con un sedante no muy fuerte. También dice que te pondrás bien.

Marion se encogió de hombros y se acurrucó contra él.

—¿Se han encontrado los restos de Hannah?

Brand asintió.

—Bajo la estatua del abad, como tú dijiste.

—Tenemos que decir la verdad al juez, que el asesino

era la señorita Cutter. No hay necesidad de mencionar la carta de Edwina o a lord Robert. Lo único que necesitamos decir es que la señorita Cutter estaba loca. —Marion sorbió sus lágrimas—. Pero la más loca de todas fue en realidad Hannah. Fue ella la que lo inició todo, incluso con mi propio padre. Esa fue la causa del distanciamiento entre Edwina y mis padres, y yo no lo sabía hasta que me lo dijo la señorita Cutter.

—Calla, calla —dijo Brand—. No creo que puedas culpar de todo a Hannah. La señorita Cutter y Forrest tuvieron su parte en todo esto. No hay nada malo con la lealtad, pero la lealtad ciega es una maldición. Esa fue su perdición.

Continuaron conversando, contándose el uno al otro lo que había sucedido y qué habían descubierto durante las horas que habían estado separados. Marion quiso saber cómo se le había ocurrido buscarla en la casa de Los Tejos, y sonrió ante su respuesta.

—Vi humo saliendo de la chimenea —dijo Brand—. Supe en ese instante que me estabas diciendo dónde encontrarte.

Llamaron a la puerta y Emily asomó la cabeza.

—¿Podemos ver a Marion ahora? Marion, las niñas están fuera de sí de miedo y tristeza, preocupadas por ti.

Brand descendió de la cama. Marion se recogió los cabellos y se sentó.

—Claro que podéis verme. Estoy perfectamente bien. ¿Dónde están las niñas?

La puerta se abrió del todo y Phoebe y Flora corrieron hacia la cama. Emily entró tras ellas. Todas lloraban, salvo Marion.

—Pobre señorita Cutter —dijo—. Debemos sentir lástima por ella.

Brand retrocedió unos pasos y se topó con Andrew.

—La abuela desea verte —dijo Andrew mirándolo.

Brand se alejó sintiendo ligeramente que sobraba, y cuadró los hombros. «Pobre señorita Cutter», pensó, «debemos sentir lástima por ella.» Si Marion podía hacerlo, él también. Su abuela debía de estar destrozada, pero podría encontrar consuelo al saber que su hijo, Robert, estaba libre de toda sospecha.

26

Aunque Brand era reticente a abandonar a Marion y a los demás bajo el manto de melancolía que envolvía el Priorato, no podía retrasar las elecciones, con lo que no tuvo otra alternativa que presentarse una semana después en Brighton, donde el grueso de los electores emitiría su voto.

Ash Denison llegó al hotel en el que se alojaba Brand durante su segunda noche de estancia. Tenían mucho que contarse, y acompañados de una botella de clarete, Ash escuchó con asombro los eventos de la semana anterior. De momento, sus deberes con el asunto de David Kerr pasaron a un segundo plano.

—Podríamos haber intentado hacer creer que la muerte de la señorita Cutter había sido un accidente, pero eso habría significado que Marion nunca estaría segura de lo que había sucedido con el cuerpo de su tía, sin mencionar que las especulaciones en torno al asesinato de John Forrest jamás cesarían —explicó Brand—. Entonces, contamos la verdad al juez, esto es, los hechos: la señorita Cutter admitió el asesinato de John Forrest, al igual que el de Hannah años atrás. Aparentemente creía que todo el mundo estaba en su contra, y los atacaba sin previo aviso.

—¡La señorita Cutter! —Ash tomó un gran sorbo de vino—. Me parece increíble. Siempre me recordó a mi propia tía, ya sabes: un gatito inofensivo sin nada más malvado en la mente que intentar casarme con alguien.

—Pues ese gatito tenía unas buenas garras —respondió secamente Brand.

—¿Y el juez te creyó?

—No a mí. Creyó al doctor Hardcastle y a mi abuela. Ambos estaban preocupados por la señorita Cutter. Siempre había sido alguien impredecible, pero últimamente había comenzado a obsesionarse, y creía que había gente que quería hacerle daño.

Los pensamientos de Brand se desviaron a la conversación que él había tenido con su abuela. Ella estaba fuera de sí, creyéndose la culpable de los ataques de la señorita Cutter. Su abuela había sido la primera en notar la creciente inestabilidad de su amiga. Fue ella la que lo había mencionado al doctor, y no John Forrest como sospechaba la señorita Cutter. Pero la viuda se había opuesto a la idea de encerrarla, por lo que el doctor le recetó un sedante leve. Aparentemente funcionó, pero siempre surgían problemas cuando la señorita Cutter dejaba de tomar su medicina.

Brand aceptó las opiniones de su abuela y el doctor Hardcastle hasta cierto punto, aunque no explicaban por qué la señorita Cutter había asesinado a Hannah años atrás, antes de que se pusiese en duda su salud mental. Sin embargo, a Brand le convenía que todo el mundo creyese que la señorita Cutter estaba un poco loca, puesto que así el nombre de Robert se mantendría al margen de toda la triste historia.

—¿Cómo lograste llegar a Los Tejos en el momento justo? —preguntó Ash.

—Marion había conseguido engañar a la señorita Cutter y encender el fuego de la chimenea —respondió

Brand con una sonrisa—. Vi el humo saliendo de la chimenea y decidí investigar.

Lo que no contó a Ash fue que todo había sido como una carga de caballería. Había encontrado el Priorato prácticamente desierto, pero uno de los sirvientes le informó de que Marion y la señorita Cutter habían salido a dar un paseo. Estaba en el jardín de plantas aromáticas cuando había visto el humo saliendo de la chimenea. Al forzar la entrada principal, sentía que el corazón iba a estallarle en el pecho. Pero eso no fue nada comparado a ver la pequeña figura envuelta en llamas en lo alto de la escalera. Por un instante temió que fuera Marion. Solo pensar en ello hacía que le temblaran las manos.

—¿Qué fue lo que te hizo llegar a la conclusión de que la asesina era la señorita Cutter?

Brand sonrió.

—El perro fue envenenado.

—¿Qué?

—Es una larga historia, y prefiero escuchar cómo te ocupaste de David Kerr.

Ash lanzó un pequeño paquete sobre el regazo de Brand.

—David Kerr se encuentra de camino a Canadá —dijo.

Brand abrió el paquete y extrajo el contenido. Eran los pendientes de esmeraldas de Marion, con un anillo que hacía juego.

—Kerr había dicho la verdad —explicó Ash—. Obtuvo una miseria por las alhajas. ¿Puedes creer que el joyero guardó el recibo que Kerr firmó cuando se las vendió?

—Tuvimos suerte de que el joyero no las vendiera a nadie.

—Eran un regalo para su enamorada. Me llevó mucho tiempo y esfuerzos convencerle de que me las vendiese. Tuve que rembolsarle el dinero que había pagado por ellas. Luego escondí las joyas en las habitaciones de Kerr.

»Querría que hubieses visto la cara de Kerr cuando los agentes entraron en su habitación, conmigo tras ellos, y buscaron entre sus pertenencias. —Ash soltó una carcajada—. Yo había escondido las joyas en uno de los cajones de su vestidor... —Hizo una breve pausa para saborear la escena que había presenciado—. Lo llevaron hasta el juez en la calle Bow acusado de haber robado las reliquias invaluables de mi madre. No hay nada como la amenaza de la horca para hacer entrar a alguien en razón. Le dije al juez que retiraría los cargos si el señor Kerr me pagaba las baratijas de mi pobre madre. Por supuesto, Kerr no tenía dinero, así que tuve que aceptar un pagaré a cambio.

—Has hecho bien —dijo Brand metiendo la mano en el sobre que estaba en el interior del paquete. Allí estaba el documento.

—Por la suma de diez mil libras, debidamente firmado y ante testigos —declaró Ash, evidentemente satisfecho—. Sabe que si alguna vez decide volver a Inglaterra y causar problemas a lady Marion, aterrizará en la prisión para deudores.

—Y aún hay más. —Ash cogió el paquete de manos de Brand y extrajo dos hojas de papel dobladas—. Los registros de la parroquia, como solicitaste. Como podrás ver, los arrancó de libros diferentes. Ya sé que los obispos guardan registros de los registros, pero Kerr nunca estará en posición de acceder a ellos. Una rata sin escrúpulos, ¿no crees? —Rió—. Pero no más desaprensiva que nosotros, cuando es necesario.

—No merece ni siquiera nuestro desprecio. —Un músculo se contrajo en la mandíbula de Brand—. Si hubiese dependido de mí, lo habría hecho ir a juicio. Probablemente habrían conmutado la sentencia de muerte a cambio de la deportación.

—Pero supongo que Marion se habría negado a algo así...

—No quise ponerla a prueba.

Brand contuvo un suspiro. Ese era el problema: no quería ponerla a prueba. Lo que parecía tan simple antes de los eventos de aquella semana maldita ahora era complicado. Marion había tenido que vivir tantas cosas que la trataba con guantes de seda. ¿Cómo podía exigirle que pensase en él cuando acababa de enterrar a una tía desaparecida hacía años? Todo el mundo estaba de luto en el Priorato, vestidos de negro. Si respetaban las costumbres, no habría boda posible durante los próximos seis meses.

Aquello no le agradaba: tres personas que eran totalmente responsables de sus destinos, tres personas que no merecían ningún respeto, estaban siendo llorados por aquellos que más deberían despreciarlos.

—¿Cómo afecta todo esto a tus posibilidades de vencer en las elecciones, Brand? —preguntó Ash.

—¿Qué dices?

—Las elecciones —dijo Ash, alcanzando la botella de clarete y llenando su vaso—. Imagino que todos esos cadáveres que tapizan el suelo del Priorato son el centro de las conversaciones de tus votantes.

Brand se contuvo para no responder agresivamente. Quizá debería escuchar lo que Ash intentaba decirle. Quizá había algo divertido en esa situación tan macabra. Y quizá esa tendencia de Ash a encontrar el brillo en la más oscura desgracia era exactamente lo que él necesitaba para salir del atolladero en que se encontraba.

—Tienes razón en eso —respondió Brand tomando un buen trago de clarete—. Es de lo único que hablan. No les interesa lo que haré si soy elegido al Parlamento; tan solo quieren los detalles sangrientos de los asesinatos de la señorita Cutter. Si esto hubiera sucedido antes de que ganase la nominación, pues bien, no la habría ganado.

—¿Tan malo como eso?

—Sin ninguna duda.

Continuaron bebiendo, sumidos en el silencio y el desánimo.

—Al diablo con esto —dijo Ash poniéndose de pie—. No será el fin del mundo si no ganas las elecciones. Vayamos al bar y abramos una botella de brandy. Es mejor que quedarse lamentándose aquí. A menos, claro está, que tus votantes no aprecien que un miembro del Parlamento beba en público...

—Todavía no soy miembro del Parlamento y, francamente, me importa un bledo lo que piensen mis votantes —replicó Brand, poniéndose también de pie.

Brand recogió las cosas que estaban dentro del paquete que Ash le había dado, fue hasta el guardarropa y las guardó en el bolsillo de una de sus chaquetas.

—Por cierto, ¿cuánto te debo por deshacerte de Kerr?

Ash apoyaba su cuerpo nerviosamente en un pie y luego en el otro.

—Tuve que saldar sus deudas en Inglaterra y darle algo con que comenzar una nueva vida en Canadá.

—¿Cuánto? —preguntó estoicamente Brand

—Tres mil.

—¿Tres mil libras? —Brand estaba sorprendido.

—No. Tres mil guineas.* Es un negociador duro.

Brand se quedó mirándolo, horrorizado, y finalmente se resignó. Pasó un brazo alrededor de los hombros de Ash.

—Mejor que sean dos botellas —dijo, y rió.

* Aproximadamente tres mil ciento cincuenta libras (*N. del T.*)

En el Priorato, el estado de ánimo de Marion era bastante distinto al de Brand. Desde que él había partido a Brighton, Marion había tenido que participar en varias cenas sombrías, donde los comensales parecían más bien bandadas de cuervos, y las conversaciones eran prácticamente inexistentes. Cuando subía la escalera hacia su habitación tras aquellas cenas, Marion se sentía con ganas de arrancarse los cabellos. Se sentía como una hipócrita vestida de luto, y nunca habría imaginado tener que vestirse así de no ser porque la viuda había comenzado a hacerlo. Tres personas en absoluto inocentes habían terminado mal. No había a nadie a quien culpar salvo a ellos mismos. Marion se había salvado por poco. ¿Cómo podía estar triste por ello?

Hannah había tenido finalmente un entierro cristiano, pero el mal que ella había iniciado no cesó con su muerte. Flora había dicho a Phoebe, quien había dicho a Marion, que Theodora estaba empaquetando sus cosas para irse a vivir con su padre. La noticia no era inesperada, puesto que Theodora se había encerrado en sus habitaciones durante los últimos días, y lord Robert parecía estar instalándose en la casa de Brand. Marion habría querido que Brand estuviese allí, o que las elecciones tuviesen lugar en otro momento. Sin él a la cabeza, su familia se estaba derrumbando y Marion no sabía cómo detener el proceso.

Se sentó en el borde de la cama un largo momento, repasando en su mente los últimos días, volviendo sobre lo que Brand le había dicho respecto a Theodora, Robert y Flora. Aquella era una situación lamentable, y nadie podía hacer nada al respecto. No sabía por qué le importaba tanto, pero el hecho es que así era.

La caja de Hannah estaba en el cajón superior de su

tocador. Marion no era una persona impulsiva, pero estaba convencida de que Theodora debía saber que Robert nunca la había engañado con Hannah. Hannah había sido la responsable de la caída en desgracia de Robert, y de la suya también.

Tras pensarlo nuevamente, Marion cogió la caja de Hannah del cajón y salió de la habitación.

Theodora estaba sorprendida de verla, pero no era hostil a su presencia. Abrió la puerta y dejó entrar a Marion.

—Qué sorpresa —dijo—. Creí que todo el mundo estaba conteniendo la respiración hasta que yo me fuera.

—No —dijo Marion, decidida a no dejarse intimidar—. Me parece que soy la única que sabe que te vas.

—Todos lo saben, créeme. Los sirvientes deben de haberle dicho a todo el mundo que mis cosas están empaquetadas.

Marion tomó asiento sin esperar a que se lo propusiera. Tras un momento, Theodora lanzó un suspiro y se sentó en un pequeño sofá. Su mirada era inquisidora, aunque no particularmente complaciente.

Después de carraspear, Marion finalmente habló.

—Me agradaba el señor Forrest. Imagino la pérdida que su muerte significa para ti.

Theodora entrecerró los ojos con antipatía.

—Nadie puede siquiera imaginar lo que significa para mí la muerte de John. Era la única persona en quien siempre podía confiar. Si no vienes a ofrecer nada más que banalidades, quizá lo mejor será que te vayas.

Ese era el problema con Theodora, pensó Marion: era excesivamente estoica, como recién salida de una tragedia griega. En cuanto a ella, era obstinada: no pensaba marcharse hasta haber dicho lo que quería.

—Tengo algo para ti —dijo Marion.

Theodora se había puesto de pie. Volvió a sentarse y cogió la caja que Marion le ofrecía.

—¿De qué se trata?

—Las pertenencias de Hannah. Ella estaba obsesionada con tu esposo, y coleccionaba recuerdos al igual que haría cualquier enamorado. La diferencia es que Hannah mentía, ya fuera para conseguir lo que quería o para convencerse a sí misma de que era irresistible para los hombres. No creo que sepamos nunca lo que pasaba por su cabeza. Basta con saber que Robert no tenía la culpa de nada.

—¿Dónde están las cartas que Robert le escribió? —preguntó Theodora, hurgando en el contenido de la caja.

—Nunca hubo ninguna carta —dijo Marion, negando con la cabeza—. Hannah era una muchacha perturbada. Su última patrona, la señora Love, vive en Brighton. Ella podrá decirte que Hannah también provocó un enorme caos allí, con los hijos de sus amistades. —La voz de Marion se volvió grave—. Robert no tenía ninguna relación con Hannah. No le escribió ninguna carta. Todo aquel asunto era un juego para ella, o un producto de su imaginación.

Marion no había terminado su explicación cuando Theodora cerró la caja con un golpe decidido y se la devolvió a Marion.

—Puedes llevarle esto de vuelta a Robert y decirle que no soy tan fácil de embaucar. Él ya tuvo su oportunidad de rogar por mi perdón, y ahora es demasiado tarde.

Theodora fue hasta la puerta y la abrió. Marion se puso de pie y salió de la habitación. Se detuvo en el umbral y la miró directamente a los ojos. Unos ojos hermosos y centelleantes

—Debes saber que estoy diciendo la verdad. ¿Por qué no la aceptas?

—Ya te he dado mi respuesta, y no tengo nada más que agregar —respondió Theodora, fría como el hielo.

Marion negó con la cabeza.

—Debe de resultar muy solitario ser una diosa griega.

Finalmente, abandonó la habitación con toda la dignidad que pudo.

Al llegar a su dormitorio, Marion ardía de furia. Pensar que había malgastado su simpatía en una arpía sin corazón. Era Robert por quien debía sentir lástima. Él era quien había sido rechazado, no Theodora. Durante los últimos veinte años, habían estado juntos sin estarlo. Qué lástima.

Sus pensamientos saltaron inmediatamente a Brand. Había partido hacía dos días, y Marion ya se sentía vacía por dentro. ¿Qué era lo que los separaba? ¿Un nacimiento accidental? Esa excusa era tan endeble como la que Theodora utilizaba para castigar a su esposo. ¿Era acaso posible que ella y Theodora tuviesen algo en común?

Se sentó en el borde de la cama, con la mente totalmente confundida. Las velas prácticamente se habían extinguido. La habitación se volvió helada, y aun así Marion siguió sin moverse, pensando, pensando, pensando...

Así fue como la descubrió Emily cuando entró en la habitación para darle las buenas noches. Miró las velas casi inexistentes, sintió el frío en el aire y se dirigió rápidamente hacia su hermana. De rodillas frente a ella, cogió las manos frías de Marion entre las suyas.

—Marion, cariño —dijo ansiosa—. ¿Qué sucede? Estás muy pálida.

Marion sonrió levemente.

—Hay algo que he querido decirte desde hace mucho tiempo... —Dio unas palmadas en el colchón—. Ven, siéntate junto a mí. Es sobre mamá y papá.

Al final de la tarde siguiente, Brand estaba fuera de la taberna, cerca de donde había sido erigido un escenario para los discursos de último minuto antes de votar. Estaba haciendo lo que se esperaba de él, mezclándose con los lugareños, ofreciéndoles cerveza y sonriendo hasta que su rostro estuvo a punto de romperse.

Aunque habrían de esperar un tiempo antes de que llegasen los resultados de los distritos de los alrededores, Brand no confiaba demasiado en sus posibilidades. Podía sentir que su momento había pasado. Los sorprendentes eventos del Priorato habían afectado no solo a los electores, sino también a los miembros de su propio partido. Estaban todos allí, pero no lo apoyaban como antes. Muy pocos de entre ellos habían subido al podio a promocionar su candidatura.

Se dijo a sí mismo que no había nada de sorprendente en todo aquello. Él había trazado su propio camino en la vida, sin ayuda de los demás, desde que tenía memoria. Siempre había sido un lobo solitario. Lo que realmente novedoso era que Brand hubiera querido que las cosas no tuvieran que producirse de esa manera.

Una mano se apoyó en su hombro, haciéndole desviar su atención del grupo de hombres que había estado intentando ganarse. Allí estaba Ash, sonriendo ante sus ojos.

—¡Ash! ¿Qué estás haciendo aquí? —Brand sabía que a Ash no le interesaba la política, y lo había dejado en el hotel Castle en el momento en que pedía su cena. Sin embargo, estaba muy contento de ver a su amigo.

—No tenía alternativa —dijo Ash.

La mirada de Brand se dirigió hacia donde le señalaba Ash. Marion, Clarice, Emily y su abuela estaban entre la gente, en la calle, tras haber descendido de uno de los carruajes del Priorato. Sonreían y hacían gestos en su dirección. Brand notó que solo su abuela estaba vestida de luto. Las demás estaban vestidas con todos los colores del arco iris.

La sombra que flotaba sobre él se desvaneció, y una sonrisa se instaló en su rostro.

Pero había más. Ash tocó su brazo y le señaló el escenario. Allí estaba Andrew, que acababa de subir allí. Oswald estaba de pie junto a él.

—¡Su ilustrísima, el duque de Shelbourne! —anunció el delegado en jefe.

Hubo murmullos entre la multitud.

—¿Ese no es lord Andrew? —dijo una voz.

Andrew escuchó el comentario y respondió.

—¡Los títulos no son importantes! Lo que importa es el carácter y el talento de un hombre. Os pido que votéis a mi hermano porque sé que será un excelente representante en cualquier deber que asuma. Y si no me creéis, echad un vistazo a las propiedades de los FitzAlan. Ha sido nuestro fideicomisario desde que soy un niño, y no podemos ser más prósperos.

—¿Prósperos? —protestó un espectador—. ¿Y John Forrest? Pregúntale a él si es próspero.

La pregunta hizo perder la calma a Andrew, pero otro de los presentes, lord Robert, aceptó el desafío.

—John Forrest era mi empleado —comenzó—. Yo pagaba su salario. Estaba a cargo de mis caballerizas. Si lo que queréis es repartir culpas, entonces vuestro objetivo debería ser yo, y no mi sobrino.

El agente Hinchley estaba allí para imponer orden, pero también era un votante, así que no pudo contenerse de entrar en la refriega.

—De no haber sido por el señor Hamilton, habría habido otro asesinato —gritó sobre los incansables murmullos de la multitud—. No puedo deciros más, porque es un asunto oficial, pero sir Basil y yo sabemos lo que sabemos, y vamos a votar al señor Hamilton.

Algunos vitorearon, otros gritaron. Brand se dijo que no era muy distinto a la puesta en escena de la batalla entre Cabezas Redondas y Caballeros de las fiestas de su abuela. Y no sabía por qué estaba sonriendo.

—Tendré que quedarme hasta el amargo final —dijo, mirando a Ash—. Esto podría continuar durante horas. ¿Te molestaría decirles a Marion y a los demás que no tienen que esperar? Los veré mañana en el hotel para el desayuno.

—¿El amargo final? ¿Es así como terminará?

—Eso supongo —dijo Brand, pero seguía sonriendo cuando fue a hablar con Robert.

Emily intentaba retrasar el momento de montar en el carro para ir al hotel. Quería hablar con Andrew, y le hizo gestos para llamar su atención. Cuando él llegó ante ella, lo cogió de las manos y le sonrió.

—¡Has estado magnífico! —dijo—. Estoy muy orgullosa de ti, ¡casi podría besarte!

—¿Y qué te detiene? —Andrew alzó una ceja.

Emily sintió un ligero escalofrío. No de alarma, sino más bien de cautela femenina, pero lo descartó en el acto. Se trataba de Andrew. Era como un hermano para ella. Se estaba comportando como una colegiala tonta.

Emily le puso las manos sobre los hombros, notando de pasada que eran anchos y masculinos, y alzó el mentón. Él no estaba ayudando, así que se puso de puntillas y presionó sus labios contra los de Andrew. En ese momento él la rodeó con los brazos, apretándola firmemente contra su cuerpo. Su quejido de sorpresa desapareció bajo el beso de Andrew. Aquel muchacho sí sabía cómo besar.

Cuando el beso terminó, Andrew dejó que se separara de él. Emily estaba completamente ruborizada y no sabía dónde mirar hasta que descubrió el brillo de satisfacción en los ojos de Andrew.

—¿Qué ha sido todo esto? —preguntó, enfadada.

—Solo reclamaba mi parte —respondió Andrew con impertinencia—. Pensé que ya era tiempo de que supieras dónde estamos.

Emily dejó escapar un suspiro contenido y dijo lo primero que se le pasó por la cabeza.

—Andrew, ¿no ves que somos muy jóvenes?

—Sí, mi amor, pero eso no durará toda la vida, ¿no crees? —Andrew pasó la yema de su dedo pulgar por la mejilla de Emily.

Luego se alejó tranquilamente.

Solo entonces Emily notó que una multitud los miraba. Prácticamente se lanzó al interior del coche y se hundió en el asiento.

—¿Qué te ha retenido? —preguntó Marion.

—Andrew —respondió Emily, y volvió la cabeza para ocultar la sonrisa tonta que no conseguía disimular—. Solo era Andrew.

La viuda vio aquella sonrisa, y el pesar de su corazón se alivió un poco. Su tristeza pasó a un segundo plano cuando una idea surgió de repente: sintió que finalmente podía confiar todas sus esperanzas y sueños para los complicados FitzAlan a otras manos. Su tiempo había pasado, pero el de Marion y Emily acababa de comenzar.

Solo era una intuición, pero logró reconfortarla. Le dio esperanzas.

27

Lo primero que Marion notó fue el olor a alcohol en su aliento. Un instante antes, ella estaba dormitando en el gran sillón junto a la chimenea en la habitación de Brand. Ahora estaba completamente despierta, mirándolo directamente a sus embriagados ojos.

—¡Has ganado las elecciones! —exclamó, aunque luego se contuvo porque él se había ido a celebrarlo por ahí mientras ella lo estaba esperando para conocer el resultado.

—No. Las he perdido. —Brand le dio la espalda y comenzó a deshacerse de su ropa.

Marion lo observó sorprendida y finalmente se levantó para interpelarlo:

—¿Que has perdido?

—Me han vencido.

—Brand, ¿qué puedo decir? Lo siento tanto...

No tenía el aspecto de un hombre que hubiera perdido su gran sueño. Más bien tenía el aire de alguien que acaba de ganar una fortuna a la ruleta.

—No lo sientas —dijo Brand—. He ganado algo que es mucho más importante para mí que unas elecciones. Ya era mío desde antes, pero yo estaba demasiado ciego para darme cuenta.

—¿De qué se trata? —Marion estaba perpleja.

—Deberías saberlo. ¿Acaso no los convenciste para que viniesen?

—¿Te refieres a tu familia? No. Todos tuvimos la misma idea. Aunque mis hermanas y yo partimos antes, ellos nos alcanzaron y llegamos todos juntos.

—¿Y de quién fue la idea de quitarse el luto?

—Tampoco hubo acuerdo previo en eso —dijo Marion negando con la cabeza—. Aparentemente todos pensamos lo mismo al mismo tiempo; era ridículo llevar el luto por tres personas que causaron tanto daño. Tu abuela no piensa lo mismo. A ella le ha afectado mucho la muerte de la señorita Cutter y todas las circunstancias que la rodearon. Habían estado juntas desde siempre.

Brand le rodeó los hombros con los brazos, y repentinamente sus ojos ya no parecían tan embriagados. Eran unos ojos intensamente azules e intensamente serios.

—¿Por qué estás aquí, Marion?

—¿Acaso no lo sabes?

—No leo la mente, y tu mente es tan complicada que es ilegible.

Marion podía ser frívola, podía ser coqueta, pero en aquel momento, cuando aquel hombre solitario le abría su alma, se sentía completamente humilde.

—Señor Hamilton, llevo mucho tiempo admirándolo y amándolo —dijo con voz suave—. ¿Me haría usted el honor, el inmenso honor, de aceptar mi mano?

—¿Esto es para compensarme por haber perdido las elecciones?

El sentimiento de humildad de Marion se desvaneció en el acto.

—¡No, idiota! Es porque te amo y no puedo vivir sin ti.

Brand cerró los ojos y volvió a abrirlos, grandes como platos.

—Nunca te permitiré olvidar que fuiste tú la que se me propuso —dijo.

—Si vas a burlarte de mí... —comenzó a decir Marion, haciendo pucheros.

Brand la contuvo.

—Tengo derecho a vengarme un poco después de todo lo que me has hecho sufrir. Y la respuesta es «sí». Supe que eras la mujer para mí desde...

—¿Desde?

Los ojos de Brand se iluminaron.

—Desde que te caíste por aquella escalera y te golpeaste los dedos del pie. —Asintió al ver que Marion lo miraba sin comprender—. Así es. Estaba petrificado por el miedo hasta que me dijiste que me calmara. Te amo, Marion.

—Lo sé. —Sonrió—. He estado leyendo tu mente, ¿recuerdas? Ahora intenta leer la mía.

Marion miró fijamente la cama. Con una carcajada, Brand la envolvió con sus brazos.

Un largo rato después, Marion se desperezó bajo el peso del brazo de Brand y se apoyó sobre un codo para mirarlo.

—Espero que no estés pensando en abandonar la política solo porque perdiste unas elecciones.

El rostro de Brand reflejaba sorpresa.

—Creí que eso era lo que querías: una vida tranquila, por si la verdad respecto de tus padres salía a la luz.

—Supongo que merezco eso —dijo Marion con una mueca—. Intentaba ser noble, hacer lo que consideraba mejor para todos. Pero no funciona. De hecho, comienzo a creer que ser noble es una forma de arrogancia. ¿Cuál es el sentido de hacer la vida de los demás miserable?

—Esto se pone interesante... —Brand se apoyó en su codo para que pudiesen quedar frente a frente—. No te detengas. Dime cómo es que has cambiado de opinión.

—No he cambiado de opinión. Creo, en el fondo de mi alma, que siempre he sabido que no podría abandonarte. Theodora hizo que me diera cuenta de lo tonta que había sido, aunque no con muchas palabras. Más bien lo contrario. Ella abandonó al hombre que amaba sin una buena razón, y cuanto más se recreaba en su orgullo herido, más difícil era para ella admitir que se había equivocado. Dos vidas desperdiciadas...

—No imagino a Theodora creyendo que alguna vez se haya equivocado. —Brand parecía divertirse.

—A eso me refiero. Si eso no es arrogancia, entonces no sé lo que es. —Marion recostó la cabeza sobre la almohada—. Y luego estás tú. Te has obsesionado tanto con conseguir tus objetivos que te has separado de quienes están cerca de ti, o que deberían estarlo. Realmente necesitas una esposa, y puesto que no soy capaz de soportar la idea de que otra mujer ocupe ese lugar, he decidido que lo mejor era hacer algo al respecto. Entonces, hablé con Emily y le expliqué todo sobre nuestros padres.

—¿Le contaste a Emily lo de tus padres? —preguntó Brand lentamente.

—Sentí que debía hacerlo. Me dije que cuando estuviéramos casados y fueras primer ministro, y Phoebe está convencida de que así será, yo me convertiría en el objetivo de los cotilleos, o del odio, o como quieras llamarlo. Así que quise que Emily supiera la verdad antes de que la escuchase de alguien más. ¿Has dicho algo?

—No —respondió Brand con voz ronca—. Solo siento una molestia en mi garganta. —Carraspeó—. ¿Y cómo reaccionó Emily?

—Bueno, lloró un poco, aunque no por ella, sino por mi madre y por mí. Pero está de acuerdo contigo. Está convencida de que los documentos demostrarán que mi padre se casó con mi madre a la primera oportunidad que tuvieron. —Marion negó con la cabeza—. Querría haber sido como Emily. Durante los últimos años he guardado ese secreto como si el mundo fuera a derrumbarse si se descubría. —Sonrió a Brand con tristeza—. Eso también es una forma de arrogancia. Y el resultado fue que construí una coraza a mi alrededor. Es muy solitario vivir dentro de una coraza, como debes de saber.

Brand asintió.

—Y que lo digas.

—Pues Emily no es como nosotros. Lo primero que hizo después de que le contara nuestro oscuro secreto de familia fue correr a explicárselo a Andrew. Ella dice que es como un hermano para ella, y que se siente mejor después de hablar las cosas con él.

—¿Como un hermano? —murmuró Brand—. Me pregunto si... Esto me recuerda algo. Tengo una cosa que mostrarte.

Marion lo retuvo cogiéndole la muñeca. Su tono de voz era bajo y apresurado.

—¡Mira la hora que es! Tengo que volver a mi habitación antes de que el personal del hotel comience a trabajar.

Brand miró el reloj.

—No te vayas todavía, aún hay tiempo.

—¿Tiempo para qué?

Él besó la mano que lo retenía, luego su nariz, y finalmente su boca. David Kerr podía esperar.

—Lee mi mente —dijo.

Tres semanas después, después de leerse las amonestaciones, se casaron en la iglesia parroquial de Longbury. Emily fue una adorable madrina, y Phoebe y Flora eran sin duda unas damitas de honor angelicales, pero fue la novia la que quitó el aliento a Brand; no por su hermosura, sino porque irradiaba felicidad, y la felicidad de ella lo hacía feliz.

Andrew estuvo de pie junto a él, y más de una persona mencionó el notorio aire de familia. Pero quien ganó el corazón de todas las damas presentes fue Ash Denison. Una o dos veces fue descubierto secándose a escondidas las lágrimas con un pañuelo.

La recepción que siguió a la boda tuvo lugar en los terrenos del Priorato. Todo el poblado estaba invitado, y todos acudieron. Con Marion a su lado, Brand pasaba de un grupo a otro, intercambiando algunas palabras, aunque en general se contentaba con dejarla a ella llevar la conversación mientras él se perdía en sus pensamientos.

Se acordaba de su abuelo, y se preguntaba qué pensaría de todo aquello si estuviera allí. Quería honrar la memoria de su abuelo, pero no viviendo en el pasado o cargando culpas que pertenecían a una generación anterior. Él era un FitzAlan tanto como era un Hamilton. Lo increíble era que hubiese tardado tantos años en darse cuenta.

Las palabras de Marion interrumpieron sus pensamientos.

—Nos instalaremos en el Priorato, con la familia de Brand —explicaba a la esposa de sir Basil—. Hay espacio más que suficiente, y la viuda ha encontrado al inquilino perfecto para la casa de Brand: el general Frampton. Es de la vieja escuela, y se enamoró del lugar en cuanto posó sus ojos en él.

Marion lanzó una mirada maliciosa en dirección a Brand, quien asintió reconociendo el golpe. Marion había echado un vistazo a la casa de su abuelo y había sido incapaz de disimular su consternación. El general Frampton había sido un regalo del cielo. Le encantaban los revestimientos de roble, los sofás de pelo de caballo y el mobiliario de estilo jacobino, y había prometido que nada sería modificado mientras él fuera el inquilino.

Quizá habría podido vender la casa al general, pero Brand no estaba completamente listo para desprenderse de lo que aún lo unía a su abuelo. Entretanto, estaban seguros de poder encontrar, con un poco de suerte, una familia agradable para la casa de Los Tejos a la que no importasen los acontecimientos recientes en el Priorato.

Sir Basil dio un ligero golpe con el codo a Brand.

—Mala suerte con las elecciones —dijo—. Espero que eso no signifique que abandonas la política. No era el momento oportuno, eso es todo. Ya habrá otras elecciones, y espero que tú estés en ellas.

Brand asintió y dio las gracias al juez. A decir verdad, aún no se había decidido sobre qué haría a largo plazo, sino tan solo a corto plazo. Quería dar un respiro a su ambición, sin importar lo loable que fuese. Quería tener la oportunidad de conocer a su familia y crear lazos con ellos que no pudieran ser rotos. Y más que nada, quería pasar tiempo a solas con su esposa y sentar unas bases sólidas para su nueva vida juntos.

—Si alguna vez he visto una sonrisa lasciva, esa es una —dijo Marion—. ¿En qué estás pensando en este momento?

Brand alejó el pensamiento lujurioso de su mente y dijo con naturalidad:

—Estaba pensando que deberíamos llamar a nuestro primogénito FitzAlan Hamilton, si te parece bien.

—¡Menudo hombre! ¿No te parece un poco largo?

—Alan sería el diminutivo.

Marion asintió.

—Me agrada. —De pronto los ojos le brillaron—. ¿Y si tuviéramos una niña?

Brand rozó sus labios en un beso rápido.

—La llamaríamos Alana.

Marion estaba riendo cuando Emily fue a buscarla para que se preparase para el viaje a Stratford. Sería a la vez una luna de miel y una peregrinación. Brand había acertado respecto a sus padres: los documentos habían llegado y demostrado que sus padres se habían casado en Stratford, probablemente camino a Longbury, tres años antes de que Emily naciera. Los documentos eran más importantes para Marion que la historia sobre cómo Brand se había encargado de Kerr, aunque estuvo encantada de recuperar las esmeraldas de su madre. Los documentos apartaron la espada de Damocles que pendía sobre las cabezas de sus hermanas.

Brand reflexionaba sobre la terraza mientras bebía su champán, algo apartado de los invitados, aunque sin sentirse en absoluto solitario. Había una diferencia. Sus ojos recorrieron la multitud, deteniéndose en varios miembros de su familia.

Se sentía gratificado y humilde por lo bien que iban las cosas. En ausencia de Theodora, Robert parecía haber recuperado el control de sí mismo. Él y Andrew tenían proyectos para convertir las caballerizas en un criadero de caballos, y Manley trabajaba para ellos. Su abuela había insistido en ocuparse de la educación de Flora y Phoebe hasta que pudiesen encontrar una institutriz. A nadie se le pasó por la cabeza que Flora pasaría seis meses con su tía. Robert había asumido sus responsabilidades: la tía de Flora sería siempre bien recibida en el Priorato, pero el lugar de Flora estaba con él. Y por último, aunque no menos importante, Clarice y Oswald le habían confiado que esperaban un bebé.

Una nueva era y una nueva generación había comenzado. Todo encajaba.

La viuda se acercó a Brand y unió su brazo al de él. Tras un silencio, dijo:

—Tu padre estaría muy orgulloso de ti si pudiera verte ahora.

Hace algún tiempo, aquellas palabras habrían iniciado una disputa. Brand bebió de su champán.

—Háblame de mi padre —dijo finalmente—. Quiero saber el tipo de hombre que era.

Estaban en la sacristía de la sagrada iglesia de la Trinidad, en Stratford-upon-Avon, leyendo el registro de la parroquia del año 1796. La tinta estaba corrida, pero aún era legible. El índice de Marion se paseaba por la página a medida que leía la entrada que estaba buscando: «George Dane, viudo, y Diana Gunn, soltera, por autorización especial».

La sonrisa de Marion era radiante cuando alzó la vista hacia Brand.

—Recuerdo a mi padre en el carruaje con nosotras camino a Longbury, pero también recuerdo que no estaba en la casa de Edwina. Pues ahora sabemos por qué no estaba allí: ¡estaba evitando a Hannah!

Echó una última mirada a la entrada del registro y cerró el libro con firmeza.

—Se acabó mirar atrás, al menos con arrepentimiento —dijo—. Hay tanta felicidad dentro de mí que temo ahogarme en ella.

Después de devolver el registro al cura, salieron de la iglesia y se detuvieron en los escalones para que sus ojos pudieran acostumbrarse a la luz.

—¿Ha terminado el miedo a que tu oscuro pasado te persiga? —preguntó Brand.

—Nunca tuve miedo por mí —dijo Marion negando con la cabeza—. Lo sabes. Además, te estoy adoptando como modelo.

—¿Qué quieres decir?

—Que soy inmune al desprecio de la gente que no me llega ni a los talones.

Brand soltó una carcajada.

—¿Eso debe ser considerado como un cumplido?

Marion lo pensó un instante.

—No realmente. Es una constatación, la indiscutible verdad. Y es una de tus características más entrañables.

Ante el silencio de Marion, Brand preguntó:

—¿En qué estás pensando?

—Las mejores personas a veces surgen en lo que aparentan ser las peores circunstancias —dijo riendo entre dientes—. Así eres tú, Brand FitzAlan Hamilton, y no te cambiaría por nada en el mundo. ¿Has dicho algo?

—No —carraspeó—. Es otra vez esa maldita molestia en la garganta.

—¿No estarás a punto de coger un resfríado?

—¿En mi luna de miel? Soy mucho más hombre que todo eso.

Marion rió.

—¡Stratford! —exclamó—. Aquí nació Shakespeare. Hay tanto por ver y por hacer que no sé por dónde empezar.

—Es cierto —dijo Brand cuando Marion lo miró interrogativamente—. Pero es el primer día de nuestra luna de miel. —Se encogió de hombros—. Los encantos que Stratford tiene para ofrecernos seguirán aquí mañana.

—Sigues leyendo mi mente —dijo Marion, y comenzó a avanzar por el sendero, dejándolo allí.

Marion se giró sobre sus talones y lo miró.

—¿Qué estás esperando? Volvamos a nuestra habitación del hotel y cerremos la puerta al mundo.

En dos segundos Brand estaba junto a ella. Riendo, con los brazos entrelazados, corrieron por el sendero hasta el carruaje que los esperaba.